酥油

江觉迟 著

人民文学出版社

图书在版编目(CIP)数据

酥油/江觉迟著.—北京:人民文学出版社,2019
ISBN 978-7-02-011514-3

Ⅰ.①酥… Ⅱ.①江… Ⅲ.①长篇小说—中国—当代 Ⅳ.①I247.5

中国版本图书馆 CIP 数据核字(2019)第 121199 号

责任编辑　陈彦瑾
装帧设计　李思安
责任印制　徐　冉

出版发行　人民文学出版社
社　　址　北京市朝内大街166号
邮政编码　100705
网　　址　http://www.rw-cn.com

印　　刷　三河市宏盛印务有限公司
经　　销　全国新华书店等

字　　数　270千字
开　　本　890毫米×1290毫米　1/32
印　　张　11.625　插页1
印　　数　1—15000
版　　次　2019年7月北京第1版
印　　次　2019年7月第1次印刷

书　　号　978-7-02-011514-3
定　　价　49.00元

如有印装质量问题,请与本社图书销售中心调换。电话:010-65233595

序:一切都有源头

(一)

我的孩子们经常会问我:"老师,能与您相遇,这个福气是谁给的呢?"我说:"是缘分给的。"孩子们便问:"缘分又是谁给的?"我说:"是所有心地善良的人给的。"孩子们非得打破砂锅问到底:"所有心地善良的人又是谁呢?您能说一位吗?"

好吧,亲爱的孩子,请先听我念首诗吧,再让我说说这诗里的故事,一切便有源头。

裁襟励子

古来女传古人编,今事惊人今应传。
方讶宁馨为可畏,尤夸女士足称贤。
新襟能剪懿行著,画荻堪名妇德全。
来日骚坛知必颂,抛砖引玉我徒先。

这首诗歌颂的是一个"爱与诚信"的故事。里面的主人公名叫苏蕙华,来自"桐城派"故里——安徽省桐城市。苏蕙华女士出身富家,自幼受到良好教育,知书达礼,德才兼备;嫁与桐城名士江百川,二人琴瑟和谐,相敬如宾,婚后育有三子:兴汉、羽仪、兴皖。

一天,长子兴汉从私塾读书回来,对母亲说,私塾先生家孩子出生一百天,师母要给孩子拼做一件五彩围兜,尚缺一块红绸布,他已答应回家找一块带去。苏蕙华女士听后,翻箱倒柜寻找红绸布,但遍寻无着。最后,她的目光落在自己一件心爱的红绸嫁衣上,当即拿出剪刀,剪下一块衣襟递给儿子。儿子惊呆了,懊悔自己惹了祸,不愿接。母亲摸摸儿子的头,亲切地说:"孩子,拿去吧,这没有什么,说过的话应该算数。"

在解放前,按照桐城当地习俗,女人的嫁衣是有特殊纪念意义的,它被视为全家的吉祥之物,若被剪破,会给全家带来不吉利,一般人不敢为之。苏蕙华女士却毅然剪下了一块嫁衣!后来红绸布交到兴汉师母手里。师母从布料的颜色、剪口、针脚看出这是刚从衣服上剪下来的,怕是兴汉年幼不懂事,瞒着家人做出来,便去追问。最终得知实情,先生一家为此特地登门向苏蕙华女士致谢。苏蕙华女士说,我这样做是为了教育孩子:一要尊重老师(尊师重教),二要说话算数(言而有信),三要成人之美。一襟而全三教,我倒要感谢你们呢!

此事后来在地方上流传甚广,被编成《裁襟励子》一文,记录在《桐城县志》里。当时各地文人也纷纷赋诗称赞,因此而兴起的颂赞热潮,历年不减。

是的,苏蕙华女士便是我的祖母。"裁襟励子"的故事,便是发生在我祖母身上的真实故事。

亲爱的孩子,也许这就是我们相遇、相知、相依为命的缘起吧。

（二）

是啊，我们每行一个地方都不会错，总有一些根源让我们到达。就像十五年前的那个夏天，正是因为一次不走常规路线的旅行，我来到了麦麦草原。这次旅行让我看到那些远离国道的僻远山区，人们的生活与外界完全不同。由于交通不便，他们几乎与世隔绝，过着极其贫困的生活。尤其是孩子们，失学非常严重。我们家自祖辈开始，上下几代人均从事教育工作，可能是出于对教育的一份热忱吧，我决定留在当地，创办草原学校。主要就是寻找那些散落在草原山区的失学儿童，以及没有父母的孩子，为他们提供一个生活和学习的场所。

刚开始我对这份工作信心十足，但真正深入草原生活，才发现，那并不是有信心就能够坚持下去的。

首先是寻找孩子，非常不易。记得刚开始的时候，我是由当地的一位青年带路，我们几乎天天都在爬山。翻不完的山，一座连着一座。雨季开始，这些大山危机四伏。山路经常是断的，一些被泥石流冲断，一些被溪水淹断。很多路段上面淌着雨水，下面冒出地泉，一脚踏进去，半裤筒的黑泥。而巨大轰隆的溪涧经常会因水流的壮大而改道，把整条山道淹没。水流太宽、太急，人的重力大不过奔腾的水流速度，除非是马和人组合的力量，小心翼翼，同行者相互扶持、依靠，紧紧相握，才能过去。

山区的道路基本都是这样。大山之巅的高山牧场呢，又是另外情景。因为海拔高，天气非常不稳定。刚才还艳阳高照，转瞬就会电闪雷鸣。大雨裹挟着冰雹，砸在人的身上嘣嘣作响，气候也急剧降冷,人经常会被这种极端的气候折腾得疲惫不堪。

一次,我前往一处偏远牧区接孩子,因为感冒未好,途中又遇大雨,突然出现严重的高原反应,后脑勺剧烈疼痛,像是有把锋利的钢锯,有节奏地锯着脑壳里的骨头。我用手拼命地敲打后脑勺,恨不得撕开头皮,把那根作痛的骨头敲下来才好。而呼吸,就像被人故意地捂住鼻孔,不让喘息。陪我同行的青年见此,慌慌往我嘴里塞进一把人丹。但无济于事,呼吸越来越短促、困难,身子已在虚脱,开始发飘。我怀疑自己快要死了。在将近昏迷的状态中,我听到身旁青年在慌慌问:"你要不要留几句话?"我知道他指的是遗言。我要留什么呢?虚脱的身子让我无法生出太多感想,唯一想到的就是要让家人知道我在哪里,所以我只能断断续续地告诉他,我家的电话是多少多少,我姐姐的电话是多少多少……

在草原工作的前五年,我的生活和工作,基本就是这样。

直到后来,身体患上重病,我不得不丢下学校和孩子们,离开草原回内地治病。

这期间,父亲离我而去……拖着一身病痛,我为父亲守夜,一整夜地望他。他的头顶上方,清油灯整夜地亮着,父亲睡在清油灯下。那时,我感觉大地从地心深处喷薄出的冰凉,扑在我身上。

好后悔,没有最后陪陪父亲!我听到母亲在隔壁房间整夜地哭。我在想,是不是从此不回草原,留在家里好好陪着母亲?我朝父亲跪下身,从香炉里渐渐浮起的青烟中,我望见父亲双目微闭,像是安详地睡去,又像是在等待。他在等待什么呢?是等我回来听他再一次叮嘱吗——曾经多少次,在我想家,或想离开草原的时候,他便在电话里叮咛:"孩子,想想你的祖母,她的裁襟励子,她的言而有信——我们这个家庭,就是以诚信传家的。所以不要轻易说放弃,草原上的工作,要做,就应该好好地做下去。"

(三)

就这样,等身体稍好一些时,我又回到草原,投入了一份全新的工作——参与政府的文化扶贫工作。我以为,不再教孩子,只做文化工作,生活是不是就会发生改变。至少会让我摆脱过去的那种帮扶的困境,或者淡忘那些需要放下的人。比如月光。

但是我错了!随着深入更偏远的山区搜集文化,我所遇到的是又一个被复制的世界——和几年前我刚上麦麦草原时差不多的世界。它锁住了我的脚步,我需要停下来。在这里,我将重新开启过去的帮扶历程:走进每一条山沟,寻找每一个孩子。虽然这与之前稍有不同——过去是我个人在做,现在是参与、配合政府工作——但情感依旧!

我任教的是一个偏远牧场的小小教学点——桑伽小学。桑伽草原地势高,平均海拔四千米。没有电视、网络、手机信号,生存环境相比过去的麦麦草原更为艰难。只是我和孩子们依然如同过去,在这片草原上相互依靠,艰难而温暖地生活着。

后来的草原工作,除了参与政府的文化扶贫和教育扶贫,我还参与了脱贫攻坚中的扶贫调研工作——利用假期和家访的时间,深入偏远山区,针对特困家庭进行摸底排查。复杂而漫长的走访过程几乎耗尽了我的心力,直到我的身体发出最终的警告——是的,我的身体终究不允许我长久地住在草原上了。

两年前,迫不得已我又一次离开草原,再次回到内地治病。从此之后,只能断断续续地回草原,一边坚持工作,一边又不得不经常回内地休养,一直到今天。和孩子们在一起的时间再也没有以前那么多了。每次离开时,因为不知道还能不能回来,我总是一个人望着逐步发展起来的草原,泪流满面。那份欣慰、感慨、纠结与不舍,用什么言语也说不出,用什么方式也不能表达。

在特别想念的日子里,我经常会翻开过去的日记——一摞摞日记,我数了下,竟有五十二本!这是多年以来我在草原上,每个夜晚,在昏暗的灯光下写出来的。其中和孩子们在一起的那些时光,那些生活的点点滴滴,每每看起来,总会让我热泪盈眶。

是的,我要把这种思念延续下去——《酥油》的创作,便是我重读日记的时候,用心灵开启的写作路程——我要翻开这人生的页面,让大家来看,我和孩子们如此相依、快乐,又如此纠结、困难;让大家来看,我们已经长大的孩子,他们的生活,他们的爱与希望。所以在这里,亲爱的孩子,不论是过去还是现在,每一处都有你们的身影,每一处都是我们温情脉脉的回忆。

是的,我亲爱的孩子,我要由衷地感谢你们——是你们的陪伴,让我的人生变得如此丰盈、温暖、有意义。我也要由衷地感谢曾经给予我帮助的朋友们——安庆的甲乙老师、合肥的孙叙伦老师,以及为孩子们提供了稳定的学习和生活,在那些艰难的岁月中,给予我个人极大的生活帮助的老乡——唐先生。我想,在最困难、最孤独的时候,你们给我的一滴水,也是河流!

是的,正是很多这样的爱心人士,很多这样的关爱,在一路温暖着我的生活、写作。

感谢你们!爱,会让世上每一个孤独的孩子,眼睛里有光!

2019年4月8日于安徽桐城

目 录

上 篇

- 003　1. 我的倾诉,就像河水一样
- 006　2. 那朵圣洁的莲花
- 009　3. 陌生的雨夜
- 014　4. 情歌
- 020　5. 茫茫草原
- 025　6. 我们的第一个孩子
- 028　7. 这是你的伙伴
- 031　8. 楼院深深
- 037　9. 雪山丛林
- 041　10. 雪崩
- 048　11. 他的呼唤渐行渐远
- 052　12. 我们的世外桃源
- 057　13. 它的巅峰,无法企及
- 061　14. 我看不见他,他也看不见我
- 066　15. 从此他就是我们的孩子
- 074　16. 我们的碉房学校

078　17. 赛马会
082　18. 鲜花盛放的校舍
084　19. 三万八千遍经语
090　20. 她离去的背影寂寞无声
095　21. 流浪的孩子
103　22. 我一定要找到他
106　23. 山一样的信念
109　24. 他在月光下低声轻吟
114　25. 我们是一家的兄弟
117　26. 彩绘模样的笑脸
122　27. 命运的歌声像草原上的流雾
129　28. 小小脆弱的心灵
131　29. 他是小牦牛的模样
134　30. 挫伤
137　31. 迷失的脚步
143　32. 山洪
147　33. 外面的世界

中　篇

153　34. 青稞收割的季节
157　35. 心中装着两个世界
162　36. 那位姑娘
166　37. 草原之夜
174　38. 不识好人心
177　39. 他的氆氇
181　40. 低处的班哲,高处的月光
184　41. 姑娘俏丽的身影

186	42.	尼玛的爱情
189	43.	好女人
192	44.	为了我心爱的姑娘
194	45.	雪从喜马拉雅山飘来
196	46.	害臊的心思
198	47.	小小的药丸
202	48.	欲哭无泪
204	49.	第一口血
207	50.	你的牵挂,丝丝缕缕
210	51.	一个滴血的赎罪
215	52.	画笔
218	53.	那个神秘的影子
222	54.	此生的梦想
225	55.	雪灾
230	56.	人是调走了,但心没有调走
233	57.	田野上的马铃声
238	58.	神秘的遗愿
245	59.	"好运气"
247	60.	归宿
250	61.	酥油里的孩子
257	62.	我们分散的孩子
260	63.	露天课堂
265	64.	理想
267	65.	约定
272	66.	离去的悲伤化作了雪

下　篇

279　67. 香樟的色彩
283　68. 平原反应
288　69. 一个人的病房
292　70. 酥油病
294　71. 信物
297　72. 深暗的误会
302　73. 我的草原
307　74. 一张卧铺票
310　75. 铃声响起的时候
312　76. 远方的情话
316　77. 目光闪亮，好比启明星一样
319　78. 幸福
322　79. 失落的信念
326　80. 高原反应
329　81. 远去的青稞地
333　82. 此生的缘分，是酥油做成的花
337　83. 是我的身体，背离了我的誓言
340　84. 消失的月光，它带走了我的明亮
343　85. 那些花儿，像是开在天堂
347　86. 昔日的学校
352　87. 咫尺天涯
355　88. 月光下的梅朵

361　尾声

 上篇

点起一盏酥油灯,
我要说一个酥油灯下,
孩子们的故事。
让你慢慢来听,
慢慢抚摸它的灵魂。
想象自己是那个酥油一样的女子,
有着酥油的精炼、酥油的光。
她藤条一般柔韧的爱情,
也是你的梦想;
那些明亮的孩子,
也是你的希望。
纵然那个青年渐行渐远,
他结愁的背影,
也是你的牵挂;
他身体匍匐的地方,
也是你的故乡。

1. 我的倾诉，就像河水一样

蒋央，当我再次提笔写信，你知道我们已经分别了多久？是的，整整三年！你好吗？和湛清结婚了吗？我想如果能够赶上你们的婚礼，我要带上月光，我给你当伴娘，让月光给湛清当伴郎，我俩为你们献哈达……

唉，你肯定要问：月光是谁？

他啊，是个放马的，种青稞的。一半牧民，一半农民。不会说汉语，也不会写藏文，他就是一个实足本分的草原青年。但你知道吗，如果从小也有条件接受我们相同的教育，他会和我们是一个模样的。

现在，我想我对他的情感，就像他对他的草原，他的牛群，他的家乡。

你知道他的家乡有多美吗？这个季节，雪山下的丛林，满山遍野的杜鹃已经盛放，团团簇簇，伴着雪泉自高山一路铺展，直到我的脚跟前；而前方的草甸子上，还有青兰、党参，还有钴蓝色紫堇，喇叭一样的波罗花，一小朵一小朵、有点害羞的点地梅……是的，你所能感受的,花的妩媚、娇艳,花的海洋、天堂,它们都陪在我的身旁,热情而踏实。我爱这样的地方,想永久地留下来。但这里的草原海拔极高,冬季漫长而寒冷,空气稀薄。

唉,要我怎么说呢!如果我和月光结婚,我将要永远留在草原上。可我现在心脏扩张严重,心天天作痛,饮食不适应,身体已不允许我留得太久。

而我也不能带走月光,他没有外出生活的能力,且我的工作也无法让我轻易去放弃。今天再一次突发心痛,实在坚持不住才给你写信。至此,我已经整整失眠两个月,睡觉只能依赖安眠药维持。

可是蒋央,如果有能力,如果我有足够的能力,我就可以带上月光,到我们学校对面那个低海拔的雪山峡谷里去,开辟一个适合我们内地人生活的家园。那雪山峡谷海拔不过千米,四季如春。在那样的地方生活,我的身体就会好起来。更重要的,我就不必离开草原,离开学校,离开我们千辛万苦找回来的孩子……

我泪流满面,寒冷,或是贫血,叫指骨哆嗦不止,不利索,一笔一画地拼凑,才写完这样的信件。

之后打马前去县城邮局,发快件寄给蒋央。

这是我第二次给她写信。

第一次是在一个月之前,冗长的一封信寄出去,并没有得到她的回复。我不失望。跟她说至如此,即便她收不到信,想必也能感应。我相信什么事,只要心灵相通就会有感应。父亲去世之前的日子,有三天,我的心口痛得厉害,彻夜不眠。后来匆忙往家赶,还在路途中,噩耗就传来……回家扑向父亲的时候,他的身体还是温热的。抓住他的手,从温软十指间一点一滴向上抚摸。轻轻捏起他的手臂,还有些微弹性,似乎是要用一点温度,等候迟盼不归的人……那一晚,我为父亲守夜。一整夜地望他。他的头顶上方,清油灯整夜地亮着。父亲睡在清油灯下。我朝父亲跪下身,从香炉里渐渐浮起的青烟中,我望见父亲双目微闭,像是安静地睡去,又像是在耐心地等待。他在等待什么呢?是等我回来听他再一次叮嘱吗——曾经多少次,在我想家,或想离开草原的时候,他便在电话里叮咛:"孩子,想想你的祖母,她的裁襟励子,她的言而有信——我们这个家庭,就是以诚信传家的。所以不要轻易说放弃,草原上的工作,要做,就应该好好地做下去。"

那时,我感觉大地从地心深处喷薄出的冰凉,扑在我身上。我听到自己的心裂开的声音,小小的心脏,蓄积山崩地裂的力量,剧烈,粉碎,空茫不知所向。

一种痛,就是这样失去亲人。需要独自去承受,慢慢挨过,谁也帮不了。那时刻,我没有给蒋央送发表的信。没有告诉她我失去亲人。没有告诉她我的痛。这种痛,只有一个人,慢慢去承受。

可是现在,我是多么需要一双聆听的耳朵,需要朋友,需要蒋央和湛清啊。

长信寄出后,一个人坐在邮局外的台阶上发呆很久。然后,我打马爬上县城上方更高的山岗,站在风里,泪禁不住地流淌。山峦无尽,草原早春的风似是回暖,却是寒冷更多一些。海拔四千米的冰凉空气里,氧含量不过十五个点。再上一道山梁,更为稀薄。呼吸越发短促时,就看到一位红衣喇嘛快马加鞭地朝我追来,人还在远处,却发出气喘吁吁又真切的声音——

"梅朵老师,您刚刚离开县城,邮车就上来了!有您的一封信,我怕耽误,就赶送过来。"

"哦呀谢谢,谢谢您喇嘛!不是您及时送到,一回学校,又不知哪天我才能看到它了!"

接过信,一看是蒋央的。称呼用的是我前一封信的落款:"梅朵",信中字字句句,简明又急迫——

"梅朵!梅朵!三年了,若不是收到这封信,我和湛清找不到你!为什么这样长久不给我们写信?而上封信写得那么乱,到底发生了什么?为什么不能清晰地说出来?我们都在为你着急。若能收到此信,一定要细细地、明明白白地写个长信回来。告诉我和湛清,我们应该怎样帮你?还有,我们想知道你的生活,这三年你在高原上的生活!"

2. 那朵圣洁的莲花

好吧蒋央,现在,我能收到你和湛清的回信,我知道,你们是幸福的。那么就让我慢慢来告诉你,我在高原上怎样的三年,怎样的生活,怎样的一恍惚,就变成了有着酥油味道的女人。

你还记得三年前推荐我上高原的耿秋画师吗?那时,他同我口述,他家乡的山里有所草原学校,那里需要老师。事实上那哪叫学校!当我进山时,我所面对的只是画师的朋友、草原上多农喇嘛自家的一座土坯碉房而已,学生一个也不见!而喇嘛的这座碉房亦是废弃已久。黏土与沙石混筑的三层碉房,经年风雨早已把墙体表层侵蚀过半,随处可见剥落的沙石。那墙体下方,遍地油麻藤密布如网。一些藤条沿着墙体爬上二楼,钻进破碎的窗框里。几只小鸟不时地从中钻进钻出——麻雀呢还是画眉？——它们在叽叽喳喳地吵闹个不停，全然不在意陌生人的到来。

如此荒疏景象，叫人措手不及。

我站在碉房前望望这，望望那，哪儿也不能安稳我的目光。

多农喇嘛紧张地站在我身旁，面色很不自然，一个劲地解释说："姑娘，途中没能跟你具体介绍学校情况，也是怕你了解实情后没有信心上来。自从我们的耿秋画师到汉地结识姑娘以来，画师是多多地跟我们说起姑娘的善根，与草原的缘分。虽然画师本人不能亲自送姑娘来，但是有我在这里，姑娘尽管放心，生活、安全方面不会有问题。希望姑娘能够留下来，草原上那些没有阿爸阿妈的孩子太需要人照顾了！"

说实话，当时我并没有认真地听完喇嘛的这段解释。内心纷乱，我只在追问自己："之前，我是答应过耿秋画师，我要留在草原学校工作吗？"

一个声音自心间冒出来，回答："是！"

又一个声音从天空扑下来，在说："既然你已答应要来这里工作，那不论条件好坏，你都不应该反悔——你的家庭，就是以诚信传家的！"

这些声音，终是锁住我的脚步。

决定留下来工作时，问起多农喇嘛，孩子们在哪里。喇嘛却是脸色凝重，语气意味深长，说娃娃们啊，需要上草场去，一个地方一个地方地寻找。这样的工作不会是一天两天，所以你先得生活下来，等完全适应好草原环境，才能进入具体工作。我带你上草原吧。

喇嘛便又领我继续上路。

一路不停地换乘交通工具。开始我们坐拖拉机进山。路跑到尽头后，又坐摩托。到山道陡得加不起油门时，只得丢下摩托，骑当地牧民的马。最后连马也无法穿越那种陡峭山崖，我们就下马徒步。又是大半天的翻山越岭，最后才到达目的地——麦麦草原。

这是一片完全与外界隔绝的原始牧场。它处于千万道青幽山梁当中。曲折的草场，有着无数不规则的边缘界线，自高山之巅铺展开去，局限于我紧迫的视线，又无限到遥远的地方去。

在遥远的地方，草原茂盛的边缘线尽头，耸立着一座炎夏也会覆盖雪冠的高大雪山。那雪山，不同于一般常规的锥形山体，倒像是一朵朝着天空待放的白莲花苞。欲绽放，却又蓬松地合拢一处，呈现犹开不开之羞态。在它的山腰间，苍茫雪线的上方，陡然地吐出一条晶莹的冰川。冰川一路壮大地延伸下来，钻进周围的冷杉林、云杉林和高山杜鹃群，形成冰川与森林共生、原始草莽又冰清玉洁的清寒世界。

多农喇嘛充满敬意地给我介绍，说人们来到麦麦草原，穿越再深的丛林也不会迷路，因为雪山在前面。它会启示你，护佑你。而麦麦草原人称它为白玛神山。白玛在藏语中意为莲花，因此雪山在草原人的心目中就是圣洁的莲花。

这朵巨大而圣洁的"莲花"，却是以一种隐世姿态处于茫茫山野丛中，纯净，又充满孤独。

我想我应该理解多农喇嘛了，明白他为什么会那么努力地要求我留下来。

3. 陌生的雨夜

喇嘛带我走进麦麦草原的一个牧民人家,坐下后才被介绍,整个夏天,我将要住在这里。他用当地藏语对我投住的人家交待完我的生活之后,即匆忙离去。望着喇嘛的背影在草线间消失,我感觉自己的语言也长着脚板儿一样,跟随喇嘛走了。失去基本的语言交流,我不知这一夜与这家牧民将怎样沟通。

这是一个传统的草原家庭。女主人巴桑,介绍说四十岁,但怎样看也像是跨过五十的女人。额头和眉角间爬满五十岁劳动妇女的那种粗野皱纹。槟榔圆的脸,面色酱黑,晒得干裂。头发很长很黑也很乱,用酥油编织起麻布一样的辫子,几乎像一件雨衣遮住上半身。她穿的一身劳动氆氇(当地对藏袍的称呼),褐色还是灰色,也许蓝色,沾染上黑的牛粪和灰的泥沼,混乱了我的视线。

女人在朝我笑,目光却有些陌生和紧迫。这个家有三个男人,分工是:大哥泽仁在白玛雪山背面的农区种地,收获的青稞正好供应牧区口粮。二弟达吉下草原经商,把农区多出的青稞和牧区多出的酥油卖出去,再换回农牧两区必要的生活用品。小弟尼玛留在草原上和巴桑女人放牧。

这个奇特的帐篷人家,几口人的目光就那么紧紧地盯住我笑。因为语言不通,我也只能回应他们相同的笑容。我们就这样对视很久,却不知怎样招呼。巴桑朝我比画,指着嘴,应该是问吃点什么。我观察四周,地上长满蒿草,潮湿又遍布牛粪。我没有了食欲。

巴桑却非常实在地端来一盆生牛排。油麻藤根茎模样的那种生黑的牛排,肉被风干在骨头上,其间粘着干涸的油脂。女人用手抓起两块要递给我,同时在嘴边做出吃的比画。我想我再也吃不下,哪怕一口,那些生硬而腥膻的食物早把我的味觉破坏了。

但是出于礼貌我还是接受了一小块,并且装模作样地要往嘴里送。这家人看我接下牛排,一直紧迫的神色才放松开来,朝我"哦呀哦呀"地应声点头。每个人的脸上都因此释放出友好的笑意。

我只好撕下一块牛排尝试着吃起来。进嘴的时候就闻到一股腥膻,不是那种新鲜膻味,而像是一种肉食混合着皮毛,经过轻度腐化,再被烈日烤干后的那种毛与皮肉混合的毛腥味。我的胃口立马翻腾起来,想吐出牛排。

但吐万万是不能的。牧人一家雪亮的眼睛,正充满信任地瞧着呢。我只好咬起牙关狠狠心,咽口气囫囵地吞下去。喉咙里立即就有被刮伤的感觉,刺痛,浓烈的毛腥味只往口腔外扑。

想呕吐。我捂嘴往帐篷外跑。但是巴桑家的两条小狮子般的大狗却拦在门口,朝我狂吠,铁链攒得哗啦作响,爪子刨着草地,狠命地朝我扑。惊得我鼓噪的胃酸一下又噎了回去。

天黑前,巴桑和孩子们开始围着锅灶烧火。她的小女儿积积摇摇晃晃地走到帐篷口,在细声细气地喊尼玛。她的紫提子模样的小脸,紫得发亮的高原红,满身泥污,黑白分明的两只眼睛,都由衷地陷入一场期盼中。

一头小牦牛在回栏时走散,尼玛循着小牛的叫声,找牛去了。

待尼玛返回时,一场急雨却没有征兆地砸下来。小牦牛和尼玛均被打得浑身透湿。他俩在大雨中拉扯。小牛倔强,走一步停一步。尼玛很有耐心,走一步哄一步,才把小牛哄回帐篷旁。

在帐篷口,尼玛一脸雨水,望着我笑。脸色酱黑,目光细亮。我想如果天色再暗一些,他的面目肯定会被黑夜磁化了去,只能看到他一双狭狭细细的眼睛里放射的那道细细亮亮的光。我想想就笑起来,跟尼玛比画:要点灯了。

黑色的牛毛帐篷里已是一片昏暗。尼玛悟出我的手语意思,赶忙擦亮火柴。帐篷中央的锅灶前,就有一盏小小的酥油灯亮起来。

牧民人家开始进行一天中的第四餐饭——吃糌粑,喝酥油茶。因为考虑我在,尼玛便又在锅庄旁另外架起一张铁皮。巴桑倒水和面,特地为我烙火烧饼。

在微弱的酥油光下,我乖巧地坐在帐篷一角,望着巴桑做火烧饼。

女人粗糙厚实的大手一边揉麦面,一边抽手抓牛粪。丢进火灶后,沾满牛粪的手又迅速转回来,插进麦面里,之后,混着牛粪和麦面的手再插进盐袋,抓一撮盐巴撒在铁皮上。待铁皮冒出青烟,一块面饼丢上去。不久帐篷里就弥漫起浓浓的麦面焦香。

饥饿叫我贪馋地吞起口水,尽管犹疑的嗅觉一直不放心那块混合着麦面、牛粪、盐巴的烧饼,喉咙里发出的响亮咕噜声却由不得人。

积积小孩在一旁瞧着我的贪馋模样窃笑。她的跳跃起来的目光,是调皮,又是好奇,也有点儿亲切。我想起多农喇嘛家的碉房,那个破败窗棂上的鸟儿,就是这么小小的、可爱的模样。

小孩一边笑着,一边往口里塞糌粑,一边却瞌睡起来。牧民一家准备睡觉。我环视帐篷四周,眼睛落在帐篷一侧,瞧着那些像柴火一样堆得高高翘起的羊毛毡,心想这应该是用来睡觉的。但是巴桑的小男人尼玛却走出帐篷,做出一件让我震惊的事。他竟把一只只小牦牛牵进帐篷里来！男人就着帐篷草地上的木桩依次套上小牛。又把那些堆得高高翘起的毛毡盖到最小的牦牛身上。看样子这些小牛是要在帐篷里过夜。

那么人睡在哪里？我连忙朝巴桑比画。她立马明白过来，指着小牛旁一块潮湿的牛粪地，意思是我们得睡那儿，叫小牛睡在干燥的地方。

巴桑女人利索地为我打起地铺，把最厚的毛毡，最好的毯子，铺在一排小牛犊边上，示意我睡那里。他们自己也挨个放开毛毡，陆续睡下来，很快进入梦乡。

我尝试着掀开羊皮毯，蹑手蹑脚钻进去。小牛犊就系在头顶后方，排成一排。离得最近的一只正用一双青黑的大眼瞪着我。这叫我突然有些怯畏，便小心翼翼地把毛毯盖到脸上，捂得紧实，生怕小牦牛一时生气，用它硬实的蹄子踹我一脚。

可整张原始羊皮做成的毛毯，皮面在外，毛面在内，软暖窝人，我感觉自己不是睡在羊毛做的毯子里，而是被包裹在羊的肚子里。空气被密不透风的皮面阻隔，内部羊毛发出的老膻气味迫得我只能从毯子里爬出来。

坐起身，从帐篷的天缝里望外面。唉，天还要多久才会亮呢。

半夜里，天空突然砸下一阵急雨，狠命地抽打着帐篷，把单薄的牛毛帐打得筛米一样晃动。由于篷布编织稀松，不久帐内便小雨纷纷，更叫我无法入睡。扭头望巴桑和她的家人，他们浑身连同头脸都严实地裹在羊皮毯子里。柔韧的皮面叫雨水刚一弹下就滑落到边沿，他们在大雨的催眠中睡得很香。

而我只能干瞪着一双眼,想睡,不入梦;想醒,双目枯涩乏力。雨水则乘虚而入,扎进眼睛里面,呛水一样疼痛。只好用力眨起眼睛,目光四下里晃动着,就看到帐篷的角落里有把雨伞。

如同一片落叶,我飘飘晃晃地爬起身,取过雨伞,钻进毛毯,撑开伞,双手紧紧地抓住伞柄,身子埋进毯子里,打着雨伞,迷迷糊糊睡了去。

再次被雨水打醒是在下半夜。雨一直下着。因为昏睡,我把持伞柄的双手再也无力支撑,伞倒了下去。重新支起来,睡去。不久,伞再次跌落,人再次被雨水淋醒,醒后又再次撑伞,就这样周而复始。

早晨起来,摸摸满脸的浮肿,才知道昨夜流淌在我脸面上的,并不是雨水,而是泪。

心当下就在打晃:这样的日子要怎样才能挺过去呢?

当思想在困顿中游离的时候,我望见自己的旅行包,它也像个迷路的孩子蜷缩在帐篷一角。便走过去,跪下身,把它搂在怀里。包的侧面,尼龙外袋的拉链是敞开的,一个硬朗质地的东西掉下来。

看看,是父亲曾经的工作笔记。远行中,这本笔记一直带在身边,陪我熬过很多寂寞,亦伴我走过很长的路程。随手翻开笔记,可以看到页面上父亲写下的整章记录——是关于他曾经的学校,和他的学生;关于我的祖母,和她的诚信……满格子的字,爬得密密麻麻。那些内容,其间的一个字、一句话——尤其是祖母的事迹,我能倒背如流……是的,我想很多时候,祖辈们的精神就像风筝,而我们感性的心灵,就是风筝的那根线,它牢牢地将我们拴在一起。

把笔记紧紧地抓在手心里,贴在鼻尖上,泪开始无声无息地流淌。许久后,擦干泪,爬起身,我走出帐篷。抬头望天空,望了又望,想了又想,我终是迈开脚步,走进草原。

4. 情　歌

现在,草原上太阳刚刚升起来。巴桑一家开始劳动。

尼玛挥着长长的牛鞭,一边赶牛一边唱歌。他走在麦麦草原最高的草坡头,嗓门吊得极高,很沙哑,是扯着嗓子吼叫,有些竭尽全力一样地唱歌。那气势,像是要把天空撑破。但具体唱的什么,是当地方言,我一无所知。

尼玛的歌声过后,我听到草场对面的丛林间隐约也传出了回应的歌声。我便朝尼玛迎上去。

"尼玛,你的歌声被风送到雪山那边去了,那边有美丽的姑娘,她在给你回应情歌了。"

我说,用的是汉语,尼玛听不懂。我用手势跟他比画,聪明的男人立马反应过来,一个劲地朝我摇头,说了句什么,是藏语,我也听不懂。

多农喇嘛绛红色的衣袍这个时候就醒目地出现在草原上了。在草地里,在大片大片的绿野丛中,喇嘛晃动着的那一身绛红的衣袍,一张酱黑的脸面,一双在清晨也会戴起大墨镜的眼睛,还有一路喻喻的经声,叫我感觉有些奇异。他的身后,陪同而来的还有一位年近五十的男子,穿着一身厚实的汉服,像是有工作的人。

果然,喇嘛来到我面前,把裹在头上的衣袍掀开后,便与我介绍:"他叫堪珠,在麦麦乡做民政工作,我们两个的关系,就是一家人的模样。"

"哦呀姑娘,欢迎你来麦麦草原!"不等我回应,叫堪珠的男子已经主动上前招呼我了。不愧是做民政工作的,堪珠汉语说得流利,人也非常热情,但听他在真诚地招呼我:"姑娘,喇嘛已经把你的心愿跟我说过了。那未来你们办学校,有需要我的地方,随时来找我啊。"

"谢谢您,堪珠……"我连忙回他,但又不知怎么称呼他合适。

多农喇嘛便看出来了,这么对我说:"哦呀,别看堪珠是做民政工作,他的学问深得很嘛——麦麦草原上的文化,他是研究得最好的!研究学问的人就是老师——那你就喊他堪珠老师吧。"

"堪珠老师,谢谢您!我这是初上草原,未来肯定有很多事,都要麻烦您的!"

"没事嘛,我们也是一家人的模样!"堪珠笑着回道。

这时,喇嘛则顾不上听我们说话,目光投向尼玛那边去了。

因为此刻的尼玛,心思似乎不在草原上,视线也不在喇嘛身上,这与草原人见到喇嘛的恭敬模样不太一样。所以不但是喇嘛,叫我也有些纳闷。

我便细细地打量起尼玛。

这个男人最多不过二十五岁。典型的康巴汉子。脸上皮肤被紫外线烤成紫釉的颜色,放出黑亮的光芒。窄窄细细的眼,像是有着某种美妙冲动的隐私暗藏在里面。沉默时,静悄悄的;冲动时,会不由自主地泄露一丝惬意的神色。一身的藏青色氆氇,裹着壮实的身体,看起来高大、阳光,很有味道。

但听尼玛再次唱起来了。依然是藏语歌。从他那闪烁的眼神里,我想那定是一首情歌。

尼玛的歌声叫草原静悄的早晨热闹起来。有几位青年驾着高头大马朝我们奔来,马缰勒得大马嘶嘶乱叫。一位青年骑的一匹银色大马,几乎擦过我的身体,绕我跑过一圈,然后奔向前方,一边打起响亮口哨,一边滚身下马,站于尼玛一旁,夺过尼玛的歌声,朝着我唱起来。

我愣了下神,虽然这青年唱的是藏语,但音律我很熟悉,是草原上的传统歌曲《次仁拉索》。这首歌,我在内地时曾经跟随耿秋画师学唱过,所以我立即附和着他唱起来。虽然我用的是汉语,也有点跑调,但我的大胆接应还是叫这青年惊讶不已。他随即放低声调,用鼻音烘托起我的歌声。

同道的几位青年朝这唱歌青年"啊呵啊呵"起哄大叫,扬起马鞭打转大马,把我俩围拢在草场中央。转动的马匹和喝彩声打花了我的眼神,我突然有些紧张,收住嗓门。唱歌青年随即亮开歌喉,接过我的歌声再次放声大唱。一连唱过几首,均是草原牧歌。最后,他唱起了六世达赖喇嘛仓央嘉措的《东边月亮》。这歌我自然是熟悉的,但我并不会唱。所以又是我,用轻轻的鼻音在烘托他的歌声。

而这青年唱起《东边月亮》时,神情再无张扬,或者迎合之意。他的目光,变成月色模样的清凉,悄然从我的脸面上游移开,不知不觉中,他沉浸在自己的歌声世界里——

> 从东边的山尖上,白亮的月儿出来了。
> 姑娘的脸面儿,在心中渐渐浮现了。
> 去年种下的幼苗,已经长大了。
> 青年老后的体躯,比南方的弓还要弯了。
> 自己的意中的人儿,若能成为终身伴侣,
> 犹如从大海中,得到一件珍宝。
> 但若是要随你心底之意,今生与佛的缘又断了,
> 若要往空寂的山岭云游,就把你心里的事违背了。

有力的蜀葵花儿,你若去做供佛的物品,
　　我也将年幼的松石蜂儿,带到你的佛堂……

这就是月光。他本名叫东月。月光是我不经意间随口喊出来的。当时我这么喊他,因为听不懂,他朝我愣着眼神。

"我叫你月光行吗?"我这么问,重复喊一声,"月光!"

东月仍是愣着眼。他眼睛发愣的时候,刚才唱歌时的那个月色一样清凉的目光便混乱了,困顿在我语言的门槛之外。(从这时起,我即暗自决心:一定要好好学习藏文。)

东月听不懂我的话,一旁汉语流利的堪珠老师便把我的意思传达给他。他马上朝我笑起来,干脆地点头,跟着我绕口学道:"月——广(光)?"

"月光。"我说,面对面教他:"月——光。"

"月——广——光,哦呀,月,光。"东月朝我闪动眉目,喜爱地喊起自己:"月——光,月光!"

"哦呀,月光!"

我们俩的眼神不安分地跳跃起来,它们也要快活地交流一下。

我的目光在说:"你嘛,也可以给我一个名字。"

他的眼神想了想:"那我叫你梅朵!"当时月光的确是有这样的回应。不过说的是藏语,我当然似懂非懂,又被困顿在他的语言门槛之外了。月光有些着急,突然从草地间拔出一朵紫色小花,我听堪珠老师在帮着传送月光的话:"他说你长得跟这花儿是一个模样的,所以他也要给你一个名字,叫梅朵!梅朵,就是花儿!"

哦!梅朵,月光。月光,梅朵。我情不自禁笑了。

和月光一起赶来的青年们已经下马来,大家开始围上我跳锅庄(一种草原舞蹈)。一位身穿藏蓝色氆氇,外套汉式小西服的青年拉住我的手,带动我也跳起来。他粗犷的肢体,带动我不知所措的身子,像丝绸与毛毡的碰撞,叫我慌张。

"我,班哲。"青年自我介绍,一笑,笑意在舞动中旋转得极快,一闪而过。"你看过藏戏吗?"青年问。

我来不及回答,因为他带动得太快,我感觉天旋地转,被他把持着整个人在飘晃。闪逝中我在寻找月光。却看他此时的一身青紫色氆氇,被超速旋转的视线弄得虚浮了形态——那不再像是一个人,更像是一种虚像,抑或是一朵正在盛放的青莲花。是的,它在慢慢蓬松、壮大,周边开出无数花瓣。花瓣越开越旺,不久,天地间即是一片绛红——寺院里,喇嘛身上僧袍的那种绛红,铺天盖地。

月光拦住班哲青年狂热的手。

"她肯定这样不行吧,她肯定被你转得晕头了。班哲阿哥,不要这么快地转动她。我们的地方多多高嘛,她肯定不能这样适应吧。"堪珠老师带着赞许的口气给我翻译月光的话。然后我被月光搀扶着坐到草地上。我们就这么近了,他坐在草地上,我坐在他身旁。我的屁股下方有一块小小的毛毡毯,是他刚从马鞍上抽下来的。想他如此细心,我有些感动。朝他笑,就闻到他身上传递过来的一些味道。独特,又淡淡的,含有青草汁液的一些气息,有点淡薄的甜,也有点淡薄的膻。

"酥油。"他解释说。

堪珠老师一旁传话:"早晨东月……哦呀,月光,他刚刚在帐篷里打过酥油。你瞧,他手上还粘的一层酥油花嘛。现在,酥油也染上了姑娘的手。"堪珠老师边说边笑。

我便把手指送上鼻尖来。一次陌生而新鲜的吮吸。堪珠老师朝我点头，一脸自信的神色："梅朵姑娘，你会慢慢喜欢它的。"

我听月光在一旁应声："哦呀，你这个要是喜欢，就来我帐篷吧，我给你打酥油。"

堪珠老师给我传过月光的话，惹得草场上一片响亮的口哨声。几个青年朝我和月光做起鬼脸，起哄，笑，打马离去。刚才拉我跳舞的班哲青年也跳上马背，与堪珠老师照应过一些话，堪珠老师给我的翻译是：班哲青年明天要去遥远的拉萨表演藏戏，等以后他回来时，会带上戏服到麦麦草原上来，要为帮助我们草原孩子的好心姑娘专门唱一场藏戏。

堪珠老师又代我谢过班哲青年："哦呀！梅朵姑娘肯定会喜欢你唱的藏戏。"

班哲青年朝堪珠老师投注恭敬的一笑，同时也把这种笑意延伸到我脸面上来。然后打马离去。

月光留了下来，和多农喇嘛交谈一些事。只见喇嘛在不停地说，月光在不停地"哦呀哦呀"应声，从他那恭敬的眼神里可以看出，他非常尊重多农喇嘛。

他们谈完事过后，月光磨蹭在那里。眼睛里一半的神色佯装在检查马背上的马鞍，左看看右看看，更多的视线却是透过马鞍的缝隙，在窥视另外的地方。他抓住马鞍，却未上马。牵着大马在草地上慢腾腾地踱着步子，半天才爬上马背，要走，却又回头望我，意犹未尽。

"你来我的帐篷啊，我给你打酥油。"他这么说。不，是他的眼神在这么跟我说。

"好的,等我学会藏语,我就去找你。"我回答。不,是我在心里这么回应他。

之后,我们有很长一段时间未曾见面,不知这青年去了哪里,为什么很久也不来巴桑家的帐篷。

有一天,多农喇嘛对我说:"现在是草原上挖虫草的季节。那个被你称作月光的小伙子,到雪山背面的草原上挖虫草去了。那个草原托玛尼神墙的恩赐,有多多的虫草。"

"哦!"我长吁一口气,用视线探寻前方那高耸的白玛雪山,心想,它的背面距离我这里该有多远呢。

5. 茫茫草原

我开始努力学习藏语,又跟随当地人学习烧茶、挤奶、打酥油。我想等月光从雪山那边来,到巴桑的帐篷时,还是我来为他打酥油吧。

多农喇嘛对于我的工作安排不紧不慢,他想等月光挖完虫草回来再开展工作。因为草原工作对于我是陌生的,他准备安排自己的表弟——月光——来配合我。

就来说下月光家的情况吧。他们家呢,处在半农半牧地区。农区有田地,牧区有牛马。半农半牧的家庭挺不错,什么也不用买。农区的青稞供应牧区,牧区的酥油供应农区,又有酥油又有青稞。

但是月光家并不富裕,劳动人手也不多。平时是月光和他阿爸负责牧区牛马,他阿妈和阿哥负责农区田地。紧紧凑凑,没有闲人。

不过多农喇嘛安排月光配合我的工作,他们一家人都是积极响应的。他的苍老、佝偻得如同一团皱褶棉布的老阿妈,一见到喇嘛,便双手掸起一身油尘的衣袍,一边掸一边把最油亮的那层脏面掩盖起来,深深地朝着喇嘛勾下腰身,双手合十,贴于鼻尖,向喇嘛不住地点头,应承——

"是!是!多农喇嘛,我们家愿意做这个事!这是佛祖的意愿,是我们家应该做的!"

"哦呀,你们家为草原人多多做些善事,神灵自会保佑你们家平安无事。正好你们家也没有喇嘛,多做善事,也算是修行一位喇嘛。"

多农喇嘛这样的话,直接而分明。本来,在当地,一户人家如果有两个以上男孩,是会送一个进寺庙出家的。月光家有他和阿哥,所以他们家自然要安排月光出家。但月光阿哥腿脚不好,劳动不便。他们家又是半农半牧,为家庭生计,月光就没有出家。在佛祖面前藏有如此私心,月光一家人总是惴惴不安。现在得到多农喇嘛这样的吉言,一家人自是积极表态:一定会好好协助汉姑娘的工作,我们家的月光,尽管你汉姑娘使唤吧。

一个月后,待月光挖虫草回来,我的工作便也开始。多农喇嘛已经离开草原。他从此需要不断外出,为学校化缘,筹备资金。而我,第一个要做的便是学会骑马。因为除了骑马出行,草原上没有其他交通工具。

月光说,可不是,草原这么大,不骑马你怎么工作嘛!多农喇嘛虽然留有一匹马给你,但他的那是一匹热血马,太剽悍,肯定你也骑不上。我把列玛送给你吧。

列玛是月光自己的坐骑。这伙计应该是中亚的草原马品种。体格高大结实，肌肉是钢板模样的硬朗，没有多余赘肉。通身水银白，背部竖起一排整齐密集的马鬃。马鬃下皮毛均匀细致，油泥一般的亮，一看就叫人喜爱。

我上前去，朝列玛伸出双手，想抚摸下它。

不想这伙计却拒绝接触生人。我刚向它走近一步，它即朝我砸蹄嘶叫，不让我靠近。

月光站在一旁愉愉笑。望望列玛，口里发出似是而非的招呼："老伙计，这下让你跟上姑娘，叫你惊讶了吧？还没做好接受的准备吗？但是神灵在前世就把姑娘许配给你啦！"

他瞟我一眼，见我没反应，乐呵呵地抚摸列玛，一边目光朝着我闪烁，一边又在招呼它："老伙计，既然你和姑娘有着前世的缘分，那今后可得多多听姑娘的话，多多照应姑娘嘛！"

列玛却不领情，朝主人一阵嘶叫。

月光因此又是摸摸，又是拍拍，硬朗了语气："老伙计，你可得听仔细：你和我，我们和姑娘，我们三个今后就是一家人。多农喇嘛是给我们这个家念过平安经的，所以你要是再有生分，我可不客气啦！"

这伙计仍然固执，朝我咻咻喷鼻气，一声比一声响亮。

月光最终没了耐性，来硬的了。给列玛解套，拉过缰绳，拽上它在我面前溜达一圈，然后强行把我推上马背去。惊得我渗出一身热汗，壁虎扒墙状趴在马背上一动不敢动。月光却抓着缰绳一脸庆幸，说没事，你能骑上去就没事了。不久，你会喜欢它的。

他拉过马缰，牵起列玛穿越田野，往丛林上方的草原走去。

草原上便有了两个青年和一匹大马的投影,被下午偏射的阳光拉得很长。随着列玛的移动,投影一会儿自然地重合,合拢成一个人;一会儿又生生地剥离,拉开很长很远的距离。

我坐在马背上望远方。草原那个远,那个深和苍茫,把我的视线也拖得有些沉重——多农喇嘛的家,那未来的草原学校,处在草原左下方的那片丛林。陈旧的土夯碉房,看起来风雨飘摇,它会不会哪一天就倒塌了?孩子们找出来安顿在那样的地方,安全吗?

我望着茫茫草原想心事时,月光在一旁说:"梅朵,在马背上坐过一个下午,和列玛的感情也是多多有了吧。现在你想不想我放下缰绳,自己和列玛交流一下?"

"好,月光,我需要这种学习!"我立马回答。

月光犹豫片刻:"那我放手了?"

"好吧你放手!"

月光又踌躇起来,不放心问:"你到底行不行嘛?"

"不行也得行,我迟早是要尝试!"我说得有些决意。

月光思量好一会,才把缰绳塞进我手里:"哦呀,那你要多多地小心!"

列玛一身光亮的皮毛是个视觉的幌子。抚摸时那般柔软,骑上来却像一副活生生的骨头钢架。那种从马的体质内部喷薄出来的刚强之力,抵触着我哆哆嗦嗦的身子,一不小心就要摔下来!

这伙计吃草也不规矩,挑肥拣瘦,到处转悠。发现前方有一处草籽地,立马砸蹄,欲要过去。

而那草籽地却处在一道深暗的沟渠对面!我的心顿时紧张起

来,想这伙计如果真要跨越沟渠,那种激烈的弹跳所产生的颠簸,可不是我这样的小女子所能承受的。我慌忙扭头朝身后张望,却发现月光没有同步跟上来!

心当即一阵虚晃,直在马背上惊叫:"月光!你怎么不跟上来!快呀,快来,列玛要跳沟了!"

月光跟在后面追喊:"那你快快往怀里勒住缰绳嘛!不要大喊大叫,你这一叫,列玛受惊了!"

可是此时我的体内涌出一股另类惊骇的荷尔蒙液体,它叫我想勒住马缰,手却哆嗦无力;想停止尖叫,但千万个惊恐细胞却控制不住地从体内呼啸而出,怂恿我发出更加尖锐的惊叫。我的惊叫,叫列玛变得烦躁。它终是昂起头,一阵扎耳嘶鸣,之后飞起四蹄……

后来我什么也不知道了。

我清醒过来的时候,是在月光的背上。他背着我拼命往草原下方的青稞地跑。我才意识到,这是被列玛摔了!我看到自己的左腿在月光奋力的奔跑中,像个身外之物两头晃荡,天!它是不是断了!

"月光……"我焦心地淌出泪来,混合着血水,脸也是破的,到处在流血。"我的腿断了!"我担心得叫起来。腿如果真的摔断,在这样的深山草原,肯定没救了——草原上不可能有高明的医生!我头脑里在这么揣测,满心焦急。月光却在一声接一声地招呼:"没事,青稞地下方有我们最好的益西医生,所以没事。神灵也会保佑帮助我们草原的好心人,所以一切没事!喇嘛——拿加——素切,桑结——拿加——素切,曲拿加——素切……"

他大声念起经来,一边气喘吁吁,一边断断续续。

6. 我们的第一个孩子

在月光家山寨的背面,麦麦草原北边的丛林下方,小河边上,有一座依河而建的大藏寨。寨子的中央部位住着麦麦草原地区最大的藏医家族第五代传人——益西医生。他是月光的远房阿舅,是当地富人。藏房修建得高大气派,错综复杂。城堡式结构的碉楼,近看极像是一座土司官寨。这"官寨",从外墙到内楼均是石碉混合原木材质,门窗户扇均为纯木雕花的装饰,楼上楼下的墙面画满彩绘,图案精美,色彩绚丽。我还是第一次看到这么华丽的民房。但我没心情细看,腿部受伤,我在焦虑后事——要是我的腿断了,怎么办?

月光小心地把我放在碉楼里的大藏床上。一位清瘦的男人——在这样封闭的寨子里,稀有地戴起金丝眼镜的男人——不紧不慢地朝我走来。他是藏医的第五代传人,益西医生。

他挨近我,朝我浑身上下细看一遍,再伸手捏捏我的腿骨,问:"这里痛吗?"我不回答。他再问:"这里呢?这里呢?"他在一路检查着我的那些不是关节部位的骨头。我均不回应。我想肯定那些骨头完全脱离了我的肉体,所以医生检查时才会失去知觉。

但是益西医生最后在我的膝盖关节上用小皮锤轻轻那么一敲,却让我抽筋断骨般地大叫起来:"啊哟!痛!痛!"

益西医生立即停手,轻轻拍拍我那被弄痛的腿部神经,笑起来:"你没有大事。"

"那我的腿怎么会那样空荡地晃动呢!"我难过地问。

"这是因为关节骨折,幸好不是主骨断裂,这就好,不会让你变成一个瘸子了,幸运的姑娘!"益西医生一脸庆幸的神色回答,然后又严肃地解释,"当然,你的关节骨折也不是一天两天就能恢复的。"

听到这话,我才长长地呼出一口气。只要能好,只要不会断腿,什么都好了。

益西医生开始为我治疗。清理伤口瘀血,接骨,打钉,绑扎,开药。我必须"住院"——就是住在益西家的碉楼里养伤。多久?什么时候骨折的疼痛和伤口的感染得到控制,什么时候才能离开。护士是没有的。服侍我的是一个十多岁的小男孩,月光叫他阿嘎。

事实上,如果不是这次意外受伤,我可能就没有机会接触阿嘎。

阿嘎今年十一岁。他的母亲在一次雷电中遭遇森林大火死亡。父亲一人拖扯三个娃娃五年。之后他们家叔父从喜马拉雅山南坡的一个地方回来,提出可以带走父子四人,到雪山南坡去朝圣。随后就是一路惊心动魄的行走。不想在一次匆促的行程中,阿嘎和父亲走散,自此再也没有碰面,阿嘎因此成了流浪儿。不知前些年怎样生活,近年来他很幸运地被益西医生家收留。

但阿嘎没有自己的卧室,他的床铺就搭在厨房的锅灶旁,这样更便于做活。这孩子一天要做的活计很多。清晨五点起床,为佛堂里众多供杯换净水。之后生火烧茶,做每天固定六人的早餐。早餐完毕,打扫整座碉楼卫生。然后再从山寨下方的小河背回一天的生活用水。其间须不断地检查烧茶的锅灶,不等柴火熄灭,得及时添柴。十点半开始准备中饭,揉粉和面蒸包子馍馍。不知小小年纪的阿嘎怎么就学会一手做麦面的好手艺,蒸出来的馍馍包子又大又香。吃完中饭,下午便是主人家四条看门大狗需要喂食。那些大狗均为藏獒杂交,体形粗壮,食量惊人,阿嘎每天至少需要配备和搬运四铁桶狗食。

来到益西医生家治疗,第一天我就发现阿嘎小孩,他需要做出如此之多的家务劳动。而碉楼里的女主人益西夫人,似乎已经习惯这个孩子的劳作。这位夫人,我自始至终没有机会正面接触。先前是我的伤处痛得不行,没有精力向她做出礼节性的招呼。等我稍微可以活动时,夫人则长久地坐在大内堂念经拜佛,分不开神来接待外人。我只能通过床铺旁的一方镂空隔墙观望她的形态举止。

　　大半时间,我见夫人独处内堂,供灯,烧香,念经,五体投地磕长头。疲惫后,会把饱满富态的身子微微倾斜着靠在唐卡下方的床榻里,手捻佛珠,闭目养神。

　　偶尔,她的目光也会短暂地投注到我这边的镂空隔墙上来。那眼神在隔墙间流动时,有些不安神,仿佛对我产生了某种敏锐的感应。

　　确实!当我看到阿嘎孩子小小年纪,却一个人在支撑一个大家族的生活劳动时,我的心里不仅是震惊和同情,也对他产生了一个隐伏的心思:这孩子虽然是有阿爸和兄弟,但目前处境跟没有家庭是一样的。

　　我想我第一个要做的工作,应该是带走阿嘎。

　　心中有了这样的计划,又和益西夫人有着一些敏锐的生分感应,我就不想在益西医生家休养过久了。早日脱离这种富足的依赖,不欠下太多情分,将来的工作才会做得更为利索一些。

　　所以等疼痛和感染稍微得到缓解后,我就提出"出院"。月光却不同意。说益西家条件多多地好,吃的都是汉餐,有内地人喜爱的青菜水果,和多多的肉食,这更有利于我的身体调养。如果提前出院回巴桑家帐篷,肯定不妥,受伤的腿脚是不能长久睡在地铺上的。去他自己家吗,他家条件也是多多不好,他阿妈又不会做汉餐,怕是会叫我的伤处难以恢复。

我只好跟他道出对于阿嘎的心思。月光一听,惊讶不已,生怕发生什么闪失似的,再不敢坚持,匆忙地把我接到他家。

他似乎对益西家有着某种隐晦的敬畏。

7. 这是你的伙伴

到月光家来,又是一段时间的调养。月光和他阿妈每天对我的照顾细致用心。两周后,我终于可以下地走路。卧床太久,一身沉睡的细胞因为康复马上积极活跃起来,显示着大病初愈后的庆幸和张扬,像是要飞了。

月光望着我笑,说:"瞧你嘛,这样迫不及待!怕不怕,还敢不敢骑我的列玛?"

"列玛?当然不敢了,有点害怕!"我老实回答。

月光目光闪烁:"那你什么时候才不会害怕它?"

"等我的身上有了草原女子的酥油味道时,就不害怕了。"我说,是开玩笑。

月光却眉飞色舞,一边打口哨一边大笑:"啊哈,你说得也对。不过要想做我们的酥油女人,你就应该多多地学会骑马——骑上我的列玛。你骑不上列玛,就做不了一个真正的酥油女人!"

他最终又抓来列玛,要求我重新学骑。我有些顾忌,上次正是列玛的一个小小任性,叫我躺倒一个月。这次要是再有闪失,我的工作很可能就无法进行了。月光却很坚决,只把列玛扯得嘶嘶乱叫,拽它到我面前,非要我学骑不可。

"我就不信这伙计不喜欢你!"他一边拉扯列玛一边说,声音里隐含着似是而非的情绪。

"你又不是列玛——你说没用,列玛不喜欢我。"我佯装糊涂,冲着月光不满。

月光急了,认真地再一次解释:"它肯定会喜欢你的!它肯定会喜欢你,只是时间的问题,它迟早会接受你的!"

"但我为什么非得要它接受我呢?我不能学骑别的乖一点的马吗?"

"可是我喜欢列玛!"

"你喜欢列玛为什么我也得喜欢?"

这话一出口我就后悔了,糊涂佯装得有些过分。我看到月光脸色突然黯淡下来,他刹那间难过的眼神让我意识到,自己像是个没心没肺的女子。

"……好,月光,我骑。"我只好说。

月光马上又咧开嘴笑了:"放心吧,这次我不会轻易放手了!"他又把我推上马背去。

列玛有着所有雄性大马的清高品性,对于小恩小惠从不上眼。即便我小心翼翼,举手投足间处处保持对于人一样的敬畏爱护,它也大不在乎。轻视我的努力,冷漠我的热情,驮起我时,一身的生分与急躁。砸蹄,动荡,摇摆,随时随地地抵抗、拒绝,叫我有些心急。

月光说,要不换一种方式?你在它面前从来也没能显示自信,马也欺生了。你干脆一横心,大胆地骑上去,马也会害怕。如果不怕再摔,你就这样尝试一次?

我当即从马背上跳下来,拖过月光手里的缰绳,一个人拽上列玛,不让月光跟随,把列玛拽进雪山下的丛林间,拴它在一棵树上。列玛很不服,非常急躁,不满意地朝我嘶鸣。我举起皮鞭,咬牙切齿,狠心一鞭子朝它抽下去。

皮鞭打到列玛的屁股上,那是它最不乐意让人碰到的地方。列玛一阵狂嘶,蹄子砸着地面,愤怒不已,那架势像是要与我大战一场。我随手朝它又是一阵猛抽。列玛终是忍耐不得,痛得四下躲闪。我步步紧逼,处处追打。扯它的缰绳,前后左右指令它。列玛想反抗,又被拴在树上反抗不得。我就这样磨着它。它左,我抽它右;它前,我抽它后。在这之前,我从不知道自己也会有如此暴烈的时候。

就这样,马的精力被慢慢磨蹭殆尽,我自己也泄尽气力,最后一头倒在地上,累得爬不起身。

丛林间顿时寂静。列玛轻轻地朝我靠近来,用鼻孔嗅嗅我。它是不是担心我被愤怒之火烧死了?

我躺倒在地一动不动。列玛的眼神像是变得柔和起来,嗅嗅我,又抬头望前方。月光已经从前方的草坝子上一边打着口哨一边朝我们走来了。列玛望到月光,眼神里射出既委屈又殷切的光芒,朝主人嘶嘶鸣叫。月光佯装不理会,径直向我走过来。

"怎么,你打也打累了吧!还害怕列玛不?你那样抽打它叫我心疼嘛!"月光说。

列玛在一旁朝月光颔首,眼睛里冒出水亮亮的神色。月光一把拉起我:"你打也打了,再要骑不上就是天意!现在你自己上马吧。要是再被摔下来,我这里,养活你一辈子算了!"

"说什么话!你真是个乌鸦嘴!"我朝月光蛮横起来。一把抓过马缰,脚插进马镫,跃身跳上马背。列玛做过一次无奈的晃荡,想举蹄跑,但我咬牙切齿,仇恨一样地紧紧勒住缰绳不放。惹得月光在下面笑起来:"它和你有仇啊梅朵,瞧你那个打人的模样!"

列玛被我紧勒住缰绳,它举起的前蹄只得落下来。我大叫一声:"去!"放松绳索。列玛想跑,我立即又紧紧收起缰绳。列玛无奈,只得攒蹄停下。我紧紧夹住列玛肚皮,在马背上呈匍匐状,才又松开绳索,扬起马鞭。列玛便扬蹄奔跑起来。

8. 楼院深深

因为阿嘎,我和月光不久后又来到益西医生家。据月光介绍,他们家是由益西的夫人当家。所以我们要想带走阿嘎,得先与益西夫人商量。

再到益西家时,我终于正面见到了益西夫人。她刚从经堂里出来,长久的五体投地让她一脸倦容。但见她倾斜着身子坐在床榻上,微微侧目,注视我们,等着我们问候。

月光便上前去,有些局促不安地说:"益……益西舅妈,您好!"

夫人没有即时回应月光,目光扫我一眼:"哦呀!"她点头,算是回应月光;之后,换了个姿势,打了个深长的哈欠,然后这么说,"哦呀,有些累了。"

我和月光不知怎么接话。

夫人便招呼:"坐吧,喝茶。"同时朝内房喊,"阿嘎,给客人倒茶。"

阿嘎匆忙从内房跑出来,手里拿着一块抹布。

在我的印象中,这个孩子手中永远都是拿着东西的。不是抹布就是拖把,或者锅碗瓢盆之类。此刻他正在内房给那些雕花的桌椅抹灰尘。

阿嘎见到我们,脸上扑腾着愉悦的笑容。他想把这种笑容完整地传递给我们,但转眼望到益西夫人,笑容立即就被收进眼角里了。

"倒茶。"夫人吩咐阿嘎,声音有些生硬。

阿嘎连忙洗手,给我和月光每人倒一碗清茶。

夫人开始礼节性地询问月光:"你的阿爸阿妈好吗?"

"哦呀,多多地好。"

"这就好。你们今天来有什么事吗?"

"没……是来看望舅妈。"月光吞吞吐吐。

"也是有点事情需要和您商量!"我赶忙接过话。

夫人神色警觉起来,问:"什么事?"

我的脸上有着真实的微笑和直白的答案,但出口还是有些婉转:"其实也不是太大的事——您知道,我上草原来,主要是想做些孩子的工作。"

"哦呀。"

"可工作才刚开始,需要大家的理解和支持……"

"支持?"夫人打断我,"但是我们家没有孩子!"

"我是说阿嘎……"

"哦姑娘,听说你上草原来,是专门收留那些没有阿爸阿妈的娃娃。阿嘎可不是!他是有阿爸和阿哥的。"

"我知道,但他也已经到了学龄阶段,可以上学了。"

"这……"夫人犹豫片刻,眼睛迅速扫过阿嘎一眼,自顾解释,"我想阿嘎不会同意,他本人并不想读书。"说完,厉声盘问阿嘎,"小娃,你想读书吗,你自己说一说!"

阿嘎似是哆嗦了下，憋气不说话。

"他不愿意！"夫人匆忙替阿嘎表达，"去年我送过他进学校，但是他不愿意！……小娃，内房的事做完了吗？"夫人目光紧盯住阿嘎，孩子只得抓起抹布退回内房。

月光在一旁朝我使眼色，见我不理会，匆忙站起身："舅妈，我们这是多多打搅您了。"说完，一把拉过我，走出碉楼。

回程的路上我和月光争执起来。我抱怨他离开得太匆促；他却提议，如果再来，需要和阿嘎本人先沟通一下，要跟他说明真实情况，给孩子多多的底气，让他自己站出来选择道路才好。

过了两天，我们又一次来到益西家。这次我们在楼下就看到阿嘎，他站在三楼晒台上，瞧见我们，兴奋地朝我们晃起小手。这孩子像是已经感应到我们的到来会给他带来希望，半截身子都扑在晒台外面。我正想回应，月光却拦住我，低声招呼："你都忘了，先别出声！我们要把阿嘎喊下来，先跟他交待好情况，再上楼去找益西舅妈商量。"

月光一边说一边在楼下朝上面的阿嘎打哑语，意思是叫他下楼。阿嘎心领神会，转身钻进碉楼里。

但是我们在楼下等了大半天，阿嘎始终没有出现。不知途中发生怎样情况，我们只好进碉楼打探。

刚进益西家大门，就见益西夫人站在碉楼下，脸上荡漾着让人感觉没底的笑意。

月光连忙上前招呼："益西舅妈您好！"

"哦呀。"夫人淡淡回应月光，这回她不理会我，还没等我开口，直接说,"你们是来找阿嘎吧,他走了!"

"啊?益西舅妈……"月光被惊住,话还没说完,夫人则主动请我们进屋了。

这时,益西医生正在给一位输液的病人扎针。见我们等在门外,不知怎么的,那针头老是扎不中血脉,痛得那位病人龇牙咧嘴。夫人便在一旁说明:"你们如果有话要对益西说,就到楼上等着吧,现在他太忙了。"

月光很不好意思地回应:"哦呀。"然后我们跟随夫人上楼去。

我们在楼内四下寻望,却看不到阿嘎。夫人也似是有意无意地迎合,引领我们在碉楼里周游。楼上楼下,那些花花闹闹的彩绘壁画只把我的眼睛扑得恍惚——有点奇怪,阿嘎竟像空气一样在碉楼里蒸发了!月光面色沉默,像个木头人跟在我的身后。在我正暗自惊叹的时候,益西夫人语气轻捷地对我说:"你看,阿嘎走了。"

一直到午饭时分益西医生也没闲下来,这也让我没有机会和他进行交流。

离开益西家时,我的脚步有些飘忽,没想到益西夫人会那么迅速地支走阿嘎。她把阿嘎藏在哪里了?

月光神情忧郁地对我说:"以我对益西舅妈的了解,我们肯定是带不走阿嘎的。你就是明明知道她藏了阿嘎,你也不会有办法,除非……"他的话突然止住了。

"除非什么?"我连忙问。

月光却不回答,也不再理会我,转身朝一个陌生的寨子走去。

我们这次来并没有骑马。因为月光家要运送粮食上草原,两匹大马被他阿爸拉去驮粮食了。我们只能步行。寨子有些大,路有些迷乱,弯弯曲曲,坑坑洼洼。我们长久地陷入层层碉楼当中,走也走不完,引来一些人家的看门大狗一路狂吠。碉楼里不时地伸出一张张惊动的面孔,密切地目送我们离开很远,才放心地收回目光。

好不容易摆脱这种将犯众怒的尴尬境地,还没安静稍许,我们又误入一片荒疏破落的废墟当中。一场大雨毫无征兆地砸下来。太阳还挂在空中,光芒穿过雨线射向大地,放出燥热闷人的气息。雨点像一只只小牙齿啃着残垣断壁,叫大垛岌岌可危的泥墙发泡、稀松。其间的一面残墙突然轰的一下坍塌。我们的双脚因此被困其中,走一步,带起一坨泥浆,拼力甩脱,再一脚下去,是更深的泥坨。反复累赘,叫人郁闷。

实在走得没底的时候,我停下来。

"月光,你要把我带到哪里去?"我站在泥地中间,双脚深陷泥泞。

月光头也不回。"我们回家。"他说。

"可是回家的路不在这里。"

"不想走平常的那条路了。"月光有些闷头闷脑,"我们赶近路回去。"他突然又回过头来,"草原上还有多多的孩子,我们为什么非得带出阿嘎呢!"心烦意乱的青年,不望我。像是恨不得我,又爱不得我;容不下我,又担心着我,所以故意拖我走艰难曲折的道路,来体罚我。

由于下雨,我的外衣已经被雨水完全打湿。而汗珠从紧密的内衣直往外渗,渗到中间一层又被厚实的毛衣堵住,流淌不出。外湿内闷,浑身燥热。我只得解开外衣,一边追问:"月光,告诉我,除非什么,我们还有什么办法?"

月光不理会,却用手指着我解开的外衣:"你扣上它!"

"你走得太快,我热了。"我满面是汗,瞧着月光。他上前来一把拉上我的衣口。"你是想感冒吗,那么好意思再回去请求益西医生治疗?"说完他丢下我继续往前走,与我拉开很长一段距离。

我只得跟着追喊:"月光,我走不动了,真的,我走不动了!"说完,我朝着一堵残墙靠上去。

月光这才扭过头,回走两步,瞧我,眼神晃荡,有话,又不说,有想法,又压制它。

"月光,我知道你有心事。可是你要说出来。应该怎么办?我们总不能对这个孩子不闻不问,是不是?"

月光面色犹豫。

"你也难以接受一个娃娃那样生活,月光!就当他是你的小阿弟……"

"哎呀别说了!"月光一声打断我。他几经犹豫,才那么不情愿地,又似是无厘头地嘟囔一句,"我们有必要去打搅嘎拉仁波切吗?"

"月光?"

月光面色纠结,思量很久,终是吐出心思:"要是我们去请益西舅妈的阿哥——嘎拉活佛来处理这个事,肯定能把阿嘎带出来吧。可是活佛多多忙着,有几百喇嘛的大寺院需要管理。又是在雪山背面,路程很远,请他有些困难——我也不忍心去打搅嘛!"

"你是说求助活佛,请他来处理?我们需要费这个周折吗?这本来就是一件简单的事。"

"简单的事?"月光不满地瞟我一眼,"你好像神仙一个模样,什么都懂!"

"那好吧,也是,活佛的话谁敢不听呢!"

9. 雪山丛林

从益西家回来,月光眼神里总是揣满心事,对于去不去烦劳活佛顾虑重重。因为活佛住在遥远的白玛雪山背面,山高路远,行路艰难。平凡之身倒也无妨,活佛却是尊贵之身,怎好让他经受艰辛的路程!

如此,出发之事便迟迟不得落实。急得我无奈,只好独自行动。我想等我真正上路,月光即便再有顾虑,他总不会放心我一个人。我相信他会跟上来的。

于是我备马出发。月光并没有响应。我打马上路时,他磨蹭在碉房的楼上不肯下来。二楼的窗帘后面,他一半的脸露出来,在窥视楼下的我,瞧我正寻他,迅速地闪到里面去。我在楼下暗自笑起来,用响亮的声音招呼我的列玛,说老伙计,你看,你的伙伴不乐意同行,那就我们两个出发吧,我们去找嘎拉活佛。不就是隔着一座雪山嘛,又不是隔了一层天!

说完打马离去。

麦麦草原透彻的空气造成一个视觉上的欺骗。我打马出发时,看那雪山就在草线的前方,好像大喊一声也能叫它表层的雪花脱落一层。但跑过半天,那雪山却像是活的。我前进,它后退;我后退,它却晃着神儿前进,感觉总也不让我靠近。

回头张望,月光呢?他为什么还不赶上来?我一面顾虑,一面打马向雪山奔跑。跑跑,想想,又猛然勒住马缰,叫列玛差点一头栽倒。这伙计不高兴地发出嘶叫,我连忙朝它加抽一鞭,叫它的声音越发愤怒响亮。我想透彻的空气肯定会把列玛的嘶鸣声传播得很远,这样会叫月光听到。

我狠狠抽打马鞭,继续往前奔跑。

但任凭我怎样暗示,也看不见月光。而我好像走错路了。说是前去雪山背面,打马直直地朝着雪山奔跑。跑着跑着,却是抵上雪山,被它横腰斩断道路,过不去了!

我抽打列玛在雪山下绕圈子,心烦意躁,面朝雪山大声叫嚷:"月光,你是什么男人嘛!做事犹豫不决,你就不是一个真正的康巴汉子!"再绕一圈,不解气,我跳下马来,举鞭抽打草地,继续叫嚷,"你不但不是康巴汉子,你还不如列玛!列玛都会支持我的工作。我看你连列玛的一条尾巴都比不上!一只蹄子都比不上!一根马鬃都比不上!"

雪山下的丛林间有人"哈哈哈"地大笑起来,声音有点肆意,又有点幸灾乐祸。

是月光!他竟然神出鬼没地站在前方的雪山脚下!

"月光……"我赶忙打马赶上去。

月光不理会我,只朝着雪山说话:"是不是跑到雪山就可以飞过去嘛,自作聪明的小鸟,我把列玛送给你,从此你就可以飞了吗?"

"不是月光,是我不好行吧。"

"啊嗷——"月光在马背上打口哨,不理会。

"好了月光,对不起啦。"能等到这个青年,我的火气已经回落大半,面朝他笑了,"哦呀月光,刚才是我性急,现在我听你的嘛。"

"你听列玛的吧,我还不如列玛呢,我连列玛身上的一根马鬃都不是。"

"你就不能装作没听见?"

"但是我的耳朵就像风一样,哈哈!"月光转而又笑起来,"啊呵啊呵"地叫唤,打着马儿跑了。他马背上的小铜锅小铜瓢也在颠簸中发出叮叮当当的响声,像一串乐器在奏着曲子。

对于出行,月光是有经验的。他驮来了铜锅、铜瓢、糌粑、酥油、茶、盐、牛排、牛皮囊。这也让我感觉,在草原上,除了满腔热情,我什么经验也没有。

随后即打马进入雪山丛林,月光准备带我绕过雪山腹地,从它的一侧穿越丛林,到雪山背面去。

雨季开始,雪山下方的山路经常是断的。一些被泥流冲断,一些被溪水淹断,一些又被灌木埋断。沙石松散的路段,塌方频繁。小股的泥石流把道路冲成一道道暗沟。一些枯木横倒在暗沟上,搭成一段段天然木桥。马的体力大,可以一步跨越过去。人要像高空走钢丝一样地在木桥上爬行,才可以通过。

很多路段,上面淌着雨水,下面冒出地泉,一脚踏进去,半裤筒的黑泥。抽出来也是没有退路,两旁即是藤条杂木覆盖的深暗沟渠,人若不慎跌进去,顷刻会被埋得无影无踪。而巨大轰隆的溪涧经常会因水流的壮大而改道,把路面切成一段、两段、三段,或者干脆把整条山道淹没。水流太宽、太急,人的重力大不过奔腾的水流速度,除非马和人组合的力量,彼此小心翼翼,相互扶持、依靠,紧紧相握,才能过去。

这是我人生中第一次经历如此艰险的路程。心中不由感叹,幸亏多农喇嘛安排月光在我身边。要不我一个人,不说工作,恐怕连行走也很困难。是的,整片丛林当中,上方那些路段都还算是明朗之道,随机应变,可以克服。最难、最危险的,是那些真正埋伏在灌木下方的隐匿之路。它是一种阴暗的埋伏,让人心中没底。那些形貌似路的地段,走走没路,探探路又出来,出来走走又会断路。等再想回头,人已经困入杂木丛中。杂木生长旺盛,深厚而密集,基本由不得人折身。只有抽刀砍树,开路前行。而等你真正付出体力砍伐,那草莽又似乎无穷无尽,叫人疲惫。

我们大约在进入雪山丛林三小时后,遭遇了这样的路段。在越走越密的灌木丛中,我们的路先是时隐时现,走过一段,断了,扒一扒,路又在脚下。可灌木又深又密,总是盖过头去,埋住人的视线。人只能捂住头脸,用脚步探索道路前行。

但不久路就实实在在地断了,探也探不出来。脚下全是根须,盘根错节。灌木也密密匝匝,不砍伐扎不进身子。月光只得抽刀钻进灌木间砍树。他在前头砍下一段,我跟在后面走过一段。人在前面,不需要拽上缰绳,我们的两匹大马也会紧随其后。

只是走过一段之后,我的列玛却突然犟头踱步,不肯前行了。月光的大彪马也跟在身后喷鼻气。月光站在灌木间犹豫片刻,还是挥刀砍伐。他上次挖虫草时走过这条路。那时穿越丛林到雪山背面挖虫草的人很多,路被踩得比较明朗。不过才一个月,路又叫灌木给埋断了。夏季丛林雨水旺盛,气温好,草木生长尤其凶猛,一条路一两个月没人走动就会被草木完全侵占。

月光在前面挥刀砍伐,列玛跟在我的身后,一边慢腾腾踱着步子,一边昂起头,两只耳朵尖尖地竖立,眼睛警觉地瞧着前方丛林,之后,一步也不肯往前迈了。去拉它,它急躁,喷气,砸蹄子。月光已经处在杂木深处,几乎看不到他的人,就听嚓嚓的砍伐声。我拉不走列玛,只得招呼月光。月光最终停止砍伐。他憋在杂木中一动不动,许久不出声。

"月光,有什么事吗?"我朝他喊,"月光……"

月光在前方压迫着气息低声招呼我:"梅朵!别喊!别吱声!"

"唔?怎么了?"

"没怎么……"月光轻声回应,却突然从杂木间抽身出来。"算了!"他说,改变了主意,"我们不走这条路了。"

"为什么不走?都砍出这么长的道,难道还要把它废了?"感觉有些晦气,我站在原地不想回撤。

"算了!"月光语气肯定地重复,匆忙拉我返身。

我们的两匹大马瞧我们回头,早已一副庆幸的模样朝来路上掉头了。月光一路不出声,拉着我一个劲地往回走。直到完全退出那片埋伏的山路,他才放开我,一屁股坐在地上,嗡嗡地念起经来——

"喇嘛拿加素切,桑结拿加素切,曲拿加素切,根堆拿加素切……"

一声紧切一声的经语。

我们的两匹大马在月光的经声里显得很安静,再没出现刚才丛林间的那些烦躁情绪。月光嗡嗡地念完一段经语,然后对我说:"我们给列玛喂点酥油吧!"

"什么,我们带的酥油可不多!"我并不乐意。但月光已经从袋子里摸出两块酥油,朝两匹大马的嘴里各塞进一块,像是犒劳功臣一样。

10. 雪 崩

我们选择走另外道路。丛林间山路条条,哪条都可以走出雪山。只是有近有远。月光舍弃刚才被覆盖的近路,带我走上另外一条距离较远的山道。一路疲惫,月光也懒得和我说话,刚才砍伐消耗了他大量体力。其实我们是可以间隙地骑一会马,好来缓释我们疲累的体力。但都舍不得,因为山道怪僻难走,马和人同样走得吃力,叫谁承受负担都不安心。我们只好一路拉上大马行走。

时已近正午,阳光强烈。天空却冷不丁砸下一场太阳雨来,急骤持续。我和月光只得停下来,各人抽出马鞍上的毛毡,蹲在马的身体下方避雨。我们的大马很听话,迎着大雨一动不动,把我俩窝在肚皮底下。直到大雨停止,它们才抖动一身雨水,昂起头。我学着月光的样子要给列玛喂酥油,月光就笑了,说你也开始笼络列玛了嘛,看来不久它就会忘记我这个老朋友啦。

说话间,我们起身赶路。天却奇怪了,下雨时它阳光四射,雨停下后却满天升腾起云雾。太阳躲起来,天空也渐次阴暗。我们现在选择的这条道路是临近雪山腹地的,所以到处可以看到清冷的雪色光辉,照映着周边的丛林。巨大轰隆的雪泉在暴雨过后更加壮大,泛出乳白色浪花,在躁动中奔腾。水星子像雨点一样溅到我和月光的脸上,冰凉,有点点花针刺扎的隐痛。

我们行走大半天,又困又饿。看到前方有处平缓流动的雪泉,月光说,停下吧,我们该吃点东西。他从大彪马的背上取下一些食物;再把两匹马拴在山坡的草丛间,放长绳索,让它们也能补充能量;自己则拿起牛皮囊到雪泉里装雪水,准备生火烧茶。

一场大雨过后,丛林间到处阴暗潮湿。小股流水分裂成纤纤细细的支流从高处缓缓往下流淌,静悄地钻进下方的雪泉怀抱。顺着雪泉往上看,雪山就在面前。麦麦草原的白玛雪山从万世青绿中破格而出,寒气袭人,冲上天去。

已经有很久,我再没有用心注视雪山。现在它就在我面前,非常清晰的视线,我却望它有些不同寻常。那山腰间的云霭,密集如同一堵城墙,似是拦腰斩断了雪山,把它的一半雪冠丢在云端里。

从未见过如此诡异的云色。像是云雾,又像雨雾,更像雪雾。阴晦沉厚,在不断地组织、汹涌,随时蓄积巨大重力,让我感觉莫大压抑。如果那是雨雾,说明白玛雪山的山腰间肯定正在下大暴雨。气温这么高,雪山上要是那样持续地下暴雨……我不敢再往下想,赶紧寻望月光。看他正躬着腰身在雪泉里取水。他的绛红色氆氇一半裹住高大结实的身子,一半袖口长长地拖落在地面上。他在一边取水一边唱小调。虽然听不清意思,但是能听到他的声音,我的心才稍微得以安稳。我想女人的安全感里永远少不了男人。很多时候,女人在陷入犹疑不安时,需要一些阳刚之气来调节阴性思维,作为缓释、依靠。

是的,有月光在,一切不必担心。我清了清嗓门,也想朝他唱两句。可当我抬头仰望拴马的山坡时,嗓门里迸出的却不是歌声了。

"月光,怎么了!你看我们的大马!"我在朝月光叫喊。是我的声带在慌张中被卡断了?还是月光唱得太投入了?或是雪泉那巨大的轰鸣声埋没了月光的听觉——他并没有在意我的惊呼!我们的两匹大马此时已在山坡上异常焦躁。不吃草,甩头挣扎缰绳,又是砸蹄子,又是喷鼻气。再看雪山,它的顶部雪冠此刻完全被升腾的云雾埋没。而山腰间那堵云墙却在迅速裂化,分裂成一团团庞大的气体,在半空中汹涌。

视线渐次混沌,感觉天地之间突然不同寻常。一股阴寒紧迫的气息直面朝我扑打过来,裹挟着滚雷一般的轰隆声。如此急剧的气象变化叫我猝不及防。望两匹大马,它们在山坡上砸蹄狂嘶,奋力挣扎,也挣不脱缰绳。而雪山中央那汹涌的云雾已经铺天盖地,在磅礴轰隆中呼啸而下！

从没听过那种呼啸，它所发出的那样阴暗的轰鸣，像天兽洞张的嘴，要吞下这个世界！我的心跟着一裂！巨大无形的轰隆声制造的强烈声波只在顷刻间撞击大地。浑身缩成一团，我也是躲避不开那铺天盖地的震荡感应。还来不及逃离，我却看到那呼啸中的云雾，不，确切说应该是雪雾，突然裂化成一条条白色长龙，腾云驾雾，凌厉地向雪泉上方的丛林冲去。所到之处，切割山体，埋覆丛林。巨大杉木在顷刻间被打断、推倒、翻滚、埋葬。一切只在闪逝之间，一秒、两秒、三秒之间。天昏地暗。轰隆声叫人心头发慌。恍惚中我望雪泉——天！雪泉下方还有月光！

我朝雪泉奔跑。两匹大马在山坡上嘶鸣。惊惶中，不是我救月光，却是月光火速拽过我拼命往丛林里逃奔。在把我拖到稍微安全的地方，他一把推开我，又奔回山坡解救大马。

此时，我周围的天地，丛林震颤，山谷雷鸣，沙土如同堕胎般从山体上生生地剥离，形成巨大泥流，沿着道路山沟前推后拥，奔腾咆哮。庞大石块伴着整堆泥沙沉闷地轰塌下来，带动粗壮的高山冷杉垂直地砸进泥沙当中，溅起数丈高泥水雪浆，就像天空下起一场沉坠的泥雨，扑盖上我的脸面。雪崩残忍、分裂、灭绝，叫一切都变空。除天地之间崩溃的轰鸣，我们的生命显得那么脆弱、渺茫。我的头部被石块击中，砸在前额上，流出混合泥沙的黏稠血液。但我没有感觉，也没有意识到我们是多么幸运，竟然挨着雪崩泥石流的边缘幸免于难！

惊吓的惯性持续叫我神色发呆，不能意料未知的灾难。两匹大马跟在月光身后朝我奔来。月光一把抓过我的手，奋力往山林深处奔跑。

我们死里逃生。月光一边拖着我奔走,一边从腰间抽下氆氇腰带,三下两下裹住我受伤的额头。也不知跑过多久,浑身骨头像是散落掉,我疲惫得不想再走。月光紧紧抓住我,挟持一样,语气非常严肃:"梅朵!不走可不行!我们不但要继续走,还要快快走!谁知道这个泥石流的范围是多大!"

他一直拖着我奔跑。我感觉他在拖一截木头。

天不知何时跌进了黑暗里。丛林间没有傍晚的过渡,天光要么一直阴晦,要么晃个眼就葬身黑暗世界。山路渐次模糊,不久即一团漆黑。我们跑过一整下午,到夜晚也不敢歇息。此时我的担心又不是停留在对于雪崩的恐惧上了。现在,丛林像个无形黑洞。这样的黑洞,像海绵吸水一样,迅速地吸收任何形式的光。即使最亮的火把、手电,光芒也射不出一米之外。轰隆声渐次停息的时候,丛林间的夜物还是不能安息。一些逃难的小动物已经被巨大的灾难拖走了魂魄,惊奔的身子落在哪里也不会感到安全。我们偶尔的一个脚步落下,就会听到脚底下方突然爆发一声"咕嘎"惊叫,吓得人一身冷汗。还未安定,什么飞物——鸟雀还是蝙蝠——又不时轻捷地从脸面前扑棱而过,不见其形,幽灵一般扎人神经。

对前路充满担心,我提出就地歇息。月光却不同意。几乎看不清他的面目,只听他的声音响在耳边:"不能停!这可不是一般的雪崩,它又带动起泥石流,而动物们也被惊得睡不上了……现在我们要尽快离开丛林才会安全!"

雪崩造成的泥石流以毁灭之势吞噬山体,又分裂成条条支道钻进丛林中,拦截山间小路。夜漆黑如墨,我们浑身透湿。脚踩在地上,鞋筒里叽咕冒水,走一步,响一下。凭着感觉摸索前行,陌生山路叫我盲目,一脚踩进根叉间,鞋被卡在里面,拔不出。月光说你用力啊。可是我一用力,鞋没拔出,脚却光着出来。月光趴下身摸索我的鞋,拔出后他抓过我的脚硬是把鞋塞上。袜子却脱落掉,摸不到。我在寻找,月光定了会神,漆黑中他朝我塞过一把东西。正是袜子,急忙脱鞋穿上去。却不是我的,是男人的尺码。月光说不找了,赶路要紧。他拉着我只往黑暗深处奔走,两匹大马也被他紧勒了缰绳。

我们深一脚浅一脚走得心惊肉跳,生怕会有不测。但可怕的事还是要发生。

爬上丛林间一处较为凸显的山岗,我的视线原本已经陷入混沌,但疲惫的眼部神经却突然敏感地拉动了一下,两边眼角急剧地跳起来。视觉在黑暗中陡然搜索到一种感应——在丛林微弱的天光下,我感应到不远处的山坡上,似有灵异!盲目的空间里,我洞张着双目朝前方寻望,望望没有,又望,还是没有。低头想想,再抬头,心顿时就晃起来——我望见前方阴光混沌的树林里,若隐若现地荡着一个暗影!忽明忽暗中,像是一团浮游的灵火,晃个眼,消失,不久,又昏昏晃晃地冒出来……

我紧紧抓住月光的手,朝他急迫低语:"月光你看……"月光问:"看什么?"他还没来得及发现什么,我惊疑的手指已掐得他痛叫了。"梅朵!"月光在招呼我放手。我狠狠地瞪大眼睛,死死盯住前方树林,眼前却是一团漆黑了,什么也没有。

难道是幻觉?我拖住月光。

月光说走吧,别害怕,现在我们是一个家的模样,算上列玛和大彪马,我们有四个人嘛。

是,我们有四个人!我心里也想这么替自己壮胆。可是刚走出两步,前方那分明的视觉景象再次叫我浑身发怵——那个昏晃不定的暗影,它又陡然地从树林深处冒出来!飘忽不定,断气一样浮游,像被一个无形的人拖扯着,拖进更深的黑暗里……我感觉一只黑手飞速地朝我罩过来,从后脑勺爬进我的头盖里,掀开脑壳,提取我的灵魂抓起来就走……

"月光!月光!"我惊骇的声音变得叫我自己也不能认识。体内渗透阴寒,哆嗦不止的指骨紧紧抓住月光,架势不像在抓一个人,像抓一杆猎枪。

但是月光在紧切地问:"什么?什么?我看不到!"

他的话叫我倒抽一口冷气,意志被绝对地摧垮了。

我曾听耿秋画师说,在他们这样的深远大山中,有一种冤死不得升天的亡魂,它们在夜间碰到行人时会发出光亮飘忽在行人前方。行人看到亮光,以为遇上同路人,会寻亮而去。等行人的肉身被它的亮光罩住,行人的魂魄将会被它引向迷阵。它因此得以解脱,而行人,永远要替它生活在黑暗中。

我想在这样黑暗又惊乱的时刻,我脆弱的神经无法逃脱这种蛊惑。

浑身抽凉,我一头瘫倒在地不走了。月光拉起我,不,是扶持着抱起我,一边在招呼,说不行,停在这里会很危险,一定要坚持走出去,你究竟看到了什么,你是不是被雪崩吓晕头了?他担心地摸起我的额头,手抚摸在我的伤口上。"喇嘛拿加素切,桑结拿加素切,曲拿加素切……"他在朝我的伤口嗡嗡念经。手又滑落到我的脖子间,在我空荡的衣领里,停顿稍许,收回去。随后,一根丝线带子串联着玛瑙粒子的念珠,从他的脖子上解下来,套进我的脖子。他一边念经,一边拖我继续上路。

11. 他的呼唤渐行渐远

月光拖着我一夜惊惶赶路,到天亮时,我们才意识到:为躲避雪崩和丛林间的野兽,我们慌不择路,陷入茫茫原始森林了!

月光闷闷地牵着马,默不作声,领我穿行在密集的树林里。树林越走越深,越走越暗。进入真正的原始地带,气候顿时变得阴寒袭人。高深莫测的天地,所有可以与身体亲密接触的藤条杂木全然消失,埋住人的尽是参天大树。那种粗壮巨大的高原冷杉,一棵挨着一棵,相互交织。最巨大的树冠遮天蔽日,把下方的偌大圈地变成阴暗世界,让小树们在不见天日的阴冷中萎靡不振地生长。一些树木生长得太高、太久,枯死或被雷劈,断成几截树墙砸在树林间,压倒大片成长中的小树。树墙经年累月地腐烂,成片的曲尾藓和地衣爬上去,它们绒细的根须沾附着沼泥从树墙上披挂下来。一些细碎的小花从中隐秘地开放,不用心你根本看不到它。而有些大树却死而不倒,支干完全断裂,主干依然顽强地挺立在地面上,像插入泥土当中的粗大避雷针。很多大树又是合抱成林,根基裸露地表,盘根错节,交织成大片根网。树冠高耸聚集,仰面不见天日。

这些巨大之力压迫了我。随着越走越深,我也越发怯畏、迷茫。

"月光,我们还要行走多久?为什么不做路标,这样盲目地行走,我们会迷路的!"我说,对前路充满担忧。

月光回过身来望我,他被我的话惹笑了:"哦呀梅朵!我们现在,不是已经迷路了吗!"

我晃了下身,望望四周高大密集的树林。是!我们已经迷失其中了!

我索性一头坐下来:"月光,那还走什么!谁知道方向在哪里!"

月光踱了下步子,思忖良久,说:"没事,有我在就会没事,你只管跟上好了!"

森林越走越深。地表很黏,很湿,到处是渗出的地泉。有些又是隐蔽的,被厚厚松针掩盖着,看似干爽,一脚踏进去,泥沼沾了一身。我们的衣服和鞋子因此没有干爽过。而被月光拖扯着在森林里穿越大半天,不见尽头,叫我急躁,也饿了。月光解开马背上的袋子,还有一点点糌粑和酥油。但是除飘浮着腐朽物的地泉,地上找不到干净的水。饥饿叫我头晕目眩,干糌粑也不敢吃。月光望着我干裂的嘴唇,有些犹豫,想了下,准备去找水。

森林里如果有一处低凹,在潮湿的地窝子下面就可以挖出干净的地泉水。月光拔出腰刀开始在深林间寻找地窝子。

他只是不经意间那么一晃,我就看不到他了。

在这样深暗诡秘的森林,我就是一个无助的孩子,是一刻也离不开月光的。只有亲眼望到他的人,才会安心。

我只得伸长脖子四下观望,用力喊:"月光,月光!"

月光的回应声却如同小蜜蜂嗡嗡哼哼:"哦呀,我在这里,在挖水。"

"这里是哪里?我看不到你!"

"看不到你也别过来,就待在原地嘛,不要乱走动!"

"可是我已经不在原处了。"

"什么?"

"我已经不在原地了。"

这样的声音喊出去,却听到月光在重复回应:"你就站在原地别动嘛,我取好水就回来。"

他肯定听不到我的回声了,或者是我擅自走远了!

天,不会吧!

"月光!月光!"我慌张地叫起来。但再也听不见月光的声音。而我,回不到原地了!只是那么不经意地一走动,感觉离开并不远,我却找不到原地!

哪里才是原地?是那个遍地倒着腐树的丛林吗?可一转身我就找不到它了。难道它在左边?对,我得去看看。不,好像反了,在右边。但丛林间的方向到底是以什么为标准呢?阴茫茫的森林,到处是讹人的方向,突然,我连不是原地的原地也找不到了!

"月光!月光!"我大声呼喊。一条条丛林豁口像活兽的嘴,把我求救的信号吞了下去。我开始在丛林间慌张乱闯,钻过一棵又一棵大树,想凭借印象探到出路。但是山坡是延缓的,不知哪头才是原来的路。往东,只是意念中的方向,走过一段,看不到尽头;往西,也只是臆想的方向,仍然没有尽头。唯有更深更密的森林,像死神设下的陷阱,光线是阴暗的。那么多炮筒一样密集的大树,像是直接往天空中集体发射一阵火炮,炮灰轰上天去,太阳就灭了,然后,天黑下来,然后,那些躲在暗处的野兽就会出来觅食……天!要是见不到月光,等天一黑,我也完了,即使不会落入野兽之口,这样的孤立无援也会把人逼疯的!

我在惶惑和迷乱中盲目地来回折腾,走过很多重复之路,跑过来,绕过去,但总是找不到出路。乱了,又累了,脚步突然被树根绊倒,身体坠倒在地,一脸的泥水。抹一抹,想翻身爬起来,浑身却疲惫无力。我索性一头瘫软下去,不动了。

不知多久,我被月光的呼喊声惊醒。他的那种拼命和声嘶力竭的叫喊,像石头砸着我的耳膜。但是我看不见他的人。我很疲累,没有气力起身,接应他的声音。我想他肯定距离我不远,马上就会找过来。我瘫倒在一棵枯树下等待。身体下方是细绒绒的苔藓,厚实而柔软,诱发我松弛的神经,想一头倒下去,好好睡上一觉。

但是月光的呼叫声却不如人愿,刚才还那么响亮,慢慢不见我回应,便高一声低一声,渐喊渐远了。如果我再不拼点气力做出反应,月光就要永远地离开我了——他会因为自身的迷失再也找不到我!这让我害怕。我开始寻索月光的声源,跟跄而上。

"月光,我在这里!"

"月光!月光!"

森林静寂无声,我惊慌的声音撞击着我的思维,它在提示我,必须拼尽心力,更大声一点、更高声一点发出呼救。

"月——光!""月——光!""月——光!!"

我果然又听到月光救命一样的回应声!在我的呼救快要声嘶力竭的时候,我听到森林深处月光在回应——

"梅朵,我听见你的声音了,你在哪里?"

"我在这里!"

"哦呀,我听到了。别急,告诉我你周围的地形!"

"什么?"

"你身边都有什么?"

"没有什么,哦,有,有,都是大树啊!"

"还有什么嘛?还有什么特别的地方?"

我朝周围寻望,看到面前都是巨大的枯树,像是被雷劈的,成片地死亡,却直立不倒,便充足气力大喊:"月光,我这里有很多枯死的大树,像一个林子那么多!"

月光那边沉默稍许,然后他的声源又一点一点地距离我近了。

"知道了梅朵,你再不能乱走,就停在原地等我嘛。那个枯树林子,我看到了!"

听到月光这样踏实的答复,我终于缓下一口气,顺着枯树瘫倒下去。

12. 我们的世外桃源

月光找到我的时候,我并没有太多的激动情绪。他也没发火。我们更没有像电影里那样,因为安全地重逢而兴奋得抱头大哭。我们又陷入另外一种困境:我们的马丢了!

刚才月光本来已经回到拴马的原地,但是不见我,他慌忙钻进森林寻找。来不及做路标,我们因此都回不到拴马的原地——那个马可是拴在树上的!我们要是找不到,它们怎么办?路越走越深,我们又怎么办?

月光坐到地上,把羊皮囊递给我。

"先喝口水吧。"他说。

我坐在地上生自己的气,不理他。

"生气有什么用,要多多动脑筋才好。"月光见我不喝水,他自己喝起来。

"我根本不熟悉森林,从来也没进过森林,怎样动脑筋?"

"你没感觉这个气候,它是越走越冷?"

"那又怎么样?"

"这就是说,我们离雪山又近了。"

"那不是又得遭遇雪崩!"

"不知道。不过也许这里并不是那个雪崩方向的雪山——如果看到雪山,我就能辨识方向了。"

"真的?"

"是,从雪山的四面我都可以辨识方向,说不定,我们这一迷路,还能找出一条新路来。"

"你不用这么佯装乐观安慰我!"

"那是我错了。"

"你就不能骂我一句!"

月光却朝我咧嘴笑起来:"为什么要骂你?"

"我把列玛弄丢了!"我突然呜呜哭了。

月光一脸的泥水,把皮囊子塞给我,招呼:"喝口水,我们再走,肯定就在雪山的另外一个地方了。"他站起身揣摩四周,"我感觉小的时候,也到过这样的枯树林子!"

"小时候?多少年过去了,有很多树木都在死亡!"我说,心情迷茫。

月光却拉过我:"我们到前方那道山坡上去吧。只要找到一处更高的山坡,能让眼睛看得更远一些,我肯定能找到出路!"

我们随即穿越树林,朝前方的山坡上赶。越走越近的时候,树林果然慢慢稀疏起来,出现一道豁开的坝埂。月光突然雪亮了目光,惊喜道:"我找到那个神奇的地方了!刚才我心里还在想着它嘛!"

我朝月光愣神,不明白他的话。他却特别来劲,放开我撒腿往坝埂上方跑,跑跑又折回身,一把拉上我,咧着嘴笑:"我一步也不敢丢下你了!"

——这是我上草原以来,听到最为感动的一句话!后来的岁月,无论多大困难,我从没想过要离开麦麦草原,离开月光。我知道,我已经无法离开他们。

月光拉我爬上坝埂,攀上一道横亘的山脊,我们的视线慢慢开阔起来,目光终于可以饱满地望到天空。再往顶端爬过一段路,仰起头,眼前就陡然地冒出一顶雪冠来!先是小小的一个白色山尖,慢慢地升高、壮大、越发明朗。更上一步,它就慑人心魄地跳了出来。

一座雪山!

峭拔、端庄、陡然的秀逸,像是海市蜃楼。清冷、孤傲、冰清玉洁的气息,只把我们体内一切疲惫幽怨和浮躁都剔了个干净,叫我们的身心一下变得轻松起来。

唉,那其实还是白玛雪山!我们只是临近了它更为壮丽的一面。这个方向的雪山,被两座高大青山簇拥着,以巨大磅礴之势铺展在我们面前。青山一左一右,像两只巨大的臂膀围拢住雪山。这巨型臂膀又是延缓的,呈弧形伸展出去,一路延伸数公里。到尽头时,伸展出去的弧形又被慢慢收拢,交织一处,在中间形成一片深凹的山间平坝。其深其坦,都像是一块井田。

从视觉上估计,这井田坝子海拔最多也就一千米左右。因为海拔低气候好,坝子里一派生机盎然。雪山融化之水在山脚形成一眼奶白色的冰湖。冰湖里雪水充溢,流出来,变成涓涓细流,以多种柔姿态缠绕着坝子。高的地方有几块断断续续相连的草皮甸子。低的地方都是树木、涓流。树木郁郁葱葱,其间开放着各种野花。因为色彩鲜艳,又以细碎组合成片,聚集壮大,所以在很远的地方也能目睹它们的风采。

有山鸟的鸣叫,从身旁的林子间传开。细细脆脆的声音,让人联想起那种细致入微的生活状态。

这一切,把我拖入了一场幻境。不知是一路以来蓄积多时的惊骇已经化成水分,需要彻底排放出来,还是因为迷路最终给我创造如此美丽的奇迹,我已是两眼泪水哗哗。我在朝月光笑,惊心动魄之后的那种大惊大喜,又不安分的笑。手摸索在脖子上,才发现脖子间戴着一条裹着玛瑙粒子的念珠。

有雪山作为方向,我们再不害怕迷路。月光因此返回森林间寻找我们的马。他把我安置在一处有溪水的地方,自己带着腰刀上路。腰刀可以一路砍树做标记,所以我也不用担心他找不回来。

现在我置身于雪山的左侧。雪山右侧的雪崩把我们送到这里来,不想却误入一片美丽的雪山峡谷。患得患失的经历叫人感慨。身处峡谷当中,望那高处的雪山,低处的树林,溪涧旁的花丛与草甸——那些被雪泉滋润得肥厚的草甸,平坦得像一块块麦田。充满食物和希望的麦田,引发人无限遐想——这样的峡谷地段,海拔不过一千来米。那些被高大山脉连续阻挡的印度洋季风送来的水汽,经过一路的翻山越岭却没有完全消退,最后的一丝湿润气息顺着山峦与山峦之间的峡谷通道,眷顾到这个峡谷里来,叫它四季如春,如同人间天堂。这样的天堂,假如多农喇嘛的家、巴桑的家、月光的家,他们的碉房也处在这样地方,或者我们的学校、我们的寺庙、转经的牧人和孩子们,也生活在这样地方,那将是多么惬意的事!

是的,这么纯净的地方,不说住进来,就是看到也是一种福分。

而我这一生的心思,从这一天起,也像是粘在了这里!

月光到下午才返回。不知又经历了怎样的折腾,他是一身的泥水、一脸的划伤。但值得庆幸,列玛和大彪马均被他找回来了。

我们取下大彪马背上最后的食物。月光在溪水旁堆石头,搭一个简便锅灶,生火烧茶。还有最后一点酥油和糌粑,几小块生牛排。月光把生牛排丢进火坑里。牛排上被风干的牛油因而软化开来,嗞嗞地响着,往外冒油汁,香气四溢。

我们一口茶一口牛排一口糌粑,都恨不得省去咀嚼的过程,把食物直接吞进胃里。

吃饱喝足,两个人四仰八叉地躺倒在溪涧旁休息。月光朝我扭过头,脸面埋在草丛间,目光透过草尖子,望到我一脸灰尘,窃笑道:"梅朵,在水面上照个镜子嘛,瞧瞧你,多像我们家的大公猫。"

"不照镜子,要真是,我就是你们隔壁卓玛家的那只小猫咪。"我说。

月光迅速地开怀大笑:"哈哈,那你知道卓玛家的小猫咪这会正好怀着我们家大公猫的娃娃吗?"

逼得我脸红,匆忙换个话题:"我要真是你家大公猫,有它的胆量,昨天那第一条路,你不走,我就一个人走了,总比后来这一路逃难要安全!"

月光神情闪烁,一脸的故弄玄虚:"你说昨天那第一条路安全?什么安全嘛!我看你是没有意识到……"

"意识到什么?难道还有玄机?"

"肯定嘛!你知道昨天我为什么要给列玛喂酥油吗?"

"为什么?"

"是它救了我们！要不是这伙计不肯前行,我也停不下砍树嘛,那就听不见前方野猪的声响——昨天,在我们的山路前方,有一窝野猪!"

"野猪?"我惊得从草地上弹起身,"有多少?"

"像是一大窝子——大母猪拖着一堆猪崽!那伙计,虽说不会轻易伤害人,但对于猪崽的保护多多在意,你要是侵犯到猪窝里去,它肯定会跟你拼了!"

"哦!"后怕叫我渗出一身虚汗。

月光却笑了,爬起身:"昨天那是托了两匹大马的福了!哦呀,我们快快赶路吧,上草原的玛尼神墙磕头去。"

他麻利地收拾锅具,起身赶路。

因为方向明确,我们很快走出丛林,来到雪山背面的大草原。

不想我却在大草原上再次遇见昨夜丛林间的那些暗影!他们在光天化日之下终于现出"原形"——原来是一帮如同我们一样追赶夜路的行人。他们是麦麦草原上的牧民,要到这边草场的玛尼神墙来转经。每个牧民肩上都背有一只大包裹,里面装的毛毡和粮食。怕行路中被雨水打湿,牧民们都在毛毡外表裹上一层白色的塑料薄膜。夜光照在塑料薄膜上,会折射出微弱的亮光;牧民们又是在丛林间默无声息地穿行,所以我在夜间看到的那些暗影才显得那么悄然,若隐若现。

13. 它的巅峰,无法企及

白玛雪山背面的大草原,空阔平坦,就像一把巨大的蒲扇,从我们面前铺展开去,视线可以通达到草原的每一个地方。而天空却像要扑下来。满天堆着巨大连片的云朵。在大朵欲坠的白云下方,草地上盘桓着一堵规模庞大的建筑。远远望去,它像一条巨型游龙坠落在草地上。那是麦麦地区最大的玛尼神墙,也是那帮赶夜路的牧民前去朝拜的地方。

牧民们已经在前方五体投地磕头。月光滚身下马,面朝神墙长叩首。我抽打列玛往前赶。走近来看,这神墙非同一般。多长?尽管空气无比透明,我也不能一眼望到它的尽头!壮大厚实的墙体,却是用体积不过十多公分的薄石块一片一片堆砌而成。高过三丈,宽是五人展开双臂也难以排开。每块石片上密密麻麻地刻着梵文经语,有些又是藏文的六字真言。间有彩绘佛像、五彩莲花和祥瑞云霞。整面刻满经文的庞大墙体,却又不是平面式地铺展。在它的中央部位,墙体被一段一段地镂空出来,腾出一块块空地。空地上筑起一座座高耸的佛塔。那佛塔自墙体当中腾空而起,充满奥妙——转经人从正面看,它像是处在墙体的背面,等转经到达背面,它给人的视线又是处在另一个背面,像是人永远无法企及。

月光一番五体投地长叩首后,追上我问:"第一次在草场上,那个带动你跳舞的青年,你还记得吗?"

"当然记得!"我说,想当时他拉着我跳舞,急速的舞步旋得我头晕眼花,那感觉记忆犹新。我便问,"他叫班哲是吧?"

月光点头:"哦呀!他是东边草原上我们阿舅家的儿子。"

"那就是你的阿哥了。"

"哦呀是!他唱藏戏,唱过一个《玛尼神墙》,讲的就是现在的神墙!"

"《玛尼神墙》,是什么传说?"

月光神色庄重:"不是传说嘛!它就发生在几百年前。那时,这片草原上的富人家小姐爱上穷人家青年,遭到家人反对,他们就私奔。路上的时候,青年发现小姐身上带有多多的宝贝,起了歹心,丢了爱情,抢了宝贝,跑了。后来青年莫名其妙地生病,怎么治也治不好。活佛得知后,要求他把抢来的财宝刻成玛尼石,在草原上堆砌,才能消减罪孽。青年只好把财宝用来雕刻玛尼石,一日一日地堆砌。不想抢来的宝贝太多,雕刻的玛尼石太多,青年用了一生的时间,才把玛尼石堆砌完成。他的病也就好了。"

月光充满感慨地说完这些,郑重地把我推向神墙。我的头贴上冰凉的石块,听到他虔诚的经声念起来,却是一段我听不懂的梵语。

念完后,月光提出带我绕神墙转经。

一路逃难,惊骇奔赴,此时我想得最多的并不是转经,而是希望能够找到一张大床,好好睡一觉。食物没有了,接下来我们怎么办呢?月光却胸有成竹,说转经吧,你转一圈,可以得到羊毛铺成的大床;转三圈,可以吃到酥油拌成的糌粑。瞧吧,神灵会保佑我们!

原来是我们那边草原上的巴桑女人,她农区的家正处在玛尼神墙下方的寨子里呢。月光说的转经获得羊毛大床和酥油糌粑,便是指投靠巴桑农区的家。

巴桑女人农区家里,有阿婆和家中的长子泽仁。按理说,他们家又有粮食又有酥油又有生意周转,家境应该不错。但是家里的三个男人都没有出家。长此下去,这个家庭是不踏实的,需要修行。如果没人出家修行,就有必要用实物供养代替——供养寺庙和喇嘛,一生一世不能马虎。

巴桑家于是生活得有些恭敬和紧迫。在农区,她的阿婆和长子泽仁均吃素食,从不沾荤。即使重大节日,农区也不会杀牛。世间一切弱小生命都可以在他们家幸福地生活,包括苍蝇。

正因此,我到来的时候便见到,他们家苍蝇成群,把整个屋子弄得黑黑麻麻。我们坐在其中,苍蝇会在我们的头上、脸上、手上、糌粑上,在任何一处地板的缝隙间不紧不慢地生活。

巴桑家的客堂里,糌粑和酥油都是敞开的,袋子敞放在地板上,上面扑满苍蝇,黑麻麻一片。这些苍蝇由于生活无忧无虑,个个养得圆滚黑亮。很多由于吃得饱满,很懒散,飞也不想,只在地面上散漫地爬行。

泽仁身材高大,看起来有些木讷。他在为我和月光的到来特地生火烧茶。半干的牛粪饼烧起来,似燃非燃,冒出黑烟,是熏到苍蝇了,它们旋风一样飞起来,围绕锅庄嗡嗡哼哼。一只不慎掉进火堆里,泽仁慌忙伸手从火星子当中把它救出来,小心翼翼地放在地上。这个不慎的小生灵待在地上像一粒烧焦的豌豆,一动不动。泽仁难过着脸色,一边念经一边用手为它扇风送气,希望它在得到"人工呼吸"后能够活下来。

我不安分的神色落在泽仁汉子的脸上——要是我,我就一巴掌拍死它——我的眼神里已经给泽仁汉子投递了这样的真实信息。所以泽仁汉子面色凝重,他指指自己的脑袋,很严肃地跟我解释:"我的脑壳(思想)和你不是一个模样。我的是'嘛呢叭咪'的脑壳,你的不是!"

"佛祖也照应我们不能杀生!"月光更是对我的表现大不自在,粗声粗气地质问我,"我拍你疼不?"

"疼。"我回答。

他朝我虎起脸:"那你拍苍蝇,它不疼吗?"

青年的话问得我哑口无言。匆促喝上一碗酥油茶,望两个男人盘脚坐在床榻上,不紧不慢地唠着家常,没有出发的意向,我只好一个人走出碉房。

14. 我看不见他,他也看不见我

泽仁家碉房处在一个延缓的山坡下。有一条被踩得平坦的沙石小道,把他家和山顶连接起来。顺着沙石小道爬上山顶,视线立马开阔起来。望到前方的山坡下,有一片叠加有序、积木一样方方正正的大藏寨。寨子的中央部位矗立着一座高大的寺庙。金色的大殿顶端,每道横梁上都配有一对黄灿灿的金幢。主梁中央则配上金光闪闪的大法轮,法轮两侧又有金鹿相护,看起来威武雄厚,壮丽辉煌。

我知道,这就是嘎拉活佛的寺庙! 一路以来,经受那么多惊险苦难,现在终于来到寺庙,我心里真是千头万绪——想阿嘎,应该很快就可以自由生活,可以上学了吧!

禁不住内心冲动,我朝着寺庙一阵欢呼,很快沿着山道跑下去。

但山下的寨子却有些奇怪。非常安静,鲜见有人出入。空荡荡的寨子,呈现方正城池的模样。外围是一栋连接一栋、夯土和原木混筑的平民碉房,两层的,三层的,错落有致。一条沙土大道从山脚贯穿碉房群,伸展到里面去。顺着沙土大道往里走,到路的尽头时,出现一堵厚实的院墙,其间开出一处宽敞的出口。走近那出口,眼前便豁然开朗,一个石块铺成的广场出现在面前。广场空阔而平坦,周围都是高大沉默的僧房。

没想到这就误入寺庙的内部了！我脚步犹豫，却又不知不觉踏进广场。

这是寺庙的什么场所？高大的房舍高大的门面。所有门面上都挂有厚实的门帘，门帘上绣着法轮、海螺和莲花的图案，烦琐细致，很是亮眼。

好奇心促使我不得不上前去看一看。

踏上大屋下方的台阶，发现这里并没有太多人为走动的迹象。石块砌成的台阶大半残损，一些已近风化，像是只要经受一点点外力，它就会碎裂。

我缩着腰身，脚步小心轻放，走得极其谨慎，生怕踩碎一块。

是不是这样的神态有偷窃之嫌呢，才会被人误解。正当我接近一栋大屋的门帘，手刚要触摸那些华美图案时，突然一个声音从身后扎过来："站住！"

我慌忙转身，看到是一个十几岁的小扎巴。但见他满脸都是惊乱的汗水，像是天就要塌下来。

"你，你怎么闯进这里来了?!"小扎巴急速地问。随着他声音落下，又有几个扎巴不知从哪里冒了出来。

"我？哦我是顺着那道敞开的大门进来……"我朝小扎巴局促地笑，指着前方，不知所措。

"那你在这里做什么！"

"我想看看这个门帘，它上面的图案……很漂亮！"

几个扎巴又惊又慌，相互交头接耳。

"这犯了规矩！"我听到其中一位在这样说。然后他们表情严肃。一位年长的扎巴拉过最先发现我的小扎巴，对他匆匆耳语一番。小扎巴随后便冲上来，什么也不说，一把拉过我，进了一间大房子。

顿时我的眼前就黑起来。我感觉自己被小扎巴推进一堵深厚的大门里。门被沉闷地打开,合拢,关闭。我这才意识到:自己被关起来了。

唉,他们为什么不听我解释,就把我带到这里?说犯规,到底我是犯了什么规矩?

刚才,门外还阳光灿烂,但现在我感觉门内是一个神秘幽深的世界,漆黑一团。这黑,巨大而紧密,虚无而执拗,没有一丝光线。这是什么地方?屋子?黑暗而通透,阴风袭入,不像一般的屋子。我抬手四周摸索,很快就碰到一堵石壁。阴凉又生硬,难道这是岩洞?寺庙里怎么会有岩洞?再沿着石壁摸索前行,脚下时时会被凌乱石块和碎木绊住,感觉更像是寺庙的库房。

要是库房,那总归会有人开门进来拿东西吧?我开始反身往门口摸索,但却找不到门了!

只能坐下来等待。黑暗劫持了我的眼睛,叫我不能行走。陌生空间也封锁了我的声音,叫我不得不把语音转化成思维——再过半小时,最多一小时,月光还不能看我返回,他肯定知道我有事了。刚才他目送我走出泽仁家碉房,肯定会想到我是要顺着碉房旁的沙道爬上山顶,走进寺庙的。现在,他肯定已经过来寻找,不久就会遇见刚才的小扎巴。小扎巴问:"那女子是谁?"他说:"是来草原上工作的好心人。""哦!那我们误会了!"然后小扎巴抱歉地打开大门——但愿是这样的!

只是,当黑暗开始袭入我的心灵之时,我再也不能佯装糊涂。不知道时间,身体里渗透冰凉,又冷又饿。刚才在泽仁家吃了些糌粑,现在居然饿了。按照肠胃的消化时间,我想我至少在黑暗中已经待过了几个小时。月光呢?泽仁呢?小扎巴呢?就算我冒犯了规矩,那也是无意为之,容得我来解释吧?莫非他们都在忙别的,把我忘了?

我开始两手抓地,胡乱摸索,心想会不会摸到一只老鼠、一条蛇呢!越想越起疑心,心跟着扑腾,咚咚乱撞,却又大气不敢喘出一个。疲惫又担心,两只眼睛洞口一样地张开,惶惑的视觉不敢有丝毫松懈。此刻,我想即便是最细微的地气散发之声,我也能听得出来,何况那么响亮的开门声!是的,不知是不是幻觉,最终我听到"呀"的一声,厚重的大门被缓慢地推开,一道雪亮光芒扎进来。

我听到光芒中月光在小声地喊:"梅朵,梅朵。"

我循着声源想回应,可是扎进来的亮光非常强烈,打花我的视线,致使我看不见月光。并且他也看不见我,因为有人也遮住了他的视线。我感觉一袭苍红朝着我罩过来。再抬头,就听到月光在谨声恭敬地说:"梅朵,嘎拉活佛来看你了!"

我才能辨识,那苍红不是别的,正是活佛身上宽大的衣袍,它把我和月光分离开来。

"活佛……"我嗓门干渴得哑了,叫不出声,也看不清活佛面目。但是我能切切实实地感受到我被泽仁汉子扶起来。这个男人扶持住我,现在,我真切地感受到这个男人小心紧迫的气息,就响在我的耳边。我很害怕,为什么在这样时刻,我却不能感应月光也在身边?我真实地听到他的声音,却抓不住他的人。

泽仁朝我低声耳语,说:"没事了,这是一场误会,姑娘,活佛已经明白了。"

"哦呀,汉姑娘,我们的扎巴误会你了,但你自己也有点冒昧!"

我听到一个陌生的声音,是嘎拉活佛的声音,在这么解释。大门在这个声音里被完全地打开来,从门外射进的那一柱亮光,一直照到屋子深处。我这才看到,我置身的是一座老殿堂——第一世嘎拉活佛修建的这个寺庙的原始殿堂。本来寺庙即是凿山而建,寺庙原始的地基即是我面前的这堵高大石窟。几百年前一世佛在这石壁上雕凿的石头菩萨依稀可见。青金石与珊瑚粉混合画出的彩绘还能透过光线在斑驳中显露精致一瞥,但是陈年蛛丝网膜和永久的黑暗深锁着这些古旧的华丽。

我好想流泪,或者耍点小脾气,可泽仁几乎是挟持着我走出了殿堂。月光跟在活佛身后恭敬小心,不与我照应。一世活佛殿堂的大门迅速被关起来。

我被活佛请进一间客堂里坐下来休息。活佛本人再没进客堂,只听他在客堂外严肃地责备泽仁和月光:"你们两个嘛,真是太大意了!菩萨念她的无知宽恕了她,开这个先例,我需要在菩萨面前念经三万八千遍!"

泽仁咚的一下趴倒在地,虔诚地响应:"阿苛(对活佛的尊称)开恩了!菩萨开恩了!唵嘛呢叭咪吽!"

之后,我听到月光紧迫的声音在跟着响应:"阿苛,我回去要放生一头牛,还要供养您的寺庙!"

活佛严厉的语气对月光道:"你是更多粗心了!多农喇嘛把她交给你,我们的规矩你就应该早早对她说清楚才好!"

月光慌忙回应:"拉索!阿苛,以后这方面的事我一定多多注意!"

活佛才缓了口气,发话:"哦呀,菩萨念你们也是在为草原上做善事,好吧,你们带她先回去,关于益西那边,等寺庙念完大经后,我会亲自去处理。"

这事过后,我终是从泽仁那里得知原因。原来此时正逢嘎拉活佛的寺院三年一度念大经。念经期间,当地的规矩是女人不得进入寺庙。寺庙下方有条大河,河边有一排水磨坊和一些临时搭建的帐篷。每逢寺庙念大经期间,女人都会拖儿带女住到河边去。最少三十天,女人的生活将会在野外度过,不得回村庄,更不得进入寺庙。

泽仁汉子为没能及时与我招呼此事而心头难过,他认为发生这样的事,完全是因为他自身对于佛祖的粗心大意,因此决定回家后要上麦麦草场一趟,赶几头大牛供养嘎拉活佛。

15. 从此他就是我们的孩子

我和月光告别嘎拉活佛,打马回程。再也不敢穿越白玛雪山,费时两天,经县城绕道回来。在月光家又是等待数日,直到半月之后,终于把嘎拉活佛给盼过来。

我第一次在益西医生家拜见嘎拉活佛。没想到这位拥有几百喇嘛的大活佛,离开寺庙后却是一位极其低调的人。穿的一身普通僧袍,一般的丝绸质地,超大一身绛红,有些皱褶,有些陈旧。因为夏天,脚也赤裸着,套上一双皮凉鞋。人很高大,身躯稳健,一脸酱紫的肤色,看起来亲切可靠。他手捻菩提子的念珠,不紧不慢地一颗一颗拨过去。光滑的植物珠子,泛出清亮的光。那些光,我想它将会温暖阿嘎孩子。事实上,作为佛的授意者,活佛之所以受到人们的爱戴,不单从精神上他能给人指引光明,生活中,他也在切实可靠地扶危济困,才会叫人由衷地敬爱。

我们在益西家宽敞华丽的客厅里商谈阿嘎之事。上次我们来,见不到阿嘎,事实上在我们进入碉楼之前,阿嘎已被益西夫人送进了她家碉楼最底层,搁置柴火的地方了。那个一半埋伏在山岩间的碉楼底层,深暗而厚实,密不透风。孩子送进那样的地方,我们怎么可以见到!估计若不是请来活佛做工作,益西夫人怕是一直会沿用这种简单笨拙,但我们却无可奈何的方法来回避我们。如此想来,之前月光对于益西家的那种隐晦情绪便很好理解了。

现在,阿嘎正坐在嘎拉活佛身旁,满手都是活佛塞给他的食物。

锅庄里茶水烧得半热不热,柴火蓝色的火舌怏怏不乐地舔着锅灶。现在不是阿嘎,而是益西夫人在烧茶。心不在焉的夫人,一边塞柴火,一边目光朝着火焰闪烁,心情有点乱。但不管怎样,活佛的话出口,无论结果如何,她都会洗耳恭听。

活佛的手温和地抚摸在阿嘎头上,漫不经心的声音在说:"小娃子,要么,你进寺庙里去;要么,就跟上汉姑娘去读书吧。"

阿嘎瞟一眼益西夫人,神色混乱,并不敢立即回应。

我连忙提起嗓门招呼他,声音响亮而坚定:"阿嘎!你要是愿意跟我们走,现在就可以去收拾行李。活佛说了,只要你自己愿意,你就可以走,今天就可以离开,现在就可以!"

益西夫人坐在锅庄前,一边的脸面在朝活佛恭奉着笑意,一边的脸面却极其不悦,在这样请示活佛:"阿苛……我想把他先送回他自己家里。"

"不是说他阿爸去远方了吗?那家里应该没人了吧?"活佛问。这话问得极其到位,夫人哑住口了。

"家里没人就不用回去,跟姑娘去吧。好心的多农,他请来的汉姑娘也是多多好心的。阿嘎跟上她,我们可以放心。"活佛招呼自己的妹妹。

"哦呀……"益西夫人恭敬又无奈地回应。

"阿嘎,还不快去收拾行李!"我望着阿嘎,见这孩子还沉浸在巨大的惊喜中回不过神,就大声提醒他:"阿嘎!!"

阿嘎这才反应过来,急忙抽身收拾行李去了。

"嘎拉活佛,谢谢您……"我说,心里还有更多感激的声音在相互攒动着,要出来,嗓门却是打不开。

活佛瞧着我,温婉的笑意挂在脸面上。"哦呀,汉姑娘,"他说,"应该我们谢谢你嘛。那么远的地方过来,你辛苦了!"

阿嘎麻利地收拾了行李,我们很快告别活佛。出门前阿嘎一头趴倒在活佛脚下,朝活佛磕响头。说不出话,脸涨得红亮。嘎拉活佛给阿嘎一个摸顶(代表赐福),又嗡嗡念上一段经语,然后说:"走吧小娃,菩萨会保佑你!"

阿嘎恭敬地、小心地倒退着身子离开客堂,走下楼梯,在视线完全地脱离活佛后,便一溜烟跑了。尽管被他喂养得壮实的大狗们在门口狂吠不止,阿嘎还是狠心地,急急忙忙地——顾不得和他的亲密伙伴们做个告别——就跑了!两只小脚风车叶子一样地转动,跑得连在了一起。

"阿嘎慢点,都出来了,慢点!"我跟在后面招呼。孩子却不应声,一口气跑到小河边才收住脚。等我和月光气喘吁吁赶上来,他却撂下手里的包裹,站在那里抹汗,望着我笑。

我的面色在这个孩子的笑意里荡漾开来。月光也在笑,满脸欣慰。此刻,我俩内心都荡漾着巨大的幸福和希望。确实,经受那么多苦难才把阿嘎带出来,从此他就是我们的孩子!

却见阿嘎闪身跳上河岸旁的一块石头,站在上面朝着我叫喊:"娘娘,您见过山猴子跳舞的模样吗?"

"好了孩子,以后你叫我老师吧。嗯,山里的猴子怎样跳舞呢?"我问。

"我来跳一个给您看吧,娘娘……"断一下,阿嘎响亮道,"老师!"随后便朝我挺起身子,做预备。一会后,他突然叉开双腿,猫下身,翘起屁股,做出猴子直立行走的模样,又是挤眉又是吊眼又是龇牙,扭着腰身朝我做妖魔鬼怪状,一面摆弄一面问:"老师,我这个像吗?"

"哈哈这么张牙舞爪的!不像不像!"我捧腹大笑了。

月光在一旁起哄道:"他的那个不像,你来跳一个怎么样?"

"跳就跳嘛!"我立马也摆开架势,把身子蜷曲起来,勾着腰身,吊起双手,做出一个标准的猿猴造型。现在轮到月光在好笑了:"阿嘎,你的梅朵老师这个,是汉地动物园里的猴子吧!"

青年咧开两排洁白的牙齿,很是耀眼。

阿嘎却不能明白,追问月光:"动物园,阿叔,动物园是什么?有读书的猴子吗,还有大狼吗?老师,我再来跳一个大狼的舞给您看。"

阿嘎又灵敏地变换了姿态,整个手臂伸展开来,身子扭成一只懒猫状,眯上两眼,前后左右地扫视。"狼是小眼聚光,"阿嘎解释,"所以就是现在我眯上眼睛的模样。"

就看阿嘎在那里龇牙咧嘴,摇头晃脑,怎么夸张怎么做,怎么让我发笑怎么做。我一直在笑,他一直在比画。细亮汗珠早已渗满他的额头,也是停不下来。

我说好了,好了孩子,下来,我们赶路吧。这样招呼时,眼睑内早已丝丝湿润。

阿嘎便停下动作,望着我不知所措。月光却扭头朝着一河咆哮的浪涛,信口唱起了小调——

> 奔腾的河水,像是一条洁白的哈达,
> 驱逐草原上的灾难。
> 好心的姑娘,像是一片温暖的阳光,
> 抚慰少年的忧伤。
> 我们从这里出发,穿过浅浅的栈道,
> 回到麦麦草场。

阿嘎小孩那脸,在月光的小调中又恢复了生动。他从石头上跳下,意犹未尽,一边跟随我们行走,一边抬头张望小河对岸的地方。

小河很窄,对岸并不遥远,我看那里有一排似是遗弃的破旧碉房,碉房旁砌有三座佛塔。看似年代久远,塔身岌岌可危。那应该是一座废弃的河沿小寺。

阿嘎停下脚步:"老师……"他凝望小河对岸,欲言又止。

"阿嘎?"

"老师,我们可以到那边的佛塔下转经吗?"

"当然可以!"

阿嘎见我应允,眼睛立马闪亮了:"老师,那里住着一个娃娃!"

"那样破落的地方还会有人?"我问,孩子的话叫我吃惊。

"是!"阿嘎语气坚定,"那里有一位阿妹,和我一个模样!"

"哦!阿嘎,她具体是什么情况?"

阿嘎却答不上来,摸摸头,想了好久,也说不明白。

"她叫苏拉,住在那个寺庙。但马上她又会是一个人,因为里面的觉母病了。"阿嘎最终这么说。

"哦,原来是这样!"我转眼望月光,惊讶不已,"瞧,我们都不知道!"

月光也颇感意外。但如果不是因为我的腿部受伤,他也很少来益西医生的这个寨子。他们家很少看医生,生病基本都是拼着命拖好的那种。

"月光,我们还不快去看看!"我招呼月光。阿嘎听我这话,小脸笑得跟绽开的花朵一样,不等我们起身,早已朝小河上的吊桥跑去。

这孩子像只兔子,三下两下就跑过吊桥。等我赶上来,那吊桥却因孩子的奔跑弄得两头晃荡。我的脚步因此紧张得迈不开。桥下咆哮如雷的浪涛声砸着我的耳膜,叫我心头慌撞。意识里是要上前去,脚步却哆嗦不止。

月光即朝对面的阿嘎打口哨,大喊:"阿嘎,你的梅朵老师,她是不敢过这个桥嘛,她是多多害怕嘛!"

我朝月光横起眼目:"谁说我害怕了!"

月光哈哈大笑,说:"不害怕你就上嘛!"

我只好硬硬头皮,一脚迈上吊桥。但人还未站稳,桥身却更加激烈地晃荡起来,根本站不稳。慌慌张开双臂,我像只旱鸭子在桥面上两边晃荡,竭力控制身子,也是把握不好。最终一个趔趄,我仰面朝天地翻倒下去。

这时,一双柔韧且充满弹性的手臂在半空中接住我,叫我在河水的轰鸣中上下沉浮,上一阵,下一阵,沉浮好久。没有人比我此时更为慌乱、心跳,却再不是因为害怕……

我从月光怀中挣脱出来,脸色涨得透红,满脑子的胡乱。

月光却佯装不经意的样子,一半眼神晃动在我脸上,一半眼神飘扬在吊桥下方。面朝一河汹涌的浪涛,他又开始唱歌了——

　　阿哥一样的河水呀,你那么兴奋地奔跑,是要走向哪里?
　　再好的地方哟,也不如我的家乡嘛。
　　阿姐一样的浪花啊,你那么兴奋地歌唱,是要唱给谁听?
　　最好的心上人哟,是不是桥上的阿哥嘛……

"好了月光,别唱啦,瞧多难听!吊桥都因你的歌声哆嗦了——怎么,是你在晃动它!哎呀我不行了!"我朝月光叫喊,因自身的挣脱,因月光的放手,我的身体陷入了新的一轮颠簸。

月光却不理会,跟在后面"嘘嘘"打口哨,马上又自编个小调唱起来——

　　汉地开出的梅朵,
　　若是不能在吊桥上开放,
　　你就不能成为真正的格桑花。
　　我们这里别的都不多,
　　美丽的姑娘不多,有见识的小伙子不多,
　　但是山多,水多,桥多,过不去的坎儿多。

叫人哭笑不得的小调,我是怨他不得,走也不敢。看样子我如果不老老实实把自己交给这位青年,肯定是过不了吊桥的这道坎了。

我只得佯装乖巧的样子,把身子朝后方倾斜过去……

我们走进小寺,却没有见到阿嘎所说的觉母。原来这个小寺唯一的觉母前些日子生一场大病，被家人接回去，可能要往生了。觉母临走时丢下一些糌粑和茶盐，那个叫苏拉的小孩便一个人守着寺庙。可能已经预料等不回觉母，小孩准备吃完食物后继续她以前的流浪生活。阿嘎还和她合计过，如果真要走，他也要逃出来，两人一起去流浪。

苏拉小孩，最多八九岁的样子。脸上有着所有流浪孩子的流离、苍凉、茫无头绪。小脸又黑又脏，几乎看不见本色。两只眼睛，光芒躲在眼睑深处，半点不会流露。你望她，她望你。你望多久，她望多久。你因难过而沉默，她因怯畏而沉默。你朝她投注笑容，温暖却是苍白的，不能传递给她。她晃动神色，会把笑容更深地收藏起来。你向她伸出手，说孩子，来，把你的手给我。她的小手却更紧怯地缩进衣兜里去。她瘦弱干燥的小身子，裹着一件超大僧袍。袍子麻黑油亮。光脚，黑乌乌的小趾丫干裂又粗糙。脚指甲很长，填满污渍。这孩子瞧我盯她的小黑脚，倒敏捷起来，迅速将它缩进僧袍里去。之后她抽着鼻涕，像是在用目光询问她的伙伴："阿哥，她是谁？要带你到哪里去？"

阿嘎挨近苏拉，对着她耳朵里说话，声音虽小，我依然听得清晰："阿妹，娘娘是好人，我就要跟她读书去了。"

苏拉对伙伴的话半信半疑，却也为他激动，发出低速而惊讶的声音："阿哥，你不做事了？可以从家里出来了？"

"哎呀，那可不是我的家！"阿嘎跟苏拉解释，"我的家就是跟上阿叔和娘娘。阿妹，你也跟上吧。他们，我们阿爸阿妈一个模样的。"

16. 我们的碉房学校

我们初步就有了两个孩子。但即便是两个,也可以好好整理多农喇嘛的碉房了。

由于长久无人入住,多农喇嘛的碉房一派荒疏。好在现在我们有四个人。满地的蒿草是由阿嘎和苏拉来清理的。俩孩子虽然小,却是懂事的孩子,干活很努力。院子里的蒿草长得齐过人腰,两个孩子处在其中,也像是两棵蒿草。不注意,你看不到人,只看到蒿草在一棵一棵地移动,拔出来,抱到碉房外的晒场上。苏拉对于收集蒿草特别积极。这可是冬天里的宝贝,可以用来生火取暖。苏拉五岁时失去父母,一直流落在外,所以最能体会冬天里寒冷的滋味,自然对拔蒿草的工作做得认真细致。收集的蒿草要一场一场地晒干,又一把一把地捆扎,再选择向阳的地方堆成草垛。昔日那些在碉房里安家落户的画眉们因此纷飞搬家,又把苏拉的蒿草垛当成它们的乐园。

院子里坚韧一点的藤条,像紫藤、油麻藤、常春藤,阿嘎和苏拉手劲小,拔不断,就由月光用大柴刀砍下。月光力气大,他包揽下所有出力和技术活计。砍断的藤条和小灌木,分枝杈节均被劈成柴火,整齐地堆放在墙角下。主干则当成木料,锯断刨光,用来修葺上楼的木梯和坏损的窗户,以及安装倒塌的院门。再从小河里搬运石头,砌补坍倒过半的院墙。又用旧木板钉出一张张歪歪扭扭的课桌、椅子。

我把原本用来关牛的一楼清扫一空,把月光钉出的那些课桌放到里面,擦了灰尘,摆了整齐。底楼没有窗户,月光就用大铁锤在通风口上奋力砸。砸破土墙,风就进来了,阳光也进来了。多农喇嘛家的底楼真够大的,正如教室模样,方方正正,宽宽敞敞。

我在碉房中央挂起一块木牌,写上:麦麦草原学校。月光又在那个汉字下端歪歪斜斜地标上喇嘛特地教给他的这些字的藏文。他第一次用墨汁,一点不会用,弄得脸上花一块黑一块,像他家的大公猫一个模样,很滑稽。我站在碉房下望着他捧腹大笑。月光不服,赶下楼来也给我糊了一脸。这回就轮到阿嘎和苏拉在捧腹笑了。结果是我和月光把他俩也糊得一脸墨黑。

就这样四张大花脸站在院落里,开荒一样,把多年不现人气的荒疏院落灌输进温暖、欢笑——明亮得可以捧起来的,那么多的欢笑。

是的,我们的草原学校就这样成立起来了!

挂完木牌后,为庆祝学校初步成立,我炒了几道汉地小菜。说是汉地菜,其实也只是看到一些绿色食物而已。自从上高原来,已经多久没能吃上蔬菜,我已记不清。在这样物质匮乏的草原,所有绿色菜都是我的高级食物,包括从草丛间拔出的苔菜和野葱。野葱在夏季的草原上随处可见,摘回来挑拣干净,我们会一半清炒,一半掺和着面粉做成葱花烤饼。然后有巴桑女人送来的新鲜酥油、酸酪和奶渣子,月光又从自家帐篷找来血肠、风干牛排。

这些草原食物对于我已经不再陌生。我已经习惯不紧不慢地喝起酥油茶,并且也习惯了大口大口喝青稞酒。青稞酒和酥油茶都是倾向于暖性的液体,温厚而踏实。我想我已经完全适应草原生活,并且沉浸其中。

这个夜晚,月光教会我一首草原上的敬酒歌:第一杯酒敬天上的神灵,第二杯酒敬亲爱的父母,第三杯酒敬心上的朋友。月光把第三杯敬给了我。

孩子们也得喝。月光给阿嘎和苏拉每人倒上一碗青稞酒。

我说孩子们不能喝，会伤害身体。月光却说，喝，必须喝，就凭你从遥远的汉地上我们草原来，孩子们也要敬你一杯。

大门被咚咚地敲响，人未进来，多农喇嘛洪亮的声音已扑进来了："哦呀，梅朵姑娘说得对，孩子们那个幼小的身子是经不住喝酒的，喝不得！"

月光手里的青稞酒在这样的声音里激动得泼洒到桌子上，兴奋的青年连忙上前去，恭敬地为喇嘛开门。

多农喇嘛在夜色中回来。一身风尘仆仆。僧袍紧裹着头脸，几乎看不见他的眼睛。但等他进屋来，放下僧袍，那疲惫中略显温婉的神色却叫人无比感动。孩子们上前接下喇嘛身上的行李。桌子上的青稞酒和酒具迅速地被月光收起来。阿嘎用大铁盆盛热水，放在喇嘛面前。一条从未动用过的崭新毛巾放在热水里面。喇嘛把一双冰凉的手放进温暖的热水里，他朝阿嘎满意地微笑。又转过脸望我，笑意一路地延续下来："梅朵姑娘，你辛苦了。"

"不，喇嘛，您才辛苦！"

"哦呀。"喇嘛意味深长，"我们大家都很辛苦，也都很有收获！这个碉房被你们清理得真是不错。而我这次出行也很顺利，到过很多地方。这个学校，将来资金方面是没有问题了。"

"哦呀，这样才好！"我感动不已。

喇嘛却又语气凝重了，问我："倒是，草原上的娃娃肯定不好寻找，是吧？"

"是，喇嘛，好像单凭我和月光两个人的力量，还是不够……"我老实地回答。

喇嘛陷入沉思。月光已经恭敬地把一碗滚热的酥油茶递上来。

喇嘛深深地喝下一口,招呼月光把行李放在高一点的地方。"那里面都是经书。"喇嘛说。月光便认真地提起喇嘛的行李。阿嘎站在一旁,很恭敬也很小心地请问喇嘛:"阿苛,我去给您煮点油淋人参果吗?酥油是新鲜的,巴桑娘娘傍晚时刚送过来。"

多农喇嘛摸摸阿嘎的头,朝他微笑:"小娃,你应该是从益西家过来的。"

"哦呀。"阿嘎轻声回应。

喇嘛一声叹息,停顿了许久,才说:"小娃,你来这里,就是新的生活了,你会有一个很好的成长。"

喇嘛陷入新的一轮思索。一碗酥油茶喝空后,再喝一碗,喝完,又添一碗——似是他的思想,需要不断地用酥油来滋润,才会灵活。

最终喇嘛若有所思,问起月光:"草原上的花儿还要多久才会开放呢?"

月光想了想,算了算,说:"七达梅朵已经在抽花穗子,凤毛菊的花苞还没露出来,蓝绒蒿打起了青色花果果,草原上的花期,大约还要十几天吧。"

喇嘛当即自言自语:"时间等不得!"

我和月光都怔在那里,不明白喇嘛的心思。喇嘛却朝我们笑了,说:"我明天回寺庙同活佛商量一下,请活佛打个卦,寻个吉祥日子,我们的草原,今年就提前举行赛马会吧。"

月光朝喇嘛张合着嘴:"您的意思……"

"哦呀!"多农喇嘛点头,道出真实意图:"今年我们提前举行赛马集会,借机会把牧民们都召集起来,请大家一起来帮忙寻找孩子。"

我们恍然大悟。阿嘎和苏拉听到喇嘛这样的话,兴奋得只想跳起来,望一眼喇嘛,又不好意思地控制住了。

17. 赛马会

麦麦草原一年一度的赛马大会,在我到来的这一年,由活佛卜卦安排,提前了半个月。

月光因此忙碌起来。通知牧民,挑选马匹,组织赛马队,搭帐篷,准备食物。这样时节,草原上的穷人和富人,信徒和喇嘛,男人和女人,都会有一次和谐的相聚。赛马,斗牛,跳锅庄,游戏,杀牛宰羊。大牛宰杀后,新鲜的牛肉就挂在原木支架上,冷却过两天,割下来即可生吃。铜锅架在集体大帐篷的外围,烧酥油茶,煮米饭。再有血肠、青稞酒、瓜子、花生、雪碧、麻花、人参果,均是通过人力马力从遥远的县城运来。聚会中,草原人把所有富足都集中在大帐篷里,就像他们把所有家产都穿戴在身上一样。

其间,每位草原青年都要把自己装扮起来。各种花色的头饰、腰饰、手饰,款式精巧的帽子、靴子、袍子,一一拿出,派上用场。月光也不会例外,这几天他跑上跑下,除组织赛马以外,更多的是下农区,向他的富有亲戚们借一些身上穿戴的珠宝服饰。

阿嘎和苏拉都被打扮起来。农区大人的绸缎衣袍借过来,孩子们穿不上,月光自有办法。把袍子折叠过半,用腰带捆扎在俩孩子身上。我从汉地带来的口红是俩孩子唯一的化妆品。他们的嘴唇上、脸颊上,均被涂上红艳艳的口红油脂。月光则盘起了长发,绾上红缨结编成的发髻,套上大盘象牙圈,坠上大颗绿松石、红珊瑚,一头繁花似锦。身上的藏袍也是五彩艳丽:贡缎的质地,花素绫的滚口,金丝盘角。整个袍身绘以五彩祥云、莲花法轮以及飞鹰神鹿等华美图案。

衣袍穿上身,里面紧裹的是细绸小长衫。长衫的领口由五彩多层假领组合,看起来,那衣袍里面尽是层层叠叠的细软内衣。腰间则系上一道复加一道的丝绢绸腰带。背部佩戴银质镂空的嘎呜佛盒,又插三面风马旗于嘎呜之上。下身穿的月白色丝绸老鹰裤,牛皮绣花长筒靴。一身富丽光华,给人直接的印象:这家境是何等殷实!

事实上,属于月光自己家的只是那一身贡缎藏袍、头上的一块象牙圈和背部的一只银质嘎呜而已。另有一条祖传的玛瑙珠子的护身符念珠,在那个山间逃难的夜晚已经戴在了我的脖子间。

我下意识地用手摸索脖子,有些过意不去。满身珠光宝气的月光却站在我面前乐呵呵直笑,一脸灿烂:"梅朵,我的玛瑙珠子戴你脖子上,就是比我戴得好看。我想嘛,要是你也能穿起我的袍子,那会像什么嘛?"

一旁的苏拉小孩立马接话:"那会像新娘子,老师要是穿上阿叔的衣袍,肯定是拉姆(藏语:仙女)一个模样的新娘子!"

多农喇嘛立于一旁,眼睛望着月光和我微笑。月光在喇嘛面前,却是有些不自在了,挥舞马鞭朝赛马场跑去。

一场纯粹的赛马正在麦麦草原中央最平坦的草地上举行。骑手们都是清一色的年轻人。月光处在正当中。他的坐骑是多农喇嘛之前送给我的大彪马。这伙计天性里就爆满奔驰的欲望,等不得开赛的号声响起,早已嘶嘶大叫,声波穿透空气,响彻整个赛场。紧挨它身旁的,是尼玛的大白马,也是毫不逊色,直用铁蹄砸着地面,一副急不可耐的样了。

赛马的第一场表演是"飞鹰展翅"。一声号发,骑手们立马策鞭奔驰。大马如同金刚出战,在急鞭下奋勇狂飙。骑手们均是两腿紧夹马身,于疾驰的马背上抛开缰绳,弓下腰身放出一双拖地水袖,做出仰翻、倒立、摇摆之势,弄出各种造型,速度风驰电掣,闪得人眼花。一位青年的盘发因此被打落下来,红缨结绾成的长发在挣脱束缚后,似是风中流云,和着一身华丽服饰,那青年整个人便虚化成一股奔腾的色彩。

草坝子上,衣装鲜丽的姑娘们已在朝那青年大声叫喊:"东月!东月!"我定眼张望,众多缭乱的奔驰打花我的眼神,叫我不能从中认出哪个是东月——或许是不自觉地,或许就是真的不想记住东月——我的眼睛里只有月光。

第二场马术为"骑马射箭"。因为距离较近,我的目光才可以追逐姑娘们大声呼喊的东月。但见他两腿紧紧夹住马身,展开双手,左手把弓,右手执箭,做出大鹰盘旋之势,打马奔驰;待到出箭之际,急速交织弓箭,一个绷弓疾弹后,箭头便如轻燕一般稳当地飞入靶心,一发一中。

草场上一片欢呼。姑娘们上前给每位骑手敬青稞酒。多农喇嘛坐于我身旁,面朝我语气感慨:"梅朵姑娘,你也看到了,麦麦草原上,东月——哦呀,月光,他那箭技可算了得!只有东边草原上的班哲还可与他较量。"

班哲?我想起来,就是第一次在草原上拉我跳舞的那位青年嘛。我记得他说过,将来他从拉萨回来时,要为我专门唱一场藏戏。

骑手们喝下姑娘们敬上的青稞酒,满脸红光。几个青年已经把冲动的脸膛和暧昧的目光,朝着姑娘们射过来,并在大声唱情歌。其中一位青年面向我歌唱,那么深情的样子——错了,是我多情,他的目光其实是绕过了我,朝着我身后的卓玛姑娘唱歌呢。

月光给这青年送去一个响亮口哨,一脸窃笑,问我:"梅朵,在汉地,像他俩这个模样的,叫什么嘛?"

"好了月光,你要比赛了。"我说,怀里像是揣着一只小鹿,咚咚乱撞。

又进入马术的第三场:"抓哈达"。平整的草地上早已摆好一条条洁白的哈达。哈达两头均系有口香糖和雪碧瓶子。骑手们在一声号令中呼出大马,个个弯腰拖地抓哈达。大马在热烈的喝彩声中惊奔疾驰,很多骑手还没来得及折身抓地,惊马已经奔出目标之外。只有三五个身手敏捷的高手抓住了哈达。

第一个抓到的人舞动哈达在赛场上"啊呵啊呵"大叫,众多姑娘朝他高喊:"东月!东月!"

我才看到,月光手里抓上哈达了!他高高举过哈达,准备抛向远方。兴奋的青年,举止间佯装茫无目标,哈达却充满情意地在空中飘扬,之后便以一种悠扬而坚定的姿态,落进我的怀中!

我有些慌乱地抓起哈达,不知如何是好。多农喇嘛却趁此直起腰身,神色庄重,面对我道:"扎西德勒汉姑娘,神灵把对你的照应从天而降,你是有福了——赛马上第一条吉祥的哈达落在你手里,它把神灵的福祉降与你了!"

喇嘛的声音很响亮,且高亢有力。整片赛场因此掌声雷动。在一片欢呼声中,喇嘛摆开我们学校为草原人准备的食物:麻花、糖果、饼干、糕点、口香糖。我忙着一包包拆开。喇嘛则大把大把地向人群抛撒,一边大声招呼牧民:

"哦呀,这些礼物都是好心的汉地人赠送的。现在,他们好心的姑娘也来到我们草原,是专门想为我们那些没有阿爸阿妈的娃娃做些事情。所以你们谁家有这样的娃娃,都可以送过来。我家的碉房,今后就是娃娃们的家了。娃娃们将来的生活和学习,都由我来供养。教学方面,就拜托我们好心的梅朵姑娘。她是一位有着多多学问的姑娘,你们尽管放心地把娃娃交给她吧。"

一些领到食物的牧民非常感动。月光家邻居登巴主动上前提供线索,说东边草原上他家有个远亲,收留了两个没有阿爸阿妈的孩子,不久他会亲自带我们去远亲家。另一牧民赶上前请问多农喇嘛:"阿苛,那送进您家碉房后,将来到青稞成熟的季节,娃娃们会不会放假?可不可以回去帮忙收割庄稼呢?"

多农喇嘛往他手里塞进一包食物,说:"当然没问题。我们会给娃娃们定时放假的,农忙时节都会回家帮忙。"

那牧民听到喇嘛这样的话,放心下来,说好吧,我们的一个没有阿爸阿妈的侄儿明天会送进您的碉房。

这个牧民与多农喇嘛的一番对话过后,就有更多牧民在领到食物的同时给我们提供线索了。

我一边分发食物,一边注视多农喇嘛,眼角间不知何时起已变得有些湿润。

是啊,多农喇嘛不但心地善良,也是个充满智慧的人。草原上有这样的喇嘛,对于孩子真是莫大的福气。

18. 鲜花盛放的校舍

一场赛马过后,我们竟然收进了十多个娃娃。都不过阿嘎一般大小。一半是没有父母的,一半是失学儿童。像东边草原上的米拉小孩,就曾被亲戚冒名顶替,送进乡里的公办学校读书。但是学校一放虫草假,他就溜了。草原宽广无边,山高路远,公办学校老师们精力有限,寻找极其不易。而很多家庭对于孩子读书抱有抵抗心理。一些牧民家牦牛多,需要人看守,孩子不但不送进学校,还会弄些花样儿与学校周折。公办学校很无奈,招收不到学生,就一级一级下达任务。县里给乡里指标,一学年必须招收多少人。乡里就给草场指标。但落实到户,却做成了买卖名额。牛数众多的富人家不愿送出孩子,指标下达后他们就花钱请牛数少的穷人家孩子顶替上学。穷人家得钱后,放出孩子。但也只是个幌儿,报了名,入了学,达到名额后糊弄一阵子,不久就偷偷跑了。依照这个势头,现在我们虽然收进了一些孩子,但今后的教育工作肯定不会轻松。

我们都开始忙碌起来。大点的孩子跟上月光和阿嘎,帮忙清理碉房;小的交给苏拉看管。我则到遥远的州府,买回各种生活用品和学习用具。未来,学校的安排是:生活方面分配给月光和阿嘎,孩子们的三餐饭食就由他俩负责。学习方面归我,书本笔墨等将由我一手经办。经费方面则由多农喇嘛想办法。赛马会过后,喇嘛已经离开草原,为学校寻找资金去了。

月光从自家的农区搬来大堆木板,把喇嘛家碉房二层进行了改造。楼下是孩子们的大教室。楼上被划分成男女两个区域的宿舍,一张张小藏床被他叮叮当当地拼凑起来。我就在月光的敲打声中忙着备课了。

坐在宽敞通透的窗台前备课,撩开窗帘,碉房学校的二楼客厅非常明亮。上午白晃晃的阳光映照着人和课本,一抬头,望到窗外,一面鲜红的小国旗在土豆地改造成的操场上升起来,旗杆是用滚圆的杉木做成的。操场两侧支起两根木架,再编一只藤条做成的篮球筐,我们的篮球架也很神气地竖立在国旗旁了。

孩子们又在碉房四周种上了鲜花,是那种有着厚实叶子的大丽花,都是下方寨子里的农民送上来的。农民们拿不出更多的礼物送学校,就从自家院子里挖来已经长出半人多高的大丽花。很硬朗的花苗,碉房四周的草粪地又那么肥沃,高原阳光也来得汹涌,我想,不会超过一个月,那些花儿就会开放。

我想象开花的日子,那时正值九月,也是汉地学校开学的日子,我们的班级在那时也要全面开课了。

19. 三万八千遍经语

现在,已经到八月底。我也预备完各门学科的课程,开始尝试给孩子们上课。学生拼成两班,合用一间教室。七岁以下的分在幼儿班,在教室的右边,教一些看图认字。七岁以上的孩子都进入常规教学,在教室的左边,按小学一年级教材上课。

所有孩子当中,数阿嘎年龄最大,个头最高,所以我选他当班长。苏拉不明白班长是什么官,问曾经上过学的米拉。米拉很夸张地说,那是土司模样的、管人的官。苏拉立马自我推荐,说老师你也给我一个班长。就分配她当组长。苏拉很满意,配合着阿嘎开始管理班级。

孩子们分成男女两组。学习之余,男生组会在阿嘎的带领下做一些相对不重的体力劳动;女生组则由苏拉带领,配合清扫碉房卫生。

苏拉是一个勤快活络的孩子。劳动总是积极主动,且悟性很好,总能通达大人的意向。你想到的,望一下,她就能领会,之后会按照大人的思路把事情做得很好。

对于这孩子,她的身世我知道甚少。据她自己介绍,她的家在白玛雪山对面的玛尼神墙下方,五岁时失去父母,还有一个阿姐。

很多时候,苏拉会一边做活一边念经。扫地,抹灰,整理课桌时,经语就会伴着劳动嗡嗡哼哼地响起来。执着,沉迷,充满希望的经语,时常会叫劳动中的孩子忘情,细密的小汗珠渗出脸颊,忘记拭去,会把孩子的小脸蛋弄得潮湿水亮,叫人瞧得心情纠结。

这孩子自幼就和阿姐走散,她不知阿姐现在哪里。没有相片,她也想不起阿姐的长相。我们仅凭她回忆一个叫"阿芷"的姓名,已经在草原上寻找了很久,没有结果。

一次,多农喇嘛的同门师兄——精通卜算的向巴喇嘛到学校来,苏拉立马请求向巴喇嘛为她阿姐的下落卜卦。向巴喇嘛占卜得出阿芷的去向是:神灵把姑娘带到遥远的西边高原朝圣去了。要想她回返,需要念完三万八千遍经语。所以苏拉才时时刻刻地,连干活时间也不忘念她的三万八千遍经。

后来我们在苏拉执着的经声里,果然寻到了阿芷。但这姑娘却不是在西边高原上朝圣。情况有些复杂。

几年前,阿芷同阿妹失散后就流落到县城。那时阿芷十三岁。先进一家饭店做小工,是那种只管饭不给工钱的。后来经验见长,就有了工资。再大些时,人也出落得有模有样儿,又被茶楼老板相中了去,在茶楼做服务员,为茶客端茶送水。一年两年过去,在巴掌大的县城阿芷也熟络了好些茶客。因为成熟较早,阿芷在十六岁后便有一个迫切的希望:在茶楼里寻找一位如意郎君,把自己嫁出去,从此就有家了。

她是在茶桌上认识扎巴呷绒的。那时候呷绒在县城里画唐卡,一个月也有不少的收入。扎巴一般是由家庭供养的,所以呷绒的钱也不用拿回家。他的手头就很宽裕。

呷绒喜欢进阿芷的茶楼吃那种汉地运来的果脯点心。他的接待者经常会是阿芷。呷绒是知道阿芷工作性质的,她再不是单纯的茶楼小工,基本是被老板安排陪客喝茶的。可他依然中意阿芷,对她动起凡心,爱上她了。阿芷第一次听到有人说爱她,并且充满真诚,就有了要与呷绒结婚的念头。但是她结识的男人似乎多了些,这个县城无处不在的样子。呷绒回家说明意向,他阿哥就表示曾与阿芷有过亲密接触。这样一来,按照常规说法,阿芷当然是进不了呷绒的家门。但是呷绒思想坚定,一定要和阿芷在一起。

家人做出强烈反对,私下找到阿芷,提出数千元的赔款,希望阿芷能够离开呷绒。阿芷却不要钱,坚决要求呷绒还俗,同她结婚。

坚持中阿芷和呷绒结婚。没有人为他俩祝福。呷绒家人宣布永远不给他们住所。呷绒只得带上阿芷四处漂泊。他仍然画画,阿芷则到一家化工厂做工。这时阿芷怀孕。他们结婚时别人都说阿芷不是好女子,神灵不会赐给她娃娃。但是现在阿芷幸运地怀上了。阿芷知道自己没有房,孩子出世也没个安身之地,便没日没夜地做活,希望能给将来的孩子挣个喂奶的地方。阿芷的工作不但苦,且是化工,整天与硫黄打交道,毒气很重。但她与呷绒都没读过书,都是文盲,不懂得硫黄会伤害身体,尤其是婴儿。

阿芷拼命劳作,你再也看不到她在县城茶楼里的那种浮躁光景。母爱叫她变得沉稳,充满韧性。

不久阿芷就生产了。但却产下一个死婴!为什么是死婴?轻视她的人都认为这是遭遇因果报应。没有人会想到她曾经做过的重活,阿芷自己也不知道硫黄的危害。孩子莫名其妙死亡,现在连她自己也在怀疑,是不是真的中了因果报应。

阿芷趴在床上没日没夜地哭,哭得呷绒心烦意乱。乱得很了,呷绒就想回家去安静一下,便丢下月子中的阿芷回家去。呷绒在家里的时候,寨子里所有人都劝他浪子回头,千万不能把阿芷带回家。呷绒犹豫,阿芷是嫁了她的,他不要,阿芷以后再难嫁人,这不是害了她嘛。寨人却说,她的男人多了,才生不下娃娃,这样的女人要不得。

不知道为什么,当初结婚时大家都在反对,他没在乎。现在他们的娃娃死了,呷绒却在乎起这些闲言碎语来,记在了心里。之后是天天想着作痛。这样一天一天地痛着,就不大想去找阿芷了。

后来有一天,呷绒好似大彻大悟,突然又皈依佛门,五体投地朝圣到远方,与家人都不再联系,更别说阿芷。等不到呷绒,阿芷在她失去孩子的地方哭过一夜又一夜,然后擦干眼泪,又回到县城,在一家茶楼重操旧业。

阿芷的遭遇叫我心情沉重,却和月光因为解救问题产生一些分歧。我建议把阿芷接回我们学校里来,正好配合月光做个帮手。月光却是满脸对于阿芷的不屑情绪,直言说:"我才不稀罕她来做我帮手,勾引扎巴的女人就是积嬷(当地指妖女)!我不喜欢这样的人。我们的帮助是针对善良人的,不是针对她这样的女人!"

"那你的意思就是阿芷不善良吗?"月光对于阿芷的藐视叫我心头发堵,语气便也生硬起来,"那她的遭遇是她一人造成的吗——她从小失去父母,也是她自己的错吗?"

月光满脸不屑:"这个肯定是她上辈子也做得不够好吧!"

"这又怎么能扯到上辈子去!"我说,对话进行到不是在商谈,而像是在争执,我的情绪就有些冲动,说话越发生硬。

月光被我的态度惊到了,厉声追问:"为什么不能?你说说,为什么不能?"

他生气了,面色严肃,如同婴儿平静地望着你微笑,突然间又莫名其妙地大哭起来那般陡然。我还是第一次看到这个青年,脸色这么突发地黯淡、难看。这弄得我手足无措。

冲动是魔鬼的鞭子,把我和月光都狠狠地抽打了一回。我们僵持在那里,一个在生气,一个想生气,却也不知要用什么方式。

我只好把目光投放到天空里去。望天空中那些巨大连片的云朵,那般的气势磅礴,似乎一坠落就能将我碾成碎末。但等我低头注视地面,望那云朵投下的浮影,却是那么地轻盈,如同和风。

我的目光开始在云朵和浮影间上下晃动,最后就看到苏拉,她朝我们走过来了。她轻轻瘦瘦的身子贴近我,在轻声细语:"老师,老师。"过分警惕和担心的声音,像是我现在的手足无措,是因为她做错了事,是她造成的。

轻轻拍拍孩子,把她支开。慢慢地稳定情绪,我开始把目光投注到面前青年的脸上,看一会,垂下头去,深深地思索。之后,我缓下语气,接下来的话,像是另外一个灵魂,它从我的身体里分裂出去,它在替我说话:

"对不起,月光,刚才我是……说得急了。我是太性急了,为阿芷性急了。我自己也是女娃,阿芷和我是一个模样的,我为她担心了!人心都是肉长的,你想想,如果阿芷是你的阿妹呢,你肯定也会为她难过。我们天天这么念经磕头,佛祖看到阿芷这个模样,也会不忍心的……大慈大悲的观音,救苦救难的度母,若是能够显灵,那就救救阿芷吧……"

唵嘛呢叭咪吽——要不要我也来念上一段?

是的,如果经声真的神通,它也会在我的身上显灵,那是因为我,必须懂得你,理解你的经声,才能走近你,得到你的理解和支持。因为信仰是你的心灵,经声是你心灵的语言……

我突然流泪了!捂着脸啜泣,心堵得慌,有点喘不过气来。

"说事就说事,你哭什么嘛!"月光瞧着我有些烦躁,有些言不由衷,"说吧,你要我怎么做?"

"……谢谢你,月光,我只是想把阿芷从茶楼里带出来,告诉她,我们来帮她离开那样的生活。未来学校里还会收进更多的娃娃,你一个人肯定忙不过来。"

月光立即说:"那就算我同意,学校周边的人肯定也不能接受一个勾引扎巴的女人!"

"我们不能慢慢说服周边人吗?呃……那个在拉萨唱戏的青年,他什么时候回来?"

月光惊讶问:"你是说班哲吗,找他回来做什么?"

"我想请他回来,唱一段《玛尼神墙》的藏戏……"

"好嘛,我知道你的意思了。那你为什么自己不去找她?"

"我是外地人,进茶楼难以取得阿芷信任,不好说话。你呢,是本地人,她肯定会信任你的。"

月光不应声,陷入沉思。

天空那么蓝,流云的浮影掠过地面,投影出一个花花浮动的世界。我的目光要跟随流云一起,探索到遥远的地方去——我要怎样才能联系上班哲呢?现在,我有一个潜在的预感——只有一面之缘的班哲,可能会帮得到我的工作。他唱的《玛尼神墙》的藏戏,我想亲眼看一看。也想让麦麦草原上的牧民们来看,让呷绒的家人来看。

我们的阿芷姑娘,也许只需要班哲唱一场《玛尼神墙》,草原人就会接受她吧。

"月光,真的,我想联系班哲,想请他回来给草原人唱戏。"我说。

月光立马回绝:"这个肯定不行!他在拉萨是和别人订了合同的,一时回不来。好嘛,我不是已经说过了,我去茶楼找她!"

20. 她离去的背影寂寞无声

月光终是随我进了县城,从茶楼里把阿芷姑娘带出来。我们在距离茶楼不远处的街道上见面。

才看到阿芷,她是一位身材单薄的姑娘。看起来确有几分姿色,但形态却似是芦苇花儿模样,弱不禁风。脸色也不同于一般草原少女的那般红润油亮,那是一张贫血的面目,有点干燥的白。头发松散,泛出淡淡的黄色,大半束在脑勺后面,扎成一条马尾巴;小半扑在前额上,又见不得人似的遮住眼睛。那眼睛应该是好看的,可以想象当初它在呷绒面前,会有花儿一般的柔媚。而如今,她那有些绝望的、低迷含恨的神色,拖走了她的灵魂,改变了她的气息。她再也没有高原女子的饱满,而是更多的卑微、寂寞。

她望着我,神色陌生,又诧异犹疑。

"阿芷!"我上前去,"你肯定不会认识我,但你认识苏拉,她是你阿妹!"我说,急切地跟她解释。

阿芷惊诧在我的声音里。

"你阿妹现在我的学校里上学呢,我是她的老师,我叫梅朵。"

阿芷的目光又添加了一道惊诧。神情惊喜,也惊疑。

"你阿妹现在生活得很好,已经有这么高……"我用手比画在自己的胸口前,"你有几年没有见到阿妹了？你想看到她吗？"

阿芷神色混乱,说不出话,只是紧迫地盯着我,不,是盯着我的胸口——刚才我比画她阿妹的那个高度,好像她阿妹已经站在我的胸口前。她很想说话,朝我嚅动着嘴,却又表达不出,只能一个劲地抽泣,声音伤痛、决裂,恨不得要连同身子一起钻进泥土里去,死了,埋了,才算安心。这些年,失散的阿妹寻找多久也不见踪影,都以为死了,一家人只剩她一个,才会这么绝望。有谁能够真正理解她所经受的苦难呢！

"好了阿芷,别哭,现在不是可以见面了吗？你的阿妹多多想你呢！"我说,身子慢慢朝阿芷贴近,但不敢真正亲近于她,怕她不自在。

果然阿芷对我是有些生分,她转过脸面,哽咽着声音问月光："我的阿妹……她有说过什么？"

"她说想见你。"月光回答,声音简单干脆,神情平淡,并不热情。这个"自己人"的冷淡表情,叫阿芷喜泣的情绪由巅峰慢慢地跌落,哽咽声从起伏不定,慢慢变得稳定,一点一点地,气息回落。

"阿芷,你愿意去看望阿妹吗？"我跟着追问她。

阿芷低下眉目,旧时尘封的烟云爬上脸面,她在答非所问："我记得,我们阿妹小时候,走散之前的时候,得了一脸的冻疮……鼻孔上,眼睛上,还有嘴角上,那些地方,后来有没有冻破她的面相？"

"没有,一点没有！你阿妹的那张小脸可光滑着呢！"我连忙回答。

"哦呀！"阿芷庆幸地、深深地吁一口气,又问,"那她现在有多长的辫子？"

我瞧着阿芷那一头稀松的黄发,语音跳跃起来:"你的阿妹有着一头又浓又黑的长发,扭成麻花辫子,有头花戴,是个好看的小姑娘呢!"

阿芷脸上晃过一丝放松的笑意。她抬起头,把目光投放到远方去。

"阿芷……嗯,我知道,你是一个勤快的姑娘,从饭店里出来的姑娘都很勤快……"

阿芷朝我闪了下眼神,目光还在远处。

"嗯……要是我们学校能有你这样的姑娘帮忙,那就太好了!"

我的话,自己佯装不经意,只是随口说说。但是阿芷却听进心里了,她慢慢地收回游走在远方的目光。这目光一回返,瞬间却又涣散了,不是望天、望地、望身旁的人,不知在望哪里。

"哦呀阿芷,就跟你直说吧,我们学校现在正好缺少人手呢,你愿意去帮助我们吗?"我说。

阿芷愣在那里。没有对我的请求感到吃惊。不表态,也不感动,神态看似茫然,或说麻木。

"阿芷,你会考虑吗?"我紧跟着追问。

阿芷目光空洞。

"……要不你先过去看看阿妹,感觉适应的话再留下来?"

阿芷垂下头去。

"阿芷……"

阿芷的头垂得更低了,几乎钻进了脖子里。

月光终是有些不耐烦了,瞧着迟疑不决的姑娘,语气硬邦邦地道:"答不答应也要有一句话!天色已经不早,我们还没找到住的地方!"

犹豫的姑娘便发出蚊虫叮咛一样的声音:"让我想一下吧。"顿了顿,又说,"你们明天再来找我。"

阿芷朝我淡淡地笑,不等我回应,转身朝茶楼走去。

傍晚,绵延在县城四周的大山寂寞无语。钢灰色的山梁皱褶着钻进云雾里。天气不好的时候,山顶上的雪冠总喜欢和厚厚的流云厮混一起。流云会在雪冠上定格不动。即使流动起来,也是非常迟缓的过程。除非你有很大的耐心等待,不然你很难在傍晚时分完整地看到雪山。

我站在空荡荡的街口上,目光的跨度很大。一面被阿芷的背影扯着不了断,一面寻望那些与云雾厮混的雪山——这种厮混也搅乱了我的心情——答应跟我们走就走,为什么阿芷的神情会那么淡漠,她在顾虑什么?

她离去的背影寂寞无声。风从背后朝她吹去,把她稀松的头发和衣袍送在她的身体前方。那身后的形态,单薄而柔弱,给人的感觉是:她的背后有一双无形的手正在推着她往前走,离开我们。

第二天一早我就拉上月光赶往阿芷茶楼。来得太早,她的茶楼还没开门呢。月光一边打哈欠一边抱怨:"你也不瞧瞧现在是几点,我们这里的店面,不到上午十点都不会开门。"

"那就在门口等待吧,我可不想出什么乱子。"我说。

月光一脸不屑:"有什么乱子?那样的女子还巴不得我们帮忙呢,你怕她一夜过去会有变卦?"

"谁知道呢!总还是有些担心,昨晚一宿也没睡好!"我说。

是的,我心里的确担心了。昨天阿芷离开时的那个样子,搅乱了我的思绪,叫我越来越有预感:某种本来可以按照常规进展的事情,有可能会不如人意地发生改变。但具体以什么形式改变,我被一宿失眠折腾得疲惫的思维,难以确定。

这种担心叫我不敢大意。

我靠上门去,把周身衣物裹得紧紧实实,想就着茶楼的大门等待下去。月光一脸惊讶,说这可不是一时半刻的事,天这么冷,要等你等,我还是回旅馆睡觉去。他一转身跑得老远,见我没跟上,回头一把拉了我就走。

"不要拉我,你一个人先回去吧,我等着好了!"我推开他。

他却抓得更紧了:"怎么?你还真的生我气了?再生气我要把你塞进长途汽车里,送你回老家去!"他拉着我往茶楼对面的长途汽车站跑。

清晨六点的时候,高原上晨曦还躲在遥远的雪山背后。街面上大约在凌晨时分下过一场大雨。阴冷的雨雾舍不得离去,鬼影一般在街头巷尾来回晃荡。风很大,呜呜叫着,把街道两旁的商店招牌攒得哗哗作响。这个县城唯一的长途汽车站外,有两个卖早餐的人,都是从内地来的,在冷风中出摊做生意。月光拉我坐进其中一个摊位里,才说:"喝碗热茶吧,这么冷的早晨你以为你是神仙吗,在那个北风呼叫的大门口等待不会感冒?"

一碗热乎乎的茶水端上来,在我面前翻腾着热气。车站内响起长途大客车的发动机声,咻咻地哼着,叫空气不再冷清。

一会后,两辆开往不同方向的客车打开了雪亮的灯光,陆续从车站内轰隆隆地开出来。车屁股后面冒出浓浓的黑烟,把我和月光泡在烟雾里。黑烟消失的时候,车也跑出了好远,驶向县城外的草原公路。

月光瞧我双目追随着远去的客车,笑着招呼:"我只是跟你开个玩笑,你还真的动心了?想跟上那个班车回家吗,可它不到你的家乡!"

"哦,那它到哪里?"我不经意地问。

"我们县城里只有去两个地方的车。一个是去遥远的西宁,一个是去更遥远的拉萨。"月光仰头望着天空说话,像是那两个地方有天空那么远。

21. 流浪的孩子

我们在小摊位上不紧不慢地喝茶,一碗又一碗。一直等到天色大亮,云霞扑上天空,太阳又出来,爬上雪山,跳到天空上,阿芷那个茶楼还没开门。月光有些奇怪了,向小摊主打听:"阿哥,对面那个茶楼以往不是在日晒三竿的样子就会开门吗?今天怎么了?"

小摊主笑着说:"肯定是开门的姑娘早上走掉后,那里没人开门了嘛。"

"什么?"摊主的话叫我心头一晃。

"就是那个大名鼎鼎的阿芷姑娘嘛!"摊主说起"大名鼎鼎"四个字,眼神里充满微妙,"她是每天负责开门的工作,但今天早晨她坐长途汽车走啦。"

天!我刚刚喝进口里的茶水又喷出来,溅了月光一脸。月光抹抹脸也很吃惊,追问摊主:"你说她上长途班车了?"

小摊主非常肯定地回答:"是!"

月光跟着追问:"那她上的是哪辆班车?"

"不知道。"摊主摇头,"只看她进了车站,那一共有两辆车,不知她上的是哪一辆。"

天！县城外的公路可是有两个方向！一正一反,一条通往拉萨,一条通往西宁。

我趴在小茶桌上周身无力,爬不起来。

月光说:"这就是天的意思了！你看,我们也尽力了,客车就擦着我们身边开过去,我们却看不到阿芷,这不是天意吗！"

"什么天意！早晨阿芷肯定是在车窗内看到我们了！她是躲着我们你明白吗？不是天意,是她在逃避我们！"我朝月光没好气。

月光一脸不悦,低声自顾叨唠一句:"跑就跑吧,她当然没有脸面到我们那样干净的地方去。"

"你说什么？"

"我说我们得回去了！"月光理直气壮,"学校里还有那么多娃娃在等着,指望阿嘎一个人可忙不过来！"

月光说这话倒也实在。但想起阿芷,我的脚步就有些迈不开——也许等到楼茶开门,就能打听到阿芷乘的是哪辆班车,去的是哪个地方,她的茶楼里肯定有人知道吧。

我把这个想法告诉月光,他却对此不屑一顾。

"她都上了长途车,这肯定是去了遥远的地方。你就是有方向,那些地方那么大,我们哪有时间去找嘛。你要真不死心,就你一个人等吧。谁知道那个茶楼要几点才会开门。但现在开往我们草原的班车马上就要出发了。这个车两天才有一班,今天错过,又要等到后天。我得先走才行,我们的十几个娃娃还在等我回去做饭嘛。"月光认真地对我说。

一个清清瘦瘦的大男孩从我们身旁经过,听到月光这样的话,朝我们伸过头来,非常吃惊地瞧着我们,好奇地问:"阿哥阿姐,你俩这么年轻,就有十几个娃娃啦?"

男孩的话叫我一阵脸红。

"不,小阿弟,不是我们两个的……是,我们收养的娃娃。"我赶忙跟他解释。

月光却露出满脸神气,好像他真有那么多娃娃,快活得哈哈大笑:"哈哈,十几个娃娃的阿妈,我这十几个娃娃的阿爸,要先回家照顾娃娃了!"

"好吧,别开玩笑,"我说,"你是得尽快回学校去,那就我一人留下来,再等一等。"

月光点头应话:"哦呀,不叫你白等一场你也不会死心。"他端起茶碗,大口灌下一碗茶,抹抹嘴开心地笑,哼着小调钻进车站里。

刚才问话的男孩站在我对面,瞧着月光一人离开,面色惊讶,只问:"阿姐,你不和阿哥一起走吗?"

"我等人呢。"我对他说,同时问,"你叫什么名字?"

"我嘛,所画。对,阿姐,你是专门收留娃娃的吗?"

"哦呀是。"我回他,补充一句,"但多半收留的是没有阿爸阿妈的娃娃。"

叫所画的男孩听我这话,眼睛一亮,像是有话想问我,又没出口。

"怎么?你有什么话想说吗?"

"我……"

"说吧,有什么就说出来!"

所画扭捏半天,问:"那像我这么大的你管不?"

"哦呀!我正在寻找一个像你这般大的女娃呢。她叫阿芷,在对面的那个茶楼里上班,你认识她吗?"

"阿芷？我不认识。"所画摇头，吞吞吐吐道，"……我……"

"你怎么了，有话你直说呀。"

"我也是没有阿爸阿妈的！"

"哦！！"

我确实惊呼了一下。是感叹，或说由衷地震动。

所画则在追问了："我这样的你管不？"

"你有多大了？"

"十八年，不，十九年。"

"啊！"我在内心惊叹，不知说什么好。按理说他已经成人，可以工作，可以养活自己了。

却听所画在直白地请求我："阿姐，我找不到活路可做，你可以帮我找一个工作吗？"

我朝所画困窘地笑。"呃……"我的话卡在嗓门里，不知怎样来跟他解释我的工作性质。

"你是汉族人，你能介绍我到汉地去工作吗？我要打工养活自己。"所画进一步说明。

"那现在是谁养活你呢？"

"寺庙里，还有每个亲戚的家里，到处吃饭。不过实在不好意思嘛，这么大的人了！"

"的确是这样，你已经具备劳动能力，可以自食其力了。"

"可是阿姐，你也看到嘛，我们这个县城太小了，我找不到活路！"

"哦呀，这倒也是。那你会汉语吗？"

"我不会。"所画神色黯淡下来。

"那就难了，你不会汉语，又怎么去汉地工作呢？"

所画被困在那里,他也不知道自己怎么办。

我坐在摊位上沉默了很久。最终还是把手伸进背包里,有些犹豫,也有些无能为力,我从包里抽出一百元钱。很难出手。知道这样一出手,就是打发人,我其实不喜欢这种方式。但是所画太大了,就是把他带回学校,他也不能再投入学习。

我艰难地把手伸向所画,说:"所画……来,这个给你。"

把钱递过去。

所画看到钱,眼里射出一道雪亮光芒,我料想他是会伸手接钱的。但这男孩最终却没有接,只在朝我摇头:"阿姐,这个钱也不能吃到很久!我要吃饭,是那个可以长长久久地、天天有饭吃的那样。"

我有些局促了。明白所画的意思。他是希望我能通过解决工作的方式来帮他。我思索了下,想问他学过哪些技术,但话未出口就觉得多余——问也白问,他一个没有父母的孩子,从小无人培养,会有什么技术呢。

却听所画在竭力地介绍自己:"阿姐,我汉语是不会,但我可以唱歌,我的歌声多多好嘛!你可以介绍我到汉地去唱歌。"说完,也不管我应不应承,跟着亮起嗓门,唱了起来。是一首草原牧歌,他唱得很努力,脸色因为长久地扬声而憋得通红,额头上也鼓起了条条青筋。

他的歌声确实不错,尽管没有音乐伴奏,但并不寂寞,像小河里的浪涛,澎湃张扬,听起来叫人充满希望。可是在当地,像他这样会唱歌的人实在太多了!从娃娃到老人,随手也能抓出一大把。所以我不知道怎样跟他解释,走唱歌的道路并不容易。已经十九岁的男孩,学习音乐是有点迟了。那些小小的孩子,因为有好心人帮助,还可以寻找机会去上学。但所画已经成人,走上了社会。没有家,也没有技术;有体力,却没有机会付出。他该怎么办呢?

一时间,我被所画的处境难倒了。这个不懂汉语且无一技之长的男孩,在汉地是没有出路的。他生在这片草原,草原给予他生命、语言、性格,他注定会待在草原上。而草原上没有工厂企业,没有就业机会,我要怎样来安顿他呢?

我把所画带到街道旁的一处泥土地上,捡一块石头让他在地面上画画。我想看看这男孩有没有画画的天赋。如果可以,我心中已经产生一个想法:带他去投奔我的推荐人耿秋画师,跟随画师学习壁画去吧。正好画师刚刚结束了我们汉地那边的绘画工程,已经回到家乡。他早已托向巴喇嘛给我带过口信,不几天他就会到我的学校,说是要把学校的碉房用彩绘好好地装饰一遍。

这下便好,到时可以趁机向耿秋推荐所画。

所画在明白我的这个用意之后,非常兴奋,一头趴在地上,认真地画起来。他画的是一幅唐卡沙画——一尊度母,趺坐在莲花宝座之上。背面衬托着云朵,正面勾勒出净瓶,又有花器衬托两侧。这男孩画得认真努力,画着画着,却像是要把自己也画进去——高高在上的莲花宝座里,除了度母,两旁又出现两个手持法器的童子。而童子的脚下,开始在添加一个形态似是卑微的男孩轮廓……

望这种思路的沙画我深深地吸下一口气,又长长地吐出来。抬起头来望天空——天空刚才还艳阳高照,但这张巨大的娃娃脸瞬间又变了,猝不及防地砸下一阵大雨。雨点很急,三下两下就把快要成形的沙画给毁了!所画站在大雨中望着消失的沙画,神情沮丧。

我的雨伞朝他罩过去,但是他闪开了。我的雨伞太小,太单薄,罩不住他高大的身子。我只好拉这男孩躲进街道旁的一家小饭店。

"所画,我们吃点东西吧。"我说。

所画犹豫片刻,摇摇头说:"不饿。"目光却同时瞟向饭店橱窗里的卤菜。

"老板,给我们称一斤卤牛肉,"我招呼饭店老板,"再烧一盘洋芋排骨。"

所画只一个劲地摇头:"不要了不要了阿姐,牛肉就够了。"

他趴在小饭桌上用手指沾茶水,又画画了。看得出他非常珍惜我给他提供的学艺机会。

我们要的菜等待大半天也没上桌。饭店老板一边给我们倒茶一边说着歉意的话。外面大雨仍在铺天盖地。饭店里又闪进两个躲雨的行人。从脸色上看,不像是长期住在高原上的人。他们裹着宽厚的雨衣,缩着头抱着手膀进来,站在门内扑打着雨衣上的泥水。晃动中,一个人示意另一个人,然后四柱目光齐刷刷地朝着我和所画扑过来。

所画则突然神色慌张。那两人径直朝所画这边走,所画赶忙起身迎接,满脸怯畏。

"你在这里嘛!"其中一人招呼所画,语气里裹挟着抱怨,愣头愣脑,"……找你了!我们走吧。"

我一点也听不懂那人的话。但是所画望望我,犹豫着神色回应那人:"我……我不去了。这个阿姐说可以送我去学习画画,所以我要……"

"你回头再来找她!"不容所画说完,那人已经拉上所画,说走吧!

他们这是要去哪里?又是去做什么?我有些莫名其妙,赶上前询问。那人言语支吾:"没事,他有点事要做,你……就在这里等他好了!"

"可是现在外面正下雨……"我的话还没说完,所画就被那人拉走了。他们钻进雨水里。

不是进来躲雨的吗,怎么又要冒雨离开?我困在饭桌前不知所措。饭店老板已经烧好洋芋排骨端上来。生怕男孩子走掉我会不吃,或者退菜,只一个劲地催促:"吃吧吃吧,高原上能烧熟东西很不容易……"

回不出老板的话,因为不是不吃,是吃,我也吞不下去。

饭店老板坐到我对面来,望着我,神色飘忽。

"老板?"我感觉他的眼睛里有话。

"姑娘,吃完就回去吧,那个孩子可能一时不会回来……"

"为什么?他要去哪里?替那人去做什么事——他不是没事可做吗?"

我的目光钉子一样盯住饭店老板的脸,见他目光有些微妙,一边为我添茶,一边声音玄虚难以捉摸:"姑娘还是别问了……"

我盯着他一动不动。

他犹豫了好一阵,才深叹一口气,说:"唉!山下那帮偷猎的人又盯上这娃了!"

22. 我一定要找到他

　　第二天,所画竟然很快地又来到小饭店。他肯定是从偷猎的人手里得到了一些钱。看起来很阔气的样子,要了很多菜,痛痛快快地吃了一顿。他在饭店的时候,我正好在阿芷的茶楼里打听情况。这个茶楼经理因为阿芷的突然离去很恼火。又听说事情因我而起,对我是满肚子的意见。我这边找阿芷的同事打听消息,他那边执意干预。双双僵持,耗上大半天也没得到半点线索。后来我只好疲惫地离开。等再赶回小饭店时,所画已走了。听说是去了一个草场,寻找他的亲戚。说那亲戚家有位僧人在喜马拉雅山的一个圣地定居,是大喇嘛。他就想去那亲戚家等待,寻找机会去投奔那位喇嘛。

　　饭店老板仅能提供这些信息,问所画具体坐的什么车,去的哪个草场,他也不清楚。高原上的草场天连着地,地连着天,跟阿芷一样,我不知道所画到底去了哪个草场。

　　这个男孩的离开让我心情沉重——谁知道他究竟是投奔亲戚呢,还是又被偷猎的人带走了!

　　我回学校的时候,月光发动全体孩子在操场外迎接。这两天我不在学校,月光把孩子们带得很好。每个孩子都穿得干干净净,碉房的里里外外也整理得清清爽爽。月光因此满脸得意,像个孩子一样,在等着我来夸奖他呢。

　　"月光,我没能找到阿芷。"我有些郁闷地说。

　　"哦呀!"月光压低声音招呼我,"我都跟苏拉说过她阿姐到拉萨转经去了,你也要这么对她说。"

他像是早已猜出,我在县城会白等一场。

"好了月光,我们又有新的任务!"

月光朝我洞张着嘴,不明白。

"你还记得前天说我们有十几个娃娃的那个男娃吗?"

"当然记得!"月光想起那事脸上就荡漾起快活的笑意。

"他也是没有阿爸爸妈的。"

"噢!"

"他没有工作,无事可做。"

"噢!那你不把他带回来?"

"我带他回来能做什么?他是大男娃,也不会做厨房活路,学习又迟了。他是需要工作的,我想送他到耿秋画师那里去学画。"

"耿秋画师?"月光一脸吃惊,"他不是在你们的汉地做一个壁画吗?"

"那个已经完工,他回来了。前几天他已经托向巴喇嘛带来口信,我是忘了跟你说嘛,他马上也要来我们学校。"我转眼望学校碉房,"画师说,他来,要把我们的学校好好装扮一下呢。"

"哦……呀!"月光若有所思。

"怎么,你想说什么?你和耿秋画师应该也是朋友吧,他和多农喇嘛、向巴喇嘛,他们三个是一家人的模样。"

月光却把话题拉到前面的事情上:"你既然有这个想法,那个男娃,你怎么不带回学校来?"

"唉,我们走散了!"

"噢?"月光有些不解。

"他去了我们县城周边一些不同地点的牧场上了。你得帮我去把他找回来!"我说,语气坚定,"月光!这男娃,我可一定要找到他,必须找到他!"

月光就笑起来了,不像之前对待阿芷那样,这回倒是非常积极地响应:"好,梅朵,你告诉我应该怎样去找。那么可爱的男娃,只要他真的是在牧场上,我肯定能找到。"

我翻开地图,开始查找邻近我们麦麦地区周边的一些牧场。月光忽然像是悟出道来,表情兴奋。

"梅朵,你不用看地图了。我注意过,那娃身上穿的是措扎草场的服装——他肯定就是措扎草场上的娃。我们可以到那个草场上去打听!"

"哦!"我朝月光投去赞赏的目光,表扬他道,"这回你有功了!"

小小的苏拉一旁听说措扎草场,非常兴奋,语气像在唱歌儿:"老师!老师!那里是我的家呢!措扎草原上有我的家!"

我被苏拉的话搅得糊涂了。

"你的家不是在玛尼神墙下方吗?"我问。

"不……我……我,"苏拉一时又急得说不出来,滴溜了会眼神,说:"我们阿妈家的……不,我们课本上说的是,阿妈的阿妈……是外婆!我们外婆的家在措扎草原!"

"哦呀苏拉,你的外婆家还有亲戚吗?"

苏拉一下又怏怏无语了。

"我们外婆死了后,就没有亲戚了。"孩子解释,想了下,又说,"不过那里还有外婆的老碉房。"

"哦!"我深深吁出一口气,一阵意外的惊喜袭入心头——我想阿芷会不会也回到措扎草原了? 她是不是就住在她们外婆家的老碉房里? 因为到西宁方向的班车正是经过措扎草原公路的。阿芷会不会在中途下车,到措扎草原呢? 我心下揣摩:要是这样就太好了,可以同时找回两个孩子!

如此,我们就有必要带上苏拉一同前往了。我想如果真的能在措扎草原上找到阿芷,这次一定要让她亲眼看到苏拉。有自己的阿妹在面前,阿芷肯定会感动,跟上我们的吧。

23. 山一样的信念

措扎草场地处白玛雪山的背面,但比背面的玛尼神墙更为遥远。自然,路途中我们是需要经过玛尼神墙的。苏拉听说月光要顺道带她前往玛尼神墙转经,非常兴奋,早早地收拾小包裹,把平日收集的一些形状奇特的、她自己认为有着生命和灵魂的白色小石块,全部放进了包裹,说是要敬献到玛尼神墙上。

因为不能预算时间,怕一时回不来,我们便从牧区请来月光的阿爸,帮助阿嘎管理学校。他们家草场上的牛呢,则交给巴桑家暂时看管。

又一次踏上寻访路程。带上苏拉,我们再不敢穿越雪山下的丛林,只能经由县城绕道,用过两天,才抵达雪山背面的玛尼神墙。

这个季节,正是高山草场上植被生长最为旺盛的季节。雪山背面的玛尼草原上,小蒿草和苟籽草成长得尤其生猛,纠葛成片,绿毡子一样,从森林线一直滚到远方的云雾里。其间点缀着各色野花。黄色的金露梅,白色的银露梅,蓝色的党参花,像丝绢一样柔媚的绿绒蒿,一坠一坠的毛萼多乌子,凤毛菊,波罗花……天空与大地,野草与花朵,云彩与阳光,这些蓬勃生动的组合,映照着草原中央的玛尼神墙,更是生灵活泼,像是一条出海的神龙。绕着这条神龙两边转经的草原人,脚板因此迈得更为踏实。

转经的人很多。一些是举家转经,携儿带女,帐篷就搭在玛尼神墙边的草地上;一些是情侣或者朋友,三两个搭成伴儿;一些又是孑然一身的。

转经时人们神态也各不相同。一些人手捻佛珠,眼望远方,脚步匆忙,像是追赶一场没有尽头的集会;一些又是静悄无语,举步轻盈,如同走在凡尘俗世之外;一些人累了,会倒在草地上休息,吃糌粑,喝雪水烧成的酥油茶。

想这其中,要是也有阿芷该多好啊!但愿此行我们也能找到阿芷,但愿她就住在外婆的老碉房里。而苏拉还不知道我们带她过来的真实用意呢。在这孩子的意识里,她阿姐是到更大的圣地——拉萨——转经去了。想想这个,苏拉脸上充满骄傲。

我们在经过玛尼神墙时,稍做了停顿。月光下马朝神墙做过常规的五体投地长磕头,之后我们便放马在草地上,吃起点心。

苏拉对吃没有心思,一个人赶上神墙去。她紫色的小氆氇,七色彩染的帮典,俏小的身子,虔诚的手指,明亮而充满恭敬的目光,在贴近神墙时,整个人都在敬畏中收缩。给人鲜明的意象是:她要把自己收缩成手里的灵石那般大小,然后也要与灵石共同地、永久地留在神墙上——远一点看,她确实像一块彩绘挂在神墙间。从远方带来的白色灵石被这孩子恭敬的小手,一块一块插进神墙的缝隙里。之后,她看到一位转经的阿姐从墙边经过,便跟上去。

"阿姐!阿姐!"苏拉像是遇上自己的阿姐,充满热情地招呼,"阿姐,你辛苦了!"我说。

"哦呀,小阿妹,雪山那边来的吧,你也辛苦了!"

"不辛苦,我喜欢着呢!阿姐,你叫什么名字?"

"我嘛,卓玛!"那姑娘稍稍发愣了下,朝着苏拉笑开了,"哦呀小阿妹,你长得真像一个人!"

苏拉骄傲地说:"我像我阿姐!我阿妈说,我长得和阿姐是一个模样的。我阿姐嘛,到拉萨转经去啦!"

叫卓玛的姑娘很羡慕地回应苏拉:"哦呀,你阿姐好有福气,能到遥远的拉萨去转经!走吧小阿妹,我们一起转经吧。"

"好!"苏拉想也没想,丢下我们,跟上转经的卓玛姑娘就要走。

"苏拉……"我赶忙上前拉住她。

转经姑娘朝我笑了:"阿容(当地藏语:你好)!"她用玛尼草原上特有的语言招呼我。

"阿容!你辛苦了!"我说。

转经姑娘却用手捂着脸,微微笑着,长长的衣袍擦着地面,脚步轻盈地往前走。

苏拉趁势拉住我的手,请求道:"老师,我们也去转经吧。"她渴望的目光盯着我,看我犹豫,又补充一句,"就转一圈!"

我抬头望玛尼神墙,在上午白晃晃的阳光下,它像一条长龙扑向草原深处,似是没有尽头。所以即便是转一圈,那是不是也得需要半天时间呢?我的视线在这样漫长的跨度里退缩了。

"哦苏拉,老师下次带你转好吗?老师答应过,就一定会带你来。但是现在我们要去找人呢。时间不够,还要回去。家里就丢给阿嘎和爷爷,我们都不放心是吧!"

苏拉非常难过地垂下头去,一声不吭。把她抱上马背,她的身子绵软得如同一只掏空的枕头。

我们快马加鞭地离开玛尼神墙。走过很远月光还在回头,声音里满含内疚:"刚才我们哪怕是骑马转经,带苏拉转一圈也好。"

24. 他在月光下低声轻吟

我们在中午时分赶到措扎草场的牧民定居点。

打听到所画果然是这个草场上的男孩。一位牧民给我们提供线索,说所画已经投奔措扎县城北面的格龙草场,他唯一的一个远房阿舅在那里。

我们随后跟上苏拉来到她外婆家的老碉房。碉房已是坍塌过半了,当然不见阿芷。心里有点失望,不死心,我提出继续打听。月光一脸的不耐烦,担心苏拉会听到他说话,贴着我的耳朵招呼:"我们眼下寻找所画最要紧,那个女子怎么比得上所画,她肯定又是跑到哪里做以前的事情去了!"

"你说什么话!我就不信她再会那样!"

月光紧张地说:"你不能小声点!"他瞟瞟苏拉,"会听到的!"

苏拉两眼眨巴着望我们,对我们的隐匿表情感觉奇怪。月光一把抱她上马,急急打马走人。无奈我只能跟上。

我们马不停蹄,又奔跑了一个下午,到天黑才赶到措扎县城。打马上街时,天色已晚。月光满大街地寻找住宿。因为赶上县城旁一个寺院开大法会,这个县城不多的几家价格便宜的小旅馆里挤满了前来赶法会的牧民,我们找不到住的地方了。

月光街头巷尾地寻找,跑过半天,还是没有找到价格便宜的旅馆。他倒是高兴起来,说:"好,既然小旅馆满了,那就是菩萨安排我们要享受一晚清福了,我们住宾馆吧。"

"住宾馆?不行,那得一百多!"我立即反对。

月光用挑衅的神色瞧着我:"那我们就睡大街吧,反正我行!"

我摸摸身上穿得有些单薄的外衣,乌云就压在头顶上方,这样的天气半夜里肯定会下雨吧?真睡大街吗,恐怕不行。好吧,苏拉长这么大也没住过宾馆,我们就让这孩子见识一回好了。

当下赶到县城里唯一的一家宾馆。我们要了个一百二十元的标准间,有席梦思大床和地毯的那种。苏拉一见住这么好的地方,既兴奋,也有点小紧张。进客房的时候,小心翼翼,看着门口厚绒绒的地毯,先是探探头,再望望我,从我的眼神里得到允许进门的信息,才抬起小脚走进去。一步踩上地毯,太干净了,也太柔软,吓了一跳,孩子立马退出身来,用惊疑的目光回望我。瞧我在鼓励她,才又小心地、轻轻地、踮着脚尖子上前一步。马上扭头张望,瞧自己踩过的痕迹,却看不到痕迹。这孩子因此慌张,不敢再走了。直到我大步流星地走进去,她才踏实下来,轻悄地跟在身后。进了客房,她又是对里面的摆设充满好奇,摸摸这,摸摸那,都不熟悉。不知道是因为喜欢而感动,还是由于陌生而不安,苏拉的表情有些复杂。

一天的奔波,太疲惫了,我一头倒在床上。但是阿芷没找到,所画也还在未知的人家,叫我心下不安,一时也难以入睡。

月光却已钻进另一张床的被子里呼呼大睡了。屋里只有两张床。月光睡一张,我和苏拉挤一床。苏拉却是没有睡意的。两只眼睛睁得跟石榴一样圆,局促、紧张,时不时地要寻望一下墙壁四周;不安心,翻来覆去,一双小手紧紧地按在胸口上。

她是不是哪里不舒服呢?

我拉过苏拉的手,想摸摸她的心口。孩子却躲闪开了。她翻身背对了我,身体紧迫地收缩,像是生病了。

"怎么了,苏拉?"我搂过她的肩,轻轻问。

苏拉没反应,默不出声。

"是不舒服吗?"

苏拉身子蜷成一团,贴在床沿边上,不应声,像是她的那种"病"跟我说也没用。这叫我着急,只好哄起她来。

"说嘛苏拉,到底怎么了,是心口不舒服吗?让老师来看看。"

苏拉小小的身子,在我的声音里却更紧迫地蜷缩起来,躲闪我,差点因此掉在地上。

"苏拉!"我佯装拉下脸来吓唬她,"你说嘛!再不说老师送你到医院打针去!"

苏拉听我这话,扭过头,朝我洞张着一双迷惑不解的眼睛:"打针?什么意思?"她的眼神在这样问。

忽然间,我的心像被针尖扎了一下。

是的,我能体会,我们汉地的孩子,大半会对打针抱有恐慌心理。生病,进医院,一诊断,大半就会打针输液,直接地那么往皮肉里插针,才叫孩子们害怕。所以不单是我,我们内地的孩子恐怕都有一份共同的记忆——少年时,稍有不听话,大人就会吓唬我们:再不听话,带你打针去!

但是苏拉从未进过医院,从未有过打针的体会。她生病,就是任着病毒在身体里慢慢折腾。等折腾够了,病毒自身也疲惫了,人就这么拖着,恢复着,再好起来……她生病都是需要经受这样一个等死的过程,所以你吓唬她打针,她怎能体会!

我的视线便有些模糊,手轻轻贴近苏拉,搂她在怀里。

"好了孩子,你要说出来,不然老师着急呢!"

苏拉犹豫片刻,从我怀里爬出来。望望我,又望望宾馆里粉白色的墙面,和上面挂着的她看不懂的抽象艺术画,不安地说:"老师,这个房间不好,不好!"

不明白孩子本意,我愣愣地望着她。

苏拉有些委屈,最终说出来:"这个房间里没有佛像!"在我的惊诧中,她又说,"看不到佛像,我睡觉一点也不安心!"

原来这孩子的手一直按在心窝上,是在摸索她的护身符呢!

"老师,没有佛像,我就摸摸护身符,心里才会踏实一些。"苏拉跟我解释,手紧紧地抓住脖子间的护身符。

这是一串由开司米打结的绳索,已经很旧,充满油亮的污渍,其间坠着几位高僧的塑料头像。另有两只红布缝制的布囊,里面装着喇嘛念经后的陈年松香。再有两只莲花生大师的石块像,重量差不多在三两左右,几乎压住孩子的整个胸口。

唉,我真是太粗心了!或者是我悟性不够,思想够不着苏拉孩子的境界。我们内心都充实着丰盛又真实的情感,但是我们的思想稍有一些不同,即便是和月光。

我拍拍苏拉,用手势告诉她,墙上虽然没有佛像,但是佛祖已经在你的心头置下一尊佛像。所以只要你闭上眼睛,用你的心来观想,你就会看到它……好了孩子,就这样吧,就这样……安心睡吧。

我的手轻轻安抚在苏拉的小肩上,迟缓,也犹疑。其实我用不好这样的语言,引导不好这样的事,因为自身并没有观想的经验。

月光是什么时候醒来的?半夜里,他在轻轻吟唱——

> 载着一生的负担,
> 我心甘情愿。
> 汗水和污垢中,那种油亮的脏,
> 只是你眼前的迷障。

你不能明白我,心灵的纯洁,
就像头顶上的天空,
那样的干净,那样的蓝。
哦,我的护身符,
我的神灵,我的心脏!

这是歌声?还是启示?它把我的脸弄得泪花花不成样子。那些梦中流淌的泪,似是轻易,毫无触觉,却在脸面上留下潮湿的伤痕。

唉!你说一个心中装着佛祖的人,一个时时会被俗世文明冲击的人,这两个人为什么今生要碰到一起?

我的泪有点浅淡的咸,横流在醒过来的脸面上。苏拉两手抓住护身符,已经睡去。清亮天光映照下的客房里,月光却已醒过来。他一双蒙眬的眼睛正在静悄地望着我。

我混乱了。方才到底是我在梦里听到他这么歌唱,还是他真的在低声轻吟?

他的目光又跌进第一次我们在草原上相见,他唱《东边月亮》时的那个模样——有着月色模样的清凉,也有点淡淡莫名的纠结,似是沉浸于某种观想状态,望着我,起身,轻轻贴近我的床头来。

会发生什么呢?我静静地等待。也许我的身子会像孩童那样纯洁和绵弱无力,需要一个深厚的怀抱将它护在怀里。我闭上眼去,感觉身子很柔软,像一条丝绢,滑落在明亮的漆器上,一个人到来,在悉心欣赏它……

好了,月光在用我的小方巾拭抹我脸上的泪水,小方巾又脱落掉,是他的手贴在我的脸上,在潮湿中抚摸。这是我们最为混乱的亲密接触。壁灯暧昧地闭着眼睛,水一样的天光下,他的脸慢慢朝我垂落下来……

可是我紧迫地搂住苏拉。是的,这孩子浑身突然一阵抽搐,紧着愣头愣脑地醒过来。她做梦了?是什么梦?担心害怕的神色爬满她的脸。

"苏拉?"我的心在延续着爱的幻觉,手却摸到孩子一脸的泪水。

"阿姐!阿姐!"苏拉身子紧缩在我怀里,语气混乱,"阿姐……老师,我看到阿姐了!"

"苏拉!"

苏拉在我怀里怏怏哭出声来:"老师!我的阿姐在哪里?我梦见她不在拉萨,她掉进一个巨大的河里了!"

"苏拉!别担心孩子,我们会找到你阿姐的。不久,是的,我们会找到她……"

25. 我们是一家的兄弟

我们又用去一整天时间,终于到达格龙草场。这时所画却避而不见——得知我们找他,故意躲起来了!我当然知道这其中的原委——是我们知道了他的过去,他不敢再见我们。但越是这样,我们就越需要找到他。也正在此时,我们遇到了所画的一位好伙伴。他叫格桑,比所画小过几岁,也是一个没有阿爸阿妈的孩子。听说之前他是在县城的公办学校读初中,是住校生。但不知什么原因,现在已经辍学,流浪在格龙草原上。在他的帮助下,我们最终找到了藏在一处废墟里的所画。

见到所画时,望着他脸上爬满蜈蚣一样的伤痕,我们都很惊讶。所画则不等我们问话,早早捂住脸蹲在地上,半天不起身。

月光挨上所画,他也蹲下身,掰开所画的双手望他的脸,愤愤问:

"是怎么回事?说出来,有我们在,你别害怕!"

所画眼神惶惶不安,吞吞吐吐着解释:"阿哥,我也不情愿……菩萨在上……"他把手放在自己的舌头上,"我再没有说谎,我是不愿意的!是他们强迫让我进山,带路。我躲开,还是被他们找到……看到动物倒下的时候,我心里……"所画垂着头,话断了。任凭月光再怎么追问,他好像连呼吸也同时断了一样,不发出半点声响。

我推过月光,直言问所画:"你知道我们这是特地来找你吗?"

所画朝我点头。

"那过去的事我们都不去追究了。现在,你愿意跟我们走吗——之前我已经跟你说过的,我可以送你去学绘画!"

所画眼睛湿润起来,朝我重重地点头。

一旁,他的伙伴格桑听说我要送他去学绘画,就好奇地问我:"阿姐,那我也可以一起去吗?"

"你是什么情况呢?"我问格桑。

格桑双手朝我一展:"我嘛,也和所画一个模样,没有家嘛!"

我打量起格桑,看他最多也就十四五岁的样子,正是读书的年纪。之前就听说他已经在县城初中读书的,那是什么原因又辍学呢?我就把这个疑问提出来。

格桑有点恼火,朝我摇晃着脑袋:"读书嘛,不去不去,受伤得很!"

我和月光都有点惊讶,同时问他:"怎么读书还受伤呢!"

格桑就摆出了他的理由:"读书是可以嘛,我也喜欢那个书本里的文化。但学校里的假期真是太多了!暑假、寒假、虫草假,那么长时间,别人都可以回家,我嘛,没有家可回。学生娃都走了,学校里空空荡荡,我一个人住在里面,就跟孤魂野鬼一样!越想越不舒服嘛,还不如这样流浪,那至少生活都是一样的,不会有什么大起大落。"

格桑的这番诉说,让我和月光都非常震惊。我俩又都同时想到——是的,在我俩还没有听完格桑的倾诉时,我俩就已经心照不宣地想到:要把格桑劝回学校,继续读书。今后那些漫长的假期,只要他愿意,我们的碉房也可以成为他的家!

所以我非常真诚地向格桑表述:"格桑,你看嘛,你的好伙伴所画,他是要跟随我们走的,今后我们的碉房学校就是他的家了。你呢,只要你愿意,那里也是你的家。那以后再有漫长的假期,你都可以住在家里——就是嘛,家里还有很多娃娃,除了所画,就数你最大!你要是去了,他们就是你的阿弟阿妹嘛!"

格桑听我这话,惊得张大了嘴。他一时还无法消化我们这么突然的邀请。他也还难以想象,如果有家可回,那会是怎样一种感觉?

这时所画就一把拉住格桑的手了,以那种亲兄弟的口气,坚定地说:"哦呀格桑,我们过去就已经约好,我们是好兄弟,那我的家在阿姐那里,你的家肯定也在那里,我们是一家人嘛!"

格桑挠挠头发,想了想,就对我说:"阿姐,那我就和所画一起去学画吧?"

"这可不行。"我立马回他,给他摆出道理,"所画比你大,没有机会再去上学。你嘛,正是读书的年龄,就要好好读书!"

我说完,月光生怕格桑还有顾虑,不失时机地对他说:"哦呀,这次我们就送你回县城学校去吧——我是你大阿哥,所画是你的二阿哥,梅朵嘛,就是你阿姐,我们三个都是你的家人——我们要以家人的身份送你去学校!那以后只要是假期,你就得回家!"

格桑顺着月光的思路陷入思考——这就跟着走吗,是不是太突然了?但如果不跟着走呢,自己的好伙伴已经走了,那以后再流浪,就连个说话的人都没有了。前前后后地想一遍,格桑就朝我们点头了。

害怕再有什么闪失,当下我和月光商量,让他先带苏拉回学校。我领上所画和格桑,先要把格桑送回县城初中去。开始我还担心,因为格桑辍学时间有点长嘛,怕是学校可能会有说法。但没想到送进学校后,人家老师反倒对我这边充满感激,妥妥地收下格桑。由于课程耽误得太多,跟不上班,格桑被老师安插在初一班级,从头开始,重新学习。

26. 彩绘模样的笑脸

安顿好格桑后,我便带着所画前去耿秋画师家。

我与画师也是半年未见。这之前他一直在我的家乡负责一个壁画工程,直至现在工程结束,他回来。半年前,也是画师竭力推荐,我才来到麦麦草原。所以画师对我的工作十分支持,非常乐意接收所画。

这对最新组合的师徒,反过来又是一路护送我回到学校。

画师来,把各式各样的绘画工具、上好的原生态矿石颜料、酥油、糌粑、茶盐一一带过来。做了个小小的工程准备,他们师徒二人准备给我们学校的碉房门窗好好换个新装。

只是,月光见到耿秋画师时,情绪却有些小冲动,目光里按捺不住的隐晦神色,一半欲要揪住画师不放,一半却也无可奈何。画师则佯装马虎,一进学校便楼上楼下地查看、研究、设计、绘制草图。之后摆开画具颜料,开始工作。

所画做他的助手。

起先所画只是跟在师父身旁，帮忙拿拿工具，做些手边活计。几天过后，画师开始指导他调配一些简单颜料。再有几天，画师又在学校碉房相对偏僻一些的窗户上圈出草图，让所画描摹图案。半个月后，所画便可以一个人慢慢来调配颜料，描摹师父的图画了。虽然描摹得有些笨拙，与单独作画还相差十万八千里的距离，但画师对于这个半大不小的徒弟倒挺满意，预言这男孩只要努力钻研，两到三年就可以单独做些活计。不说手艺能够学到怎样精湛，但肯定会因此拥有一份长久的工作。

我们学校在经过耿秋师徒二人长达二十天的精心打扮之后，焕然一新。陈旧的木门被绘上了大红大蓝大金大紫的彩色图案。莲花画出一半，就像是开了；金鹿儿刚刚画完蹄子，就像要跑起来；海螺法号才画了个模型，苏拉就要当真地对着它吹上一口。一切都像是活生生的。每个孩子脸上的笑容也是亮烂烂的。五彩哈达编起来的门环，扣在画满彩绘的大门中央。七色积木花儿钩织的门框装饰，层层叠叠，一直从门槛爬上门头去。一楼，二楼，三楼，门，窗，楼梯，我们的床榻，桌子，都油上了好看的漆料。一时间，孩子们恨不得要把小脸蛋儿也油上色彩。苏拉要求耿秋画师在她的小手腕上画一串绿松石做成的珠子。耿秋画师笑了，指派所画去完成这件事。苏拉在得到手串后，米拉同学就提出要有一串一百零八颗珍珠做成的大项链。所画便把米拉的整个脖子都画满了，排过三圈，才画出一百零八颗。问阿嘎要什么，阿嘎从书包里抽出一本崭新的练习本，说，你在这个上面画"阿爸""阿哥"两个彩色字符。所画朝阿嘎愣住神了，他握着画笔，不知道这两个词的字符怎么拼。所画眼神空洞的时候，我便接过他手里的画笔,在阿嘎的练习本上画出一个四十岁男人的面目,两个二十岁青年的面目,一个小男孩的面目,然后在每个面目底端用藏文标注:阿爸,阿哥,阿嘎。

阿嘎瞧着图画和字符,抬起头,眼睛望向远方。

耿秋画师把我们的碉房学校装饰完毕后,接下来他准备去青海北边的高原。他在那边寺庙接下了一个一年半的壁画大工程。正好可以带上所画,授他一些壁画技术。所画很兴奋,在我们学校尝试了足够的画画乐趣,还有孩子们给予他绘画的肯定与喜爱,叫他对绘画充满热情,只盼着早一天离开学校,去青海。

画师这时却又磨蹭了。结束我们学校的工作,即将分离的日子,这个有着精湛画艺的男人情绪却一度低落。高高兴兴地来,拖沓着脚步迟迟不肯离开。总像是有话想对我说,满目隐晦的心事,却又不易出口。

为避开孩子们耳目,画师拉我来到学校下方的小河坝上。

河坝上有一棵百年树龄的大核桃树。画师就站在核桃树下,复杂的眼神望着我,有隐晦的忏悔,也有恍惚的伤神。我从没见过画师这样的神色。我愣住了,像是认不得他了。

高大的男人站在阳光下核桃树的阴影里。核桃树很大,花花叶片像一把巨型大伞罩住这个男人,树荫基本淹没他的面目。但是有风刮过来时,树荫随着风向的变幻,又把男人的脸晃得花花亮亮的,显得很不真切。而他接下来说出的话,也让我有些不理解。

但听他这么问我:"梅朵,知道我为什么会推荐你来我们草原吗?"

我惊讶地点头。因为我记得,在我还没有上草原之前,他就告诉了我理由——是来帮助失学儿童嘛。

却听画师一声叹息:"唉……"

我盯住画师,不知他为什么叹息。

他则又在问:"你认为城市里的那些心理医师,他们能治疗别人,也能治疗自己吗?"

"画师?"

"我倒听说,有个著名的心理医师,他一生医好无数心理病人,却在有一天,他自杀了!"

"哦!"

"你认为我的手能画那么完美的图案,我的心也能画得那么完整吗?"

"画师?"

"我每次画出一尊菩萨,菩萨就会问我,你的心也在我身上吗?我说在,我的灵魂都在您的脚下。菩萨就说,那你应该多多地为草原人做事!我就想到,草原上的失学娃娃太多了,我要去请一位善良的人过来帮助他们。"

"哦呀,这个您已经做到了——我也已经来了。"

"不,梅朵,我是个自私的人,我们这里,没有我这样自私的人!"

"画师?"

"其实,最初我推荐你来草原,并不是为了那些失学的娃娃,而是为了另一个群体的娃娃……"

"哦呀?"

"这个群体的娃娃,跟你现在帮助的娃娃一样,也是特别需要人去关心的!我想,除了你这样有文化,又心地善良的姑娘,还有谁能够真心实意来帮助他们嘛!"

"哦呀画师,您到底想表达什么呢,您就直说吧,如果我能做到,我一定会去做的。"

画师听我这话,心情才缓释了,掀开身上宽大的氆氇,从腰间解下一只绛红色的大腰包。鼓鼓的一腰包东西,递上来。

"这是我所有的钱……梅朵,我已经听说,因为财力有限,你的学校暂时只收留没有父母的娃娃。但其实草原上还有那些'阿妈家庭'中的娃娃,他们也是迫切需要帮助的……请把这样的娃娃也纳入你的救助当中吧,我已经和东月(月光)商量过了,他会领你去做这件事的。"

画师说的"阿妈家庭",其实就是单亲家庭,单身妈妈家庭。

我们学校右边的丛林上方,有一块孤立的小草场。这个草场上就有一位单身妈妈,叫翁姆。是牧民的女儿,也是月光家的远房表姐。听说人长得漂亮。画师所说的"阿妈家庭"的娃娃,有一个便是画师与翁姆的孩子。

翁姆十八岁时在寺庙结识耿秋画师。怀孕后带回家去,却遭到画师家人的强烈反对。如此,翁姆便要求画师带她私奔。因为草原上有一个不成文的规矩:年轻人恋爱,遭到家庭反对时,如果恋人之间真心相爱,可以选择私奔,造成一个长久的事实婚姻后,再带回家,家人便也息事宁人。

但是画师太爱自己的作品了。当时寺庙里有他已经完成一半的壁画,私奔的话就必须丢下。这不但是失信于寺庙,也意味着未来很长时间内画师不能回到家乡。

画师犹豫了,心想就等画完手里的壁画再私奔吧。结果就是在他完成壁画的期间,家人强行让他娶了新的女人,那新人恰好又是一位非常善良的女子。结婚的仪式已经强制而隆重地举办，所以不管处在哪一边，都要伤害一个女人。

画师结婚的时候，翁姆的娃娃也在肚子里。结不了婚，又不能杀生，那就只能生下来。

后来翁姆又相继生出四个娃娃。谁也不知道她后四个娃娃的阿爸是谁。娃娃越生越多，生活也越来越贫困。但是翁姆从不接受给予她初恋又弃她而去的情人耿秋画师的任何帮助。他俩共同的孩子，也就是大娃子阿大，翁姆安排这孩子在贫苦中修炼，等到十五岁时会送进寺庙出家。女人说这是菩萨的旨意。因为前世没有好好修行，今生她自己包括她的孩子们，都要轮回一段贫苦的生活，这是宿命，不可更改。现在只有安心地供养菩萨，下辈子神灵才会让他们过上幸福生活。

没有人能够说服翁姆，动摇她的决心和信念——她当年的情人也不能，除了菩萨。

27. 命运的歌声像草原上的流雾

耿秋画师离开后，月光便领我在草原上寻找那些"阿妈家庭"中的娃娃。我们首先来到翁姆家。

站在高高的草坡头，望见翁姆家那顶黑色的牛毛帐篷，它卧在一处低落的山窝子里。矮小、破旧、单薄，仿佛一阵风就能掀上天去。月光介绍说，翁姆的娘家属于纯牧户，在农区没有田地，也没有固定房屋。而她又不能通过嫁人得到这些，所以只能这样了。

难以想象这样的女人，会有多大能力把四个娃娃培养好！

草原苍茫无限,风有些飘忽,不知从哪个方向给我送来孩童的歌声。这歌声忽而缥缈,忽而清晰。缥缈时犹如流雾难以捕捉,清晰时却听得极其深切、孤单。

我勒住大马站在草坡头停顿。

月光扭头问:"多情的姑娘,又是什么粘住了你的脚步?"

"你听,是哪里在唱歌呢?是孩子的声音。"我对月光说。

月光听也不听就朝我开起了玩笑:"你的耳朵真是多多古怪,身旁陪同人的歌声你听不到,远方一个小屁娃子却把你的魂儿勾走了!"

"说什么嘛小气的男人,你又没有唱歌。"我佯装不满。

月光就咧开嘴笑了,一边打马一边编出个小调——

> 友谊是甜蜜的果子,可以分给任何人吃。
> 爱情的歌儿只能放在心里来唱,
> 也只能让一个人听到。
> 心爱的人你在哪里,
> 变成一只蝴蝶飞来吧,
> 钻进我的心里,听我唱歌吧。

"好了月光,瞧这唱得多难听,把听歌的蝴蝶吓跑了。"我故意打击月光。

月光全然不在意,哈哈大笑,打着口哨,爬上前方草坝子,勒马停下,招呼我:"看吧,你要寻找的唱歌娃娃,在草窝子下面,你想过去?"

"是,列玛也想听歌了,瞧它这蹄子,已经朝着那里攒动了。"

"好吧,列玛是你最好的朋友,你们两个今生今世就去做个伴儿好了。"

"瞧你在说什么,你不陪我一起去吗?"

月光止住玩笑,面色冷静起来,向我解释:"你自己去嘛。我们表姐也没见过你,我还是先走一步,跟她说明来意,得到她的允许你再过去更好一些。"

月光说完,打马朝翁姆的帐篷奔去。

我调转马头,走向唱歌的娃娃。

几只牦牛在草坡上慢条斯理地埋头啃草,唱歌的娃娃就处在草坡下方。有两个娃,大点的十二三岁,小的十来岁样子。看到我,小娃新奇大胆地迎上来,打量起我,像是打量外星人一样,一脸奇怪。这个小娃,焦黑的肤色,黑白分明的双眼,头发乱得像个蜂窝,拖着两条青光光的鼻涕,他在一进一出地抽吸,却总也抽不断。我不由笑起来。这娃子脏,模样儿却叫人忍俊不禁,一点也不会让人嫌弃。

小娃对从天而降的"外星人"观察一番后,一溜烟跑了,闪到大娃身后去。大娃呢,怀里抱着一把不可思议的吉他——一只牛头骷髅。整个头面已被风雨洗刷得腥白,但两只完好无损的牛角却依然高高翘起,坚固在骷髅上。大娃把骷髅横拉在胸前,一手抓牛角,一手贴于骷髅,做出拨弄琴弦之态,他在唱——

> 天气晴了,天气晴了草原是什么模样?
> 是金色太阳的模样。
> 暖和的风很亲切,像我们的阿妈一个模样。
> 天气阴了,天气阴了草原是什么模样?
> 是寒冷冬天的模样。
> 大风太无情了,像赶牛的鞭子一个模样……

娃儿唱得有些沉重,声音却极其通透空灵。没有准确的音韵,但连贯,又自由自在。音质清脆,有一种万籁俱寂中瓷器持续坠落地面,发出的那种孤绝纯粹、空廓无染的声响。

我的身子定在草坡中央,一动不动,感觉沉睡在体内深处的像灵魂一样的东西,被这样的声音敲击着,悄悄地苏醒过来⋯⋯我用手势示意那娃,希望他能继续唱下去。

那娃心领神会,紧握牛头再唱一首。

唱完,见我入定无声,随即又接一首。之后,再唱一首。唱完,还接一首。

也不知唱过了多少首,他的嗓门唱得渐渐沙哑起来,我却站在草坝上心思凌乱了。一个冲动的念头在脑海中晃荡:我能不能带走这个有着天籁之音的草原小歌手呢?送他进内地的音乐学院⋯⋯

天色将晚,我的列玛开始在草坡头不耐烦地砸蹄子,因为它听到月光在远方呼喊:

"梅朵!梅朵!你在哪里?你不会在这么小的草原也迷路吧!"

我只好示意那娃停下歌声。"你明天还在这里放牛吗?"我问。

那娃不明白,朝我点头,愣头愣脑地答道:"哦呀!"

"好!我明天再来找你。"

那娃表情糊涂,不明白我明天找他做什么。我跳上大马,一边丢下话去:"哦呀小娃,我明天再来听你唱歌。"

我赶到翁姆的帐篷时,天快黑了。女人站在帐篷前方翘首张望。这个单亲妈妈最多不过三十岁,没有传说中的那么漂亮。但身材很好,经历四个娃娃的生育折腾也没变形,依然结实均称。一脸的高原红,在夜幕的天光下泛出紫水晶一样的光度。左眼下方有一块像是烧伤遗留的伤痕,形似蝴蝶状,因为痕迹不大,倒也不影响面部美观。见她虽然面目僵硬,目光却是流动的,不会长久地停留一处。这让她看起来既封闭固执,又游离散乱,很复杂的感觉。我想这样的女人,如果真要帮她,不会只是给钱,或者帮她养活一个两个娃娃那么简单。

通过月光介绍,又提及嘎拉活佛、多农喇嘛、向巴喇嘛,翁姆已经把我迎进了帐篷。

锅庄上没有生火,帐篷里一片冷清,且凌乱无绪,到处散放着破旧毛毡、毯子、盆盆罐罐。翁姆局促地用手揉搓在腰间帮典上,说等娃娃们赶牛回来,要烧茶。她的身后有两个小娃。一两岁的一个,三四岁的一个,瞧陌生人到来,均是神色紧张。两个大娃还在草场上放牧,说是一个十岁,一个十二,都是学龄儿童。我提出带走他们。翁姆既感激也犹豫。目前两个大娃是家庭的得力助手,带走他们就没人放牛。翁姆经过一番深刻思考后,提出可以带走四娃子。

四娃子刚刚学会走路,月光说不行,这么小的娃娃不能过早地离开阿妈。翁姆面色为难,想了半天,犹豫半天,才发话:"那就二娃子吧,你们可以带走二娃子,但是大娃子实在不行,他不但要替家里放牛,十五岁后,他是要进寺庙的。"

天慢慢黑下来。翁姆家的牦牛被孩子们赶回了帐篷。直到俩孩子回来,我才傻了眼——下午遇到的那位小歌手,他竟是翁姆家的大娃子!

翁姆家大娃瞧见我,先是一脸惊讶,继而无比兴奋,立马围上我,鼓起嗓门又要唱歌。但是翁姆女人在帐篷外朝他大叫:"阿大!阿大！把奶桶拎过来！"

"哦呀阿姐,让我来吧!"我赶忙抽身,把奶桶拎到翁姆跟前,"翁姆阿姐……"我说,却也不好直接开口。

翁姆扭头看我,不动声色,盯住我。

"……呃,阿姐……刚才我在草窝子里听到阿大唱歌了。"

"哦呀。"翁姆不经意答道。

"阿大的嗓音实在太好了!"

"哦呀。"翁姆双手抓住牦牛奶子。

"呃……阿姐,我们能不能送别的娃娃进寺院呢?让阿大留下来。这娃是可以送出草原学习音乐的!"

翁姆牛奶挤得唰唰作响,头也不回:"那怎么成!我已经在菩萨面前许过愿的,要送阿大进寺庙!"

"可是阿大嗓音那么好,你不想让他成为草原上骄傲的歌手吗?"

"不行!"翁姆表情坚决,"别的娃可以,阿大多多不行!我是早在菩萨面前保证过的,就不能违背!"

阿妈的话被夜幕下的冷风送进大娃子耳朵里。这娃低下头去,用脚尖子狠狠地挤压草地,神色黯淡,不再唱歌了。

第二天,我们只能带走翁姆家的二娃了。临行前翁姆悄声招呼月光,说二娃子到学校后可以叫小尺呷。估计这娃是草原上有个叫大尺呷的男人的骨肉。月光朝翁姆会意一笑,说:"哦呀阿姐,这个名字可以。"

阿大不在帐篷里。一大早这娃便奉阿妈之命,赶牦牛上山去了。分别的时候,翁姆千恩万谢,一口一个"卡着(当地藏语:感谢)"地说个不停。我却把目光投向更远的草原,四周寻望。

小尺呷欢天喜地,以为我们这是带他去草原之外见识大世面呢,像头小牦牛在草地上蹦蹦跳跳。为了表达兴奋,他也要挨上我唱一回歌,但声音发出来却五音不全,听得人脸在发笑,心却在发酸。

不安心!每次找到一个孩子我都那么高兴,但是这次我走得一点也不轻松。月光打马带走小尺呷,把我撂在后头。抬起脚,我却无心跨上列玛。这伙计跟我已有数月,情感渐处渐深。马通人性,我走它走,我停它便踱着步子等待。人畜两个在草原上走得迟疑不决,不知不觉间来到昨天的草坡上。

却不见大娃子。

站在草坡头四下寻找,只见到空荡荡的草场。风很大,吹得我两眼肿胀,才又上马。

抽打马鞭跑了很远,远得似是再也不能回头时,我才听到大娃子的歌声,不知从哪个方向又响起来,却如花针刺进我的耳膜——

  远方的天空是什么样的世界?
  是祥云铺成的世界。
  有珊瑚做成的星星,
  珠宝做成的月亮。

  远方的大地是什么样的世界?
  是金丝银丝织成的世界。
  有黄金装饰的大屋
  白银筑成的歌台……

28. 小小脆弱的心灵

小尺呷本以为我们带上他,是要到草原之外见识大世面的。看把他带回学校来,便急了,追问我:

"娘娘,这和我们阿舅家一个模样嘛,你是要把我带到这里来放牛吗?"

"不,小尺呷,从今天起你就不是放牛娃,你是学生。我呢,是你的老师,你要叫我老师。"

"老师?就是把娃娃捉进一个大房子里,然后不准娃娃活动的那个人吗?"

"不是把娃娃捉进来,也不是不准活动。这个大房子叫学校。在学校里我们是上课、学知识,让你学习很多不知道的事情。之后,你就可以一个人到草原外去见识大世面。"

"哦……"小尺呷似懂非懂,想了想,说,"这个大房子模样的地方,我们伙伴泽拉也有进过。但他还没坐上两个月,就跑回来和我们一起放牛了,嘻嘻。"

"你可不能学习泽拉!泽拉不学知识跑了,他以后就'唵嘛呢叭咪吽'也不会写。"

"哦呀,好吧。不过,泽拉家有多多的牦牛,我们家没有。学好知识,是不是我们家也会有多多的牦牛?"

"当然!多多的牦牛是用来做什么呢?是为了要把我们的肚皮吃得饱饱的,衣衫穿得暖暖的,对吧?学习知识,我们就能吃得更饱,穿得更暖,走得更远了。"

"那能走到拉萨吗?"

"当然，北京也能去！"

"哦呀！"

小尺呷在通过刨根问底，把心目中的一切疑云都解开之后，就等不得我的带领，一个人闯进教室里了。

他一看课堂上有那么多的同龄娃娃，一下乐起来。像遇上老朋友模样地，和孩子们打起招呼。都坐在凳子上啊？小尺呷瞧着月光先前用手工钉出的那些歪歪扭扭的凳子，很不放心，说我还是坐在桌子上吧。桌子上踏实，又宽敞。

小尺呷大摇大摆地爬上课桌。

苏拉捂起嘴，先在窃窃发笑，接着所有孩子都笑起来。小尺呷趁势跳下课桌，这个娃娃挠挠，那个娃娃摸摸，凡是比他小的，都要被他逗乐地招呼一下。

阿嘎站在讲台上敲黑板，大声喊："同学们！安静！安静！就要上课了，新来的小阿弟，你也快坐好！"

小尺呷有些怯畏比他高大的阿嘎，不大情愿地坐在了指定的位子里。坐坐又爬起来，望望四周，再歪歪扭扭地坐下去。苏拉又捂嘴窃笑了，等我开课也没个停。

"苏拉！站起来！"我喊住苏拉。

苏拉收敛起笑朝我窥望，见我一脸严肃，跟着紧张起来。

"苏拉你可是老同学了！"

苏拉低下头。

"你不领好新生，还带头取闹吗！"

苏拉还是第一次在这么多学生面前挨批评，小小脆弱的心灵像是一下子承受不住，咬起嘴唇，就滴答出眼泪来了。

"知道自己错了吗！"我朝苏拉挥起教棒，表情严肃。

"知道了……老师……"

苏拉蚊子一样细的声音和我严厉的面色,把小尺呷给震慑了。他终于老老实实地坐下来,充满新奇地翻起课桌上的书本,顿时被书本上的图画吸引过去,埋头看图画了。

29. 他是小牦牛的模样

多农喇嘛的碉房前有个操场,孩子们一下课就会上操场去。玩什么呢,大半都是玩泥巴。空地上泥巴多,孩子们便就地取材,挖地壕,打泥仗。到上课铃声响起,来不及擦洗,便一身泥巴糊糊地回到课堂。有些孩子的课本因此沾满泥渍,新书变成旧书,旧书变成残书,作业本也不例外。迫得我无奈,只能针对操场活动做出限制:课间十分钟一律不准玩泥巴,平时也一律不准坐地上。

小尺呷第一个跳出来反对,质问:"老师,这样的规矩太复杂,为什么不让坐地上?"

"不让坐地,是老师怕你们会弄脏衣物,并且坐地时间长久也会叫人生病。"我解释。

小尺呷不信,跟我争辩:"老师,我们一直坐在地上,从小坐到大,还睡在地上,也没见生病!"

"那我们大人整天说的腰痛腿痛,不是病吗!"

小尺呷朝我眨着眼:"老师,那是什么病?"

"关节的病,关节炎。你知道关节炎主要是因为什么引起的?"

小尺呷头摇得像个拨浪鼓,说不知道。

"就是我们这样长久坐在湿地上,沾染湿气造成的。"

小尺呷朝我歪着头:"那我们家嘎嘎大叔,他得的大肚子病,又是什么造成的?"

"那个嘛,是包虫病,也和卫生有关系。我们吃生牛肉,给大狗喂生食,随便坐在地上,随便抓牛粪,时间久了就会得这样的毛病。"

小尺呷听我这话,有些纳闷:"那我们阿妈天天抓牛粪,也是好好的。"

"小尺呷,你阿妈现在是好好的。但你能看到的,只是你阿妈目前表象的健康,也是侥幸的健康。"

小尺呷朝我洞张着嘴,像在听天书。他不能明白"表象""侥幸"这样的名词。

月光走到小尺呷身旁,朝我眨着眼,问:"梅朵老师,什么是表象的,什么是侥幸的? 你这可不像在教小娃娃,像在教大学生嘛。"

我才意识到,这后一句话说得过于书面化了,孩子们听不懂。我的脸因此红起来。月光瞧着我的窘迫神态,很得意,想习惯性地吹个口哨,看到小尺呷,又控制住了。

小尺呷又亮起嗓门在问:"老师,人家的厕所都挂在二楼,你为什么把厕所放在离学校那么远的地方?"

"放二楼那是小家小户,人少。我们这么多娃娃,底楼又是教室,你把厕所挂在教室上方,那还能上课吗?"

小尺呷歇了话,心里像是还有很多不满意的问题,但一下又无心再问,扭过头只和伙伴们打闹起来。

上过十几天课,小尺呷就坐不住了。他的心是散的,即使人坐在教室里,眼神也不在课堂上,目光四处晃荡。好多天,只要我走进教室,都会感应到这个孩子,心早飞了,空留个身子放在座位上。

一天,我只是走出教室,下课的铃声还未摇响,小尺呷就从窗口跳了出去。受他的影响,大帮娃娃也跟随他跳窗户。等我再回到教室,课堂里只剩下阿嘎和苏拉两个孩子。

阿嘎满脸难过,无奈地解释:"老师,我实在控制不住他们……"

我转眼望操场,虽然眼睛已在冒火,但脚步却也不能过度地冲动,还是压抑地、缓步地走向操场,佯装没事儿模样,我在微笑中喊出小尺呷,把他带回教室里。

"小尺呷,坐下来,老师想和你谈谈呢。"我说,拉小尺呷坐进位子。

"小尺呷,老师想问你,在老师还没摇响下课的铃铛之前,学生们应该在哪里呢?"

小尺呷不应声,目光不在我脸上。

"那么老师上课时,学生们又应该怎样做呢?"

小尺呷扭头望窗外,思想开小差。

"小尺呷,老师在问你话嘛。"

小尺呷才回过神,眼睛盯住窗口,突然说:"我要坐到窗边去,我要坐苏拉的位子!"

"好,只要你听话、听课,你坐在哪里都可以。"

第二节课我就给小尺呷和苏拉调换了位置。

但这是错误的。小尺呷一坐到窗子边,不但是目光,头也跟着伸到窗外去了。我在讲台上课,他会趁我不注意,伸头逗窗外树上的小鸟。他不但自己顽皮,也影响别的孩子。东边草场上的米拉因为羡慕小尺呷在课堂上的"勇敢",也要求把座位调到窗边去。几个小点的娃娃索性不看黑板,专注于小尺呷暗下做出的各种小动作。有一节课,我在面对黑板抄生字,小尺呷竟然爬上课桌,闪身快速跳出窗口,又闪身快速跳回来,他像只猴子迅速完成所有动作。课堂上孩子们哄然大笑,我却不明白,回头望,他们都安稳于座,便又转身面对黑板。小尺呷等我一转身,重蹈覆辙,再次跳窗。这次没摸索好,回闪时咚的一声,掉在地上,摔得四仰八叉。全班哄堂大笑。米拉立马脱离座位要去搀扶小尺呷。这孩子却侠客一般从地面上弹起身,还不忘刹那间做个鬼脸。几个崇拜小尺呷的小娃娃趴在课桌上笑得前俯后仰。课堂不像课堂,像幼稚园了。

"小尺呷!"我终于朝他厉声喊起来,"你给我站到前面来!"

小尺呷不服,不动身。

我跨下讲台一把拉住他,把他提上讲台来。

这孩子估计还是吃硬不吃软,我那样好言好语说教,他听不进,我这么一动火,一叫,一揪,他倒老实下来,乖乖站在讲台前不动了。

30. 挫 伤

考虑卫生问题,我把挂在碉房二楼上的厕所撤掉,把它设在距离教室稍远一些的地方。

本来孩子们自幼习惯了屁股露风随处方便,现在要圈地点,要跑远路,大半孩子并不乐意。有我在面前,他们佯装跑厕所。等我一转身,他们就会随地方便。最不守规矩的是小尺呷,竟然大便也不上厕所,蹲地就来。为这我已经深入地跟他谈过很多次,但这孩子仍是我行我素,我的话,是他耳边的风。

一天,我竟然在教室外的院子里看到粪便,心头真的蹿上火来。我把所有孩子叫到粪便前,我的声音不再温和。

"这是谁做的?!"我朝孩子们拉下脸。

孩子你望我我望你，面面相觑。

"到底是谁？能不能自己站出来承认呢？"我目光无意地瞟一眼小尺呷，并没有确定是他。不想这孩子却侠士般地跳了出来。

"就是我。"他说，语气还理直气壮。

"嗯很好，你能承认很好。但老师平时是怎样跟你招呼的？"

"我急了。"

"真是急了？撒谎可不是好孩子！"

"我习惯这样。"

"习惯？是不是好习惯呢？"

小尺呷犟着头不理会。

"小尺呷！我可是天天跟着招呼你。就是风，它也让你有所感觉吧，你难道不能学着把它改正过来？"

"为什么要改正，你说不能坐地上，我们天天坐在地上，也没见生病！"小尺呷语气强硬。

我终于忍耐不住了。不是一天两天，不是一个孩子两个孩子，也不是一件事两件事蓄积的火气，是我身体内部那个先前对教学信心十足、满怀抱负，后来对管理束手无策、满心委屈的心理受到彻底性的挫伤，或膨胀到应该爆发，还是别的什么原因，总之，我朝小尺呷叫起来了——

"那你认为这样随地大小便，你自己闻起来舒服吗？要不你就别回教室了，在这里给我嗅一节课？"

孩子们一阵哄笑。小尺呷也夹在中间笑，好像这件事与他无关。

我仰面望天，不知是气虚，还是无奈，叫我再也说不出话。转身跑上楼去。眼睛肿胀，更多的酸辣在眼线内攒动——之前在家乡的时候,一直就未曾预料,做帮扶工作也会这么憋屈、烦琐。

心里很乱,很难过。把课本重重地摔在地上,又捡起来。生硬地躺倒下去,又僵直地爬起身来。踱起的脚步,却是撞在墙上。欲要下楼,心里又赌着一口气。

月光此时却伏在窗台上望着我偷偷笑呢。我的火气不由冲到他身上。

"你什么意思呢?难道那些孩子还是对的?"我质问月光。

月光并不生气,只在这么说:"可是你的方式我觉得不好。"

"我怎么了?我那么苦口婆心地跟他们讲道理,做示范,还不够吗?在我小的时候,一件事情,我的爸爸只要说一遍,一年我都记得!"

"那能一样吗?"月光朝我伸开五指,"你看看这个有没有一个模样长的?"

我愣在他的手指间。他即说:"我觉得你性子有些急躁。"

"急躁?我问你,那个事如果说一遍、三遍、五遍、十遍,不听,也可以理解。但是我说过多少遍了?我是天天跟在后面招呼啊。这个招呼声跟你的经声一样多了!为什么你的经声他能记下来,我的话他记不下来?"

月光一脸惊讶,朝我凑近身来,答非所问:"以前,我听你跟我们的娃娃解释过一个词,说是两个事情,因为性质和标准是一样的,可以放在一起比较,叫'可比性',是吧?"

"你想说什么?"

"那我的经声,和你的招呼声,它们有可比性吗?"

我的嘴洞口一样地朝月光张开,哑口无言。

月光面色严肃,盯我多时,才说:"你的招呼声,跟我的经语声,是两回事!"

说完,他伸手,关起窗户。院子里孩子们的吵闹声因此小起来。他又把厚厚的窗帘拉起来,屋里顿时变得昏暗了。

"你可能是有些累了,先休息吧,安静一下,睡一会,我去做饭。"月光口气似是关爱,却有更多的责备在里面。他丢下我走进厨房。听到他在清洗厨具,把铜锅铁铲敲得嘣嘣作响。

从未感觉,二楼的客厅如果拉起窗帘来,屋里也会这么昏暗。外面的阳光照不进来,孩子们的声音也被挡在窗户外。我突然感受到一种孤独,来自喧闹当中的心的孤独。这种孤独充满焦躁,像一个突然丧失语音的人,面对一个曾经听过你说话的盲人,你能对他做出很多稀奇古怪的动作,以此来表达你的感受,但是他看不到。

我只好爬起身,一把拉开窗帘。

下午明晃晃的阳光就又跳进客厅里了。顿时客厅又变得亮堂起来。迎着光芒愣一愣,想一想,然后我夹起课本下楼去。

31. 迷失的脚步

走进教室,就望见阿嘎和苏拉俩孩子围在黑板上用粉笔画画。他俩在合作画一面唐卡。阿嘎画蓝天白云,苏拉画佛像。都一笔一画,认真细致。

我朝他俩摇手铃。苏拉很自觉地坐到位子上去,阿嘎有些可惜地开始擦黑板。在粉笔灰的扬尘中,我望教室,发现有几个孩子不在座位上。小尺呷、米拉,还有几个平时对小尺呷充满崇拜的娃娃。苏拉站起身汇报:"老师,刚才您上楼后,小尺呷带着几个同学上操场了,肯定是玩得凶了,听不到铃声吧。"

"好,同学们,你们先看书。"我招呼他们,抽身往操场去。

操场上却没有一个孩子!

小尺呷呢?我四下寻望。院子里,碉房外,操场下方,更远的土豆地里,都不见人影。

难道他们下河去了?我抽身爬上操场旁的柴垛,站在顶端望河边。却发现小尺呷带上米拉等孩子已经趟过河水浅滩,在拼命地往雪山那边的草原跑。

这些孩子,跑那么远做什么,马上就要上课……我心下思量,突然一身惊汗,他们这是在集体逃跑吧!

我慌忙跳下柴垛往小河边追赶。

"小尺呷!小尺呷!你们回来……"我扯着嗓门追喊,一边捂着胸口奔跑。但是来不及,孩子们跑得远,海拔有些高,我心情焦急,跑得又猛,高原稀薄的氧气实在供应不上我急速的呼吸,我用手紧紧按住心窝,气喘吁吁。孩子们却越跑越远。

我拖着脚步倚靠在河坝旁的核桃树上,再喊不出声,也跑不动。前方,孩子们却是一副义无反顾的架势,头也不回,小小的身子,先是一个一个,后来变成一点一点,爬上小河,游向远方的草原去。

学校里,阿嘎已经循着我的叫喊声追过来,拽上我的列玛跟后招呼:"老师,您骑马吧。不骑马您根本赶不上小尺呷!"

看到列玛,我顿时又来了精神。像是氧气也如列玛那样地,扑面而来,叫我一口气弹起身,一步跨上马背。

有了列玛,我很快追上了草原。小尺呷回头,见我追赶他,两只小脚像两个呼动的风车叶子,跑得连在一起。

"小尺呷,你停下! 你要带娃娃们上哪里去!"

小尺呷边跑边愤懑不已,头也不回:"我要回家!"

"好,你回家,你是有家可回,那你一个人回去,别带上这么多娃娃跟你一起回家嘛!"

有两个娃娃在我的这个声音里止步了,像是突然发现,他们是没有家的。跟着小尺呷跑,往哪里跑? 是要陪着小尺呷回家吗?

小尺呷也突然收住脚步,他也才发现,带上这么多孩子跑,即使跑回自家帐篷,阿妈有能力养活吗? 自己都是养不活才被带出来的。

我急忙滚身下马,孩子们一个个不知所措地站在草地上,眼神慌张茫然。

"你们为什么要跟随小尺呷跑! 他说过什么你们要跟随他跑!"我朝孩子们叫嚷。

米拉战战兢兢,结巴道:"小……小尺呷说,这个学知识太没意思了,地上也不能坐,便便也不能拉,还要天天背……背书写字……"

"是这样吗米拉! 小尺呷说得都是对的? 你也认为坐在地上是对的? 把便便拉在门口是对的? 那都是老师错了? 老师教你们读书识字,教你们讲究卫生,都是错的?"

米拉再无法回答问题,顿时哭起来。

"哭什么哭! 都给我回去!"我站在草地上黑着脸,"天马上就要黑了,如果不想进那个丛林喂狼的,都给我回去!"

我想我此刻一点也不温柔。孩子们从未见过我这个模样,都有点震惊。然后是害怕,怯畏。然后米拉开始转身往回走,别的孩子相继跟上他。

小尺呷却强硬地站在原地不动身。

"不愿回去的,都进丛林喂狼去!"我朝着天空叫喊,满脸是泪。

这都怎么了?我为什么要发这么大的火气呢?其实我只是想吓唬一下这个顽劣的孩子。这孩子从来吃硬不吃软,我以为摸透了他的性格。

但小尺呷这回却没有被我的强硬态度震慑,只犹豫了片刻,就扭头朝丛林里跑了。

丛林没有路,马也进不去。小尺呷身子灵活,又赌一口气,跑得像只兔子,只一瞬间就消失在深林里不见影子。

我只得丢下孩子们,跟着钻进丛林。

"小尺呷!小尺呷!难道你成心要离开学校?"

"别跑小尺呷!停下来!老师也进来了!"

"回答啊小尺呷!刚才是老师性急了还不行吗!你在哪里,快快停下!"

我一路追喊。丛林却寂悄无声,无人回应。

我只好继续追下去。有路的地方跑,没路的地方跨越着也得跑。但是跑着跑着,不知怎么的就陷进一片藤条当中了。荆棘一样的藤条,整个枝干是带刺的。叶片上冒出细密的尖刺,形如仙人掌的绒刺一样。扎进皮肤里与皮肉混为一色,看不见,拔不出,隐痛难当。

浑身就这样被卡在其中,不能随便动弹。情绪也因此在困境中膨胀、烦躁,更多的挫伤涌上心头——没有穿越丛林的经验,也跑不过小尺呷,我却这样盲目地追进来。追又追不上,叫自身陷于困境;发这么大火气,结果什么事也未解决,还丢了孩子!而丛林危机四伏,小尺呷难道真要一个人穿越森林回家去?想起自身曾经遭遇的那些雪崩、泥石流、塌方和迷路,脑海中那根惊惶的神经恨不得一把揪起自己的身子,提着它冲出去。但是身旁铺天盖地的刺藤由不得人,不能动弹,轻微地一折身,细密的绒刺就会扑粉一样扎进皮肉里。

我只得举起双手,小心地脱下外衣,包住脸面,护好眼睛,然后抬起脚,迎着刺藤往外挣扎。由于视线被遮挡,挣扎变得盲目,造成我刚刚从刺藤中摆脱出来,脚却一步踩空,整个人咚的一声,掉进一道阴暗的沟渠里。身体骨折一样地摔倒在沟底,却感觉不到疼痛。赶忙爬起身,发现沟渠太深,攀不上去。我只得朝暗沟上方呼叫小尺呷。得不到反应,又呼叫月光。我想他肯定很快就会赶过来的。

不久,我果然听到月光的声音,他在丛林外围声嘶力竭地呼喊小尺呷。

"小尺呷,你给我出来!你的老师迷路了!她在哪里?我找不到她了!我知道你是不会迷路的,但你的老师她会在这里迷路!她会真的被狼吃了,小尺呷!"

月光的话叫我浑身一阵抽凉。望望身旁,现在不是我要寻找小尺呷——小尺呷是认路的,他的确不会迷路——而是我,跌落暗渠,需要他们帮助。

风彻底歇下来,林涛声息。

月光的叫喊声慢慢又响到我的头顶上方来,他在大声招呼我:"梅朵,你别急,我找到小尺呷了。我们来接你!"

我有些疲惫,靠在沟坎上发呆。沟底一片潮湿,地气在无形中上升,我嗅到一股千百年泥沼被埋入土地发出的那种腐朽气息,呛得人难受。月光踩在我的头顶上方不远处,他在斥责小尺呷——

"小娃子,你说你乱跑什么,把老师跑丢了,她现在哪里也不知道!"

小尺呷气息低落地回道:"没……我没有跑丢老师。"

"那你跑了是不是!"

"没……我只是跑进来,看到老师也进来,就没跑了。"

"那老师在哪里?"

"我一直就随在老师身后,她在……"

小尺呷估计是朝月光暗示过我的位置了,稍后,月光就朝着这边的暗沟跳下来。

"月光,你傻不傻,我掉下来,你却跳下来!这下我俩都上不去了!"我急起来,连声抱怨。

月光却一把拉起我,从头到脚看一遍。"你没事吧?"他问,语气急迫,"你转一圈我看看,转、转一下!"

"你耍猴啊,转什么转,我好好的!"我没好气地说。

"不识好人心,算了。"月光抬起头,朝上面的小尺呷挥手,"小尺呷,你趴下身,拉一把。"

我才被拉出了沟渠。

上到草原后,我捂着脸啜泣起来——我感觉我有些累了,心情非常不好;不仅仅是对于小尺呷的逃跑生气,还有更多莫名的东西,我说不出。

小尺呷垂着头站在我身旁。我不说话叫他更为紧张。可是说话,我又说什么呢——先是跟他说声感谢,刚才是他把老师拉上来;然后再跟他细细解释,平时老师为什么要去约束他;再后又要向他说声对不起,之前当着众多孩子的面那样批评他,是老师过于急躁;最后还要去责备他,不应该带上娃娃们逃跑?

最终这些话都没出口,我却这样对小尺呷说:"你要是真想回家,我明天送你回去。"

32. 山　洪

第二天早饭期间,小尺呷躲在房间里愣是不出来。月光对我说,这娃肯定因为昨天逃跑那事,心头疙瘩上了。解铃还须系铃人,你进去哄他一下好了。

他推我进孩子们卧室。

小尺呷此时躺在床榻上,两眼空望着房顶发呆呢。我上前去,但我的脚也无从下足,地上全是孩子们的衣物:氆氇、坎肩、靴子、袜子,散落一地,汗味混着霉湿气味,凌乱不堪。

唉,我真是太粗心了!总以为自己太忙,或者照章办事,把孩子们的生活交给月光和阿嘎,他俩却做得不尽人意,而我也不能抱怨太多。孩子们的卫生习惯生来如此,不从思想上引导教育,培养他们长期的卫生意识,仅靠一两个人用劳动来维持,确实难以做得全面。

我站在屋子中央思索这个事儿,脸色因此变得凝重。小尺呷却以为这是在生他气呢,紧张地把头缩进被子里去。等我掀开被子,他的两眼正望着我失神。

"老师……"

"小尺呷,为什么不去吃早饭?"

"我……"

"你怎么啦?"我问,注视起这个孩子。

其实这是一个明亮又可爱的孩子。我第一次在那个草坡下见到他时,他的黑白分明的眼睛,朝着我大胆又惊奇地闪动,那份新鲜和热情,一直都还记得。那时,他脸色焦黑,拖着两条青光光的鼻涕,头发乱得像个蜂窝。但是现在,他的鼻孔是干爽的;剃了个整齐的小平头;脸上曾经被风刀子割破的皮肤,在润肤霜的调理下渐渐变得光滑。是的,这个孩子已经在慢慢发生改变。只是过程慢一些,时间长一些。或许,是我要求得过于急切了。

我的手已经柔和下来,抚摸起这个孩子的脸。

"来,小尺呷,让老师看看,嗯,不错,有一张俊俏的脸蛋。眼睛嘛,里面装着多多的智慧。这些智慧呢,要是发挥出来,就可以接受多多的知识了。那以后呢,就可以去拉萨,去北京,去遥远的地方了⋯⋯"我说。

小尺呷眼睛红起来:"老师,我⋯⋯其实昨天我没有丢下您⋯⋯"

"老师知道呢!"

"那您还要送我回家吗?"

"唉,你好好听话老师怎么舍得送你!"

"但是昨天您说⋯⋯"

"昨天老师是性急了,对不起⋯⋯以后你要好好学习就对了。"

小尺呷听我这话,立马滚身爬起来,下楼早读去了。

我开始在屋里一件一件收拾衣物,把孩子们的脏衣全部抱到小河边去。早读往往是由阿嘎监督课堂的。往日里这样的时间,我需要预备一天的课程。但今天我得停一停,要趁着孩子们的早读时间,好好洗衣衫。

我们学校下方的小河,河道很宽,但水流不大。河滩上散落着各种形态的大石头,在阳光下放出清亮的光芒。石头很干净,在清水里洗完衣物,随手就可以铺在石头上就近晾晒,非常方便。

在孩子们清朗的读书声中,我卷起裤口下了小河,把脏衣全部泡进水里。浸湿的氆氇很沉坠,我赤脚站在河水当中,水也只是漫过小腿弯的样子。虽然有点凉,但是可以忍受。

我躬身洗涤,洗一件,铺在石头上晒一件。高原强烈的日光把那些湿潮的氆氇烤得直冒热气。不久,羊毛质地的氆氇就会被晒干。我一面在水中搓洗,一面扭头瞧石头上那些蒸腾着太阳气息的干净衣裳,心里很有成就感。

站在河水中快活着心情,一门心思地扑腾衣物,唱着信天游的小调,仿佛这个世界唯有我一人在劳动着,快乐着。

但是河水却变得越来越浑浊。是孩子们的衣裳太脏,浑浊了河水吧?都怪自己太粗心,除教学,平时关注孩子们的生活真是太少了。我埋头洗衣,一边在这么想。却不觉河水越来越充溢、壮大,并且漫到了我的膝盖上。身子开始有点打漂,站不稳。手抓衣物时我就在纳闷:刚才下水,河水只是漫过了我的小腿弯,现在怎么扑上膝盖来了?是我不知不觉间走进河道中央了吗?可是刚才还在静悄流淌的河水,这刻却猛然变得湍急起来。我一抬头,还来不及观察情况,却看到学校里孩子们惊慌失措地朝我奔来。

阿嘎已经奋力冲下河滩。"老师!快上来快上来!涨洪了!!"阿嘎一边朝我奔跑一边叫喊。

我一晃身,朝河面上游张望。天!只在一瞬间,上游河水竟如滚瓜一般朝我翻涌而来!我慌了神,一把拖过衣物想跑,但双脚却是漂浮的,被翻腾的河水浮力托起来,用不上劲。一排浪头哗地朝我扑打过来,把我整个人卷入水底。眼前顿时一片昏暗,水流随着我倒吸的口气灌进我的口腔。我吐着水泡在激流中上下扑腾,拼命往上划水,脚却顶不上力。手里的氆氇被翻滚的洪水卷出水面,阿嘎这才看清了我的位置,直接朝氆氇一个猛扎下来。

岸上大点的孩子都挤在河岸边,小尺呷冲在最前排。孩子们手拉着手,组成一道人墙,在水中摇摇晃晃准备接应阿嘎。阿嘎还在水底摸索,他的手几度接近我,又几度被湍急的暗流打散。情急中他一把抓住了我的头发,揪着发梢将我拎出水面。我却被洪水灌得晕眩,像只木头浮在水面上,一点协助的气力也没有。阿嘎眼看不行,一把抓住打漂的氆氇,一头裹住我,一头裹住他自己,两人捆成一个人,样子很像是:如果我不能上岸,他也不会回头。

他拖着我奋力往回游。接应的孩子在岸边双脚插进石缝里,一张张小手朝阿嘎伸过来。小尺呷一把抓住连接我和阿嘎的氆氇,这时阿嘎已经筋疲力尽,划水的双手开始疲惫。小尺呷整个人死死拖住阿嘎快要被浪头打散的双手,他的身后连着一大帮娃娃,一个个就像小石头模样,组成一排,终是稳住了我和阿嘎。

孩子们拼出吃奶之力把我拖上河岸。只顷刻间,上游更凶猛的洪流就把整个河床淹没了!

河水从涓涓细流变成滚滚浪涛。孩子们的衣物,那些厚实的氆氇在洪水中上下翻滚,一会就不见踪影。

"老师,老师。"阿嘎趴在我身旁,贴着我的耳朵呼唤,声音疲惫得像是梦呓之语,"老师……苏拉,把老师拖到……有太阳的地方去。"

苏拉小手一把抓过我,但是她拖不动。所有孩子都上来,一双双小手拧作一股力,终是托起我。

月光这时才慌乱地赶过来,已被眼前的场景惊骇了神色。

"梅朵！梅朵！你不是在楼上，不是在备课吗！！"月光惶惑问我。

我的脸苍白迟滞，说不出话，嘴里在不断往外冒河水。身子湿冷，瑟瑟发抖。月光慌忙脱下身上的外衣，把我湿漉的身子紧紧裹起来。

平日，我的身体还算可以，一般的小痛小病总也难不倒我。

但这次我没能承受住，被洪水冲坏了身体，发烧作冷，躺倒床上一周也爬不起身。月光要去益西医生家抓药，而益西的药房里全是藏医中药。我知道这是感冒，只有西药才能叫身体恢复得更快一些，可是草原上找不到西药。月光琢磨着要去寺庙请向巴喇嘛来学校念一场经，我则希望能去县城医院。月光担心我虚脱的身子经受不住长久颠簸。我俩正为此争持不下，这时，我们的救星多农喇嘛又一次从外地回来了。

喇嘛回来，不仅带回了大量生活用品，竟然还神机妙算般地给我带回了两盒进口感冒药！是他在尼泊尔时，一位西方朋友送给他的。他本人并不是特别信任那种单薄的药片子，想到我，才又带了回来。

果然，这药效果奇特，只是吃过两天的量，我的感冒症状就很快减轻了。

33. 外面的世界

多农喇嘛最近一次外出足足两个月，跑过很多地方：蓝毗尼、加德满都、樟木、日喀则、拉萨、青海。喇嘛回来，原本是要住寺庙的。但见我生病，又听我汇报孩子们的学习情况，了解到一些孩子的顽劣,他就准备住在学校里。

月光把三楼晒台旁的一个小单间清理又清理,装上纯木神龛,供上菩萨圣水,换上崭新的藏床,又添置羊毛铺盖、太空被、茶桌,供奉喇嘛。

他为此卖掉了家里的一头牦牛。

多农喇嘛回来,带回很多经书,精致地放在木质的檀香盒里。檀香盒外面包裹着黄绸布,一垛一垛,把三楼的神龛堆得满满的。

每天晚上,喇嘛都会在吃饭前领着孩子们读经,均是梵文,我是听不懂,但喇嘛清朗的经声,月光和孩子们都喜爱听。读完经书后,我们会满足地吃饭。喇嘛回来之际,食物也会丰富很多。喇嘛带回化缘的钱,大部分就在县城里买了食物。因为孩子多,食物都是用拖拉机拉到无路可行的地方,然后由月光赶马驮上来。

食物充足的日子,我们经常可以饱满地吃上一顿由大白菜混合肥牛肉煮成的面壳(当地的一种特有面食)。每逢有这么好的饭食,孩子们吃的模样大都相似:吃前两碗时都迫不及待,恨不得把食物直接倒进胃里去,亮出碗底也不知其味。到吃第三碗,思考着要来享受美味,却是撑了。

摸着饱满的肚皮,孩子们便坐在床榻上,听月光讲各种逗乐的故事。月光讲到兴头上,随口编个小调,又唱起来。但是因为楼上住着喇嘛,他的嗓门便放不开,歌声唱得轻捷且也紧迫。孩子们当然不想多听,便一个个又轻悄地上楼去,恭敬地候在三楼经房的外面。等到喇嘛惯例地发出一声"哦呀",孩子们才小心地走进经房,安静地坐在地上,听喇嘛讲他的奇遇。基本都是传奇,但喇嘛描述得绘声绘色,细节故事都具体拉入到现实中来演绎,成为生活中张三李四王五的亲身经历,所以孩子们都是抱着敬仰之心来听的。并且也对喇嘛讲的故事深信不疑,都盼望有一天,能够亲自去远方见识外面的世界。小尺呷呢,听到兴头上,便一头趴倒在地,朝着喇嘛五体投地,请求喇嘛下次也能领他去见识外面的世界。

喇嘛望着小尺呷,一脸严肃,问他:"小娃子,去见识外面的世界,路上要坐车,要住店,要和人交往,这些都需要看懂文字是不是?"

小尺呷愣头愣脑地回答:"是。"

"那你说如果不学知识,能看懂那些文字吗?"

"不……不能。"小尺呷答得有些慌张。

"那不能看懂文字,还能走得么远吗?"

小尺呷才明白过来,有些愧疚地低下头,轻轻回答:"不能。"

"那你说如果不能走得那么远,还能见识外面的世界吗?"

"不能。"小尺呷在喇嘛面前小心谨慎了,似有所悟,保证说,"阿苛,我知道了,今后我一定要好好学习知识。"

"这就对了。你的梅朵老师也是阿妈一个模样的。她会教你学习到远方去的知识。所以你要好好读书,不得三心二意!"

"哦呀!"小尺呷响亮地回答。

中篇

我只有那么多的气力,孩子!
只能摸一摸你的脸,
向你微笑一下。

我只有那么多的精力,孩子!
只有酥油灯的亮光,
给你一星点方向。

那个夜如果再黑起来,
就让星星来照亮天空吧。

不知道为什么,有那么多的星球,
在宇宙里,
它们撞击着,
却不能迸发出,
温暖我们的火花。

每个夜晚，
我望着深蓝色的天空，
问月亮，
为什么你有光，
却那么清凉！

他们唱着那么深情的歌，
到底在温暖谁的耳朵？

酥油里的孩子，
今夜我们什么也不做，
也不倾诉，
我们唱歌吧。

因为除了放声歌唱，
我已无能为力……

34. 青稞收割的季节

又是八月,适逢高原上青稞成熟的季节。海拔三千米以上的山坡间,大片绵延的青稞因为气温和日照时差不同,地域之间的成熟程度也有区别。高的地方,雪山融化之水滋润的青稞半青不熟,谷穗迟迟不得饱满。但是下到二千五百米以下的平坝子里,巨大连片的田野只需要几天晴朗的阳光,金黄色的青稞就会被晒出一地麦香。可高原上的收割季节,也是雨季的开始。青稞长得太熟,它们不欢迎长久的雨水。而播种面积宽广,劳动人手不够,所以即便是抢工抢时,收割期也很漫长。

月光家每年也会播种十几亩地青稞。田地几乎绵延整个山坡,从森林线到小河边,面积宽广,地界沟角不明。抱着看天吃饭的心思,不施肥不撒药,广种薄收,造成很多青稞地被强硬的野荞麦占据,给收割增加了难度。下地时,需要一边剔除野荞麦,一边挑拣青稞。所以在收割的季节里,月光一点也不轻松。他的阿哥腿脚不便,阿爸又在草场放牧,收割的活计自然就压在他和阿妈两个人身上。又放心不下学校,于是收割青稞想着学校,到了学校想着青稞。只好早晚两头赶,忙过十多天,才把地里的青稞割倒一半。

但是就在这样的农忙季节,草场上的巴桑女人却突然赶到学校里来,请求月光停止收割,她们家出事了。她们农区寨子里建寺庙,她的大男人泽仁做义工,赶到佛殿上大梁,泽仁汉子被倒下的大梁给砸了。

寺庙喇嘛刚刚带来这个坏消息。可是现在,她的小男人尼玛下草原办事去了,一时联系不上。草场上有几十头牛,帐篷里还有两个幼娃,叫她脱不开身回农区。听说家里已经请五位喇嘛为泽仁念过三天平安经,但最终喇嘛卜卦,得出的结果是:需要送到汉地的大医院去。

而去汉地医院路途遥远,整个山寨从未有人去过,没有经验。他们就想起我来了。虽然大家并不看好汉地医院,但既然是卜卦得出的结果,那就是神灵的安排,所以巴桑才赶到学校来,希望月光能护送我到她家,去为她们家做个决策。若是真的需要去汉地治疗,那就必须请我带路了。

救人时间紧迫,我和月光并不敢拖沓,准备马上动身。但到巴桑家农区,即便是穿越雪山丛林,道路顺畅马不停蹄,也需要一天半的时间。我有些慌乱,想拖延这么久赶去救人,是不是泽仁汉子等不及呢。月光说没办法,你去还有得救,不去泽仁阿哥就只能困在家中等死,因为我们都不知道汉地医院是个什么模样。

当即只好互换劳力,请月光阿爸来学校,配合阿嘎照应孩子。巴桑则不能同时随我们回家,她必须回草场,看守自家和月光家的牛群。

我和月光连夜赶路,终是以出奇的速度在一天之内赶到了巴桑家的寨子。从第一次拜访嘎拉活佛起,我已经两年半没有到过巴桑家农区了。

是的,至此,我已经在草原上生活两年半了!

这样的时间,对于日新月异的内地,会让很多东西发生改变,比如开山,凿地,铺路,架桥,围田,造坝,等等。但时间在草原上,除了让久违的人感受你容颜的逐步苍老,它几乎不会改变什么。雪山与草原依旧,牛群与帐篷依旧,人的心灵依旧。纵然我是多么惊异地发现,巴桑家的山寨与两年前多么不同——昔日那个低落的土碉寨子,现在,在它的中央部位,竟然耸立起两座正在建设的高大殿宇——纵然是这样,我依然相信:那只是一种视觉上的改变,它不曾改变人们的生活、信念、灵魂。

确实,当我们到达其中一座正在施工的大殿时,这里并没有因为泽仁的出事而停工。被高粱大柱围拢的大殿一层和二层,上上下下都是劳作的人。女人们用大箩筐背土,估计每筐不少于百多斤,每个女人都深深地佝偻着腰身,像是要把头插进泥土里去,脚步蹒跚,默默爬行。男人们则挥舞大木槌在二楼上夯土,整齐的劳动号子喊起来:"哈哟……哈哟……"

一根粗壮的整木主梁倾斜着倒在地上,一位赶上来的牧民满脸悲伤地告诉月光,泽仁就是被那根主梁给砸了,很严重,已经被送回家里。

感觉事情不妙,月光抽身往巴桑家赶。那个寨子七拐八拐,月光路熟,跑得匆忙,竟把我丢下了。

不,不是丢下,是半路中有人拦住了我。

一看,是多农喇嘛的同门师兄向巴喇嘛。我还记得向巴喇嘛曾建议苏拉小孩念完三万八千遍经,她的阿姐就会回来。这孩子日日念月月念,现在已经过去两年多,但是阿芷自从那次离开茶楼,一直就没有音讯。不知那样柔弱无能的姑娘,她能跑得多远,我还能找回她吗?

一想起阿芷,我的心头就像灌进了一团泥浆,堵得慌。上前去与向巴喇嘛招呼,他却拦在路口上朝我不停地摇晃双手。

"姑娘,你可不能再往前走!"

"不是喇嘛,您别拦我的路呀,我得赶紧去巴桑家!泽仁呢,他怎么样?"

向巴喇嘛脸色凝重,说:"他走了,昨天夜里走了。"

我惊倒在路上,脚步迈不开。

向巴喇嘛便开始劝说:"姑娘请回转吧,这个时辰你可不能去巴桑家!"

"可是巴桑请我来……"

"那是活着时候的想法,但是现在人走了!我们这里有规矩,姑娘就别为难了!"

"那我怎么办喇嘛,我一个人,天黑了您看!"我想给自己找个理由,但向巴喇嘛想也未想便发话:"那我先给你安排地方住下来。"

不等我应允,喇嘛已经从工地上喊来一位女工,对她道:"央宗,这是你们东月阿弟学校的老师,你带她先到你们家歇息吧。天色不早,她不能一个人回去。"

女工朝喇嘛躬下腰身,恭敬地回应:"哦呀!"

"姑娘,这是月光姑妈家的儿媳,你尽管放心去。"向巴喇嘛回身招呼我,见我站在路上不挪步,有些无奈,说,"哦呀,还是我送你去吧。"

35. 心中装着两个世界

月光姑妈家和巴桑家同在一个寨子。但他们家却是纯农户,没有草场和牛群。月光姑妈中年丧偶,膝下现有三男一女。上面两男一女均出家进了寺庙,只有小儿子白玛结婚。向巴喇嘛带我到她家时,老人和小儿子都不在家,招待我们的便是小儿媳央宗女人。

她们家因为没有牛,吃的酥油全靠买。如果买不起,就吃花油——那种从外地贩运来,里面掺杂着洋芋粉的花猪油。由于存放时间过久,花猪油大半会有异味,很难进口。而像一般人家必备的招待客人的食物,麻花啊糖果啊饮料啊,他们家并没有,鲜牛奶更不用说了。央宗女人无奈,拿不出食物招待我们,只好站在锅庄旁睁着一双白跳跳的大眼睛,窘迫地瞧着我们笑。坐,藏床也是没有的,只有地铺。喝,女人正在用粗糙的大手往锅庄里塞牛粪,烧糌粑茶。

我无心逗留,心里想,还是想办法去巴桑家一趟吧,只要喇嘛走,我就会跟上他。

但是喇嘛却一屁股坐进央宗家的地铺,似是不想走的模样,和女人拉起了家常。

"央宗,你们家阿妈最近身体好吗?"

"哦呀,还可以!"女人恭敬地回答。

"她现在是地里做活路去了吗?"

"哦呀,在收割麦子。"

"现在你们家已经收割了多少亩田地?"

央宗女人想了想,回答:"一小半的样子是有。"

喇嘛很吃惊："怎么才一小半？那还早嘛！白玛一直不回来帮忙吗？"

央宗女人低下头，说不出话了。

喇嘛有些不满地道："如果再遇见，我要好好找他谈一谈！嗯，你们家就阿妈一个人割麦子，也有点困难，这样吧，明天你不用去寺庙上工，回家收几天麦子再去。"

"哦呀真是谢谢！谢谢！"央宗女人感激地回应喇嘛，一口一个谢字，一碗半热不热的糌粑茶端上来。喇嘛认真地喝下一口，又像是想起什么来，问央宗："这么久一半麦子也没割完，这一季你们家种了多少亩田地？"

央宗女人愣了一愣，回答："二十亩吧。"

就来说说农区的女人吧。在当地，农区女人生活非常不易。几乎每家农户都会种下大块田地的青稞。但是能够参加生产劳动的人手并不充足。男人们一些在外游历，像白玛；一些出家，像白玛的两个阿哥。大量农田活计就落在女人身上。土地广阔无边，劳动夜以继日，女人们累得直不起腰身。以央宗家为例，我们可以来算个明细账：她家共有九口人。有一个阿妈，三个阿哥，一个阿妹，其中两兄一妹出家。小儿子白玛和央宗女人结婚，生有三个娃娃。试想，阿妈渐老，娃娃渐大，外加寺庙里三个出家人需要家庭供养。所以在一定时期内，央宗夫妇需要养活九口人。生活，由此造成的艰辛可想而知。

而事实上，这么一大家子，却全是依赖央宗和阿妈在支撑着。央宗的男人白玛很少问事。

那个我从未谋面的白玛男人，十七岁时奉父母之命结婚。婚事却办得并不顺利,有骗婚的意味。不是男骗女,是女骗男。十多年前,本来白玛要迎娶的是一户人家的小女娃,才十五岁的模样,与白玛不分上下。但那女娃却背着白玛有了自己的心上人。就在结婚前夕,女娃跟上心爱之人私奔了。到白玛家前去迎接新娘,女方没办法,只得拿孤养在家的大女儿充数。婚事办了,人来了,白玛才看到,那是比自己大出十岁的老阿姐,就是现在的央宗女人。当时十七岁的白玛死活不同意,要求退婚。可婚事已经办了,再退婚,娘家人的面子过不去了,便索要精神损失费,要到很高价目。白玛家当年穷得叮当作响,哪里赔得起钱。于是就这样耗着,结婚三个月不同房。后来白玛家阿妈给白玛施压,说女人娶回来就是生娃娃的,不能对不起家族。十七岁的白玛敌不过阿妈,只得屈从了。随后就有了娃娃。白玛也就这么混混沌沌地过日子了。

但是现在,白玛跟随打工潮流进入县城打工,人一下活得精神起来。本来白玛也才二十七岁,可央宗女人已经快四十了。因为活路重,风里来雨里去,晒得像个黑人模样。白玛从来不与央宗同路去哪里,干活也是离得远远的。有段时间,白玛天天想着要怎样把央宗女人给休掉。但是央宗女人非常贤惠,孝敬婆婆,苦劳苦作,无可挑剔。而从能力和家境上,白玛也不可能再娶得到一个美貌天仙回来的。就这样,白玛开始了在县城四处游荡的生活,连收割青稞这样的农忙季节,也不回家。

夜晚,月光拖着疲累的身躯来到姑妈家,见我情绪不高、一脸郁闷,还以为是白天之事,便跟我解释,说白天丢下我并不是他的本意,只是寨子里的规矩,迫不得已。但见我的目光更为凝重,就有些摸不着头绪了,只问:"梅朵,不是白天那事,你又为哪个事?"

"月光,我是为……"我说,话却断了,好像我也不便直白地说出我的心思。因为无法揣测说出来,月光会是什么态度。很多时候,或说一旦涉及与信念有关的时候,我感觉月光就像一本放在檀香木盒里的经书,放在那里能触摸它厚实的外表,能闻到檀香的味道,但是打开它来,里面却都是梵文经语,我一句也看不懂。是的,这让我困顿,说不出口。

"怎么了!"月光对我的表情非常诧异,"你怎么了?"

"我……是想问……"

"问什么直说,这么吞吞吐吐做什么嘛!"

"嗯,月光,我是想问你,难道我们就叫泽仁阿哥这么死了吗?"

"你什么意思?"月光面色迷惑。

"寺庙里……是不是派喇嘛念场超度经,就完了?"

"哦呀,怎么了?"

"难道就没有点……"

话说至此,我停顿下来,我想月光总该明白我的言下之意吧,我在等待他的解答。

但见月光依然在糊涂地看着我,完全不能领会我的意思。

"唉,我是说补偿。"我只得大声说了。

"补偿?"月光更加糊涂,"谁补偿?"

"寺庙啊!"我说。

月光大惊:"梅朵!你在胡思乱想什么嘛!这个人走都走了,是天意。喇嘛为他念经超度,他的灵魂升天了,他有福了!"

"可是月光……"

"好了!"月光打断我,"你什么不要再说,好好休息吧。我也走了,那边还有很多事情。"

"月光……"

"哦呀！我要送泽仁阿哥一段路程,你就住在这里等我吧。要是着急的话,也可以先回学校去。"月光语气坚定,不容我接话,擅自扭头走了。

他并没有在意我的感受,好像涉及信念问题,他从来也不会跟我妥协。我想在他的心中,肯定是有两个世界——今生,来世。两世之间不是浑然隔断的,而是存在着一堵奥妙之门,寺庙和喇嘛是门的守卫者。人的灵魂只有获得喇嘛的超度,才能进入来世天堂。所以我们怎么能够要求寺庙补偿——获得了那样的物质满足,我们就失去了进入天堂的机会！

夜晚的草原很宁静。如果没有喇嘛们的经语,巴桑家农区的寨子将会像乖巧的婴儿,悄悄地睡去。但是现在整个寨子并不平静。喇嘛们在为亡人日夜念经。经声有时低缓,像灵魂在轻轻呻吟;有时急骤,像是要把迟疑的灵魂趁早送上天去。夜空看似平和,苍蓝无底,星星和月亮都沉默在无限绵延的云际里,同地面上的经声产生巨大的反差。经声的日夜持续叫人心生迷惑:那个灵魂升天的道路是不是有些漫长？是因为漫长才需要经声的一路陪伴呢,还是漫长的经声将它延长？

我也会念经。

跟随月光耳濡目染,我也会念他的经语:喇嘛拿加素切,桑结拿加素切,曲拿加素切,根堆拿加素切,喇嘛意当根秋曲拿加素切噢……

其实这算不得什么。在草原上工作,很多时候,因为陌生,交流不便,我也会跟随牧民们念经。牧民们听到经声,情绪即会变得温和。一些难以用语言解决的问题,在经语的感化中,便会得到妥协——是的,现在我更需要用经声来说服自己:留下来,住在央宗家,等待月光。

36. 那位姑娘

月光处理完巴桑家的丧事后,我们回到学校。

这几天由月光阿爸配合阿嘎管理学校。老人看到门前那块土豆地变成操场,认为空在那里可惜,便带领孩子们把周围的土地都翻耕了,只留有中央一块篮球场。说是等到来年春暖花开,要在翻耕过的地里种上土豆。种子已经从农区运过来,就搁在三楼的过道里。

那么我们的活动空间在哪里?

我有些急躁。阿嘎却望着我笑,一脸神秘。

原来在我离开的这几天,他和同学们把碉房背后的一块荒草地给清理出来了。那是沙石地,没有泥土,又和门前的土豆地一样平坦,那才叫名副其实的操场呢。阿嘎是个聪明的孩子,月光说:"再过两年我也可以不来学校了,有阿嘎管着学校,我们放心嘛。"他的阿爸便笑了,接话说:"哦呀,阿嘎真是不错的娃娃。再过些时间,我们家的东月也应该有点家事了吧,什么事呢,要娶回一个女子!"

月光阿爸不知说给谁听,孩子们都捂着小嘴朝我笑,月光也混在其中乐呵个没完。

就着巴桑在草原上帮忙照顾牛场,月光阿爸便带上儿子赶回农区抢收青稞去了。

学校里少了月光,像是少了一半人数,有点空。我和阿嘎因此更忙一些。先前由月光负责的工作落在我头上,所以每天不得不赶早,要在太阳出山之前把所有额外的事做完,才不会影响常规上课。

早晨,天光刚刚白亮起来,我们学校下方的小河坝上,来了一位姑娘。站在高大的核桃树下,修直的身子,倚在树干上。一身的茄紫衣袍,前面围拢的帮典,由七种色彩缝制。琥珀做成的梅朵,戴于额头上方。红珊瑚的耳坠,镶上镂出花纹的藏银。雪白珍珠链子,点缀颗颗绿松石,就着长长发辫,披挂到腰盘间。一身穿戴非常精致,我似曾见过她。

但是她却背对着我,远远地,站在核桃树下,朝着雪山下的丛林唱歌。她的忧伤淹没了她的意识,不能感觉小河里还有趁着早儿做活的人——我正在给学校里最小的娃娃洗床单呢。

姑娘的声音,像是偷了别人的嗓门,唱得那么小心、压抑,又伤心。

  我问你,一河欢腾的河水,你真的那么快乐吗?
  像冬日蒿草一样缭乱的洛布,今天我要怎样来面对阳光?
  我问你,一棵高大的核桃树啊,你真的那么强壮吗?
  像夏天草原一样茂盛的你,今天还能不能为我遮风避雨?

她是洛布姑娘!这个姑娘我认识,是巴桑家的远亲。她的家就在我们学校前方的寨子里。她有一个阿哥,叫德德,是全家最具威望的人,在一个寺院的大活佛身旁做事,跑汉地的机会非常多,还去过新加坡、尼泊尔、印度,因此在当地就有点牛气烘烘的。另外他们家又是土司的后代,曾经在山谷里有整片山林、整片牧场,土司官寨也巨大威严,矗立在山谷的高岗之上。

所以两年来我一直不敢轻易去拜访他们家。对于洛布姑娘,因此也有些生疏。

而她这么早出现在我们学校下方,还这样伤怀地唱情歌,是为什么?

我在小河里洗床单。在洛布忧伤的歌声里,我回过头,却望见月光急匆匆地朝洛布走去。他不是回家收割青稞去了吗,现在怎像是和洛布有着什么约定?姑娘的歌声,似是一个心照不宣的召唤,叫青年跑得脚步匆忙。

他们在高大的核桃树下相见,一个止了歌声在哭泣,一个上前去,用的什么安慰的动作。河水流淌得太急,我的手突然无力,抓不住,水就把手里的床单冲走。我只得一头跳进水里抓床单,再回头时,他们两个已经钻进丛林里了。

我坐在潮湿的石头上,手里的床单被河水浸泡得太久,水分渗进布料的质地里去,水一直从手指间往下淋,淋也淋不完。

抬起头来望天空。清晨,六点之前,白玛雪山犹如陷入沉思的父亲,寂寞、冷静。天空中暗藏着一抹神秘的湛蓝,但视线前方看到的则是一片清冷的燕灰,没有闲云。雪山从底端的深暗,到腰间慢慢有着疏淡的光,再到顶端,花花一片雪白,层次如此分明、清晰。天光的稳定,这样的气象,预示着一个长久的好天气,至少在未来的几小时之内。

我就从小河边反身了,回到学校。阿嘎和苏拉都在房间里。阿嘎看到我,迎上来,用不解的口气招呼:"老师?"他的眼神里尽是寻索意味。

"嗯,阿嘎,孩子们,天气将会不错,太阳不久就会出来……"

我说。

苏拉立马挤到我面前:"老师,我们要洗衣服了。"这孩子悟性好,跟她无须太多话,一个眼神,或者一次小小点拨,她即明白。

"对,苏拉,天气好,我们今天可以洗更多衣裳。把你们的床单都抽下来吧,枕套也拿下来,大家一起,把整个床铺清理一下,好不好?"

"哦呀!"两孩子齐声响应。

说话间,所有孩子都进屋了。顿时忙碌起来,个个都在褪枕套,抽床单。七岁以上的孩子都自己动手。七岁以下的,由我来。

小河里因此尽是孩子。大点的排成一排,一个个埋头在水里扑腾衣物。自从上次那场山洪过后,我们的孩子,七岁以上的都学会了自己洗衣裳。现在,一双双小脚插在河水里,一只只小手虽然笨拙,却也很有耐心。一些孩子脸面几乎贴于水面,伏在衣物上搓揉漂洗,认真又细心。七岁以下的孩子不准下河,都站在河滩上。我们洗好的枕套床单,我们晒好,上面的小娃娃就在一边一角地跟着整理,拉平整,然后瞅瞅,望望,像欣赏一幅壁画。

河滩上尽是圆滚光滑的鹅卵石。孩子们的枕套床单铺晒在上面,红的、蓝的、绿的,花花一片。河床空阔干净,一阵清冽的河风吹过,单薄一些的床单先是翻动起来,吹得凌乱,一些娃娃急了,双手扑动在空气里,像是要把无形的风也给拖住。嬉闹中童贞的笑,慌乱和匆忙,亦如一河吟唱的浪花,没完没了。

月光不知多久才从树林里钻出来,却没有了洛布姑娘。他一个人慌慌撒过我的视线,弯着道儿走上我们学校的小路,也下了河,很惊奇地瞧着我们。

满河滩的孩子。他朝我跑过来。我的身旁堆积着小柴垛那么多的床单,我在狠劲地扑打,恨不得把身子也要当成一条床单,那么扑腾。

月光站在石头上笑。

"梅朵,你这不是在洗床单,是在打床单吧。"

我不应声。或者佯装是河水流动的声音太大,听不到他的话。他下了水。"我来,我也来洗。"他说,抓过一条床单,扑腾扑腾,却把水都扑腾到我身上来了。

我便直起腰身,说:"好吧,那就由你来洗好了。"

我离开他,转身,上岸,像是有什么东西落在眼睛里。沙子吧?却有着一些隐约的酸辣。

37. 草原之夜

月光家青稞大约收割到一半时,又做了一次小小的停顿,因为有一场必要的婚宴需要去参加。是他们东边草原上的阿舅家,也就是两年前去拉萨唱戏的班哲,他的大阿哥金格结婚了。小两口的婚礼早已在拉萨举行过,现在回到草原,只是补办一场草原风俗的婚宴。按照金格的意思,婚后他们小两口就常住草原不离开了。因为阿爸年岁已高,一个人孤单地生活在草原上会有很多困难,而老人又不愿离开草原去拉萨。

班哲也回来了。

我本来并不想去。但既然班哲回来了,我就需要过去。这两年以来,有好几笔匿名汇款从拉萨那边转交到我们学校。我和月光都在推测:那不是班哲,又会是谁!

便如期赴约。我和月光都做了些必要的打扮。月光当然是绾起了长发,还套上大块象牙圈,又是一身的锦缎藏袍,再穿起牛皮马靴。他有多久没有这样打扮呢?肯定也快两年了。我也穿起了白色细羊毛的外套。这是我从内地带来的衣裳,因为是白色,易脏,我一直舍不得穿它。但班哲家主办草原盛宴,我一定要穿得讲究一些。草原人是很注重这种难得的宴席排场的。

和月光打马奔跑一天,到夜幕爬上东边草原,班哲家大帐篷里亮起了明晃晃的灯火,我们才赶到。这个草原大帐篷里,几乎灯火辉煌,那么亮堂的光芒,我还以为是电灯呢。所以一进帐篷我就在寻找光亮的源头。当时,朴素而沉默的班哲正躬身处在那个光亮里。两年前我们在巴桑家草场上相见,那时行走匆忙,我也不曾留意到他。现在看起来,在夜晚热闹的集体大帐篷里,班哲倒不像是当初那个狂野地要跳舞、要旋得我发晕的骑马青年了,却是沉稳的气息更多一些。

我看到能够叫帐篷变得亮堂起来的,竟是列在班哲身旁的那一盏紧挨一盏的酥油灯!班哲正处在油灯的一侧,他在专注地给每一盏油灯添加酥油。他低头,直顺健康的黑发垂落下来,遮住半边脸膛。火光照亮他脸上一半的轮廓,瘦削得像一把刀。满帐篷的人,满帐篷的热闹,大家都在喝酒、唱歌,谈论大阿哥金格的新娘子。班哲只是认真地在添加他的酥油。他太专心了,肯定也不会想到来客就是我们吧。但是月光一进帐篷,就被他热情的金格大阿哥缠上了,拉到前方去。小伙子在自豪地向月光介绍他的新娘子。她叫青措,也是一位草原姑娘。一身的华丽衣装,满脸的娇憨,她是漂亮的康巴女子。大家在做过礼节性的招呼过后,我朝班哲张望,他正好加满最后一盏烧空的酥油灯,刚刚抬起头来望我,惊异的神情还来不及延续,月光已上前一把抱住了他。

"哦呀我的班哲阿哥!多多的时间不见嘛!"

"哦呀是!"

"你的拉萨姑娘呢,你没有带回一个拉萨姑娘?"

月光在问班哲,但马上就被金格大阿哥拉下去。"坐!"喝得有些高的金格一把按住月光,非得要和他较量青稞酒。两个男人举起大碗相互碰撞,一饮而尽。空碗还未放手,一只满碗又塞进月光手里。而在金格身后,还有一排草原汉子在等着向月光敬酒呢。金格摇晃着酒碗唱歌,唱的不是藏语歌,而是汉语的藏地歌。从才旦卓玛的《北京的金山上》到索朗旺姆的《洗衣歌》,从亚东的《卓玛》到李娜的《青藏高原》。汉子们在锅庄上头边喝边唱,我就被女子们拉到锅庄下头。奶茶、牛排、麻花、酸奶,塞得我满怀,泼了我满怀。女子们急了,一个个望着我身上被弄脏的白羊毛外套慌张,不知所措。

我说没事,哦,阿姐,阿嫂,没事没事!——班哲,你……可不可以过来帮我一下?

班哲瞧着我,感动地笑,说你还记得我的名字啊!哦呀,要我给你去拿抹布吗?

"不,班哲,你来,我的衣兜里有块小方巾,请你帮我抽出来。"我面朝班哲举起沾染着花花酸奶子的双手。

班哲望望周边人,轻声说:"到外面去抽吧。"

然后我们走出帐篷。

班哲在我的腰间摸索半天,却没找到方巾。班哲急得不行,怪自己真够笨的。我才想起来,是我出门时忘记带呢。换成白毛衣,方巾就丢在另外衣兜里了。班哲顿时笑了,说算啦,要什么方巾,我们草原人地上都可以打滚,来,我的氆氇可以借给你用吗?

"好吧,就不用你的氆氇了,我也当自己在酸奶里打个滚儿好啦。"我说。我们俩同时笑起来。笑一会,我先歇了,有点唐突地问一句:"班哲,你还记得你两年前的承诺吗?"

班哲抬头望夜空,只是稍许地望一下,目光便朝我扑过来:"多农喇嘛说你会喜欢……可是这里太吵了,我们要不要到前方去?"

"好吧。"我说,带着满身花花的酸奶子离开帐篷。班哲跟在身旁一边走一边问:"那你想听什么藏戏?"

我头也不回,不假思索:"《玛尼神墙》。"

"啊?"班哲对我干脆的回答非常吃惊,表情很是急切,"难道你听过那个戏?"

"不,我是听月光说的,他说你会唱。"

"哦……"班哲才轻吁一口气。"走吧,"他说,"我还是先给你吟唱一段格萨尔的长诗吧。"

随后我们便来到帐篷前方的草坡上。正好有一块平卧的石头,班哲坐了上去。没想到他身上那宽大的氆氇里竟然还藏着一把小木琴!他把它抽出来。

夜的草原,所有的草地都像睡了。只有班哲家的大帐篷里不安分,酒令和歌声一阵阵飘出来。但是不会影响现在草坝子间的两个人,尤其班哲。他的吟唱声拉动起来了——

  雪域净土的守护神啊,你在哪里?
  每个帐篷,都在等待你的归期。
  风中含笑的先灵啊,你在哪里?

每个牧女,都在等待你的笑容。

谁说岁月无情无义!谁说英雄已经远走!
岭·格萨尔呀,牧歌里回响着祖先的呐喊。
岭·格萨尔呀,风雪里呼啸着勇敢的翅膀。

班哲的吟唱似是对远古英灵的召唤,声音深邃又通透,像是源于千年之外。他的整个人、整个神态,随着情绪的逐渐投入,渐渐变成了浮雕的模样——这青年一投入他自己的吟唱世界,身旁的世界就不是他的了,他像是变成了千年之外的生物,可以给你无限遐想,但恍惚不能接近。

这种感觉叫我震撼。

班哲眼睛望向远方,似乎他的目光具有刺透黑暗的能力,或者具有穿越时空的能量,要把他的思维和灵气带走,漫游到遥远的地方去。他又开始吟唱——

猛虎王斑好华美,欲显威风游到檀林,显不成斑纹有什么用!

野牦牛年壮好华美,欲舞角登上黑岩山,舞不成年轻有什么用!

野骏马白唇好华美,欲奔驰徜徉草原上,奔不成白唇有什么用!

霍英雄唐泽好华美,欲比武来到岭战场,比不成玉龙有什么用!

这青年越来越深奥的长诗叫我沉迷,也莫大不解。心下渴望能够追随歌声探索下去,又想到帐篷里的月光——出来久了,他会不会担心我呢？是的，我得回去跟他招呼一声。

于是我轻悄地转身，一边回走一边倾听班哲吟唱。心不在帐篷里，视线不在路上。所以在帐篷口，我突然与外出的金格撞了个满怀。

这个男人已经喝得高了，摇摇晃晃。可能是出来方便吧，看见我，歇了动作。我有些尴尬。他却哈哈大笑起来，定神望望我，又望望前方的班哲，满身青稞酒气的男人便自豪地说：

"美丽的姑娘，你嘛，去吧去吧，到班哲那里去！让他给你唱戏吧。他，可是我们草原上的小格萨尔王！我们这个地方，整个地方，找不到比我们家班哲演的格萨尔王更逼真的啦！我们家的班哲，那是用身体、用心灵、用灵魂，在演大王嘛。他的马骑得好，箭也射得好，人也勇敢，又没有私心，他就跟当年的格萨尔大王，是一个模样嘛！"

"哦呀是，阿哥，我看得出。"

"哈哈这就好！好，不过有一点不好，也是老大不小的人，他还没有姑娘嘛。拉萨的姑娘们多多地爱着他，但是没有一个是他看中的。他就是谁也看不上……我看他八成是爱上当年的珠姆（格萨尔王的妻子）了吧，哈哈！"

金格一边大笑，一边忍耐不得，赶到前方行事去了。

帐篷里灯光浮晃，在夜气的潮湿中，我朝月光挥手示意，告诉他我在帐篷外听班哲唱戏。月光赶忙爬起身也要跟上来，但马上就被他身旁的汉子一把按倒下去，又是喝酒，又是唱歌。

我返回到班哲身旁。班哲并未注意我的离开，他开始轻轻拨动木琴，一边伴着琴声吟唱——

美丽的姑娘在岭国，她往前一步能值百匹骏马。

她后退一步价值百头肥羊。
冬天她比太阳暖和,夏天她比月亮清凉。
遍身芳香赛花朵,蜜蜂成群绕身旁。
人间美女虽无数,只有她才配大王!
如今大王去北方,惹得她在守空房……

轻轻拨弄的琴弦,地气散发一样的微妙之声,犹断犹续,似是空无。充满雾气的草原夜晚,没有任何私心杂念,只有这样的琴声在潮湿中纠结地流淌,暗伤隐伏的情绪,像是源于千年之外。

这个夜晚,班哲也像活在千年之外了。他目光迷离,不知当我是谁,突然中断了吟唱,非常唐突地说:

"你要是做上阿妈,肯定也是度母(相当于观音)模样的阿妈!"

我不知道班哲这是在跟谁说话,我扭头四周望望,也只有班哲直接射过来的目光,投注在我脸上。

"班哲?"我朝班哲张开一双慌乱的眼睛。班哲脸上便荡漾起轻轻的、淡淡的,却也似是凝重的笑容:"知道吗,我也是没有家的!"

"什么!班哲!你不是月光阿舅家的孩子?……对不起……你看,天空中达娃(藏语:月亮)出来了!"

"是,东月模样的达娃。"

"班哲?"

"我早知道,是你把我们的东月阿弟,变成了现在的月光……那时我听多农喇嘛说有位汉地姑娘,要到草原上做帮扶工作,我就和东月阿弟一起赶过去看看。我们都想知道,这是怎样一位好心的姑娘……现在,除了能为你唱戏,我还能为你做点别的吗?"

"班哲?"

"所有的孩子跟我都是一个模样,我也想为孩子们做些事情!"

"哦!"

"这些年唱来唱去的,我也有了一些积蓄。我想去你的学校,想给孩子们做一件像样的氆氇。当年我被阿爸领回家来,穿的是别人丢下的破氆氇。过年了,阿爸给我和金格阿哥每人一件新的。那是我懂事后穿过的第一件完完全全属于自己的新氆氇。穿在身上的时候我才知道,阿爸为给我们做那个氆氇,三个月没敢吃酥油,那氆氇是用酥油换来的……"

"班哲,别说了!现在生活比以前好多了,我们的孩子也多多好着呢!"

"这就好!唉,麦麦草场上什么都好,就是没有通讯,不能及时和你们联系,不然就更好了。"

"是啊班哲,是……没有通讯,所以你才会把钱汇到乡民政办公室,托堪珠老师转交,是不是?"

班哲惊讶在那里。

湿润的眼神望班哲,很久我才发出了声音:"……刚刚建成学校的秋天,是一笔,五千。去年藏历年的那一天,是一笔,五千。今年的春天,是三千。后来又是两千……班哲……一共有六次汇款,堪珠老师都完整地转交了我!"

班哲却再次拨动琴弦,伴着琴声,他又在吟唱。

一段格萨尔长诗吟唱过后,他突然说:"走吧,我们到前方的草坝子上去,我指给你看,当年格萨尔走过的地方。那里,有我过去的家……"

38. 不识好人心

我就这么跟上班哲走了。

我们一路静静地,沉默着,在草原的夜气里穿行。翻过一座座草坝子,不知什么时候,夜应该深了,我们的身上都被草原浓厚的雾露打湿,才爬上能看到班哲家的草坝子。

班哲给我指点那些雾气蒙蒙的草原深处,声音里裹着伤感:"我过去的家就在前方,那里,周围都是肥厚的草皮子。有一条小河从草原中间淌过,隔断了走出草原的路。阿爸和邻人从草原下方搬运木头搭一座桥。后来一场大雪快要把桥身压断,阿爸为了抢修那桥……"

看不到班哲说的那些悲伤往事,在视线的前方,我只看到迷迷茫茫的夜气,它们潮湿了我。

转身望望来时的路,我的声音仿佛也被夜气粘住了:"走吧……班哲,我们该回家了。"

随后我们抽身往回走。走走班哲还在回头,不知他在回望什么。

而我,突然想起阿芷来了。我之所以这么跟随班哲在夜晚的草原上游荡,听他说自己的身世,唱自己的藏戏,主要就是因为《玛尼神墙》——我期盼他能到我的学校,为月光,为学校附近的人们唱一曲《玛尼神墙》,想以此感化所有怠慢阿芷的人。

但是阿芷,她又在哪里呢?我还能找到她吗?

我和班哲趁着夜色回返。月光却出帐篷寻找我们了。刚才我从帐篷离开时,月光本想追上我,却被身旁汉子拖住喝酒。月光一脸着急,也无奈。一边不安心地喝,一边眼巴巴地望着我走掉。他拼着劲儿把身旁汉子灌倒后,跑出帐篷,就在草原上寻找我们。我们却不知不觉离开帐篷远了。

他先是在帐篷周边找,找不到,就打马跑到草坡下头找。我们却是反的,在草坡上头。草原那么大,夜很深,雾气茫茫,迷失了月光。他找不到我们。后来我和班哲回到帐篷,月光还在草原上疯找。于是班哲骑马去找他。两个青年找来找去,大半夜才碰上头。月光进帐篷时瞧着我一脸不高兴,不理我,一头钻进毛毡里,一个晚上不动身。

本来他和我约好要在他阿舅的帐篷住上两天,狂欢一下。但第二天他却突然提出要走,他阿舅也留不住。班哲说,走就走吧,阿爸,我们送娃娃们一些酥油可好?老阿舅一听儿子这话,二话没说从帐篷里拖出一袋子酥油。年迈的老阿舅,满脸是实心实意的笑,招呼我说:"汉姑娘,这些酥油你带回去,让娃娃们也好好吃上一顿,我们家的班哲,就是吃着酥油长大的哇!"

"谢谢阿舅!您的好心会叫神灵感动,神灵保佑您活到一百二十岁!"

老阿舅听我这样吉祥的话,便一个劲地"卡着卡着"回谢。

月光在帐篷外闷闷地搬行李。班哲想帮他,月光脸上伪装着笑意,心里却并不乐意班哲帮忙。班哲只望着他窃笑。

我们和阿舅一家告别,打马离去。一路上月光不理会我,沉默,闷闷不乐。我心里当然明白原因,便故意打动大马拦截他的马道。我的列玛当然十二分的不乐意,犟着绳索不肯配合。月光的大彪马也不高兴地朝我嘶叫。月光虎着脸在责备大彪马:"你叫什么叫,我不惹你,你反倒还要惹我!真是躲也躲不掉!"

我心里便窃笑了——一种顺便捞来的小小隐匿的报复过后的那种得意窃喜之笑。但即便这样,几天以来搁在我心头上的那个小小疙瘩也是不能完全化解开。

"月光,你说谁呢,我是哪里惹得你了?瞧你这个面相,唬给谁看呢!"我说。

月光不回应,一边打马一边抬头望天。

"你得跟我说清楚,不然我不走了。"我突然勒住马缰。我的列玛犟起头一声长嘶,很不满意我的粗鲁举动。

月光也勒住大彪马,声音一点也不友好:"我问你,昨天晚上你和班哲做什么去了?"

"我做什么,我还要问你做什么呢!那天你和洛布姑娘钻进丛林里,做什么去了?"我心里的确是在这么解气地质问,但说出口的,不知怎么就变了意思,"你想我们会做什么呢。你猜猜?"

月光一脸急躁:"我猜什么,你要我猜还不如拿皮鞭抽我一顿更好!"

"你呀!班哲是你表哥,我们能做什么嘛!"

月光犹疑着眼神盯着我,话在喉咙里只露一半:"可是他在……"

"他在什么?"

"他在拉萨那样开放的地方唱戏!"

"这又怎样?这和昨天晚上的事有什么相关吗?"我故意问。

"你不识好人心,我不说了!"月光一抽鞭,打马跑了。

39. 他的氆氇

我们回来不过一周,班哲便来到学校。他给我们拉来一批新氆氇。正好二十二件,我们学校的每个娃娃分得一件。说实在的,这两年通过多农喇嘛的努力,学校也收到不少爱心人捐送的衣物,却都是旧的。虽然娃娃们喜欢,但能穿上崭新的氆氇,那感觉还是不一样。新衣上身,娃娃们个个高兴得像是过年似的。连最不听话的小尺呷也那么感动,氆氇穿得规规矩矩,舍不得的样子,不敢坐地上,生怕弄脏一块。苏拉更是特别地爱惜,走起路来要用双手把底边挪得高高的,坐下来也要先擦干净凳子,到哪里都安安静静,把个小氆氇穿得人模人样。

给孩子们穿上新衣,班哲也拉过我,手里托着一条紫石英花色的丝质藏袍,应该是所有袍子中质地最好、颜色最美的。他对我说:"梅朵老师,这件是送给你的,你也应该穿一件得体的藏袍。"

可是我从未穿过藏袍,我怕穿不好。

班哲说:"没事,来,我来教你,我给你穿吧。"他站到我面前,高大的身子一下埋住我的视线。挨得太近,我感觉呼吸堵得慌。班哲只好蜷起腿,他的双手才可以插进我的腰间去。

"来,你举起双手。"他招呼,朝我头上套进袍子,双手展开分别插进我的腰身两侧,似是拥抱模样,他在帮我合拢宽大的衣袍。

但是月光却轻手轻脚地上楼来。踩在木梯上,探个头面,望见我们,又要下去。

"月光,上来,你看,我都不会穿,幸亏有班哲啊。"我说。

月光站在楼梯口上闷闷地答道:"哦!"

班哲仍然在我的身上扯扯弄弄。他是执着的,非得要把自己精心选购的衣袍在它的主人身上穿得得体,才会满意。

"阿弟,你过来看,这个袍子穿在梅朵老师身上真是太得体了,端庄啊,像是一位度母!"班哲目光沉迷地说,对于他自己选购的礼物能够这么合心地被人受用,他心里很满足。

而我却需要好好来哄一下月光了。

"月光你认为呢?"我问。

月光心不在焉,说:"好。"

"好是什么,你也感觉我是度母模样的?"

"我看不像!更像拉姆吧!"月光说,偏是不由着班哲意思,并拖着不高兴的语气问他,"班哲,就没有我的袍子?"

月光满脸不悦,竟然连阿哥也免了招呼,直呼其名。因为他看到班哲不但要那么亲近地帮我穿衣,还要用那么痴迷的眼光欣赏穿衣的人。

"我怎么会忘记阿弟呢!"班哲笑起来,"肯定有你的。"他从皮袋里拖出一件沉厚的湛青色氆氇,"这件是送你的,早准备好了!你也来试试。"

月光脸上才佯装露出一些悦色。"哦呀!"他展开袍子,"我自己会穿不用你帮忙啊!"他对班哲说,眼睛却在瞟着我。

月光穿上班哲送的氆氇袍子就在屋里晃啊荡啊,一股子的火药味问班哲:"你也看看我,像不像是度母身旁的一个金刚?"

班哲只扭过头窃笑。

月光很不服,上前拍拍班哲的肩:"我看只有你穿上才像金刚吧。多久也没活动了,咱哥俩下楼去锻炼一下手劲怎么样?"

班哲只"哦呀"一声就跟随月光下楼了。

孩子们都欢呼起来,在碉房下的院子里围成一个大圈。月光和班哲站在圈子中央。月光已经脱掉上衣,光了膀子。班哲也把外衣脱下来。两位壮实青年像两头公牛,双双摆开阵势,横眉怒目,好一副腥风血雨的架势。为公平,小尺呷还钻进班哲怀里,把他身上的腰刀迅速抽了去。大半孩子都站在月光这个方向,朝着月光呐喊助威,即使身上穿的是班哲刚刚送给他们的新衣袍。苏拉还在一旁大声不满地叫喊,要求班哲也必须脱掉上衣,赤膊上阵——穿上衣物是不是会让我们的月光阿叔吃亏呢?

月光站在那里哈哈大笑,一个口哨打响,他直接朝班哲扑上去,两只膀子罩住班哲双肩,想利用自身比班哲高大一些的身体重力压制班哲,从而把他摁倒在地。但是班哲早有准备,双手扣住月光的腰,右脚迅速来个大摆腿,只把月光脸面朝天摔了个四仰八叉。

孩子们在惊呼,小尺呷急得要上前去帮月光,被阿嘎一把拦住。月光仰倒在地只是怔愣稍许,趁班哲得意之际,立马反弹起身,顺势横扫班哲一腿。班哲猝不及防,两腿上翻被打倒下去。月光正要压住班哲,却见在孩子们的欢呼声中,我们学校的院门被人破格而入,草原上巴桑的小男人尼玛神色慌张地跑进来。

"东月!走!走!"尼玛在朝月光叫喊,满脸血污。

"怎么了尼玛?"我慌忙赶上前。尼玛来不及理会我,一边挥手一边招呼月光:"走!走!德德家快要打死人了!"

我一听是德德家,心顿时跳到嗓门眼上。月光马上跟随尼玛跑,还招呼班哲也跟上,我拦截也来不及。

班哲犹疑着脚步,想上前去,被我一把拖住。

"班哲,不能跟着尼玛这么盲目去打架呀!德德家就是为山林,他们家有错误!"我慌忙跟班哲解释。班哲只好停下脚步。但是月光在朝他叫喊:"班哲,你还算不算男子汉!快跟上嘛!"他自身已经跟随尼玛跑出院子。

原来德德家又是因为山林的事与牧民发生纠纷。德德喊尼玛去帮他打架。尼玛打伤了,又来找月光。两个男人跑得血雨腥风,一溜烟不见人影。

我的心被这个义无反顾的青年弄得有些烦躁——他那么盲目地赶去帮德德家打架,究竟是尼玛的面子,还是因为洛布姑娘?

我站在那里,心神不宁。

班哲望着我局促不安,想上前做些安慰,又不知什么方式合适。孩子们跟着围上来。苏拉小小的身子扑进我怀里,她在惶惑地喊:"老师,老师。"班哲一旁问她:"娃儿,阿叔来给你们唱歌好不好?"苏拉寻求的目光晃闪在我脸上,她在等待我的应承。

仰起头,我把目光送进天空里去。也许只有天空那样广阔的地方,才会纳许我此时的满腔恼火,让它自由,可以随时随地爆发出来——不像现在,在我面前的地方,有这样一个学校,有这么多孩子,还有如此真诚,也有些微妙的班哲。

我说好吧,我们来听班哲唱歌吧。

一个小时过后,在班哲有些沉闷的歌声里,月光终也像尼玛刚才那样,挂着满脸的血彩回来了。一身痛得不行,他在"啊哟啊哟"叫苦不迭。

"唉!我真不该跟过去!都是被尼玛给糊弄的!他那是心中有

事才会为德德家卖力,我跟过去真是没意思!"

我坐在院门旁不理会月光。无论他怎样叫苦连天,或者脸膛上还在冒着鲜血,我也不想把止血药拿出来给他。

他当然知道我有那个药的,所以他在故意高声叫喊班哲:"阿哥,你瞧我这脸面,这个血淌得就跟河水一个模样,啊哟哟!"

"你就叫喊吧——你就是唱歌我也不给你药!"我心里在这样想,又好气又好笑。

班哲却在关心另外的事,好奇地询问月光:"阿弟,刚才你说那个尼玛心中有事,他有什么事了?"

月光张口想道出原委,但一眼瞄过我,好像又有什么隐讳不便我听到似的,封口不说了,转移过话题,佯装生气地责备起班哲:"你什么意思嘛,我都这个模样你还在想别的,你们真是见死不救哇!"

孩子们倒是心疼了,一个个围上我,直喊:"老师!老师!"

我在朝阿嘎叫嚷:"你们喊什么!别喊我!二楼的柜子里是有止血药,但我不想送给这样活该流血的人!"

阿嘎一听,早已跑上二楼去了。

40. 低处的班哲,高处的月光

班哲只在学校住了一天便要走,去拉萨。他那边与戏院订的合同还有半年到期。他说等合同到期后会再来学校,要带戏服过来,为孩子们好好唱几场藏戏。月光一听班哲还来学校,直言对他说:"你再回来,也要从拉萨带个姑娘回来吧,这样一个人跑来跑去多没意思!"班哲望着月光微笑,不答话。月光就闷闷不乐了,说你下次若是不带个姑娘,就别来了!

我转身望学校下方小河,那里有个转经房,好多人在转经。我朝月光笑起来,知道有一个建议会叫他安静,便说:"月光,我们送送阿哥吧,送到那个转经的地方,我们也去转经。"

班哲脸上荡漾着感动的笑意。月光不应声,果然朝着转经房走去了。

转经房就横跨在注入小河的一条溪涧上。里面有一幢半人高的彩色经筒。从高处雪山倾泻而下的雪化水终年不断地带动水轮转经。水源来自白玛神山,便是圣水。周边人都会过来提取圣水回家供奉佛像。取水路上,又有信徒一路供起了铜质经筒,一只只沿着溪涧排列上去,就形成了长长的转经廊。

早晨,经廊旁都是转经取水之人,个个肩背水桶,口念经语,一脸恭敬。

大半时间,经廊里那些巨大华丽的经筒都像流水一样没完没了地转动。纯铜手把或木质手把的经筒被磨得青光幽幽。转经人满是沧桑的手每一次触及,脸上都会露出幸福的光芒。一手捻动佛珠,一手转动经筒,口中念念有词,厚实的衣袍裹着坚定的身子,脚步迈得踏实、执着,又快又稳。

经廊的入口处,有几只石块砌成的石墩,上面铺一排厚实木板,搭成一条长长的木凳。一些残疾或体力不支的老人安详地坐在上面,闭目念经。偶尔有人过来问,身体好吗,吃得好吗。得到的回答是平静的"哦呀"声。意思是好。好,以什么为标准呢?其实也挺简单,只要有粗粗的糌粑和咸咸的盐茶,便是幸福的日子。

现在我也来转经,为祈祷班哲上拉萨的路途顺利而转经。我知道在这样的地方,我如果想要做一件温暖的事,以此来表达对于班哲的感激,那就陪他转经吧。这是最能表达心灵的方式。所以我说,不,是我的眼睛在这么对班哲说:"转吧班哲,这经廊曾是绿度母显胜之地,所以我来陪你转经,转一圈保你旅程顺利,转三圈保你带回心上的姑娘。"

不知班哲能否明白我的由衷之意。

他跟在我身后,脚步静悄,沉默不语。经筒流转在我们身旁,发出呜呜声响,像是有无数话语,却倾诉不开。

而月光早已顺着经廊走到前方去了。这个青年只要踏入能够转经的地方,如寺庙、佛塔、玛尼堆、经廊、神山、圣湖这些地方,什么微妙的情绪都会随之消失,只顾抱着虔诚的信念,目光专注,唇齿翕动有声,步伐稳健踏实地行走,不望旁人。

我们绕着经廊转过三圈时,月光已经把我和班哲丢在下方,自个儿爬上高高的溪涧。他要沿着神圣的溪流再转一圈,那个过程将是漫长的。班哲在低处的经廊里向高处的月光招呼,说要离开了。但是转经的人很多,距离也远,月光听不到,我只好朝月光追上去。我站在他俩的中间地段时,班哲便在下方说:"梅朵,别去喊阿弟,让他转吧,我走了。"

我的目光穿梭在两个青年中间,一边示意月光下山来,一边与班哲告别。

班哲在经廊里大幅度地挥手,向高处的月光,向低处的我。然后他转身朝广阔的田野走去。

41. 姑娘俏丽的身影

因为巴桑和班哲两家的事，耽误了月光家的收割，我只得给孩子们放一周的农忙假。月光家田里还有一半的青稞没有收回，所以即便我不放假，大点的娃娃，像阿嘎和苏拉都有些按捺不住，提出要到月光家帮忙。

月光便领上娃娃们来到田间。我们分头行动。小点的娃娃在前面剔除青稞间的野荞麦，大点的娃娃割青稞，我帮忙捆扎，月光和阿嘎则负责拖运。月光的阿哥因为腿脚不便，留在家里给我们烧饭。

这个季节也是高原农区食物丰富的季节。满地的豌豆已经饱满，一只只鼓胀的豆角绷得像一个个弯弯的月亮。洋芋也长成了小汤圆的模样。园子里的红皮萝卜一颗紧挤一颗，锯齿一样的叶子很是生猛，把整片土地都覆盖起来。黄心菜也是娇滴滴脆嫩得不能碰，一碰即有绿汪汪的菜汁流出来。月光阿哥不会做饭，准确说是不会做符合我吃的汉地口味的饭菜。他有些着急，背地里请教月光。月光便招呼他：用豌豆炒洋芋，用洋芋烧萝卜，最后加水放黄心菜煮汤。瞧这乱的！他阿哥被弄得一头雾水。阿弟却哈哈大笑了，说阿哥啊，我们的梅朵姑娘已经变成标准的酥油女人了，我们怎么吃，她就怎么吃，不用搞特殊化嘛！

我们在月光家帮忙一周，他家满地的青稞终于被运回碉房旁的晒场，堆起了高高的青稞垛。之后便是等待漫长的脱谷。我和月光领孩子们回到学校。雨季里收回的青稞因为连日雨水，脱谷工作一时半刻也做不完。因此只要天一放晴，月光便要赶回家去，间隙的一天两天不能回学校。

往日我们学校的两匹大马放山后总是由月光找回来。在他回家脱谷的日子,这个工作就由我来完成。

立秋后的一天,月光有三天没回学校。我们的两匹大马放山后也有两天不见踪影。有些不放心,趁着孩子们早读时间,我便赶到小河上方的林子里找马。

但是人还未进入树林,就见月光高一脚低一脚地从树林里钻出来,浑身沾满泥水。他的身后有一位姑娘,在我发觉之前已经朝着丛林间的岔道慌张地走掉。倏忽而过的一身茄紫衣袍,一头细辫子,白亮的珍珠头饰,在老远的地方也能感应它落荒而逃的光芒。

那不是洛布又是谁!

这突如其来的情景叫我惊讶不已。我一直以为月光是回家脱谷,忙得回不了学校的。但是在这样的大清晨,他怎么会出现在丛林里呢?又见到那个叫人闹心的姑娘身影,他们俩到底在做什么?

我站在树林外望着月光发愣。月光一面神色紧迫地扭头探望丛林,一面又欲上前与我招呼,鬼鬼祟祟,他在朝我佯装傻笑:"嘿嘿。嘿嘿。"

"嘿嘿啥呢!你不是在家里脱谷吗!跑这里来做什么!"我没好气地赶上前质问。

"不……不做什么。"月光神色诡异。

"那你怎么这样慌张?那离开的人是谁?"

"是……一个汉子。"月光有些吞吞吐吐。

奇怪,分明是姑娘,他却说汉子!我的目光,先前还只是有些疑惑,此刻却完全被谎言的刀子给斩断了。

月光却显得满脸急躁又无辜,跟着强调:"就是汉子!是你们汉地的朋友,你们一个地方的人。"

"我们地方的人?"

"是,他叫李瑞,是在县里做地质工作的。"

"……哦……"我轻声应他,强行抑制住冲动,失望叫冲动之火慢慢冷落——一个人如果能够眼睁睁地说谎,你还有必要再追问下去吗?

我站在树林旁转眼望远方。时至晨晓,那远处的东方却未有日出,天光混沌不清。云雾笼罩的白玛雪山沉默无语。而近处,月光家的寨子像一只庞大的积木挂在陡峭的山梁上。山梁的脉搏直接延伸向上,爬上雪山脉络。雪山高高在上,雄浑,极具威胁性,叫人不由心生敬畏。

但是月光那么鬼鬼祟祟,他到底在做什么?

42. 尼玛的爱情

我转身回到学校。这时阿嘎把娃娃们的早餐已经准备好了。除月光,现在我最大的依赖和希望就是阿嘎了。这孩子聪明,做事认真踏实,又勤快好学,平时我一直是在特别培养他的。按照年龄他完全可以接受更高年级的课程,所以我对他做出了尝试性的跨课教学。

对于高年级学科,阿嘎最感兴趣的是英语。经常听到这孩子像背诵经文一样痴迷地背诵英文单词,很是努力。我想阿嘎今年十三,再过三年他十六,可以替我分担很多工作了。

吃完早餐,孩子们都进入教室早读。往日早读时间,月光是要像模像样地坐在教室里监督孩子读书的,这是他最为喜爱的工作。但今天他回学校时,有点慌张,不进教室,神情复杂,忐忑了一会,便借口要去林子里找马,想离开。只是他刚想抽身走掉,巴桑女人却心急火燎地赶过来了。一见到我,勒马也来不及,恨不得从马背上直接扑下来,那么地急躁,冲着我叫喊:"梅朵姑娘!梅朵姑娘!我们家又出事了!"

我没想到,竟是她的小男人尼玛跑了!这些天她们家突发生离死别的大变故之后,劳动上就需要重新调整一下。先前是大男人泽仁在农区做农活,现在泽仁已去,巴桑的二男人提议让小男人尼玛回农区去。尼玛一听让他离开草原去遥远的农区,很不乐意,就在动身到农区之前,私自跑了。巴桑女人因此很慌张,对着我迫不及待说:"梅朵姑娘,你可得帮帮我啊,尼玛这是去汉地了,可我们都不知道汉地是什么地方!"

我很吃惊巴桑的猜想,想尼玛在汉地也没有别的熟人,除了我。巴桑这样势头坚定地找过来,她是不是怀疑尼玛是被我送走的?

我正想解释,巴桑却朝月光狠狠地瞪起眼来。

"不是他才怪!这几天他和县上那个搞地质的李瑞来我们帐篷找过尼玛了!今天一大早他又带上李瑞过来,后来尼玛就不见了!"

我才想起来,早晨月光是提过李瑞这个名字,原来还真有这个人!那又是什么事叫他们这么偷偷摸摸呢?

巴桑却已哭丧脸了,一把抓住我:"梅朵姑娘,你可得帮我追回尼玛呀!要是追不回,别人会说是我的不好叫他离开的。我们阿妈也不会答应那样的事!"

"阿嫂?哪样的事?"巴桑的话叫我糊涂。

巴桑犹豫了下,只好说了:"梅朵姑娘,尼玛是带了洛布一起跑的!"

洛布？脑门一闪，早晨丛林间那位头戴珍珠的姑娘便从我的视觉里冒出来。

洛布家和巴桑家是远亲啊，没想到尼玛竟然带上洛布姑娘私奔了！

其实对于私奔，之前我也做过了解。在麦麦草原，青年男女恋爱中遭遇家庭反对，私奔也算常事。但像尼玛这样从大家庭中分裂出来的私奔，还是极少见到。

所以巴桑才会担心、焦急，一味地央求我："梅朵姑娘，你可得帮帮我，去找那个李瑞，让他把尼玛送回来。我们阿婆过两天就要上牛场来，如果找不回尼玛，她会生我气的！"

"阿嫂，别急，阿婆来牛场，她看到你这么辛苦地操持一个家，肯定不会生气，她会站在你这边的。"我安慰巴桑。

女人困顿在我的声音里，对我的话似信非信。

我只好加强语气跟她解释："你阿婆为什么要生你气嘛！你做得这么好，把几个娃娃养得这么壮，牛也看得这么肥，酥油奶渣子多多地供应农区，牛排血肠任着大家享用。你这样的女人，了不起呀！"

巴桑听我这一番夸赞，面色缓和了一些。

"不过……"我欲言又止。

"什么？"巴桑刚刚回暖的神色立马又凝重起来，"梅朵姑娘，你的不过是什么？"

"呃……"我应声，也是不便直说。其实我心里对于尼玛有着深深的同情和理解，但一时又不知用什么方式把这种情绪表达给巴桑。

巴桑很着急，眼睛朝我洞张着，如果我不说出缘由，她的心就不会安宁。

我只得朝她笑了:"阿嫂,我认为你也应该放放手了。对于尼玛,他是不是应该有他自己的生活嘛。我是知道的,其实你当他也只是小阿弟一个模样的。"

"哦呀梅朵姑娘,我的确把他看成是最小的阿弟。我比他大过十岁,我自己也多多害羞了。"

"那就好嘛,阿嫂,你自己也有这样的意识就好!"

"其实我就是害怕别人说闲话,还有我们阿婆……"巴桑逼红了脸,在解释。

"哦呀阿嫂,这个不难,要是你愿意,我可以帮你来做阿婆的工作。别人,别人又不和你们生活,又不和尼玛生活,他们怎么知道尼玛的难处嘛。"我在开导巴桑。确实,我是理解尼玛的。从第一次上麦麦草原,看他站在草坝子上朝着丛林间那么扯破嗓门地唱情歌,我就理解这个男人了。

43. 好女人

巴桑的阿婆一周后从农区赶上草场来。老人主要是为家庭人员的重新分配问题上草场。不想她的小儿子却提前跑了。老人很生气,以为巴桑和儿子之间闹过矛盾,吵架了。

草场上能有什么可吵的呢?娃娃是女人带的,牦牛是女人放的,鲜奶是女人挤的,酥油是女人打的,奶渣子是女人晒的,奶茶是女人烧的。男人只是看看场子,喝喝酒,走走帐篷,想想天外之事而已。因此老人想来想去,也是想不出真正原因。巴桑急忙把我喊过去。这位老阿婆一见到我,却是满脸不悦。她听说有汉人带走了尼玛,还以为是我呢。

最后确认不是我时,老人缓和了面色,在为上次奔丧的事发出抱歉:"哦呀汉姑娘,上次有点对不住,到门口也没能请你进屋去坐坐。"

"那是规矩阿婆,我不会介意的!"

"可是我们的大娃走了!他再不能回来,小娃又这样跑掉,难道神灵就要把我们这个和气的大家庭拆散了?"

老人悲伤起来,无可奈何地瞧着媳妇。巴桑坐在毛毡里低着头,像是犯下错误的孩子。

老人开始嗡嗡念经,祈祷:"唵嘛呢叭咪吽!唵嘛呢叭咪吽!请神灵保佑这个草原,保佑这个家吧!保佑我的小儿子回来吧。喇嘛拿加素切,桑结拿加素切,曲拿加素切……"

"根堆拿加素切,喇嘛意当根秋曲拿加素切噢!"我赶忙接过老人的经语,念下去。念过一遍,又重复念一遍。

老阿妈很吃惊,她从未听过一位汉族姑娘也能如此口齿清晰地念经。老人的脸因此变得亲切起来。我趁势拉过老人的手,说:"阿婆……"

"哦呀?"老人答一声,盯住我。

"您近来身体好吗……上次多农喇嘛从尼泊尔回来时还提起过您,他说您有腰痛的毛病。我这里有喇嘛留下的藏药,是活佛念过大经的药,您拿去试试吧。"

"哦呀,谢谢了!"提及多农喇嘛,老人的脸更为温暖,"好心的喇嘛,感谢他!唵嘛呢叭咪吽,神灵保佑他在佛祖的圣地身体健康!他辛苦了!"

"是……阿婆……其实阿嫂是个好女人……"

老人停下话,瞧着巴桑,也被我的话感染着:"哦呀,她多多地好,娃娃们带得好,个个都是小牛一个模样,给我们打的酥油干干净净,一根牛毛也找不到。"

"这就对了,您媳妇是世上最贤惠的媳妇!"

"哦呀是……只是现在怎么了?我的娃娃怎么跑了!"

"那是您娃娃自个的事情呀,阿婆!"

老阿婆朝我愣着眼神。

"呃……其实也不是他不好,是他……嗯,时代不同了,您的思想,跟您娃娃不是一个模样的!"

老阿婆望着我不动面色,不明白面前的汉姑娘吞吞吐吐,绕来绕去终究想说什么。

"哦呀,您的娃娃应该有他自己独立的生活了,阿婆!"我提醒老人说。

老人仍然愣着神。

我只好直说了:"阿婆,您的儿子是想独立生活了。就是,要娶另外一个姑娘,分开生活。您媳妇已经同意了!"

"什么?"老人方才听明白,一阵惊呼,"什么?他想分开生活?他想把这个家分散了?我不同意!巴桑!巴桑!"老人朝儿媳责问起来,"尼玛相上谁了,你怎么也管不住,这娃相上谁了?"

巴桑低头小声回应:"就是阿乌(当地方言:舅舅)家的洛布!"

巴桑说出此话时,一脸平静。看来她不会因此特别伤心。只要阿婆不会埋怨,结果事情不管怎样发展,她会服从阿婆的安排。她乐意阿婆为她做主,只要老人能够替她说句公道话,证明她不是坏女人就行。

老阿婆一听是洛布,口中连连叹息:"唉,唉,怪不得别人上阿乌家提亲总也不成！这女娃不知相上我们尼玛多久了！"

44. 为了我心爱的姑娘

因为洛布是巴桑家的一个远房阿舅的女儿,有点亲上加亲,而算一算,又是隔出了三代的,再说,人都已经私奔了,造成了事实关系,巴桑阿婆也就不好再有微词,终是默认下这门亲事。他们一家算是皆大欢喜。老阿婆放心不下小儿子奔波在外,当下托我去县城找李瑞,要把小两口追回来。

在对待尼玛这件事上,我和月光的思想竟然是一致的。这叫月光欣喜,同时也有些不好意思。事后,他便一个劲地跟我解释:"梅朵,没想到你有这么大度,还亲自去劝导他们家阿婆。尼玛不了解你呀,他才不敢跟你说。你第一天来草原,是和巴桑阿嫂姐妹一个模样的亲热。尼玛担心你在这件事上会站在阿嫂的立场说话,才去求助县城的李瑞。早知这样,我让他直接找你好了。你嘛,可不能因为这个生我的气呀！"

我佯装窝起火来,朝月光虎起脸:"我当然生气了,你就是不信任我！"

月光逼红了面色:"不是梅朵,我真是没有办法。尼玛让我发誓走之前不能让你知道。我们兄弟一个模样的,我也不能违背他吧。"

"但是你也不能这么偷偷地帮助尼玛私奔的！"

"那是没办法嘛,他们两个也是没办法！本来尼玛也想跟家里好好商量。但谁料泽仁阿哥却突然走了！失去泽仁阿哥,他们家的劳动人手就少起来,所以要想分家拆户,就更难了！"月光认真地解释,顿一下,语气变得更为认真,"跟你说,他们两个嘛,要是没有这样一次私奔做出来,要是就那么正正经经地跟家人协商,肯定不成!不单是巴桑家阿婆,洛布家阿爸们也不会同意!可是尼玛相上洛布好多年了。他为洛布,那可是连命都不在乎。你还记得上次尼玛喊我去打架吧,就是为了洛布!尼玛相上洛布,洛布的阿哥德德暗中是知道的,他就处处为难尼玛。他们家祖辈的山林被分给别人,德德不高兴,就让洛布去喊尼玛帮他们家打架。尼玛本来不乐意,但人家德德说了,你这个忙也不愿帮,洛布你也别想了。德德在他们家庭中可是大人物。尼玛无奈,为了心爱的姑娘只好拼上了。所以那天我真是好窝囊,人家那是为美丽的姑娘,我一个没为上,还把另一个姑娘惹得生气了,哈哈……"

月光大笑着,立马就编个小调,唱起来——

> 太阳和月亮,出现的时间不一样,但同样在一个天上。
> 酥油和檀香,出产的地方不一样,但同样出现在经堂。
> 松石和珊瑚,采集的地方不一样,但同样挂在姑娘的身上。
> 姑娘和小伙,所处的位置不一样,但同样成为一家人嘛。

为追回尼玛,月光带我去了趟县城,找到李瑞。这位地质队员是个模样高大的东北汉子。他比我早一年来到麦麦地区。他上高原来主要工作是寻找暗藏在横断山脉深处的金矿资源。在一次勘察中,他结识月光,并对月光家的寨子进行过地形勘测。分析得出:月光家山寨,特别是月光自家的碉房,地基处在一个漏斗形状的山口上,三面坏山,周围都是陡峭山体。其间岩层松散,风化频繁。这样的山体特别容易被破坏。只要远方雪山在这个方向有雪崩,雪崩就会带动松散的山体,发生泥石流。因为山高坡陡,中间没有缓冲物阻拦,所以一旦发生泥石流,那将会迅速埋覆丛林山寨,没有缓冲余地。

李瑞的地形分析客观细致,叫我忧心忡忡。他建议我们趁早搬迁碉房。一旁月光却对此不屑一顾,说我们祖祖辈辈都这么生活过来,也没发生问题。哪有现在生活越来越好,环境却越来越坏的道理?不谈这个,还是说尼玛吧。

果然尼玛是被李瑞安排到汉地去了。准备在北方的一个城市打工。不过小两口刚一进城就莫大不适应,水土不服,天天生病。于是电话打到李瑞这里,说是不久还得回草原。接着尼玛又反过来让月光说服我,让我去做做巴桑和他们阿婆的工作,看是否能够接受他们再回草原。

巴桑阿婆得知这样的消息,很高兴,招呼巴桑,说等尼玛回来,让小两口去镇里领个结婚证,安排在农区生活。那农区的家,今后也就是小两口独立的家了。

45. 雪从喜马拉雅山飘来

天气逐渐冷起来。麦麦乡民政办公室的堪珠老师,代表政府给我们学校送来一批越冬物资:棉被、毛毯、大米、面粉、香油,还有稀罕的牛肉和白菜。堪珠老师依然是一身厚实的汉服,有点风尘仆仆。他除了送来丰足的物资,也带来两个重要消息:一是他自己,已经从乡民政办公室调到县文化委。也就是说,这是他最后一次作为民政干事的身份给我们送物资。是的,因为心有牵念,那些牛肉和白菜则是他用自己的工资从县城买来。我记得这位善良的老师,每次代表政府给我们学校送物资时,总也会顺道把自己的心意捎带过来:书本笔记,糖果饼干等,他会给孩子们送来这些额外的礼物。

只是这一次,他带来的额外礼物中,除了一筐子牛肉和白菜,还有一封多农喇嘛从遥远的尼泊尔寄来的信件。信件里说,喇嘛在那边身体不适,本来准备入冬之前赶回学校过冬,现在因为生病而回不来。再就是喜马拉雅山脉进入冬季冰雪,大雪封山,别的信徒也不便回程,所以怕是整个冬天不能有信了。

与一个冥冥中似乎血脉相连的人长期断信,我想这个冬天我们的学校因此也会有一些寂寞。

而一些家庭的突发变故叫人猝不及防。巴桑家的事刚刚处理完不久,我们的月光姑妈家又出现问题。她的小儿子白玛,在入冬之前突然失踪了。听说是跟一个外地女人跑了,后果比尼玛的私奔要糟糕很多。因为不管白玛如何在外游荡,只要人还在,对于央宗女人那都是可以守候的。哪里想到这个游离的男人,最终还是不负责任地丢下一大家子跑了。央宗女人因此一病不起。想将来全家七八口人的生计就要落在她一个妇人身上,那肯定是难以支撑的。女人想得心头发堵,一气之下,狠起心,咬起牙,跳河去了。

这对夫妻一个背离家庭,一个自寻短见,给家中老人和孩子烙下了无法愈合的伤口。月光姑妈整日以泪洗面。想自己只是老命一条,怎样都好,三个娃娃将来怎么办呢?

等我赶到老人家里,一把横泪的老姑妈紧紧抓住我的手,粗糙的指骨掐住我的双手,疼痛钻进我的心里。她的三个孙儿就围在她身旁,一个个泪水不止。这叫我相视无言,说不出更多安慰的话,当下只能抱起老三,摸着老大的头,拽过老二,就这么带孩子们回学校了。

加上白玛的三个娃娃,我们学校就有了二十五个孩子。月光家邻居又来学校汇报,说翁姆家的草场上最近又有两个孩子。他们的父母都是在雷电中死亡,目前孩子寄养在亲戚家里,听说还是翁姆的娘家远亲,希望我能接到学校里来。

翁姆那个草场我早已熟悉,小尺呷在校两年,每逢假期回家都是由我护送,我因此和翁姆也成了朋友。这两年翁姆家日子渐过渐好。按照耿秋画师的意思,我和月光以学校的名义,为翁姆在草原上建起了两间固定的房屋,又给她家添了十头牦牛。她的大娃子十四岁在寺庙里剃度出家,但不住庙,又回到草场上,成了阿妈的得力助手。

46. 害臊的心思

我在一个有着强烈日光的午后来到翁姆家草场,接两个父母已经在雷电中死亡的孤单孩子。

海拔四千米的草原上,中午,太阳就像一团燃烧在冰川当中的柴火。气候异常寒冷,如同冰刀子一样;但日光晒在脸面上,又像火刀子一样扎着皮肤。一边是极度的冷,一边是极度的热,所以即便是用围巾把脸面包裹得紧实,我也能够深切地感受皮肤正在绷紧、皴裂,火辣辣地灼痛。

我头裹围巾,站在翁姆家对面的草坝子上,望她们家。这个季节翁姆家的牛群都回到低落的冬季草窝子里。我和月光给她修建的固定房屋也处在一个背风的草坡下方。房屋虽然不高,但是稳实。屋子四周都拉上了五彩经幡。没风的时候,经幡静静地守着小屋;有风时,经幡会哗啦啦地抖动,很热烈。还有三个娃娃和一群牛,所以翁姆不会寂寞。

我来到翁姆的房屋前。不远的地方,可以看到她家大娃子领着两个阿弟正在草地上戏耍。而他们家的大门是虚掩的,一匹我陌生的大灰马拴在屋角边的木桩上。木桩上同时还拴着一只大黑狗。黑狗与那马似是熟悉,安静地卧在马的脚边。

但这伙计一瞧上我,突然把铁链子攒得哗哗作响,冲着我一阵狂吠。

"不认识我了黑子?"我朝大黑狗招手,朝它走过去。翁姆这时匆忙地从屋里闯出来。慌乱代替了她的热情,她在紧张地整理身上衣物。穿得不整齐,氆氇是松垮的,帮典也没围前面,头发凌乱,眼神慌张,她不请我进屋,堵在门口结结巴巴。

"梅……梅朵姑娘……"

"哦呀翁姆阿姐!你好吗?"

"哦……呀……"翁姆神色不定。

"这就好。哦呀,我……只是路过,哦呀,路过,向你问候一下。"我突然这么说。

翁姆站在门前不动身,不知回应什么才好。我抬起头,望望天,然后我说:"阿姐你看,天气像是变了,怕要下雨吧,我得赶紧回学校去,过两天我再来看望你。"

不等翁姆回应,我已经抽起列玛,掉头往草坡上跑。翁姆家的大黑狗一直冲着我狂吠不止。

爬上高高的草埂,我忍不住勒住马缰,回头再来寻望,却发现翁姆家屋角边那匹大灰马不见了。在房屋的背面,一个汉子正策马朝我相反的方向奔去。

我打马返回学校。月光问:"这么快就回来了?娃娃们呢,见到没有?"

我说:"明天我要去县城。"

月光挨近我很糊涂地问:"你说什么?"

"我明天要去县城。"

月光被我无端的话弄得一头雾水,盯住我追问:"什么意思?你为什么要去县城?去做什么?"

"好了,我不想告诉你。"我丢下月光钻进房间。

我心里有个着急的声音,之所以不想告诉月光,是因为我实在不知道该怎样告诉他我的想法。我自己也害羞做这件事。是的,要是去县城医院,我该怎样跟医生说明呢?我说,要开点避孕药、安全套?那要是医生问,是你自己用吗?我怎么回答?而那东西拿回来,我又怎样去教翁姆使用它?药可以按照说明书跟她说明,安全套呢,我要怎样跟她比画?

月光追进房间里来,很夸张的样子用手摸摸我的额头:"哦,是有点发烧,怪不得说话也叫人听不懂。"他朝我嬉笑。

"你说啥嘛?"我扭过头不让他碰我。

他却扑在身后问:"那不是发烧你的脸怎么这样红了?"

"我生病不行吗,我明天要到县城医院看病去。"

月光一旁又好气又好笑:"真没见过生病还生得这么横蛮的人!"

47. 小小的药丸

次日,我借生病为由去了县城。这件事我想想还是不能告诉月光,都是女人之间的事,还是自己悄悄办掉为好。

事情终是办得顺利。我进医院,只是稍稍提了下,女医生马上就理解了,也不用害臊,东西就给了我,还趁机问我要不要多带一些回去。她定是以为我个人取用它呢。

我匆匆策马赶往翁姆的草场。

这个草原女人因前一天没能请我进屋,多多地内疚。但也不便解释,只好实心实意地为我烧茶,放很多的酥油很多的奶子,烧最好的茶。我瞧着局促在锅庄旁的女人,我的情绪也很局促,不知怎样向她开口。当两个人都变得拘谨的时候,呼吸也变得有些紧促了。我只好没事找事,帮翁姆收拾起屋子,把她家床铺里那些散乱的毛毡都叠好;又把孩子们的衣物一件一件收拾起来;再把锅庄旁的柴火堆了整齐;又擦了茶桌,扫了地面。似乎再也没事可做,这时,我努力着喊一声:"阿姐……"

翁姆回应:"哦呀?"

我又喊一声:"阿姐……"

翁姆眼神在我的脸上慌撞了下,马上低下头去,用大铜瓢一个劲地搅拌酥油茶,再不敢望我。

"阿姐……"我伸手从衣兜里掏出一包东西,却不是药,是我从县城买来的另外的东西,"嗯阿姐,来,看我给你带来了什么?"

"哦呀。"翁姆放下铜瓢到我身旁来。我就把一串玉石做成的珠子套进翁姆的脖子里。

女人非常喜爱地瞧着珠子,三十岁少妇饱满迷人的笑容就荡漾在脸面上了:"哦呀,谢谢!"她说。

"嗯……阿姐,你会慢慢过得好起来的……希望吗,希望日子过得好吗?"

"哦呀!"翁姆回答,"这样就很好了!"

"嗯,是的,这样的日子,牛慢慢多起来,娃娃慢慢大起来,你也更好了!"

"哦呀!"翁姆用手捻着玉石珠子朝我点头。

"呃……"我的目光困窘在翁姆的笑意里,"那个……"我说。

翁姆望着我笑,拿起碗,茶烧热了,她在给我倒茶。

一口滚热的酥油茶进口,叫我的脸也燥热起来,红透了——怎么说呢,唉,那样的事我要怎么出口呢?我咕噜咕噜喝茶,一碗下去,又来一碗。翁姆看得有些急了,跟着招呼:"哦呀,你慢慢喝,看,你的脸烫得红起来了!"

"哦阿姐,不是烫的,是我有心事呢。"我突然这么胡乱地说了。

翁姆朝我微笑:"哦呀,你有什么心事,跟阿姐说吧。"

"当然,当然阿姐,我想知道……一个男人和一个女人在一起,是不是很快乐?"

有些暧昧、混乱,又多余的话。翁姆羞涩了神色,低头不应声。

"阿姐,我想跟你说一个我的秘密,我心里也装着一个人……我像那个……喜欢雪山一样地,喜欢着他……"

"哦呀。"翁姆回应,却一点不吃惊,她不认为那是秘密,"你们两个早就应该是好好的一对儿。"翁姆笑笑地,眼神里仿佛跳跃着月光的影子。

"阿姐,你不会笑话我吧?我竟和你说出这样的话!"

翁姆表情却又含蓄了,温情浅浅地荡漾起来。

我们的对话突然中断了。

原本我只是想以现身说法的方式,劝导翁姆。抑或,此刻我的心思亦如翁姆,盼望能在男人面前做一回真实的、被爱护的小女人?可是最终,我的目光变得有些慌乱,语气吞吞吐吐,我在这么提示翁姆:

"阿姐,那你呢?……那天拴在门口的……那匹大灰马的主人……"

翁姆急了,回避道:"姑娘可别再说了!"

"嗯……"我的手就从衣兜里又摸出另外一个东西,"阿姐,这个……"

好吧,我要说出来!

"阿姐,等下次大灰马的主人再来时,你要吃上这个。"我把药包打开,"这个,虽然是小小的药丸子,但可以叫你的身体不会受到伤害,不会……呃……就是不会怀娃娃。这个,是一天一粒吃下去,身体就会没事。还有,这个,这个……算了,这个你先收起来,回头再说。"我把安全套放在一边,"阿姐,我们女人的身体比起男人的要脆弱。我们的身体要生娃娃,要做活路,伤害太大了,所以一定要多多保护好。身体没有了,我们的娃娃也就没人管了——没有阿妈的娃娃,多多可怜呀!"

翁姆洞张着嘴半天,才回应:"哦呀。"

我想她肯定是同情那些失去父母的孩子,才"哦呀"应承吧。她肯定不能完整地明白我的意思。我就把药包递上去,又细细地跟她招呼:"这个药,在他下一次到来之前一定要吃一颗。然后,是每天需要吃,一天吃一颗,一个月的样子需要吃二十二天……算了,你先一天吃一颗吧,到时还是我来告诉你,什么时间停药好了。"

我已经说得满头大汗,但仍然担心翁姆的理解能力——她究竟有没有明白我的意思呢?

但是她却在不停地"哦呀哦呀"回应,并且小心地收起药丸。

48. 欲哭无泪

悄悄地背着月光完成翁姆的事情后,第四天上午,我正要上课,却发现小尺呷站在过道里,神色很是着急。

"老师,我要请假,我要回去!"

"怎么啦小尺呷?"

"我们家阿妈有事情了!我要回去!"小尺呷已经顾不得我应允,转身往楼上跑,拿个包裹就要走。月光一把拉住他。

"小尺呷!你怎么知道你阿妈有事情了?有什么事情?"月光急迫问。

"不知道,但是刚刚我阿叔过来,他是特地来接我回家的,那肯定是有事情了!"

小尺呷说完就跑了。我愣愣地望着他跑掉。

月光一头雾水地朝我赶过来,不是对于小尺呷的行为吃惊,而是对于我,竟然可以放任小尺呷跑掉不去拦阻,他为这个吃惊。

"梅朵,这回你怎么了,可以任凭小尺呷跑掉?"月光声音奇怪地问我。

"不,月光,你来看,那小河边上有人!"我说,心突然晃了一下,那是一个骑灰色马匹的汉子!那灰马,是我曾在翁姆家屋角边看到的!

难道翁姆真出事了?又出的什么事?

小尺呷已经爬上那汉子的马背,他们快马加鞭地往回奔跑。

月光望了倒是面带笑意,说:"梅朵,你看翁姆会有什么事情呢?真叫人不懂。那个汉子我认识嘛,他是白玛雪山那边农区的大尺呷,是翁姆的情人,也是小尺呷的……嘿!"

月光在得意地笑,我却无形地紧迫起来。

"月光,你来照应好课堂,我也要到翁姆家去一趟!"我抽身跑进马厩,跨上列玛,朝翁姆家奔去。

后来翁姆的情况真叫我欲哭无泪了。她此时其实已经怀孕。而那个让她怀孕的汉子,就是大尺呷。他在农区早有妻室,是不会和翁姆结婚的。不过既然有了娃娃,翁姆肯定是要生下来的。但今天在与男人完事过后,她感觉身体好大不适,腰部痛得厉害。实在剧烈之时,翁姆就想起我送给她的避孕药了。想起我说的"一天吃下一粒身体就会没事",急骤的疼痛叫她一时忘了我的前后招呼,觉得既然吃下身体就会没事,那就吃吧,看能不能让疼痛缓解一些。就尝试吃下一粒,不见效果,再吃一粒,仍无反应。女人瞧着细细的药丸子,想肯定是吃得太少了,需要吃下一包才管用吧。情急之下就把一包避孕药全部服下去了!之后就是翻肠倒胃,黄疸水也呕吐出来,头在猛烈疼痛,疾病突然缠身。

等我赶到翁姆家时,翁姆倒在床铺里蜷缩着腰身,抱头呻吟。骑大灰马的男人却一溜烟不见影了。小尺呷站在屋里两眼无光。孩子们围在床铺旁,所有目光直愣愣地盯住我。

从没遭遇过这样无辜的祸事,我有点措手不及。

小尺呷则在声音颤抖地问:"老师,是不是要送到县城医院去?"

"是,小尺呷!你留在家里照顾好弟弟们,等阿妈回来再回学校去。大娃,你陪我,我们去县城!"

大娃立马把阿妈抱起来,我跳上列玛,几个孩子拖拉着把翁姆推上我的马背。

后来在县城医院,通过洗胃、洗肠、强剂量的药物抢救,翁姆的身体总算恢复了常态。但肚子里的孩子却要不得了。吃下差不多五十颗避孕药,又接受强剂量的药物治疗,那孩子即使能够幸存,生下来肯定也是傻子。县城医院的汉地医生建议她打胎。翁姆却不同意,说为什么要打胎,傻子也是一条性命,你们这是在伤害生命!

等我上前劝说,女人只狠狠地瞪了我一眼,就低头一句话也不说了。她趁我到药房为她领药的时候,拖上大娃暗自走掉。并托病友留下口信,让我以后再不要去她家牧场,她再也不想见到我了。

49. 第一口血

一个人回程的路,从来没有那样漫长。像是大地铺满乳胶,粘住脚步。草原的冬天,来得比平原早,早得让人猝不及防。只是下过一夜短暂的冰霜,前后就是两种节气。平日那些温和的蒿草,以柔软的躯体把草籽滋养得饱满、结实。但是风霜会在瞬息间把所有草籽打落。失去草籽饱满的依偎,蒿草变得疲惫,垂下腰身。它们在风霜中迅速地枯萎。这种枯萎一片连接一片,铺天盖地,没有尽头。

所以如果不骑马,脚步能够丈量的路程,微不足道。而我的列玛经过长途奔跑后已经疲累、饥饿。它口馋那些散落在沙土间的蒿草籽,正用潮湿的舌头一遍一遍地舔食。

我丢下它。一个人往草坡上去。脚步空茫,有些失魂落魄。视线被巨大寂寞的空间笼罩住,从远到近,从近到远,来回地逛荡,也只能看到三种孤独的色带:阴蓝的天,枯黄的地,连接它们的是青灰色云层。气势磅礴的云层,以无限巨大的黏力,把天空与大地黏合在遥远的草线间。云墙隔断的两个世界,这边荒凉通透,似是无穷无尽。那边呢?草原人说,那边有一个天堂般的坛城盛世。那个盛世里,没有生,没有死,没有失误和孤独、误解和伤害。

所以我的脚步停不下来,要一直往前走。

当真那边还有一个世界?我拼命地走。列玛跟在后面嘶叫,声音像一柱龙卷风,扭拧着钻进空气里。我爬上一道突兀的草坝,站在枯草间,感觉心里塞着好多东西。

大风刮过来,把头发横拉到脑勺后面,急躁地扑腾。眼泪止不住地流淌,一淌出来,又被大风吸干。一个人的草原,冬天的草原,视觉的苍茫和寂寞,压迫着人,也鼓噪着人。一会,感觉自身那么渺小,身体在微微收缩,就要被巨大的天地吸收;一会,又感觉身体在无形扩张,从一粒微尘,慢慢膨胀、壮大,变成巨人,飞腾起来,一声呐喊,天动地摇——我迎着风向突然爆发一阵吼叫,一声,两声,三声。但是没有回音。天地静悄悄地,它的冷静和沉默让人几乎意念崩溃。疲惫得倒下去,趴在地上,脸面贴在冰凉的沙土间。手抓起两把枯草,它们被风霜冻得生脆,手一捏,发出轻捷的粉碎声。放开手掌,是一掌的碎末。

呆呆地盯着满手碎末,很久很久地盯着它。然后我爬起身,面朝天空闭上眼睛,深深地吸一口气,我开始唱歌,冲着天空唱歌。一首《草原之夜》,一首《珠穆朗玛》,一首《蓝蓝的天上白云飘》,一首《草原上升起不落的太阳》……接下来有点声嘶力竭,这个歌,接那个调;那个调,续别的歌,没完没了,仿佛童年时期的儿歌都被搜刮出来,唱尽了。但是大地无动于衷!

最大的孤独,是你的热情掉进周围的寂寞世界。你说什么,你唱什么,你呐喊什么,你即使自寻短见,都是你一个人,大地无动于衷!

这样的境地叫我心力交瘁。我捂着脸哭起来。不知究竟要用怎样方式才能发泄我的孤独，缓解我的疲惫。

只能回学校。

月光已经从返校的小尺呷那里得到消息。满心恼火，不理会我，见我，就像没有看见一样。小尺呷本来再也回不来，他阿妈已经对我失去信任，不再支持小尺呷上学。女人请来向巴喇嘛为肚子里的娃娃念平安经。向巴喇嘛听说小尺呷要弃学，很想收下这个天资聪颖的娃娃为弟子。小尺呷却是不想出家的，吓得从家里逃回学校来。

先前，我总是对教学充满十足的热情，浑身总像有使不完的气力。但现在，在深刻的、无法弥补的过失面前，我的思想萎缩了，精神萎靡不振。怯畏叫我变得越来越懒，什么也不想做，也不敢做，也没有信心做了。

班级被撂下来，只由阿嘎在努力维持。他安排孩子们自学。但是生气的月光却把课堂变成了念经堂，引导全班学生集体念经。上课念，下课念，吃饭睡觉跟着念。读书？那个知识学多了又能怎样？你看，有人学过十几年知识，还是会犯下那样弱智的大错误。这都因为什么？因为心灵迷失。所以还是多多地念经，让心灵得到安稳，这个比学习知识更为重要。

我的心被这个执拗的青年弄痛了，或说是被自己弄痛了。刹那间裂一下，抽筋一样地疼痛。再裂一下，就扩散开。细细的血管，蓄积巨大膨胀之力，攒成一胃的血。再隐忍，也是无法抑制满腔的血腥——口沫里先是渗出血丝，不敢轻易吐出来。但是只要一咳嗽，捂住嘴唇的手就是一片殷红。

我感觉自己有些累了，不是这么长久的诉说叫我累，而是心累了。情绪好大脆弱,我也突然想念家乡了。想起我的祖母,想起我的父亲,心在隐隐作痛:他们奉献爱心的时候,有没有也像我,要做到能力之外去?工作越了界限,酿成这样大的悲剧,我该怎样来挽回呢?

50. 你的牵挂,丝丝缕缕

入冬过后的日子,我在巨大的自责中艰难地恢复着精神。把散乱的班级纪律慢慢调整,早晚为孩子们补回落下的课程。我开始变得沉默,踏踏实实地教学。草原上除教学之外,别的事再也不敢多问。

翁姆女人回到她的草场,她执意要生下孩子。我只有一个想法,阻止不了她生育,那就顺应吧。孩子生下来,未来不论什么情况,我会分出一份爱给他(她)。不是吗,在这么原始的草原上,我再也没有别的补救办法了。

我坐在学校操场上一个人想心事的时候,月光也会上来陪我。我更深地沉默,更深地自责,长久地陷于自闭,最终叫这个青年着急起来。但是除了可以陪我一起沉默,他也没有别的办法。到彼此失去轻松,彼此拘谨、认真的时候,我们知道,我们之间出现问题了。这让我们都很害怕。

我们的孩子太小了,除了可以感受老师变得越来越严厉,他们不能明白大人的烦恼。

一天,月光没同我商量,只与阿嘎做过简单招呼,就打马离开学校,说是要去见耿秋画师,汇报我的近况。我能明白这个青年的用意。

我和耿秋画师老朋友一场,从两年前我创办学校,他来为学校的碉房绘画之后,他忙,我忙,一直没有机会见面。这期间所画倒像要出师了,已经可以单独绘制一面壁画。他们青海那边的大工程早已完工。之后又在西宁附近的一个寺庙接下了半年的绘画工程。现在这个工程也即将结束。忙碌中的画师托人给我们学校送来一笔捐款,留下所画在那边寺庙负责工程的收尾工作。他本人,则又到更远的北方谈项目去了。

所以月光到达那边寺庙时,只见到所画一个人。这男孩本来是准备过两天回师父家的草原的,要去参加一个法事活动。得知我的状况后,就急切地跟随月光赶来探望我了。

我和所画也是一年多未曾见面。这个大男孩在师父那里生活得好,心情好,长得比先前阳光多了。一双荡漾着彩绘光芒的眼睛,配上一头清清爽爽的黑发,穿的一身青紫色氆氇,外套汉式小西服,一个标致的小帅哥模样。

现在,时间像是在我俩的脸膛上画出两幅精致的壁画——我在欣赏那一幅,所画在欣赏这一幅,都说不出话。惹得月光等在一旁干着急,说你俩这都怎么了,见不到时傻傻想着,见到时又傻傻望着,都变成哑巴了吧。我的笑容这才感慨地炫在脸面上:"哦呀所画,你变成人见人爱的模样了!怎么样,手艺学得顺利吗?"

所画有点得意,自豪地说:"阿姐,这可要多多地感谢耿秋师父授我画艺——再过不久,我也要带个小小徒弟了。"

"还多多感谢耿秋师父呢,你不多谢你的阿姐啊!"月光一旁暗示所画,眼睛瞄着他的胸口。

所画朝月光会意一笑,解释说:"阿姐嘛,这是我们自家亲姐一个模样,都装在心里了,瞧吧……"所画说,双手在怀里摸索,小心翼翼地从西服里拿出一尊红陶塑像,递给我。

一位多么可爱的姑娘!丰盈的身段,微笑的脸膛。脖子间佩戴精致的珊瑚念珠。面目显露度母的慈爱。凝眸微张,一副宁静从容的模样。

"这个是阿姐!"所画深情地说,"阿姐,这个是我特意为你做的……不是一天两天,也不是一个月两个月的时间,是从我离开这里,有一年零六个月的日子,这么长的时间做成的。一直没有送过来,是想自己留着看一看。现在,我留不住了!"

男孩望着我笑。他的丝丝缕缕、经久、漫长、无声的牵挂,似是一股暖流扑面,叫我回不过神来。

月光却对所画开起了玩笑:"你的阿姐哪有这么漂亮嘛,她要是再这么闷闷不乐,不久就要变成娃娃们都害怕的小巫婆了!"

所画便故作姿态,佯装哆嗦的样子,只说:"哦呀是!阿姐要是变成小巫婆,那娃娃们,哇哇哇,是要多多害怕了!"说完,抬头望天,又朝月光发出感慨,"阿哥你看,刚才天空还黯淡无光呢,现在太阳出来了!"

月光立马响应:"是嘛!天都知道阴暗久了还要晴朗,我看你阿姐的这个脸,整天黑得像个锅底,它什么时候才会亮起来嘛。"

这二人一唱一和在我面前,我想我肯定是含着彩绘般的泪珠笑了。红陶泥塑小心地捧在手里,我端详着它:它应该是我吗?我应该有它的美丽、它的度量、它的端庄吗?

我眯上眼,在观想。

所画趁势问:"阿姐,过两天我们师父家草场上有一场法事,我们一起去参加好不好?"

"那个,我也听说过,但是路程太远,耽误时间。"我有些犹豫。

所画马上说:"不远嘛阿姐,耽误也就一天。"

月光也连忙接过话,语气有点凝重:"梅朵,我们去吧,去散散心,你也应该好起来了!"

"那你什么时候去西宁那边呢?"我问所画。

"我不去那边了。"所画赶忙回答,"我那边的工程刚刚结束了嘛。现在是要回师父家,等着师父接我。恐怕过完这个冬天,我就要跟随师父到遥远的北方去了!"所画语气变得急切起来,"阿姐,明天我们一起去嘛!等我去了北方,我们又不知哪一天才能见面了!"

所画这后一句话,突然让我无端地难过起来。那种外表看似深藏不露,实则极其敏感脆弱的感官神经,被所画这样的声音激荡着,便抑制不住地悲天悯人——其实人生太难了,即使是最亲的人、最近的人,在面前的时候不曾感觉分离之痛,晃个眼,就不知他们会在哪里。望望面前这个大男孩,他的个头比我高,精力比我旺盛,年龄也比我小不了几岁,可是我为什么越望他,越感觉他像是我的孩子?

51.一个滴血的赎罪

耿秋家草场上的法事活动在所画回来后的第三天举行。我没有拒绝所画,和月光一同陪了他去。

听说这是一次消病除灾的法事活动。主持活动的大师曾在喜马拉雅山下修行多年。半月之前他从修行地带回一把神刀。据当地人介绍,这是一把可以治病救灾,消除孽障的神刀。所以草原上方圆十几里地的牧民都赶过来参加法事,尤其是犯过错误和疾病缠身的人。

法事活动在草场的大坝子上举行。正午,太阳悬挂空中,大片云朵飘移在它的周边。云朵离散时,阳光强烈地照耀地面;聚集时,阳光会被遮挡,地面上阴风阵阵。这也使得整片草场笼罩着一层神秘莫测的气氛。从草原四周赶来的牧民们已经等候在草地上,里一圈外一圈,围成密密麻麻的人墙,默默地恭候。

大师处在人群的正中央,浑身裹着金黄色的衣袍,闭目,正身,端坐在法座之上。法座前方的香台上供着一把神刀,已被拔出刀鞘,纯钢,放射雪亮的光芒。

大师面向神刀"咪吽咪吽"地念着秘咒。一阵后,他跳下法座,抓起神刀,挥舞时,竟是寒光四闪。人群"嚯嚯"惊呼。大师开始举刀吟唱一段祈祷文,牧民们你望我望你,先前恭敬与沉默的神态顿时被好奇和冲动的情绪打破,相互交头接耳,议论纷纷。一些人已经坚定地站起身来,上前朝拜。

东边草原上的扎西身患重病,面朝大师和圣器虔诚地叩拜,五体投地,之后,他得到了一些据说可以治病的甘露丸子。南边山沟里的嘎嘎腿脚常年酸痛,影响了劳动,大师挥舞神刀朝他的全身滚动一遍,他因此得到圣器赐予的秘方——回家卧床静修,酸痛自会慢慢消失。西边山寨里的泽翁因为贪心,过去在草原上猎过不少旱獭,杀生了,造成病魔和心魔困扰,生活一直不好。大师绕着泽翁举起神刀,一边挥舞一边念起秘咒,一阵消灾驱邪后,大师招呼泽翁:"你的心魔已被圣器驱散,以后只要你不再捕杀猎物,生活就会平安。"泽翁一听,当场放松地笑了,充满感激地朝大师磕头。

这时,所画站在我前面,月光站在我身后,但是人太多,跃跃欲试的人太多,人墙一阵躁动,我和月光只是稍微那么一晃闪,就被冲动的人群挤到了人墙外围。

而所画,唉,不知他是被人挤向前方去,还是他自己奋勇地赶上前方去——他已经处在了大师的神刀下,正在真诚地跪拜。

大师挑起神刀,绕着所画转动,一边发话:"小娃,你的身上坠着多少罪孽,你要说出来!"

所画处在飞闪的刀光中,不知所措。

大师再发话:"小娃,你有多少罪孽,在圣器面前忏悔吧,知错就改,你会得到神灵的宽恕!"

所画身子开始在刀光中颤抖,蜷缩着腰身。

大师开始声色俱厉:"小娃,你为什么不说话,难道是深重的罪孽压住了你的舌头?"

所画已经泪流满面了,面向大师,一头趴倒在地,脸面啃着地面,泣不成声:"哦拉索,大师,我的罪孽比得海子深重,我……曾经领着盗贼进山,杀过三头老熊、十只鹿子、十五只香獐……还帮他们在水葬场旁,捕过几十条大鱼……"

唉,这杀生的数量真是太巨大了!并且,他竟然在水葬场旁捕鱼!这太令人震惊了!不仅让大师挥刀的手不再镇定有序,也使得在场的信徒们愤慨不已。人群顿时骚动起来。几位家中有过水葬亡人的牧民,已经顾不得正在做法事,他们从人群中跳了出来,朝着所画围拢上去。所画顿时慌张,爬起身往大师身后躲闪。愤怒的牧民原本是想抓住所画,狠狠揍他一顿,以此解气。不想所画竟拿大师做盾牌,这更激化了他们的怒气,非要抓住他不可。所画见这势头,只好在大师身后左躲右闪。这时大师一手举着神刀,一手护着所画,一面又在用身体拦阻已经冲上来的怒气冲冲的牧民……一心无二用，大师那手，那执着雪亮钢刀的手，它最终在身体的扭转中，失控地扎向躲闪中的所画……

我站在场子中央定住了，所画也定在那里。我动不得身子，浑身像是泄尽血气，人不是自己的。所画也动不得身，他的肩膀还是完整的，厚厚的氆氇罩着一切，看起来似乎并没有受伤。只有一道细密和锋利的刀迹穿透氆氇，如果是在远处，人们也不会看到它。

所画面朝人群僵硬地站着。他没事，很多人这样认为，因为没有明显的流血和明显的伤口是不？但是所画的面色却像是僵死了。这男孩除了从思想上感受刀锋的阴寒之外，还不能从急骤的骨肉断裂中感受疼痛。他站立稍许，发呆稍许，然后等我扑上前去，抓住他的手，那个手臂，却在一点一点地、一点一点地，被鲜血渗透！那么厚实的氆氇，却不能阻拦血的愤怒，鲜血迅速渗出衣袖，顺着手指淋下来……

"所画！所画……"我抱住这个僵直中的男孩浑身打抖。所画没有半点反应，只是倒在我怀里。

很多人惊奔过来。月光上前把所画放倒在地，扒开他手肘上的氆氇，里面已是血肉模糊……

我慌忙扯下脖子上的围巾，月光火速抽出腰间氆氇带子，跪下身，把围巾裹上去，用氆氇带子绑扎那只受伤的手臂。哆嗦不止的手，绑上，顾不得下，绑下，顾不得上。刀口太深了，血喷涌得激烈，所画的脸色，能用肉眼看到在一点一滴地苍白，就像水洗墨汁那样。那个手臂绑过一层，鲜血渗出一层，绑一层，渗一层。所画静悄悄地，任凭我们摆弄。马被牵过来，但所画的身子太疲软，抱不上去。月光只得先跳上马背,由众人扶持着把所画拖上去。月光一手抓住马缰一手抱住所画,伤臂渗出的血顺着马鬃直往下淋。十几个草原汉子打马跟在月光左右,护送他去县城医院。

我跨上列玛。爬上马背的时候,看到草原上四处金花开放。那些金花不断地膨胀在天地之间,纷乱地开放,叫人大脑炸裂。月光和汉子们在这样无限膨胀的空间里像一群天兵天将,裹挟着所画直往天边奔跑。所画那满身的鲜血似在一路飘洒。它们也染红了我的身体,或说伤害了我的身体。要不,我的身体里为什么也有地方在疼痛——那个拳头大的地方,翻涌着血腥,在剧烈疼痛,叫我抽不起马鞭,追不上所画。

我赶到县城医院的时候,所画已经脱离危险,刀口被包扎起来。由于失血过多,医生在给他输血。所画躺在病床上双目紧闭,没有动静。脸色阴白,像是被酒精浸泡的那种千年古尸,非常可怕。要不是在医院里,我肯定认为他已经死了。

我趴在病床前怏怏无力,望望月光,望望所画,望望病房里的一切——床、柜子、墙壁,可是我不知道自己究竟在望什么,眼神是涣散的。

月光有些担心地拍拍我的肩,在我耳旁轻声说:"我们出去,到外面放松一下吧,所画也睡了。"

他把我带到病房外的过道里。

屋顶上的电灯已经熄灭,过道里一团昏暗。混沌的光线搅乱了我的神志,我突然一把抓住月光。

"月光,月光,"我说,是在竭力地质问,"我们天天磕头、烧香、念经、拜佛,我们是这样真挚的信徒,为什么,我们就不能体谅一个孩子?"

月光愣望我一眼,没有即时回应我的话,却一把将我又拉进病房里:"看样子你气力还是多多有的,今晚就由你来陪护所画好了!"

生气的青年,眼神里像是跳出一把尖尖的匕首,要穿透我。

52. 画　笔

所画住院半个月,手臂上的伤口才慢慢愈合。医生说可以出院,但回家还得休养一些时日。活计是不能做了。绘画,那即便是伤口完全恢复也不可能。因为手肘大筋断裂,他的那只右手,除了作为完整人体器官还可以暂时保留之外,完全丧失了工作能力!

所画得知这样的消息后,一头瘫倒在病床,一夜不曾起床,也没有声息。

第二天早晨,朝阳还未爬上东边山岗,昏暗的病房里,所画却突然从病床上跳起来了,眼神里注入焦躁和绝望的魔气,声音像一排尖利的牙齿,朝我扎过来。

"阿姐!你说我总不会真的没有右手了吧!你说它既然还能长在我的身体上,它至少还在吸收我的血液吧!血液总还能让它有一些气力吧!只要它还能拿起画笔,我就不怕。阿姐,给我一支画笔!"

"所画……"

"阿姐,给我画笔啊,让我尝试一下!"

男孩的目光变得锋亮、尖锐,叫人心惊。我的手,月光的手,已经紧紧按住男孩的身子,也是不能叫他安稳。他在病床上拼命扑腾。扑腾不起时,就用急躁的声音撞击我们:"阿姐!阿哥!别拦阻我啊,给我画笔,你们给我画笔,我要画画!!"

"唉所画……求你,别再这么折腾!"我在请求所画,眼里含满泪水,我在艰难地劝说,"画笔,我是可以给你,但这里没有呢,只有师父家才有画笔……"

所画这一听,目光困惑地盯着我,焦点却不在我脸上。那种目光里已经没有焦点,它变得空洞、涣散。

我和月光,还有病房里两位医生,我们四个人,才可以把所画强行拖进班车里。我们几乎挟持了这个惊慌失措的男孩,想带他回我们的学校。是的,两年前结识所画时,我们就有过约定,我的碉房学校就是他的家。过去,他随耿秋画师走南闯北,现在受伤,他只能回家。

但是所画似乎已经忘记了我们的约定,见我们要带他回学校,发出更加猛烈的反抗:"我不回学校!只有师父家才有画笔,我要回师父家!回师父家!"

"啊?回师父家?"我慌张又惊讶,挨近月光,匆忙问他,"耿秋画师去了遥远的北方,他那里只有画师夫人在家,要送去吗?"

月光想了下,朝我点头,低声说:"要不先送他去吧,等他情绪稳定了再接回学校。"

我们只好转道,把所画送回耿秋画师家。这时画师的夫人,也就是所画的师娘,正在准备一场长途旅行,要上拉萨去朝圣。行李已经备好,但所画的受伤叫师娘停下了脚步,当即安顿所画,把他送进挂满唐卡的经堂。

所画在师父家经堂里,面对满屋的唐卡情绪纷乱。目光一会显得恭敬虔诚,欲行大礼,五体投地;一会显得锋利雪亮,如同刀片,叫人惊慌;一会则又满目忧伤,几近绝望,不望人,不望佛,目光如粉碎的光芒,坠落在地上。

他的师娘表情严肃,一边躬身朝拜唐卡佛像,一边对着恍惚中的男孩声色俱厉:"所画,你怎么嘛,见到菩萨也不朝拜!你要在这样的地方对佛祖不恭敬吗!"

所画浑身晃荡了下,散乱目光里有一个凝结的点,似有所悟地落在师娘脸上。

"坐下来。"师娘又柔和了口气,走上前,拍拍所画的肩,轻轻按下他,"坐下来。"

所画在师娘的安抚下坐进经堂的床榻里。他师娘的手依然搭在他的肩头上,没有离开——柔和的话语,伴着柔软的双手,像一抹丝绸滑过男孩的脸面:"娃,自从你随师父学手艺,你就是我的娃,这里就是你的家了——回到家里,还要担心什么呢——哦呀,你有多久没回家了?嗯,半年是吧?听说你要回来,我已经备好了新鲜的酥油和白面,你喜爱的酥油饼,我去给你做一个嘛。"

师娘说完,再次轻轻拍拍所画的肩,示意他静心休息,自己则抽身做酥油饼去了。

中午,花花的阳光钻进耿秋画师家镂空的窗棂,倾泻在一幅幅唐卡上。男孩已经在松香的烟雾中面对唐卡发呆良久。他爬起身,抬起左手,扶持右手。那右手便像一只闷闷的布袋子,在男孩身上晃荡起来。男孩呆呆看一会,扶持的力度就更大一些。一支小小的画笔被塞进右手的五指里,但是右手抓不住它。男孩只得用左手紧紧握住右手,才能将画笔送上墙壁去。他准备在墙壁上描摹一个图案。但左手迟钝打颤,右手也颤抖不利索。他又尝试用左手作画,那左手关节却僵硬不得灵活。

画笔因此从男孩的手里跌落下去,掉在地上。男孩浑身疲软地倒进唐卡下的床铺里。一会后,他缓缓闭上眼,似是睡着了。

我想他是累了。或是沉入了彩绘的天地——耿秋家的经堂里,那些神圣的唐卡和坛城彩绘,是一方奇妙的世界。莲花,那些蕴含菩萨之心的千朵花蕾,那些初发菩萨之意的绽放之花,那些证实菩萨之果的开敷青莲,一朵朵,似是飘洒阵阵妙香,广布于经堂。佛龛里,那些镀金的佛像,那些八叶莲花的法轮、灵芝祥云的如意、松石珊瑚的宝瓶,那些净水、净碗,那些酥油灯盏和松香——燃烧的松香叫人沉迷,丝丝缕缕的香气,浸润着人的心灵。我听到所画师娘那真诚细密的声音,也已经浸润我的心田:"放心回去吧梅朵姑娘,不用担心这个男孩再有想不开的地方,他会像在家里一样睡得很安稳的。"

53. 那个神秘的影子

我和月光在所画的沉睡中回程。学校里孩子们落下很多功课,月光也为之着急,马鞭抽得呼呼作响,想尽快赶回学校去。

但是我的列玛却在途中迟缓了脚步,越跑越慢。

月光望我勒住马缰的手,担心地问:"梅朵!你勒马不走什么意思?是不是又在胡思乱想?"

"不是胡思乱想,月光,所画的右手完全残废了,他再也拿不起画笔。未来他将怎么生活呢?总不能让耿秋画师养活他一辈子!"我解释。

月光立马反应过来,没好气地问:"你是不是又想去寻求赔偿?"

"如果不这样,所画接下来怎么办?"

"赔偿,赔偿,你找谁赔偿?找大师?他也是为了保护所画,是误伤对吧!找那些缺乏理智的牧民吗,又不是单独一个人,有好几个,你找谁去?"

"可是我们也不能就这么算了吧?"

"难道所画没有错吗!他竟然帮人在那个地方偷鱼,不是错了?"

"那不正因为知道错,他才赶过去忏悔嘛!"

"但是情况有些复杂,找谁的责任都很困难!"

"所以我想先去一趟寺庙。"

"你要去找大师?"月光非常吃惊。

"我是想请他帮忙给个建议,至少这件事,大家都有责任。"

"你真要坚持的话,你一个人去,我要回学校!"月光说,语气坚定。

在路上,在苍茫的草原路上,一边是回我们学校的路,一边是去草原寺庙的路。月光狠狠地打起马鞭,看也不看我,抽着大彪马朝我们学校方向奔去。

我的列玛困顿在草地上。即使它能追上它的伙伴大彪马,那又能怎样呢,驾驭它伙伴的是那位执拗的青年,他们不会回头!

我僵直着身子,眼巴巴地望着月光飞驰而去。内心有些窝火,也有些疲惫。轻轻地匍匐腰身,把脸面贴在列玛的鬃毛间,镇定了一会,我便扬起马鞭,朝草原深处奔去。

列玛最终把我带到草原寺庙来。

准确说,这个草原寺庙并不是一座兴旺的寺庙。因为主持寺庙的大师常年游历在外,所以真正的经堂已经沉默很久,无人在此念经。只是最近大师回来,分散到各家各户的小扎巴们才又回到了寺庙。我到来的时候,几个小扎巴们正在经堂前方的场子上辩经,一个个噼噼啪啪地拍着小手。我想上前询问大师下落,但是小扎巴们辩经太投入,等候多时也不见结束。

我只好暂时退出,沿着寺庙的经堂往外走。周围都是寂寞的僧舍。走出僧舍,就把小小的寺庙走完了。前方是一堵石块砌成的土墙,其间开出一扇木门,向着草原洞开着,似是刚有人穿越过去。我便跟着走出那道门。

出了寺庙,进入它背面的草场时,就看到前方有几顶黑帐篷,似有人影在晃动,朝我走来。

我正盼着能见到一个人,以便打听之前法事活动中那几位牧民的住处,因为前方正是他们的牧场。

但只在倏忽间,天,那却不是人,是一条大狗!嗷的一声朝我扑上来!叫狗不咬,咬狗不叫。我赶忙往寺庙回奔。却再来不及,大狗已经蹿到我的裤筒上。我慌忙大声呼救。寺庙里随即跑出几个小扎巴。一个扎巴眼疾手快,从地上捡起一块石头,一边斥喝一边朝大狗砸去。那狗尖叫一声,放口逃走。

我想我的身子应该还没落入狗口吧,因为一点疼痛的感觉也没有。但是我却听到帮我赶狗的小扎巴,他声音慌张:"娘娘!娘娘你的腿!"

我低下头,才发现裤筒已经被拉成一个空洞!

慌慌伏下身,扒开裤口一看,腿脚上已是一片殷红!我看到被狗咬过的伤口上,淡白色的脂肪肉沁着血水冒出来,耷拉在腿皮上,像一团剥去皮壳的荔枝！我抱着伤口惊慌失措,不知要包扎它,还是放开它。几个小扎巴慌忙抽身跑进寺庙,弄来一些哈达。

"娘娘,要包起来,要包起来!"小扎巴们一个个围上来,我被按倒在地上,一个小扎巴用手把我冒出皮外的血肉往伤口里压。我知道这个肉被狗牙咬过已经充满毒素,再不能送回身体里。只能拦住小扎巴,把肉重新掏出来,狠狠心一把撕开它。那个剜心割肉的疼痛,像无数只长着尖细牙齿的小虫刺过皮肉,趴在骨头上,啃着骨头!裂痛不在皮肉里,在骨头里,忍也忍不住。我咬紧牙关,齿与齿之间的切入力度,像是要把浑身的神经都给咬断,也缓解不了那个痛。仰头望天,天空下雨了,打在我脸上。不,是额头上疯狂沁出的汗珠和疼痛的泪水,淹没了我的面目。

我想我得尽快赶到附近的镇医院去。那条狗太大,毒素的分泌肯定更为剧烈,我得先去医院打狂犬疫苗。所以我摁住草地,吃力地爬起身,朝着小扎巴们语气哆嗦:"小……小师父,这里,有没有近路去镇上?"

我用手紧紧堵住伤口,而充满毒素的血液很愤怒,从手指间钻着空子往外渗,像止不住的漏斗。雪白的哈达顷刻被鲜血染红。

"这里没有近路!只能到前方的草原公路上拦车!"几个小扎巴异口同声。我只得扛痛回到列玛跟前。

一个小扎巴担心地说:"娘娘,你要骑马到镇上?那肯定不行!路太远了,你得到公路上去拦车!"

我已经没有气力回应,只身往马背上爬,可是裂痛袭击全身,腿脚使不上力,跨不上列玛。

小扎巴们见此,赶上来你一手我一手,直把我往马背上推。但不管怎么努力,我就是上不了马。

正在崩溃之际，我看到一双大手朝我伸过来，抓起了我。是的，它像老鹰抓起一只小小鸡仔，把我抓上另外一匹大马。愤怒而紧迫的一双手，紧紧地搂住我，或说死死地勒住我，奔跑得怒气冲冲。

"月光……"我的眼泪终是掉落在愤慨男人的身上，"月光……"我抽泣起来。

月光搂着我打马拼命往公路上奔跑，他身体里的汗水就像我的泪水一样，流得那么快，那么湿，那么黏人。我听到他抱怨的声音，郁闷又无奈："我都说过了，情况有些复杂，你却不信……"

54. 此生的梦想

天气冷起来了。

自从所画受伤后，我日日为他担心。越来越冷的气候，对于这个孩子的身体恢复并不是一件好事。但无奈那次被狗咬伤之后，我自己也大病了一场，卧在学校里休息半个月才算恢复。

所以再次探望所画时，已经是二十天之后了。

我策马来到耿秋画师的寨子。这个寨子并不算大，只有七八户人家。但家家都有来头——不是土司的后代，就是画师的后代，所以家家富有，家家的碉房高大气派。高深的院落，如果人不从大门出入，几乎看不到院内的景象。耿秋家也不例外。只是他们家院门安装的是钢管铁门，并且只要碉房里有人，大门永远是敞开的。以往都是这样。

只是这一次到来，我却被一把铁锁拦在了画师家大门外！难道是画师的夫人已经动身去了拉萨？那么所画呢？手臂受伤的男孩，他肯定不会走得太远，也许就在邻居家串门吧。

我顺着耿秋家院墙旁的大柴垛,爬上顶端去。

站在高处四下张望,看到画师家碉房周边还有三户人家。每户人家的看门大狗都因墙外陌生的身影而狂吠起来。与画师家一墙之隔人家的那条大狗,只把铁链攒得哗哗作响,冲着我直往上扑。扑起来,四腿腾空,又被铁链拖下去。气不过,大狗用爪子刨着地面冲我怒吼,像是与我有着深仇大恨,即便不能掀起木桩,声音也要跳上来啃我一口。

我先是晃了下身,但稍后就镇定下来,站在柴垛上大声叫喊所画。那只大狗越发狂躁,声音犹如闷雷源源不断地朝我滚来。一张惊诧的女人的脸终于从隔壁碉房里露个面儿,但马上又缩回去。

我连忙扯起嗓门问候:"阿嫂!阿嫂你好!"

那张脸应该是犹豫了下,又伸出来,给我回应:"哦呀?"

"阿嫂,您知道耿秋家的都上哪里去了吗?"

"他们家老婆去拉萨转经啦。"

"哦呀,那他们家的男娃子呢,叫所画的男娃。"

那边犹豫片刻,说:"他是被寺庙接走了吧。"

"寺庙?哦呀阿嫂,是哪个寺庙?"

"就是我们的草原寺庙吧,你再问我也不知道了。"那张脸一晃,又缩进碉房里。等我再想询问,却是面对一堵石头墙了。

所画去草原寺庙做什么呢?是去敬香拜佛吗?

我站在柴垛上思索,找不出答案。地势高了些,十一月的冷风扑在脸上,把脸面打得冰凉。翻起羊皮袍子的领口,我把整个头脸都缩进羊毛里。下了柴垛,迎着冷风,我朝草原寺庙走去。

路很长,草原荒芜。天空中青灰色的云层巨大连片,像是马上就要坠落下来。寒冷的草原深处,我听到自己的脚步摩擦地面,发出嚓嚓之声,走得既孤单也迷茫——不知道所画究竟是不是在寺庙里?如果在,是长久住庙呢,还是短期朝圣?

我又一次来到草原寺庙。这确实是一座非常孤单的寺庙。是的,整个广阔的冬季草原上,如果没有随处可见的经幡在哗啦啦地抖动,天地之间肯定是冰镇的空间。没有了牛群,没有了牧人,没有了帐篷——他们都搬到低海拔的山窝子里去了,只有一座寺庙突兀在草原上。也许没有公路,这个寺庙亦如月球上的寒宫。但是有了公路,一切又不同了。当我走近寺庙的时候,我竟然看到有一辆车,一辆动力超大的越野车,穿越远方高低不平的草原公路,卧在了寺庙大门前的经幡下。

风不稳,吹得经幡纷纷扬扬,一会指上天空,一会扑向大地,一会沉浮于不上不下,一会又翻滚着带动整个绳索剧烈晃荡。但是无论怎样挣扎,它们也挣不开坚韧的绳索。

我的脚步有些紊乱,站在高大的经幡阵里,我的身上、脸上,全是花花的经幡。白色、红色、蓝色、黄色、流动的绛红色——从寺庙大门里流出来的那一抹绛红,甚是扎眼。我望到几个喇嘛簇拥着一位大师模样的人从寺庙里走出来。他们朝经幡下的越野车走去。我看到,那个被簇拥的不是别人,正是误伤所画手臂的大师。

"这下正好,我正要拜访他呢。"我心里想,朝大师迈动脚步。

可当我穿过一道道经幡,却发现路越走越长,感觉怎么也走完。不,不是走不完,是我的脚步迈不开了。眼神在分裂,我在怀疑自己的目光:在那些簇拥的扎巴当中,那个清清朗朗的男孩,清清光光的头,身着绛红色喇嘛裙,恭敬地跟在大师身后的——那是所画吗?

脑海地震般地晃荡一下,望,再望,不错,那的确是所画!! 一身的绛红僧袍,和满怀经书,把他变成了陌生的人。

　　他们走近越野车,所画恭敬地跟在大师身后,谦卑地躬下腰身,完好的那只手正在紧紧地拢住怀里的经书,受伤的那只有些无奈地晃荡在衣袍外。

　　风把大师的招呼送到了经幡这头。

　　"所画,到那边去要好好学习经文,经书要多多地看,多多地念,哦呀!"

　　我的双目在翻滚的经幡间晃荡。转眼望别处,草原开始入冬,无边无际的草场越发显得寂寞。仿佛凝结了的巨大空间里,绵延起伏的冬季牧场,草色尽衰,一败涂地。在视线最近的地方,可以看到被冰霜冻得粉碎的小蒿草,草茎像是被碾碎机碾碎一样,东一撮,西一撮,一直颓败到视线无法触及的地方去。然后是无尽的枯黄、寒冷、干燥。天空三分之二是纯净青蓝,三分之一铺展着混沌不清、无形无状的阴云。阴云从遥远的地平线蓬勃而上,到我的头顶上方时,仿佛要扑下来。长久阴霾的气象,像是挣扎在天空的一场蓄谋当中。空茫。无奈。

　　草原要下雪了。

55. 雪　灾

　　我记得,只要是冬天,天空如果长久地阴霾,不开天日,麦麦草原人就会担心地说,要下雪了!

　　他们说,雪是这个世界上最冰凉的神话,雪花的轻盈和美好都是错觉。因为每年一到冬至过后,草原上的天空就会昏黄很久,然后拖扯着呼下一场又一场大雪,经常会把草原通往外界的唯一道路给埋断。

但是只要碉房结实,粮食充足,柴火充足,我和学生们也能挺过去。我们冬季的教室是世上最特别的教室。除课桌和人,其余空间基本会被干牛粪和柴火塞满。干牛粪做成的粪饼和整垛的柴火沿着教室两边的墙壁一直堆到屋顶上去。窗框在冬天里只会留下筛口大小的孔眼,火盆烧在教室的门口处。

天气不太冷的时候我们烧牛粪,需要不断地添加。大块大块的牛粪鸣着白烟燃烧,朱砂红的火苗在烟雾里抽动舌头,释放着蒿草的质味。暖和,却不干燥。一块牛粪完全烧尽之后,烟灰却还是完整的,一盘一盘,直到你用铁杆翻过它来,才会分裂,才会粉碎。

太冷的天气里我们则烧炭火。炭火一向是温厚和执着的。只需要早晨加进一次,埋在青灰里。然后随着温度降一点,翻一次,降一点,翻一次,就有橘红色的炭块带着青灰放出暖烘烘的气息。我们在火盆旁烧茶,烧洋芋,做面饼。大雪封山的日子,我们像一窝懒洋洋的旱獭。

是的,我们的生活虽然不富裕,但却充满温馨。我时常会想起这样的时光:冬天里,外面大雪纷飞。屋里,一堆孩子,我和月光,我们窝在一起,烧暖暖的炭火,读书,念经,讲故事……

但是今年入冬的第一场雪叫人惶恐不安。因为下得太大、太久。天连着地,地连着天,铺天盖地,总也停不下来。纯粹的雪片如果完全地覆盖大地,那绝对不是一种美丽。它会把一切供养生命的物质都给埋葬掉。雪给草原制造的冷漠和迷茫,没有起点,也没有尽头。

它从空中汹涌而下,把勃勃生机的草原变成巨大麻木的天地。满山自以为坚实的森林也因此陷入昏暗阴寒的世界。高大的松木顶着沉重的负荷在雪雾中沉默、坚持。矮小的丛林却成片成片地被压倒,层层叠叠,如同一场凝结的波澜。深一点的蒿草会在雪地上冒出一些草尖子,但是再有一场风雪,就会被埋得无影无踪。

我们学校的碉房在这样白茫茫的世界里恍若一颗沙子。站在碉房的顶端望白玛雪山,它好像整个冬天都厮混在天上的云雾里。那么高,不见头冠;又那么低,坠落在草原的雪地里。视觉盲目而空洞。满眼铺天盖地的白,没有余地的痛和伤害,叫人无法躲藏,叫人害怕。

一个人处在茫茫的冰天雪地,我经常会被这样的世界吓出一身冷汗。想想自己的身体,时时会从那个拳头大的地方发出一阵阵咳嗽,声音仿佛要把骨头也震裂开来。拖着血腥的口痰,吐不出时堵在喉咙里咔咔作响,叫人呼吸急促。吐出来时,又让人看得心惊肉跳。

而学校的碉房像是不行了。第一场大雪过后,背面的墙体已有多处裂开了细小的缝隙,看样子怕是挨不过这个冬天。把这个叫人慌张的消息汇报给向巴喇嘛,得到他回应的消息更叫人慌张。冬天里最后一批信徒从尼泊尔回来,多农喇嘛没有给我带来口信,却带给向巴喇嘛一个任务:要是最终他病倒在尼泊尔回不来,希望向巴喇嘛能给学校的娃娃们安排一条更好的道路。

不知道多农喇嘛这样的话是一种什么暗示。

在冰天雪地中,我们学校碉房背面墙体上原先出现的一些细小裂痕,在持续的大雪积压中,慢慢扩张开,变成了明显的裂缝。雪从夜里一直铺天盖地。我们都不敢睡,点起一盏酥油灯,但是并没有窗外的雪光亮。我们团坐在一起,眼巴巴望着窗外不断呼啸的雪帘子,一夜不敢合眼。

黎明前后,阿嘎终是忍耐不住,担心地说,屋顶上的雪肯定堆积厚了,碉房会承受不住。他要上去铲雪。月光一把按住他,说等天亮吧。苏拉哆嗦地问,天还要多久才会亮呢?月光说,我们念经吧,念完三百遍经天就亮了。他开始带头念。接着苏拉和小尺呷也跟着念起来。阿嘎在锅庄里烧茶。一只只茶碗摆在娃娃们面前,一人一碗糌粑,吃完后再有一碗酥油茶。之后阿嘎看看钟,急躁地对月光说:"阿叔,我们可以出去扫雪了,别等天亮,这个天一时半刻亮不起来,大雪把天光埋掉了,我们再不出去清理,怕是碉房会受不住!"

月光趴在窗口上向外张望,迟疑一下,然后抓起铁锹上楼去。男生们一个个跟上他。

其实外面天色早已大亮,只是雪下得太凶猛,天地间雾成一团,昏暗了天光。

男娃们开始在房顶上埋头铲雪。雪从四面被推出,坠落下来白茫茫雾天雾地。我和女娃们就在底层清理,把铲下的雪堆搬运到墙外去。雪呼下一阵又一阵,我们跟后搬运也来不及。一会后,从阿嘎那个方向坠落下来的雪堆就埋到了教室的窗台上。

风很紧,雪花横扫过来,不是飘落,是呼啸,铺天盖地。看不清雪花片片,只是白茫茫一片阴沉。一点也不轻飘,雪花坠落在人身上充满分量。我们的睫毛开始凝结冰霜,白花花一排,叫视线模糊而费力。身体里汗水早已湿透内衣。但是渗到外面来,只要歇一口气,外衣就被冻得僵硬,像一块挂在身体上的毛毡,嚓嚓作响。

我的手骨关节粗大而红肿。在这样的风寒中我落下了冻疮的毛病,每根手指都冻起来。不活动时麻木僵直,活动时发出钻心奇痒。不能碰,一碰皮肤破裂,血水流出来。苏拉站在雪雾里瞧着我的手,忽然愣头愣脑地走到我面前。"阿妈！阿妈！"孩子在慌张叫唤。

我好惊异，这孩子从来都是喊我老师的！

"苏拉？"我怔在雪地里。

苏拉声音颤抖地解释："老师，我想起阿妈来了！"她抽泣起来，"老师，您的手再这样下去，也要像我的阿妈那样，要被冻断了——我的阿妈有两根手指在冬天里冻断，老师，您说她后来在天堂里还有没有手指？"

我望着苏拉说不出话，睫毛上的雪霜非常沉重，几乎把我的视线埋住了。月光在雪雾上方朝我叫喊："梅朵！你发什么呆！快来看看，我脚底下的墙壁，它还安全吧？"

我挦起头发，仰面朝上望，就望到月光脚下的墙壁上，先前那些细密的裂缝已经在慢慢扩张，开裂，用肉眼也能望得那么清晰……

装满积雪的畚箕从手里滑落下来，我一把拖过苏拉朝上面呼叫："月光快啊，快领孩子们下来！不扫了不扫了，来不及了，没用了！"

月光抓着铁锹晃荡一下，在雪雾里向阿嘎挥手。阿嘎不听，埋头铲雪。月光一把抓过小尺呷，扯过米拉，把一个个孩子强迫推下楼梯。阿嘎不肯下来，一边铲雪一边叫嚷："我不下去我不下去！"

苏拉紧紧抱住我，小小的身子瑟瑟发抖。阿嘎在楼顶被月光抓住，拽他往楼下来。

我们拖拉着大大小小的孩子往操场上跑，把所有孩子都集中在场子上。月光在风雪中清点人数：苏拉、小尺呷、卓玛、那姆、米拉……阿嘎，阿嘎呢！刚刚我拉他出来的！月光急得四下乱跑。苏拉用手指向被雪雾笼罩的教室，说不出话。

阿嘎身上藏红色的氆氇在教室里晃来晃去，像在寻找什么。月光奔回去一把拖他出来,他夺过阿嘎从教室里抢出来的东西,却只是一本单薄的练习簿而已。月光举着练习簿冲阿嘎叫嚷:"你就为这个,不要命了?!"

我第一次看到阿嘎的眼睛红肿起来,却是不说话。大家惶惶抱成一团。我怀里紧搂着两个最小的娃娃,是东边草场的央姿和巴桑家的积积。她们就像两团棉布衣物,窝在我怀里一动不敢动。月光转身面对其他孩子时,口气又柔和了:"没事,娃儿们,别怕,神灵会保佑我们没事!"然后嗡嗡念经。

草原上到处都是雪灾。我们出问题,牧民也出问题。我们没有能力救助他们,他们也没有能力救助我们。我们都是弱势群体,冰天雪地,落难一方。学校再不敢入住。月光说走吧,我们投靠寺庙去。

但是寺庙远在小河对岸的山林里,大雪早已把通往那边的道路埋断了。我困顿在晒场上,望天、望地、望身旁的孩子,有些犹豫:"月光,我们怎么走?"

月光一头钻进院子里,一会后他抱出一捆柴棍,丢到我们面前,语气严厉:"就是埋了我们也要探一条路走出去!不走晚上怎么办!"他首先拿起一根木棍,然后对我说:"我走在前面探路。你走最后,看住娃娃。阿嘎,最小的娃我背一个,你背一个,行不行?"

阿嘎一声不吭,从我怀里抱过巴桑家的积积。

每个孩子都拿起一根柴棍。由月光领队,我压阵,我们借着道路旁的参照物,深一脚浅一脚坠进茫茫风雪中。

56.人是调走了,但心没有调走

雪地上,一些地段背风,雪层浅,三下两下就能通过。一些地段迎风,雪层堆积深厚,又松散,看似平坦,前一脚迈得四平八稳,再一脚下去,可能就会跌入被大雪封盖的深暗沟渠。如果渠中没水,跌下去还可以爬上来。但如果蓄水很深,人一滑进去,立马就会被雪水淹得无影无踪。我们最担心遇到这样的险境。所以行走时都是由月光举着木棍在前面先探好路,要一只脚步套上一只脚步地行走。即便这样,月光还是走一步扭头叮嘱一步:"都记好了,别以为冒出草尖的地方,下面就是平路,跟紧我的脚步,千万别踩那些草尖子。"

但最终阿嘎还是踩上了!不是这孩子走乱了脚步,是他身背积积负重太久,支撑不住,腿一打晃,一个趔趄倒在草尖子上,整个人就这样摔进雪地里了!积积小孩则被抛出去,顺着雪地的斜坡滑到覆盖着积雪的水渠另一侧。小孩吓得大哭起来,两只小手抓在雪面上,不知要往哪里去,慌张地扑腾,瞬间身子就因扑腾造成的重力下陷了一半。阿嘎扑起身欲要上前拉人,月光慌忙叫住他:"阿嘎别动!"他放下背上的孩子朝我们大家喊:"都别动,原地停下来!"他自己则一步一步抽身回头,一边责备阿嘎:"你不记得了?这个地方下面就是深沟,积积身子轻还可以被雪层托住,你要是往前迈,那就陷进去了!"

现在我们和积积相距两人宽的距离。雪太深,月光跳不过去,也够不着积积。他想了下,抽出腰间氆氇带子抛给积积,脸上挤出一些笑意,在哄她:"娃儿,抓住阿叔的腰带,来,抓住这个带子!"

积积两只小手扑腾在腰带上,抓是抓住了,却吓得没有气力。孩子太小了,力气和思维都不能完整地配合大人。月光有些无奈地直起腰身,望望周围,目光就落在路旁的一棵野杏树上。转身朝树走去,抽出腰刀,砍下一根差不多三人长距离的树棍,又砍出一截五寸长横枝,用腰带紧紧捆扎在树棍的前端,做成一个长长的木钩子。再回身,小心地把木钩伸向积积,勾住她背上的氆氇带子,拖着孩子在雪面上慢慢移动。移过中间的水沟地段,等手臂可以达到小孩身子,月光才放心地一把拽起来,抱住瑟瑟发抖的孩子。

白茫茫的雪地,天空还在白茫茫地飘着雪花。我们的孩子都裹在氆氇里。雪片把氆氇团起来,孩子们像一只只滚动的雪球。两个最小的娃娃又回到月光和阿嘎的背上。经过刚才那一场虚惊,她们乖巧得更像是棉布做成的娃娃,一点不吵闹。我们的队伍很长,但是不乱。孩子们排成一排,手拉着手,肩挨着肩,脚步虽然踉跄不稳,但一直未曾停下。

我们在艰难中行走一整上午,终是在距离寺庙不远的地方遇到了向巴喇嘛。他的身后跟着一帮人马,其中有个熟悉的身影,那竟是堪珠老师!原来是他带领一支救灾抢险的小分队,正要赶往我们的学校!他们背了些酥油和洋芋。望到我们完好无损,堪珠老师扑到孩子们面前,感动地说:"好,好,大家都出来了就好。没事了,马上就会好起来。现在山外的道路被大雪封断,大批的物资暂时是进不来,但我们可以多发动人力背进来。县里的救灾抢险人员也正在山下日夜铲雪开道,等路开通了,一切就好了。"

"堪珠老师,真的是……是太感谢您了!"我激动得话都有些说不清爽。

月光则是又感动又诧异,只问堪珠老师:"哦呀,您不是调走了吗?"

堪珠老师笑起来了,说:"我人是调走了,但心没调走嘛。"说完指着身后的救灾小分队介绍,"这次雪灾这么大,所有单位都在参加救灾。我是临时协助县民政局给你们送物资来了。我们进来,第一批救灾物资就是送到学校,保证孩子们的饮食。之后还要救助牧区的老人和妇女。现在看到你们安全,我也放心了。你们自己选择吧,是先住进寺庙还是乡政府,都可以。救灾物资已经给你们带来了,你们住哪,我们就送哪。"

向巴喇嘛上前发话道:"堪珠,娃娃们就住寺庙吧。草场上到处都在受灾,很多牧民的房子都被大雪压倒了,乡政府要留给他们住下。"

堪珠老师点头同意:"哦呀,这样也好!"

孩子们就被带进向巴喇嘛的寺庙,安排住进寺庙的大厨房里。因为道路被大雪阻断,车进不来,堪珠老师只好带领救灾小分队一驮一驮地背粮食上来。在安顿好我们后,小分队开始进入草原深处救灾。不单是我们遭受灾难,小分队也在赈灾途中遭遇灾难——有位救灾人员半路中滑进山腰下的雪坑里,眼巴巴望着人陷落下去,在雪地上塌下一个深深的空洞,却是一点扑腾的声音也听不到。我们听到这样的消息,心头十分难过。喇嘛们已在为遇难的灵魂整日念经。在这样特殊的时刻,我的心情跟喇嘛的心情是一样的——除了向天祈祷和等待救援,我们还能做什么呢?

57. 田野上的马铃声

这个冬天终于熬过去了。

春天里,向巴喇嘛带领十几个身强力壮的年轻扎巴到我们学校来，检查被雪灾压坏的碉房。幸好，裂开的地方只是碉房的一个侧面，并不是房体主梁，还可以修复。扎巴们清理了碉房四周的残雪，把房后的几棵大树砍倒，就着墙体上的裂隙扎木架，打支撑。又用细沙石砾填补裂隙。严重的地方加砌一道石墙。月光也投入这场劳动当中。他们用去半个月时间，我们学校才恢复了暂时的安全。

孩子们又回来了。

但是食物一天比一天减少。先还能放量供应，后来只能限量。到最后，节约再节约，也是不够。

因为食物供应不足，孩子们上课也不如往日专心。几个小点的娃经常闹哭，积积小孩吵着要回家去。但是巴桑家在这场雪灾中牦牛损失惨重，她们家迫不得已，转移到农区去了。草原上的富有是流动的，今天你家拥有一百头牛，你是富人；来年一场雪灾饿死了牛，一夜之间你就返贫，一无所有。天给人一口，人才有一口；天若不容，人也无能为力。这个世界除了天和神灵，还有什么力量比之更为强大呢？月光的经声因此念得越发频繁。他带领孩子们念经，念消灾的经、除难的经、祈祷的经，指望老天紧绷的脸色在经声里能够缓和，给我们一些阳光，温暖苦难的春天。

向巴喇嘛作为多农喇嘛委托的学校代表，看到学校不容乐观的前景，也在为孩子们的命运担忧。在冰雪还未融化的二月，他动身前往遥远的州府，想给孩子们寻找一些出路。在这样难挨的春天里，不知道喇嘛要怎样去与人谈判。喇嘛一离开，我们就天天盼望着他早些回来。食物一天天减少，我们一天天爬上危房，顶着风寒朝田野的大路上张望，盼望喇嘛能够带回好消息。

一天，隐约中我们听到一阵马铃声从空荡的田野间传到学校里来。孩子们兴奋得像小鸟蹦上房顶去,我们眨巴着眼睛站在大风里,望到一望无际的田野当中,果然有一队马帮!马背上驮满了货物!

是送给我们的食物吗?

是酥油吗?别那么贪心,就糌粑或者洋芋也很好啊!

我们都在心花怒放地猜想。苏拉响亮地咽起口水,站在房顶上叫嚷:"是神灵送我们食物来了!是神灵送食物来了!"

大风围剿地面,扫荡般地刮起来,卷起沙子扑上房顶,打得人脸面生痛,我们的目光却无比灼亮。而风沙是诡异的,一会把马铃声亲密地送进我们耳膜,一会又生生地拽了走。那个马帮的身影,也是被呜呜的风沙一会儿埋没,一会儿露出。

听说人饥饿过头时,耳朵和眼睛都会说谎,出现幻觉。苏拉以前经常挨饿,她能切实感受到幻觉的欺骗,所以她在一阵惊喜过后,又担心地抓住我的手,不放心地问:"老师,那是不是真的?是神灵来了吗?"

"是,孩子,肯定是神灵给我们送食物来了!"我回答,随着她一起咽口水。我们都在痴痴地盼望。是的,不管是神灵还是人,现在我们真的是需要食物。唉,如果念经真的可以产生奇迹,会让田野上那个马铃声响进我们学校里来,那么我也来念经吧。

唵嘛呢叭咪吽,唵嘛呢叭咪吽,唵嘛呢叭咪吽,唵嘛呢叭咪吽……

我就这样地,在不知不觉中一遍一遍地念起经来。充满混乱的经声,叫我自己也犹疑:我这是怎么了,到底是潜移默化地投入呢,还是……天!要是因为我的言不由衷而让神灵生气,叫那个马帮离我而去,我心里会是多么内疚!

我感觉自己的神志有些混乱了。

阿嘎却突然撒腿朝碉房下面跑去。他一边跑一边兴奋地大喊大叫："啊呵呵！那是我们的班哲阿叔！那是班哲阿叔！他给我们送吃的来了！"

风平息下来，我定神一看，果然是班哲啊！他竟然赶着一队长长的马帮来了！我们的孩子几乎都像小鸟一样飞下碉房去。我和月光则站在房顶上你望我，我望你，傻笑。

班哲赶来八匹大马，驮来几百斤糌粑和面粉，还有毛毯、衣物。最馋口的大白菜和牛肉居然也有！

这天我们狠狠心倒下半袋子面粉，做牛肉面壳。唉，自从多农喇嘛离开后，我们再也没有吃过这么丰足的食物。这么白的面粉，这么嫩的白菜，这么香的牛肉。班哲望着我们狼吞虎咽，发着愣。

他还有两个月结束拉萨那边的演出合同。本来打算结束合同后就回草原不走了，但看到我们学校陷入这样的困境，他打算再去拉萨续订合同，多赚些钱回来。我们得知班哲这样的想法，都感动得不知说什么才好。月光把白瓷碗洗了又洗，擦了又擦，满满地给班哲盛上一碗面壳，把牛肉都挑进他碗里。班哲又把牛肉挑给阿嘎和苏拉。苏拉早已吃得失去形象，把头深埋在碗里。阿嘎则是静静地吃着，牛肉一块也没动，又转手挑进了苏拉碗里。班哲笑笑地瞧着懂事的阿嘎。

"阿嘎，你有多大了？"

"我十三，阿叔。"阿嘎答道。

"哦呀，就要进中学了，你的理想是什么呢？"

阿嘎闪亮的目光望我，语气却又是羞涩的，说："我想考上师范学校，将来也像老师一个模样。"

"哦呀,不错!"班哲夸了阿嘎,一身的泥浆氇氇把他弄得像是刚从泥沼里爬出来。月光说:"阿哥,把衣服脱下来,换我的吧。"他进内房去拿衣。我抹起嘴角上的油水,吃得很饱,也许我的脸因此有着生动的光润,班哲望着我只是笑,眼神间有无数话语。他在我面前脱下外衣。月光从内房出来,把一件湛青色的氇氇披到他身上去。就是第一次班哲送给他的那件氇氇,他一直舍不得穿,现在氇氇又回到了班哲身上。班哲朝月光感动地道谢,月光却埋头在清洗餐具了。

我抱起一堆衣物下小河去,包括班哲的一身泥衣。班哲也跟了过来。

春天的河水像是无形的冰刀子,衣物一下水,捞起来经风一吹,就有一层薄冰冻在上面。所以我洗一件,班哲就跟后帮我拧干一件。

班哲站在我身旁等待。他的氇氇太大、太厚,捞上来浸透河水,我拖不住,身子急剧地晃荡一下后,我感觉自己掉进了河里。是的,河水此时却是温暖的,散发着隐约的柔情,似是慢慢把我包围。

只是冰凉的氇氇还紧紧地抓在手心里……

我慌张地从班哲怀里挣脱出来。

"对不起……你瞧我做事,这么毛糙,谢谢你……差点就……"我有些语无伦次,只埋头在水里扑腾衣物,不敢再望班哲。但是班哲的手已经协助着帮我抓住氇氇,我俩共同在水里洗涤。

洗完后还有月光的,孩子们的。我们好像有一个冬天没有洗衣。到春天河水开冻的时候,我洗了满河滩的衣裳。属于我自己的却是不多。寒冷的冬天叫我把棉衣都裹在身体上,一穿几个月脱不下。现在我给自己洗的只有两件小内衣,和一块蓝色小方巾。方巾是三年前我上高原时,湛清包钞票留下来的。他把与蒋央结婚的钱都留给了我,所以这块方巾对于我意义特别。

我在水里认真地洗方巾,但是河水流淌得太急,方巾体积小,下水后只是稍慢抓起,它就被浪头卷走了,像一片决裂的叶子。我要抽身下河去,班哲一把拦住我:"河水太冷了!"他说,"让我去捞吧,也不需要下河,前方有一处拐弯,可以在那里堵住它。"

班哲已经沿着水流往前跑。一个拐弯跑过去,没堵住,他又追向前方的另一个拐弯。跑着跑着就远了。他在我看不见的一个拐弯里躬下腰身,一会不见影子,一会又冒出来。后来他回来,却没有追回我的方巾。

班哲两手潮湿又空空:"梅朵,我没能抓住它……"

我愣了下神,问:"那我再赶过去还能抓上吗?"

"没有了!"他说,红了脸色。

"啊!! ……没事,卷走就算了。"我的声音在胸腔里像条鞭子,出了口腔,又变成水了。

58. 神秘的遗愿

我们学校在寺庙和班哲的帮助下,暂时可以安稳一阵子,但是前途未卜。多农喇嘛终是在尼泊尔往生。对于多农喇嘛,我心存感激,也有更多感慨。喇嘛为孩子,这两年基本奔波在外,我们聚少离多,一年见不上三次。但是由他为学校筹集的资金从未间断过。感觉他是我们学校最亲的人、最近的人、最值得依赖的人,却又有着最远的距离。像一个可以信赖的影子,我们抓不住。

记得,最后一次喇嘛从学校离开,如同一种预兆。原本喇嘛是定好要去内地为学校寻找资金的。但临行前夜,喇嘛却梦见身在尼泊尔的上师晋美活佛,召唤他去尼泊尔。梦里询问何事,那边活佛并不作答,只是满脸倦容。喇嘛因此很着急,当即改道去尼泊尔朝拜上师。不想这一去就是半年——又是一病半年——最后永别。

现在,喇嘛在往生之前托人带回他最后的钱物,和一个叫人没底的信息:在临近草原下方的城市里,有喇嘛的两个爱心弟子。如果学校遇到困难的话,可以寻求两位弟子帮助。

但学校已经委托给向巴喇嘛,所以孩子们最终的出路,还是需要向巴喇嘛来负责。可向巴喇嘛自从去州府,一直不曾回返。托人带回了口信,也是身体出了点问题,虽然不大碍事,但需要在州府休养一段时间。

我和月光思量很久,决定亲自去寻求多农喇嘛的爱心弟子,看能不能筹点资金,把学校先维持下来。另外瞧着身体一天不如一天,我也需要回内地检查一下。

学校因此又丢给阿嘎和月光阿爸,月光跟随我去内地。因为多农喇嘛的弟子之前上高原时,是由月光家接待的,所以月光就成了名正言顺的"介绍信"。月光对于这次出行充满信心,他说喇嘛的两个弟子都是菩萨模样的好心肠,肯定会给我们的孩子带来福分。

我们因此怀揣希望,风尘仆仆地赶往内地。

到达城市后,我急于要去拜见两位弟子。月光却不同意,他说我的身体让他担心,坚持让我先去检查身体。我们便匆忙去医院。身体上值得怀疑的地方一一检查。妇检胸检血检胃检,查出很多问题。头晕是因为贫血,心痛是因为心脏扩张,吐血是胃的毛病。哪个科目的医生都非常严肃地提示:需要治疗!妇科医师的声音最叫人害怕:

怎么,你还要上草原去?这个病不能再上草原,你要住在有青菜、水果、猪肝、红枣的地方生活。

我心里想,她怎么不说住在有红景天的地方生活呢?高原上只有红景天才和平原上的青菜一样多。

走出妇科门诊,手拿血液化验单我踌躇不定:要不要把实情告诉月光呢?

月光一把拖过化验单,双目盯在纸上。那些汉字和英文字母对于他却像是天书,他看不懂。

焦急的青年一脸无奈,急声问我:"怎么说,化验单上怎么说?"

"……嗯,没什么,是个小毛病。"

"那你吐血也是小毛病?"

"哦呀,医生说吐血就吃红(枣)……红景天!红景天的根块是红色的,吐红色就吃红色,红色吃进肚皮里,就会变成血,吐了吃它,就补上了。"

月光望着我,半信半疑。

我避开他的双目,他在一旁嘀咕:"要真是这样就好了,红景天草原上可是多多有了。"

我深深咽下一口唾沫,感觉口腔里已经冒出红景天的那种青闷苦涩的味道。

从医院里出来,我们找到一处公用电话,拨通了多农喇嘛的弟子黄居士的手机。

那边黄居士非常热情,说喇嘛的另外一个弟子张居士,此刻并不在市里,所以就由她过来接我们。手机里同时传来念经的声音,而就在我们等待的公用电话亭对面一条街的深处,我看到有一堵寺庙的黄色围墙露出来。我们便站在电话亭旁望着那个方向等待。

不一会,果然看到对面的街道里,一位青衣飘飘的中年妇女朝我们匆匆走来。刚一见面,她已经当我们亲人模样,一手拉起月光,一手拉起我:"阿弥陀佛,小居士好啊。这下正好,我这两天可忙坏了,为收款的事。你们两个小居士过来,正好可以帮到我了!"

月光用别扭的汉话问候她:"黄居士,您的身体可好?全家都好吧?"

黄居士说好,好,就是现在太忙了,我们的张居士还在山里寺庙办事呢。

"哦呀!张居士身体也好吧?"月光继续问。

"她很好!我前两天已经跟她招呼过你们要来,她明天就会下山来见你们。"

"哦呀打搅了!"月光很尊重地回应。随后我们就被黄居士带进不远处的寺庙大经堂里。好多的人,均和黄居士一样,一身青衣飘飘。我还来不及再观察,一支钢笔塞进我手里,黄居士充满信任地招呼我:

"小居士,寺庙里要请一尊观音菩萨。我们正在随喜捐款,缺个记账的,你暂时帮我记账吧。什么姓名,多少钱,一行一行记下来就可以。"

黄居士声音刚落下去,就有一帮人围上我来,同时,大把的钞票也朝着我扑过来。黄居士在大声点数:"王居士五百,姚居士三百,陈居士六百,刘居士,刘居士——"黄居士提高嗓门,生怕我听不到:"从南方来的刘居士两千!"

月光被黄居士分配在一旁整理钱。一沓沓钞票堆在香案上,月光一边嗡嗡念经,一边忠心耿耿地整理。大堂里经声一片,除月光的六字真言,大家都在整齐响亮地念《金刚经》。钱是整百整百的花花票子,神情也是一致的认真恭敬。

我们收钱到很晚。因为有些居士的钱很多,也很复杂。一份子钱,里面却有着十几二十人的单独份额,需要一个一个记录下姓名。夜晚,月光抱着装满钞票的盒子,我们拖着疲累身躯回到黄居士家。吃下一点点便餐后,黄居士提出再核对钱的总数。于是钞票又被倒在桌子上。白天我一直忙于记账,现在,花花一堆票子就那么直接地摆放在面前,我的心顿时变得波涛翻滚。

"黄居士,我们收了这么多钱啊!"我几乎是眼睛雪亮地说,也有点小担心,"可是也没给人开个票据,我们不怕别人说闲话吗?"

黄居士很不理解地反问:"什么闲话?"

"要是别人说我们贪污怎么办?我们也不能证明自己。"

"阿弥陀佛!有菩萨在你担心什么——菩萨是世上最廉洁的清官,铁面无私,谁敢在菩萨眼皮底下藏有私心?"

"哦!"我暗在叹息。

被黄居士觉察到了,但听她语气认真地道:"怎么,你不信?我跟你说个事你就信了。前些年,我们地方小镇里发生一件怪事。当地修公路,公路修不到三年路基就塌了;修桥梁,车跑不过三年也塌了;修学校,人们说,那修学校是为祖国花朵的明天,总不会修不好吧?但是不过三年,学校的墙壁也开裂了,学生都不敢进教室上课。你说这都怎么了?贪啊!里贪外贪,都做成了豆腐渣工程。小镇的人民因此来气了,说我们来修一座庙,看谁还敢贪!就集资在镇上建庙。果然庙宇做得高大气派。那个威武、庄严,从气势上就可以看出物有所值。后来那座寺庙一直香火旺盛,到现在也没出现任何质量问题。这证明什么呢——菩萨的力量啊!阿弥陀佛!"

黄居士说完,一边整理钞票一边招呼我:"往后几天都会有居士来我家随喜。明天估计就有几十人要过来。张居士不在,我一人忙不过来,所以接下来的几天还是由你来帮忙吧。每个居士随喜多少钱,要细致地记录,别把数目记错。那都是要刻上功德碑的。记多了是在骗菩萨,记少了居士们心里也不舒坦!"

听黄居士这番话,我顿时焦急起来。她是不是把我们此行的目的给忘了呢?这样陪着她收钱,这个钱收也收不完,而学校里还有那么多孩子在张口等待,我们是耗不起时间的。

黄居士见我不应声,便问:"你行不行啊?"

"黄居士,我……"

黄居士停顿手望我:"阿弥陀佛!"她说,在等待我的话。

我就直白说了:"黄居士,我知道您在这个城市认识很多爱心人士,您自身也很有号召力,所以,我们之前跟您在电话里说过的那个事,您看怎么办呢?"

"哦!那个事啊!"黄居士像是真的忙得忘了,才想起来,"那个事应该可以的,不过肯定要等到我们忙完现在的这个事情。"

"那真是谢谢您了!"

"阿弥陀佛,要谢,你就谢菩萨吧,是菩萨给了我们这样美好的生活!"

"是。"

"嗯,前些天向巴喇嘛来过我们这里你知道吗?"黄居士问。

"我知道向巴喇嘛身体也有些不好,正在州府这边休养。"我老实回答。

黄居士便道:"向巴喇嘛过来,正是商量怎么完成多农喇嘛的遗愿。"

"遗愿？什么遗愿？"

"多农喇嘛生前有一个遗愿,你难道不知道？"黄居士很吃惊地望我一眼,却又说,"算了,我们暂不谈这个,明天等张居士下山来,大家共同商量这个事吧。"

我困顿在黄居士半出不出的话语里,不知多农喇嘛到底留下了什么遗愿,而我为什么不知道!

满桌子的钱,黄居士在清点,月光在包扎,我坐在一旁,迷惑的眼神望黄居士,望整捆的钱,望屋里的一切。精致的神龛上,供着一尊尊镀金的菩萨。案前的香炉里正焚着檀香,香雾一缕一缕,迂回在空间里,迷蒙了我的双眼,叫我目光有些失神。

黄居士问:"怎么了？看你眼睛,是想睡觉吗？"

"是,我累了。"我说。不但是身子,心也跟着拖得好累。

黄居士点头,关切道:"那你到内房休息吧,明天还有更多的事情要做。"

我走进黄居士的内房。躺倒的时候,就听到隔壁的月光在向黄居士打听。

"黄居士,那个女娃娃的脸色不好,还经常犯头晕,是什么病？"

黄居士问:"什么样子的不好？"

月光说:"就是梅朵那样不好的脸,是什么病？"

黄居士想了想,突然像发觉什么似的,紧声道:"是啊,我看你们那个小居士脸色是有点不对,怕不是贫血吧？"

月光赶忙问:"贫血是什么毛病,是厉害的病吗？"

黄居士回答:"这个不好说,看是什么原因造成的,这样吧,我进去问问她好了。"

门即被推开来,黄居士站到我床前。我的眼睛却像是熟睡一样地闭起来了。

黄居士在一旁轻轻叫唤:"小居士……"

我的双目显得更加安静。

黄居士很纳闷地嘀咕道:"怎么这样快就睡了!"

59."好运气"

第二天一大早我们又忙开了。从各地赶来的居士们早早地就聚到黄居士家来。幸亏她家住在一楼,有一个很大的院落。屋里坐不下,人就挤在院子里。黄居士喊我随她到外面买点心,有一半居士没有吃早点。我们只得提着大袋子上街,黄居士一路走一路问。

"小居士,你有贫血的毛病吧?"

"还好。"我说。

"什么还好,我看你脸色就不对,是什么性质的贫血?"

"不知道。"

"你昨天不是进医院检查了吗,检查了还不知道?"

"嗯,说是子宫里长了点东西吧,好像很多女人都在长。"

"哦我知道了,小居士,你可幸亏认识我了!"黄居士突然兴奋了神情,像是遇到什么大喜事一样,赶忙从衣兜里掏出手机拨号,她在朝那边慎重地招呼:"张居士,你明天下山来,也把真惠大师请下山来吧。从高原上下来的这个小居士身上有点毛病,烦请大师下山来看一下。"

黄居士收起手机,脸色大放光芒:"小居士,你真是好运气,正赶上我们的真惠大师在寺庙里,他可是神医!你身体里的这个毛病,只要他作个法就好啦。"

我顿时惊出一身冷汗,立马想起所画来,浑身跟着一阵哆嗦,赶忙问:"怎……怎么作法,用刀?还是用箭?他用什么作法?"

这声音是尖厉的,把黄居士给怔住了。她镇定了好大一会,才说:"大师别的什么也不用,只用汽水瓶,作法时只用汽水瓶扣在你的肚皮上,会把你肚子里的不良东西全部吸进瓶子里去。"

"哦!"我倒吸一口冷气,心思被人,或是被这样的际遇弄乱了——要不要配合黄居士去完成这件事呢?不配合显得我不够真诚。天,到底是我含糊其词地在糊弄她们,还是她们本不需要我的接受和理解,只要参与其中,我就是居士了?

我有些慌乱。

黄居士买下一袋青菜包子、豆奶,我们满头大汗地提回来。月光穿梭在居士中间,开始分发食物。吃完后就开始登记收钱。又是大叠大叠的花票子。因为是供奉送子观音的,所以年轻不孕的男女也有过来捐钱的。

有一对夫妇,吞吞吐吐地直到最后才交出钱。交完后跟在黄居士身旁不肯离开,像是有事求助。人太多了,黄居士招呼不过来,只好打发他俩说:"过些天吧,过些天等菩萨请进庙,我再带你们去请求菩萨送子。"

那女人听黄居士这话,一脸恭敬地称谢。男人却站在一旁淡淡应付。女人很不高兴,拽过男人退到一旁,严肃着表情,质问他:"我们娘家二姑的媳妇,她姐姐就是请观音送子怀孕的,你可别不信!"男人委屈地说:"我不是不信,我们得一边求神一边治疗吧。要从多方面寻找机会。你瞧你,在这里花掉这么多钱,往后我们哪还有钱去医院里检查!"

他们小两口在院子的角落里压抑着声音相互争执不停。实在听得不忍,我便走到他们面前。

"大姐,"我说,唐突而响亮的声音,"大哥说得也很在理,是要多选几条路才好。指望这一条路,机会也只有一次。要是这条路走不好,你后悔也来不及了!"

"什么!你怎么知道这条路走不好?"女人被我这话惊住了,"你是什么人,你不是居士吗?"

"我……大姐,请别误会,我只是想说,同步去医院检查也很不错,现在医学非常发达,能治很多疑难杂症。"

女人惊诧在我的话语里,她一点也不理解我了,或说不理解身旁那些陌生的居士。而我同时也被自己的话给惊住,感觉这话并不是我成心要说的,是我的心魔在作祟,怂恿我说出来。

那女子已经朝黄居士走去,一面走一面怀疑地回头望我。之后她挨上黄居士,脸面贴在黄居士耳朵上。她要说的话,我能预感,却也不能上前去为自己辩解什么。

我看到黄居士的脸,在那女子的一番耳语中慢慢阴沉下来。

第二天,黄居士已经把最重要的收钱工作,转交给那位求子的女子去做。我被撂下来闲置一旁。有一整天,黄居士再不喊我"小居士"了。

60. 归　宿

张居士在第三天才下山。我向她详细汇报了我们学校的现实情况。张居士非常同情,说可以为学校做些努力,但需要等待。因为寺庙里有一场放生活动即将进行,张居士恰是协助寺庙在负责这件事。广大爱心居士们从各处农贸市场买来的小动物:成筐的黄鳝、活鱼、金钱龟、鹌鹑、鸽子,源源不断地送进寺庙里。鹌鹑和鸽子很容易养护,只需要往铁笼里撒上谷食就可以,活鱼却是离不开水的。寺庙里盛放活鱼的大水缸已经超满,很多鱼儿挤在一起,压死了不少,挺着白肚漂在水面上。时间等不得,需要尽快放生。而糟糕的是,也不能随便放生。往年有这样的情况,广大爱心居士花大价钱从各路渔民手里买来放生物,大批大批地放生,但是河道上游在放,河道下游有人却早已撒上大网在捕捞了。捕捞到的,又重新送进农贸市场,进了千家万户的油锅。张居士因为这事一直不安心。担心那些可怜的小动物折腾来折腾去,最终还得落入活人之口。她在思考着要发动广大爱心居士,在放生期间,拦截那些没有善根的人。张居士希望我也能参加。

如此,我们这次回内地,赶得可真不是时候。而我朦胧中已有预感,可能这次为学校募捐资金会有难度。月光则对居士们充满希望,说不管他们是在为小动物忙,还是为娃娃忙,那都是在为生命忙,我们耐心一点等待吧。

两天后,黄居士协助寺庙接收的捐款收齐了。三天后,张居士的放生工作也顺利结束。两位居士便喊来众多爱心居士,把我们孩子的相片看了又看,瞧了又瞧,之后众位居士开始进内屋商议。

大半小时过后,居士们出来,得出的结果是这样:并不是她们不愿意支持学校,是因为多农喇嘛生前就有遗愿——如果我们的碉房学校最终维持不下去,可以把娃娃们送进向巴喇嘛的寺庙里。向巴喇嘛寺庙里有个小佛学堂,虽然因为资金问题已经停办三年,但是如果我也同意这个建议的话,居士们将会号召全体爱心人士,努力筹集资金,重新恢复佛学堂。

要真是这样的结局,我还这么长久地在困难中坚持做什么呢?我想也没想,说不行,除非孩子们自己愿意,要不,他们必须继续读书。

众居士很诧异,都沉着脸不作声。

我只好对月光说:"学校里还有那么多娃娃在等着,我们明天就回去吧。"

黄居士一旁生硬地问:"那你肚子里的毛病还看不看? 真惠大师你还等不等? 他明天就会下山来。"

我朝她愣着神,不知道应该怎么回答她。

张居士把我拉进内屋。坐在我对面,望我很久。

"跟我说实话,你的贫血是不是很严重?"她问。

"没事……"我低下头,心里很难过。难过的并不是病,而是我们回内地募捐的希望,就要落空了。

张居士拉过我的手,真诚地说:"你很不容易! 我是感觉得到的——你是在用心灵供着菩萨,菩萨保佑你,你会好起来的!"

"谢谢您张居士!"我的泪不知怎么的就流下来。

张居士朝我伸过一双粗糙的大手,抹过我脸上的泪,安慰我:"好了,别急,你先上去吧,我会为你想办法的。现在主要是大家意见不一,这需要慢慢来协调。"

"嗯……"我一边淌泪一边朝张居士点头。感觉此时的自己,竟像个弱势的孩子。空茫又揪心的情绪,难以言表。

"唉……"张居士做了一个深长的叹息。她的手一直紧紧地握住我,传递着深深的力度,没有放开。

许久过后,她从内衣口袋里拿出钱夹子,厚厚一叠钱,递上来:"这是我个人的,先拿上吧。"

"……张居士……"

"你先去把病看好。我会慢慢考虑学校的事,我们保持联系。"

61. 酥油里的孩子

时已近三月,草原上依然一片荒疏。

草原的春天,即是人畜寒冷的冬天。雪灾刚刚结束,枯草吃尽,新苗不抽。饥饿的牦牛用蹄子在沙地里刨掘草根度日。但是不久鼠灾就会来临。草原上一些草根被大雪彻底连根冻绝。一些顽强的,顶住春季风寒从沙土里爬出来,但刚刚抽出草尖子,就被迫不及待的草原鼠啃个精光。

政府下发鼠药,帮助牧民治鼠。药发下来,牧民们拿回家却不投放,要藏起来。牧民们不杀生,不愿投药。政府无奈,安排工作人员上草原,牧民不放药,政府工作人员就亲自上草原投放。药被放在一只只草原鼠的洞口边。但等工作人员一转身,牧民们立马口念经语地跟在后面清理掉。你在前面投放,他在后面清理。因此我们的草场退化很快。一些重灾地区的草地,被草原鼠糟蹋得像是翻耕过一样,基本荒芜。

回程中,坐在长途班车里,我的心情已经跌入深暗的谷底。望车窗外,那些被草原鼠伤害过的草地,在我的面前打着旋涡儿地转动,伴着月光嗡嗡不断的经声,我感觉视觉和听觉均被卷入一股激流,身体像一片落叶在激流中浮荡。

　　班车却在这时掉转了方向,爬上一段长坡后,车轮哼哧着像是赌气似的,把我们带上了陌生的草原公路。瞧着麦麦草原的道路被越抛越远,我的火气徒然冒出来,站起身朝司机大声叫喊:"停下!停下!你这是往哪里开?!我们要去麦麦草原!"

　　我没好气,那司机更没好气:"不是上车之前就跟你说过吗,这次不走你们那边,那么大的塌方,谁敢走?你敢,你不要命我还要命!"

　　月光连忙拉我坐下,吃惊地责备我:"你怎么了?这样无头无绪地发火,人家师傅也没招惹你!你看麦麦草原那条路,在我们下草原的时候就已经塌方了,我们回程是跟人家说好要绕道的!"

　　我的身子像一根撩倒的蒿草,恍惚一下,沉没于高大青年的怀里。我是哭了,还是急了,在月光怀里喃喃低语:"月光,没有弄到钱,我们回去怎么办呢?"

　　月光拍拍我的肩,说别急,还有向巴喇嘛。向巴喇嘛总归是要回学校的。

　　我们回来,等到三月中旬,向巴喇嘛终是返回学校。喇嘛回校,带回一个之前我就已经听别人说过,但现在亲耳听喇嘛说出来还是感觉有些突然的消息——喇嘛结缘的一位慈悲的信徒,她许愿要供养寺庙一笔钱,外加黄居士她们的集体捐款——寺庙里原本已经停办的小佛学堂,将会重新开办。

　　向巴喇嘛对我们说明来意后,给学校丢下了一些钱物,忙着念经去了。

　　天色已经黯淡下来,喇嘛在夜幕中离开学校。他本来是可以像多农喇嘛当初那样,也住进我们学校三楼的那间经房里的。但是现在喇嘛离开了这座本来可以兴旺起来的碉房。

夜,因为没有电,碉房里一团混沌。酥油灯火半亮不亮。客厅的床铺上,只能模糊地看到孩子们的身影。但是歌声唱起来了。月光弹起了班哲丢下的木琴,他好久不唱的歌声在黑夜里流淌出来。有一首是《次仁拉索》,有一首是《东边月亮》,有一首是《草原锅庄》。

然后是孩子们在集体唱歌。小尺呷唱起了他阿哥曾经唱过的歌:

天气晴了,天气晴了草原是什么模样?是金色太阳模样的。暖和的风很亲切,像阿妈一个模样。

天气阴了,天气阴了草原是什么模样?是寒冷冬天模样的。

大风太无情了,像鞭子一个模样……

目光有些沉重,我想我需要分散一下注意力,不要听到小尺呷这样叫人压抑的歌声。唉,要是不回避,越来越深的压力会叫我神经崩溃的。我的脚步推着我的身子,轻轻往三楼的木梯上移动。

我一人来到三楼晒台。

站在晒台上望天空,夜的天空并不寂寞。满天飘着冰蓝色云朵。月亮也被浸在轻盈的蓝雾里。星星乍看只有几颗,但只要你长久地投注,满眼都会撞到密密麻麻的亮点。渺小而遥远,却暗藏着铺天盖地的气势。我的眼睛因此慌乱起来。是的,要不是一个身影晃动在我面前,给眼睛指引一个方向,它将无处躲藏——我看到阿嘎,他静悄悄地来到我身边。

月色下这个孩子的眼睛朝我放出早熟的光亮。健壮起来的少年,那身线条,初露青年男子的粗犷,有着成长中青稞抽穗的生猛,却也未脱稚气——如果是那个脸,笑起来。

是的,他在笑,清油灯一样微光浅露的面色,在月光里越发清纯。

他有多大了?

十一岁跟上我,两年多,阿嘎今年十三。下学期就可以上初中去。我的目光流淌在阿嘎身上,血液一样深切地流淌,我说:"阿嘎……"

阿嘎愣愣地望我:"老师?"

"嗯阿嘎,来,和老师比个肩,到底你还矮老师多少呢?"

阿嘎的身子即朝我凑近来。轻轻地,我们背靠着背,头顶几乎水平地连在一起,也许他还要高出我一些。

阿嘎转过身,望我:"老师?"他朝我伸过手来,抹去我眼角的泪水,"老师您怎么了?"

"没什么……"

"您是不是累了?"

"不累,只要有盼头,老师做多少也不会累。"我说,不,是我的心在这么说,出口则是另外一句:

"阿嘎,跟老师说,你心里有什么愿望。"

阿嘎眼睛闪亮起来:"我啊,就想有一天能够找到我的阿爸和阿哥!"

"唉阿嘎!对不起……"

心头突发愧疚,方才意识到:除了紧抓学习,我真是忽略这个孩子太多东西了。

把内疚的目光送上阿嘎的脸,却听他在朝着天空用英语说:

Over my head, there is the moon surrounded by three stars.

(头顶上有一个月亮,月亮旁有三颗星星。)

They are in the same sky.（它们同在一个天空上。）

My father is on the land, and he has three children.（地上有一个阿爸,阿爸有三个娃娃。）

They live in the same grassland.（他们要共同生活在一个草原上。）

But my father and brother,（但是我的阿爸和阿哥,）

where are you wandering?（你们流浪在哪个地方?）

"阿嘎!"我震惊在阿嘎的语言里。

阿嘎却有些羞怯地问:"老师,我这个语句,说得标准吗?"

"哦呀!"

"那么就这样学下去,我以后到喜马拉雅山的那一边,就不会走丢了吧?"

"阿嘎!"我一把抓住他,声音有点慌张,"阿嘎!你不会是学好英语,将来也要离开草原吧!"

"不,老师!"阿嘎瞬间涨红了脸色,"老师,我不是。我只是想认识那边的道路,听说他们的街道都是英文的,我要认识那边的车站、饭店、旅馆,将来有一天,我……一定要把阿爸和阿哥找回来!"

"哦!"

"老师,我想把阿爸和阿哥全找回来,我想在我们的草原上盖一栋像益西医生家那样的大碉楼!"阿嘎眼里烧出一团火光,他从怀中掏出一个东西,是去年雪灾中从教室里抢出来的练习簿!他翻开它。我看到里面有所画当时为他画的彩绘,有我当时给他写的彩色字母,有他自己用铅笔画的一座结构复杂的高大碉楼,有三个孩子、两个大人、一片草原。

"阿嘎……"我的心被阿嘎感动,也被他弄得有些乱了,"阿嘎……那你曾经跟班哲阿叔说过的理想,还算不算?"

"当然算,老师!能接您的班,那是我的理想。找回阿爸,在草原上造房子,这是我的愿望。老师,理想跟愿望有一点小小的区别。理想是对于未来事物的合理想象,愿望是希望将来能够达到某种目标的想法!"

"哦!"我轻吁一口气,这个较劲而认真的孩子可把我吓了一跳。

孩子们都上楼来了。苏拉、米拉、小尺呷、多吉、那姆……三楼的晒台太小,站不下,一些孩子就爬上房顶去。三楼和房顶因此都是孩子。

月光也上来了,手提木琴上来,倚身靠在三楼经房的木楞上。

孩子们说:"老师,您也来唱首歌吧。"

我站在夜气里。孩子们站在我的面前,一双双乌黑的眼睛,像一对对黑琥珀,夜气的浸润叫它们充满柔韧。孩子们静静地望着我,不发出半点声响。除了月光拨弄琴弦,在断续地响过一下、两下——他也在望着我,不动声色地等待。苏拉小小的身子已经紧贴在月光身边,小手搭在木琴上,恨不得她来伴奏,她来弹。

好吧,孩子们……从来你们的阿叔都是随口就可以编出小调。今天……好吧,我也要随口道出我的心声……原谅我孩子,原谅……

> 我只有那么多的气力,孩子,
> 只能摸一摸你的脸,
> 向你微笑一下。
> 我只有那么多的精力,孩子,
> 只有酥油灯的亮光,

给你一星点方向。

那个夜如果再黑起来,
就让星星来照亮天空吧。

不知道为什么会有那么多星球,
在宇宙里,
它们相互撞击,
却不能迸发出温暖我们的火花。

每个夜晚,
我望着深蓝色的天空,
问月亮:
为什么你有光,
却那么清凉?

他们唱着那么深情的歌
到底在温暖谁的耳朵?

酥油里的孩子,
今夜我们什么也不做,
也不倾诉。
我们唱歌吧。

因为除了放声歌唱,

我已无能为力……

泪水已经扑上我的脸面。孩子们的念经声陆续地响起来，琅琅一片。碉房晒台的夜晚，从来没有这样热闹过。原来我们的孩子在夜里也有这么好的活动场所。站得高，望得远，晒台叫我们的目光更为广阔。上面的天空和下面的青稞地一览无余。夜色清清白白，宁静而致远。孩子们在念经，我在流泪，月光的木琴声断了，他挨近我来，一只手伸向我，捋起我垂下的头发，把我的脸面完整地显露在他面前，然后他说：

"梅朵，看着我，让我跟你说说话吧。"声音沉坠、细密、绵长，"……不要这样责怪自己，也不要失望，更不要难过。你要是对向巴喇嘛的建议有想法，那也得让孩子们自主做个选择。愿意读书的，就送到公办学校去吧，不愿读的跟着向巴喇嘛也好。我们再不要这样坚持了。不单是粮食问题，是你的身体。你看你，面色这么不好，肯定是需要休息一段时间了。草场上还有更多的娃娃需要帮助，我们要有好的身体才能继续工作下去。所以等送走娃娃，你到我家去，好好调养身体。身体好了，我们就可以帮助更多的娃娃。"

离得最近的两个女娃听到月光这样的声音，挨近我，头贴在我怀里，开始轻轻抽泣。爬上房顶的都是男生。男生们不哭，只是静静地坐在房顶上。

62. 我们分散的孩子

春天里最后的日子，向巴喇嘛留给学校的钱物终已用尽，张居士临行前送给我治病的钱也贴了进去，最终还是没能维持多久，我们的碉房学校只好解散。

向巴喇嘛过来领走十个孩子。这十个孩子都是自己举手表决愿意出家的,年龄在七岁到十岁之间。喇嘛将会安排孩子们进入寺庙里正在筹办的小佛学堂。余下孩子,十岁以上的只剩阿嘎、苏拉、小尺呷、米拉等八个娃,都被送进镇上的公办学校。阿嘎很聪明,他自学,加上我平时特别培养,已经能够接受初一课程,被破格录入县城初中。

送阿嘎进初中时,接待我们的竟是之前教过格桑的班主任。

唉,格桑,所画结识的兄弟!之前这男孩因为找不到家,书也不读,流浪在草原上。被我们遇见后,劝回学校读书,他后来就一直以我们的碉房学校作为家了。这男孩有点早熟,说话非常大胆。我还记得,每次他从县城学校放假回来,见有年轻的男子来我这里办事,他准会凑上前,不论人家什么情况,都要说:"你和我们梅朵老师耍朋友(谈朋友)吧。"一次,他见班哲来学校,也缠上班哲说这个事,惹得月光和班哲还因此产生误会。这男孩!他为什么一再这样呢——我知道,他就是担心学校会散了,那样他就没有家了。没想到最终这个家还是散掉了!现在,虽然格桑已经考上中专,去了外地读书;但在下一个假期,他的家又在哪里呢?

除阿嘎,余下七个十岁以上的娃娃,四个被分到远离县城的学校,三个进了县城附近的乡镇小学读五年级。十岁以下的小娃,除积积不符合条件被巴桑女人领回家去,其他都送进遥远的州府福利院。

交接的时候,去州府福利院的娃娃们由一辆小中巴车接应。车进不来,停在遥远天际的草原公路上。我们领孩子们过去。满满一车子,孩子们不知道自己将要去哪里,个个抽吸着鼻涕一脸茫然。看我不在车上,坐上车的孩子又都跑了下来。福利院的生活老师拦也拦不住,只好说:"梅朵老师,还得请你暂时陪在车上。"我只能上车。

娃娃们看我在车上,才又放心地坐进位子里。等车慢慢发动起来,车门开出一半,我从里面挤出来,再转眼,就望到紧紧扣上的车窗内,孩子们扑腾在玻璃上。一张张小手抓玻璃,张大的嘴在哇哇大哭,却一点声音听不到。月光拖住我跟随车轮奔跑的身子,大声提醒我:"走吧,阿爸还在学校里等着我们。"

带着落寞的心情回到学校,月光阿爸已经在碉房下等候我们多时。老人赶来好几头公牛,准备把碉房里能用的东西都整理起来,要搬回他家去。

感觉是需要一辈子住进他们家的样子。

他们父子俩在楼上楼下忙碌。霓蓝色的窗纬子被撤下来。唯一我床铺里才有的、月光阿妈亲手编织的细牛绒毯子被捆起来。柜子里,那么多的户外衣物被装起来,还有我的书籍、录音磁带。厨房里的铜质灶具、瓷质茶碗——整排的孩子们的瓷碗,月光在利索地搬运,叠加得那么高,他还想多加一些,想一次性把那些碗都搬下楼去。

我说月光,为什么孩子们的东西也得搬走呢,难道我们真的不会回来了?

月光不知说什么好,碗又放回高高的柜子上,手停顿在空气里。感觉像是一场梦。认识就是梦的开始。生活就是梦的行程。分离,就是梦醒了。醒来我们又该如何继续下一场梦呢?

"月光,月光,"我的声音几近梦呓,失神、空洞,"月光,我感觉我无事可做了。"

月光眼神空飘地望着我,听我有些无端地在问:"除了孩子,你会永远在我身边吗?"

柜子上瓷碗叠加得太高了,月光情绪稍一恍惚,碰了下柜子,那些瓷碗就哗的一阵坠落下来。砸成两半、三半、四半，或是粉碎，叫人心惊肉跳。月光慌忙抢救，也是没有一只完好的。他蹲在满地的碎片中自责："都怪我！为什么要码得这么高，想一次搬下去，就一次全摔了！"

我的眼泪在我转身的时候汹涌而出。对于月光的情感，因为众多的孩子而未曾明朗，因为孩子们的离去又显得分明。我想在这之前我们都没有用心来想，我们这是在恋爱呢，还是在工作——多农喇嘛的碉房，三年，不知不觉中我们把生活过成了"家"的模式，而生活的内容又是工作。但是现在，终于不用工作，可以两个人的时候，新的问题却不能让我们享受那种爱情带来的甜蜜感觉了。

63. 露天课堂

月光家又恢复到常规的半农半牧生活。放牧交给他的阿爸，我住在农区，月光本人则牧场农区两边跑。把牧场打出的新鲜酥油送回农区，再把农区刚磨出的糌粑送往牧场，途中少不得还要跋山涉水，到处采集红景天。

红景天开出美丽妖冶的花朵，红得像血一样。根茎的气味却叫人不敢恭维。青冈苦涩的味道，喝一点还可以忍耐，喝多了，就跟煎熬的中药一样，让人口苦、胸闷、心头不适。

但是月光却把大块大块的红景天泡在碗里，煮进汤里，还要亲眼瞧着我喝下去，一滴都不许浪费。因为这是补血的。他死死记住了我曾经在医院里说过的话——红景天的根块是红色的，吐红色就吃红色，红色吃进肚皮里，就会变成血，吐了吃它，就补上了。

喝得受罪。有几次我差点就要朝着他哭了，差点打翻他手里的药碗,或者把实情告诉他。

孩子们也送这种折腾人的东西过来。阿嘎和苏拉都会送来。虽然分流到不同的学校,但是每逢周末,离得最近的孩子们都会把月光家当成他们共同的家,要结伴回来。一来,即是大袋子的红景天带过来,熬满满一瓦罐的药汁,充满希望地让老师喝。喝下后,孩子们就聚集在月光家碉房前的场子上。阿嘎必然是要汇报他最新学到的知识,并且要模仿我平时上课的模样,一本正经地念诵、讲解,要看到我从心底发出笑声,才会停止。

小尺呷过去那么调皮,但现在一回到我面前,即显示出一副乖巧模样。那又是装出来的姿态,所以有点别扭,叫人不忍发笑。

苏拉来,总是喜欢采些花儿带过来。都是河谷旁的野花:翠雀花、点地梅、凤毛菊、毛萼多乌子。大朵大朵的,或细碎成缀的,混杂着用蒿草扎在一起,插进我床头旁的玻璃瓶里。这孩子一来,便会带来丝丝缕缕的清香。

一天,月光家变得非常热闹。苏拉和阿嘎居然把昔日的小娃娃们也给带回来了。当然不是这俩孩子自身的本领,是苏拉的老师,从苏拉口里得知我和月光想念孩子,便托人找到一辆中巴车,把所有孩子都接了回来。另外还有格桑,他竟然也一起回来了!这个大男孩,我的碉房学校解散后,他又把月光的家当成他的家了。每每放假,总要回到这里。

而孩子们回来,又都会带来很多红景天。苏拉手里居然还有几朵硕大的雪莲花。

雪莲花开放在高海拔的冰川上,苏拉是怎样得到的?我很吃惊。苏拉却得意扬扬,说:"老师,这可不是我一人的功劳,还有阿嘎、小尺呷和米拉,我们四人在路途上用了三个小时,才在雪山下找到这些花儿。老师,听说雪莲花只生长在一万二千尺高的地方呢!"

"一万二千尺高?这多危险!以后再不能上那么高的地方采花了,老师不喜欢这样的花……"我严厉了脸色,佯装不经意,花随手丢在一旁。

苏拉的脸顷刻间黯淡了。见我不喜欢,心下难受起来。她还第一次听到老师说不喜欢她的花儿。为什么呢?往日在田间摘一朵凤毛菊老师也会喜欢,现在这么美丽又珍贵的高山梅朵,老师却不喜欢?

我的手紧紧搂过这个孩子困惑的小身子,只能仰起脸,闭上眼去。需要经过深刻的沉淀,才能把满眼眶的泪水逼进眼睑深处,叫它别沁出来。需要分神,需要转移个话题,所以我仰头望天,问:

"……嗯,是的,孩子们,你们爬过一万二千尺高的地方,你们说,一万二千尺等于多少米呢?"

小一点的娃娃都在摇头。苏拉按照套路回答:"是一万二千米吧。"

小尺呷掰着手指算,说:"是五千米。"

"都不对,孩子们,来,让老师帮你们来计算:一尺等于零点三三米。那么,十尺等于多少米?"

小尺呷趴在地上用手画数字,说:"十尺等于三点三米,老师。"

"嗯,那一百尺呢?"

"三十三米。"这回苏拉抢快回答。

"那一万尺里有多少个一百尺?"

有点绕了,苏拉朝小尺呷张着嘴,小尺呷想了想,说:"有一百个一百尺。"

"那一万二千尺里有多少个一百尺？一万二千尺等于多少米？两个问题。"

苏拉和小尺呷只能朝我巴望着眼了。

我转脸对阿嘎说："阿嘎，你来告诉同学们。"

阿嘎毕恭毕敬地站起来："第一题：一万二除以一百，等于一百二十尺，答：一万二千尺里有一百二十个一百尺。第二题：一尺等于零点三三米，一万二乘以零点三三，等于三千九百六十，答：一万二千尺约等于三千九百六十米。"

"对！阿嘎同学算得很准确！答题也很完整！同学们，都记住了吗？"

所有孩子齐声答道："记住了！"

"好！我们再来计算下一题……"我说。

月光悄悄走近来，贴着我的耳朵招呼："好啦梅朵，已经是中午了，还有那么远的路，让孩子们回去吧。"

才意识到，我就这么不知不觉间，和孩子们在场子上摆开课堂，我们又上起课来了！孩子们都坐地上，坐的顺序还是按以前我分配的位置：最小的孩子在前面，苏拉第二排，小尺呷左边，米拉右边，阿嘎在最后……

目光终是有些模糊，轻轻挨近月光，我说："月光，我是不想再离开草原了。"

孩子们吃过午饭就被带走，格桑也要随孩子们回他的学校。车进不来，接孩子的中巴车停在遥远的草原公路上。我要送行，月光却不让，说还是上碉房顶端去送吧——目光送走他们就可以，身子跟着送，会送不完的。

我们只好爬上碉房顶端。

阳光不紧,风也柔和。三月中旬以后,高原慢慢变得活泼起来。小河里的水日益壮大。从高处雪山奔腾而下的湍急的雪化水,一钻进丛林即显得安静又温柔,不想离开的样子,扭扭捏捏。但是等扑上田野间的河谷,顿时又变得狂野和迫不及待了,越走越远。

河谷旁,孩子们的身影也一点一点地,越走越远,像一排落入青稞地的大雁,慢慢飞走。

月光家的碉房顶端,我们的目光跨度很大。从远处孩子们身影消失的地方,迤逦进田野,爬上雪山,又顺着雪山回落下去,滑入它的腹地——那曾经迷住我们的雪山峡谷。

"哦呀月光,你还记得三年前,我们迷路误入的那个峡谷吗?"我问月光,目光跳跃在他的脸上,叫他的面色也显得无比惬意。

"怎么不记得!那是神仙居住的地方!"月光感慨。

"就是,那真是一个世外桃源!月光,我们可以再去那里吗?"

"当然可以,现在我们有的是时间,去什么地方都没有问题。"

"哦呀,有山有水的地方就是村庄,有父有母的地方就是家了。月光,你说我们可不可以把家也搬进那个峡谷里去?"

"那肯定是一件非常好的事情嘛!"月光望着我笑,一脸冲动。

我们的两匹大马在楼下的场子上朝着我们摇头晃脑,像是也有着一些心思。

月光便冲着它们打起口哨:"嘘嘘——你们两个是不是也想找个姑娘成家了?"

64. 理　想

在孩子们离开的一周后,我和月光便动身前去雪山峡谷。月光阿哥得知情况后,给我们手绘了一张路线图。原来他阿哥在十五岁之前是个健康人,后来进入雪山峡谷采药,摔断了腿,才变成如今的样子。现在我们有路线图,方向明确,很多危险地段已被月光阿哥做了标记,所以我们的行程就变得安全和简单不少。

依照路线图行走,我们的出行非常顺利,只用了大半天时间,就准确无误地到达目的地。

当我爬上当年迷路时经过的那道横亘山梁,再次处于雪山峡谷上方的高岗之时,我心中沉睡了三年的愿望,复苏了！面前,陡然冒出的那一顶雪冠,它峭拔、端庄,那摄人心魂的气魄,已经紧紧地把我的灵魂抓住。终究还是有希望的！铺展在我面前的这个雪山峡谷,它的海拔最多不过一千来米。四季如春,风景怡人。若是能够开发出来,是非常适合牧民们居住的。如果再能修出一条路来,我们的学校也可以在这里重新建立！

只是,我为什么又莫名地疲惫了呢？

我的身子寂寞地靠在一棵树上。

月光说:"你怎么了,你看这么好的地方,你喜欢它。"

"是,我喜欢！"

"哦呀！从你的确像个酥油女人的时候起,我就开始对这个峡谷做美梦了——要是我们的家也落在这样的地方就好啦。你看,那个冰湖的下方,那片厚实的草皮甸子,我们可以把它开垦出来,种上一地青稞。"月光目光投注在峡谷的方向,满怀憧憬。

"是,青稞种下去,田埂间可以种核桃。核桃要种成一个林子那么大。林子旁,盖一栋木屋。我们要养一群牛马。它们也有自己的房子,可以就在青稞地旁。不,那它们的家距离我们就有些远。在哪呢,对,就在核桃树下,紧挨着我们的木屋,做我们的邻居好了。"

"我同意!"月光目光跳跃地望着我。

"……只可惜,这个山道太曲折了,修起路来有些困难!"我说,踌躇之心跃于脸面。

雪风吹过来,有微微的凉意。目光无限纠结,望面前的青年,我开始在心中思量:从我们的草场到这个峡谷,要是修通这样一条路,如果没有钱,那得多少年?

如果有钱,钱又在哪里?

是!我要下高原去,要想办法寻找渠道,赚到修路的钱——这是我未来能够留在草原生活的唯一选择。而之前那个地质队的李瑞,他曾经说过的话,从来就没离开过我的脑海。他说,月光家的山寨,地基处在一个漏斗形状的山口上,三面环山,周围都是陡峭的山体。其间岩层松散,风化严重,是地质灾害频发地带,需要趁早搬迁!且我的身体也越来越不适应高海拔地区生活,除非是生活在面前这样低海拔的峡谷里。这迫得我不得不去努力。我心中已经有了计划——先去拜访一下向巴喇嘛,也许他能帮到我们。因为喇嘛经常跑内地,认识很多内地爱心居士。上一次我和月光去城里,虽然没有得到资金支持,但是张居士最后拉我进房间,她抓住我的手,用那么深沉的力度;她为我抹泪,用那么揪心的目光;她给我送钱,说那么真诚的话语……

65. 约　定

从峡谷回来后我就去找向巴喇嘛了。

喇嘛此时正在为恢复寺庙的佛学堂忙得热火朝天。我到来时，也正是喇嘛将要找我办事的时候。因为喇嘛本人不会写汉文，他准备让我为他拟出一份汉文的项目规划。

这是一个深远的规划——佛学堂的恢复，仅仅依靠居士们的供养并不稳定。要想长期稳定地把佛学堂维持下去，需要有一个自身造血的办法。喇嘛因此发动众多内地居士，集众人力量，将在内地开办一家佛器工厂。这是与佛有缘的事业，比如为各大寺庙提供各种佛像、高香、法器等，这些都是寺庙的专供物，并且长期需要，因此只要有人用心去做，前景将会非常可观。只是开办这样的工厂，前期筹备工作有些复杂。比如租赁场地，盖建厂房，购买机器模具，聘请工人雕刻师等，这些都需要人力和心力——也就是说，这是一个庞大又复杂的工程，需要既精明能干，又真诚可靠的人去主管运作。

向巴喇嘛坐在高高的法座上，兴奋地口述他的这个计划。我坐在他的下方，用汉语记录他的话。写着写着，我不禁热泪盈眶——这个项目的实施，也许可以为我提供一个切实可行的工作机会！

我手指哆嗦地替向巴喇嘛写完规划，之后，几乎是声音哽咽地对向巴喇嘛说：

"喇嘛！我上草原这么久，您也看到了，我的灵魂，都留在这里了！"

"哦呀。"向巴喇嘛望着我微笑。

"我不能离开这里您知道！可我怎么办呢？如果长久地生活，

我的身体跟不上了……"

"哦呀。"

"我有一个理想,喇嘛,我想说给您听!"

"哦呀。"

"就在我们学校不远的地方,雪山下有一个低海拔的峡谷,那峡谷,四季如春……"

"哦呀,我知道那个地方。"向巴喇嘛打断我说。

"如果有钱,我想在那里盖碉房,盖学校,让多多的人住进去,让多多的孩子在那里学习。"我激动得声音颤抖。

"哦呀。"向巴喇嘛却回答得很平静,他其实早已看出我的心思了,"我听月光说,你的身体有些不好。我正想,要怎么来帮你。所以这个项目,我就是希望由你到内地去运作。因为你比我的居士们多出一个优势:他们只熟悉城市,你嘛,在我们这里生活很久,你是两边都了解,这样最好。我已经跟张居士商量过了,我要派你去主管这个事,她会协助你的。这个事,如果在内地聘请别人做,也是需要支付工资。你的身体不好,也需要钱治病。你刚才说的理想,也需要钱去实现。所以我决定请你去做。第一是想帮你,第二由你去做我们也更为放心。"

"谢谢您,喇嘛,谢谢您……"我差点就要一头跪地,朝喇嘛五体投地了。

回到月光家,把这个惊喜的消息告诉月光,他却听得神情忧郁。

"你的身体这个样子,还能工作吗?"月光满腹怀疑的目光探索在我脸上,"梅朵,我天天都在想,你到底得的什么病?为什么总好不了?"

"就是一般的,高原上的病。"我说,神情佯装镇定的样子。

"高原上的病?是不是只有在高原上才会发病?回到汉地你就好了?"

"是,月光,差不多的道理——我如果能够生活在低海拔的峡谷里,我的病也会好起来。"

"那你先前说过,吃红景天可以补血,结果呢!"

"这回是真的,月光,我如果能够生活在那个峡谷里,身体上的毛病肯定会多多减轻了。"

月光不放心地望着我,满目狐疑。先前吃红景天的事,让他再不敢轻易忽视我的病——念经都好不了,吃药都好不了,住进一个峡谷里,那还能叫身体好起来?担心的青年有些生气了。

"梅朵,你再这样糊弄我,不但害了你自己,也叫我难过嘛!"

"唉,上一次情况特殊,医生都已经招呼,我不能再上高原。那时我如果不说吃红景天会好,你还能让我回来吗……"

"可是那个峡谷虽然好,但也不能治病吧!"

"能!月光,我再不会糊弄你——那个峡谷海拔只有一千米,我的身体生活在那样地方就像生活在我们家乡的平原上。而它距离我们的草原这么近,未来我们就可以在那里盖碉房,盖学校,孩子的工作也就可以继续做下去了。还有,先前地质队的李瑞也跟你提到过,我们现在的碉房住得很不安全……"

"李瑞那是胡说,你也听他的?这么好的寨子怎么会有事嘛!倒是那个峡谷,一年四季春天一个模样,确实不错。但是没办法,住进那里就需要修路架桥,我们没有钱是吧!"

"所以我需要回平原去,可以一边治病,一边帮着向巴喇嘛做点事情……"我说,声音却是卡住了。

月光困在那里。他……他们全家一直都以为,只要多多地给我吃上酥油,喝上红景天,我的病就会好起来,然后我们结婚,生儿育女。唉,是我无奈地给他们编织了一个谎言,而这个谎言真的有些沉重了。

月光再不发话,脚步沉闷重地离开我,一个人走进马厩,拉出列玛。跨上马背时,手里却不执马鞭,也没抓住马的缰绳。列玛便是不走,朝着我嘶叫。

月光终是恼火起来,跳下马,说,好,人要离开,马也不听话了!他丢下列玛,抽身一个人朝碉房前方的青稞地走去。

这一季的青稞还未成熟,但是麦穗儿抽出来,已经在慢慢硬朗。麦穗在青涩时期都是柔软的。等它翘首向天,露出针尖一样的麦芒时,就要成熟了。再是需要经受一次分离的过程——收割,麦穗与麦秸分离的过程——最后才会变成丰收,变成种子和希望。

我和月光,亦如这满地青稞。

只是我们的分离太过于突然、匆促,没有成长中漫长的时间沉淀,这才把这个实心实意的青年弄得慌乱了。

一望无际的青稞地,月光在前面疾步,我跟在后面追赶。他越走越快,我越赶越急。我的体力跟不上了,行走过于匆忙,缺氧把我逼得上气不接下气,我一边小跑一边气喘吁吁。月光忍不住回过头来。

"你能有我的身体强壮吗,非得这样跟在后面做什么!"月光赌气说。

"唉,你要真的担心我,你就不会走了。"我的声音已经充满哀求。

月光果然停下来。

"月光,就像你看到的,这样高海拔的地方,现在我连走路都会喘气,还能生活多久呢?想要长久地生活下来,我是需要暂时离开一段时间的!"

"我没有抱怨你别的,我只是担心你的病,它肯定很严重!"

"不,月光,病的事我已经跟你说过,就是那样……不是特别严重……只是,我必须回平原一趟,至少一两年的时间。回来后,一切都会好起来的!"

"一两年?为什么要这么久!"

"不仅是治病,我还要帮喇嘛工作嘛,这个也需要时间。"

月光一听帮喇嘛工作,脸色才有了些许缓和。

"哦呀,帮喇嘛工作,这个我是支持的,都是在为菩萨做事情!"

"是的,是……月光……"

月光望着我。

"你也跟我一起走吧,两年后我们一起回来!"我忽然这么说。

月光没有及时回应。他转过身去,背对了我。他那一身青紫色的氆氇在田野间尤为突出。风吹过他的长发,朝着后方扑打着,打得我两眼发花。

他在仰望远方的白玛雪山。许久过后,他的声音仿佛是从雪山那边飘过来:"不……"他说,"你有没有想过,如果我们都离开,娃娃们放假后还能去哪里?"

我怔在那里。

"他们就没有一个可以去的地方——无家可回了!"

"月光……"

"即使他们还能回来,我们都不在时,他们还能感受这里……是他们的家吗?"

"月光……"我突然呜呜哭了。

月光才转过身,挨近我来,声音就柔和了:"别难过嘛,我不能跟你一起走。因为就算我走了,我们的工作也走不了。哦呀,我要好好地陪着娃娃。我们那么辛苦地把他们找出来,要是再有流失,我们三年的工作,我们的家,就真的散了!"

月光说完,一把搂过我。

他的双手传递过来的力度,像远方的雪山,那么地镇定、雪亮,叫人着迷。这叫我竟像个乖巧的孩子,安静地依偎在他怀中。只是我的声音变得有些发狠:"好吧月光,我一个人走。两年后青稞成熟的季节,我肯定会好好地回来!强壮地回来! 如果到期不回,我拿人品、拿三宝作证:除非我真的吐血死了,死了才不会回来!"

月光慌慌捂住我的嘴:"别拿人品和三宝发誓,梅朵,我知道你的!"

66. 离去的悲伤化作了雪

豌豆花已经张开两只小翅膀在风中飞舞了,紫绒绒的花蕊在月白色的花瓣上像是要飞起来,又像是对着天空展开笑颜。豌豆花开是亲切的,笑盈盈的花朵唤回人们对于美好生活的期盼。花开了,虫草季节又来了,草原人的希望也会如期到来。这期间,一般牧区的学校都会放上差不多一个月的虫草假。

想起虫草假,我的心情并不如牧民们那么开心。我的焦虑是:这样的虫草假放过之后,我的孩子们会在哪里呢?现在你看到小尺呷和米拉还像模像样地坐在公办学校的教室里,也许一个虫草假过后,就再也找不回他们。

而我,也不得不离开了。

临行前来到阿嘎学校。

让我欣慰的是,阿嘎自从插班进入初一,各门功课都很优秀。前些天期中考试,总成绩全班排名第十,而英语单科成绩已经达到第五。阿嘎很是得意,一见到我便在保证:"瞧吧老师,再过两个月期末考试,英语我要拿下全班第一给您看!"

"哦呀阿嘎,你有这样的决心当然好,就是需要付出更多的努力才可以。不如先来说一段英语让老师听听,看有没有进步。"我望着阿嘎笑。

在风里,在学校外,在草原的公路上,阿嘎望望天,望望地,又望望我,英语跟着脱口而出——

"Over my head, there is the warm sun, and near it, there are colourful clouds. In front of me, there is a teacher like my mother, and the teacher has a handsome horse, horse…(头顶上有温暖的太阳,太阳下有五彩的云朵,面前有阿妈一样的老师,老师旁有英俊的大马,大马……)"阿嘎的目光坠落在我的马背上,他的声音瞬间就由英语转化成汉语了,急忙问:

"老师,您的马背上为什么会有那么多行李!您要出远门了?!"

"嗯……老师只是暂时离开,回内地看个病,之后就会上来!阿嘎,往后你要常去苏拉的学校,看好米拉和小尺呷,别让他们离学校太远。放假的时候也不要乱跑,就领他们去你月光阿叔家里。他的家,你们自己家一个模样的。"我招呼阿嘎。

阿嘎却来不及回应,拔腿往苏拉的学校跑。

"阿嘎!你回来!"

"老师,我去喊苏拉和小尺呷。"

"别,阿嘎,暂时别告诉他们吧!"

"老师……"

"嗯,阿嘎,老师对你一直充满希望。答应老师,不管怎样,你都要坚持把书读完!"

"是,老师,您放心!"

"再就是小尺呷和米拉,他们两个如果有什么事,你一定要及时汇报给你的月光阿叔——月光,你也要时常到娃娃们的学校去看一看……"

月光低头沉默。马鞍子在上驮时倾斜掉,他只得拆下来重装。但是心不在焉,装反了,错过头,又拖下来再装。他的手迷失在马鞍和马鞍下面的毯子之间,不知应该先固定马鞍,还是先固定毯子。马鞍和毯子都是崭新的。他阿妈上个月才在县城里定做的。老阿妈自从我俩公开关系过后,便默默地为我们准备着结婚用品。靴子,袍子,毯子,马鞍子,头饰,手饰,腰饰……基本别人家有的,我们也有。

月光强作笑颜,装好马鞍后说:"坐吧,叫你提前坐了。"

似是一句玩笑话,却没有惹笑我。

缓缓爬上马背去。我在想象自己穿上嫁衣、跨上大马的样子:我的嫁袍是金色贡缎做成的,上面绣的是五彩莲花和吉祥云霞。我的靴子是柔软的羊羔皮,靴口上滚有金丝花边。我的黑发用了半天时间编织,抹上酥油,织起一百根细辫子,其间盘着黄色琥珀、绿色松石、红色珊瑚……

泪水在我的眼眶里打转,硬朗的马鬃盖过我的手,它只在里面暗暗颤抖。列玛在静静地望着远方,沉思,慢腾腾踱着蹄子,嘀嗒一步,嘀嗒一步,在风里,缓慢而沉坠。

阿嘎跟在后面,轻声招呼:"老师,等您看好病后,就要回来。"

"哦呀……好……"

"老师……"阿嘎突然拉住我的马,身子朝马背上方凑过来。一条红色的丝线带子从他脖子上取下,套进我的脖子:"老师,这个护身符您带在路上,一切就会平安!"

我的脖子上就有了两条护身符。一条是月光的,一条是阿嘎的。月光的那条是在三年前那个逃难的夜晚从他的脖子间取下的。那个雪崩的夜晚充满苦难,但是有月光在我身边,苦难似乎变得并不那么可怕。风一晃而过,带着满地青涩的豌豆花味,从我的脸面上吹过,又吹过阿嘎的脸、月光的脸。月光没有骑大彪马。他跟在列玛身旁,任凭列玛走一步,停一下。他,还是列玛,他们在拖延时间,像是要把天色拖晚,然后我赶不上班车,走不了,又回去。

阿嘎已经被我们劝回,返身时也是三步一回头。草原高清的视线是离别人最残酷的折磨,我们走了很远,还看到阿嘎站在豌豆地里的身影。只有横亘在面前的高大山梁才可以把这样的视线切断,摆脱出来。

但是两个人的时候,彼此间更为纠结。目光在旷野里千回百转,也不敢相互碰触一下。是的,就像水面上漂浮的油花,不能碰,一碰就会碎裂。

只有长途班车,它那么认真,非得在我们身边停下。司机匆促,不住地按喇叭,不住地招呼:"喂!喂!你们两个要去哪里?是两个人还是一个人?上车吧,快上车!"

我们的身体淹没在高大班车的阴影里。月光只好勒住列玛,把行李从马背上卸下来,拖上车顶去。他从车顶下来时,却闪身一头扎进车厢里了。

"师傅,我陪她坐一会车,坐到前方那个雪山垭口就下来。"月光招呼开车的师傅,不等他应允,已经坐在我身边。

雪山就在前方。除白玛雪山处在遥远的天际,像个缥缈的影子浮在云雾中,前方的雪山,那些像朵朵巨大白莲一样的雪峰,在强烈的阳光照射下,雪亮得让人睁不开眼睛。

有时候分离就是拖着沉重的情感逃亡,送别就是拱手相让。是的,假如行程太远,假如跑错方向——我已经感觉我的列玛在慢慢衰老,它被月光丢下来,在我们的后方奔跑,却跟不上我们的行程,跑得吃力,也跑偏了,与我们的车子错开了方向!

月光倒很庆幸,对司机说:"师傅你看,我的马跑偏了,半途中下车也不好回去,我再坐到前方的镇子上吧。"

后来到达镇子,月光却不下车,拖拉在车上,又对司机说:"师傅,前方有个五千米的大垭口,太高了,她的身体有些不好,我送她过那个垭口就下车。"

司机很不高兴,说你再不能跟车,再跟自己也要跟到城市去了,下吧下吧下吧。喇叭声像是催命小鬼。月光踌躇一下,脚步刚刚落到车门下方,人还未站稳,司机就一脚踩下油门。分离突然变得简单轻易,只是一阵尘埃的扑腾,月光身影那么一晃,我们就相离甚远。

下篇

载着一生的负担,我心甘情愿。
汗水与污垢中,
那种油亮的脏,
只是你眼前的迷障。
你不能明白,我心灵的纯洁,
就像头顶上的天空,
那样的干净,
那样的蓝。
哦,我的护身符!
我的神灵,我的心脏!

67. 香樟的色彩

我一人回到内地。

带着向巴喇嘛的一封长信,找到张居士。张居士大致看过信,她早已知道信件内容。

"梅朵姑娘,这个事上次喇嘛电话里已经说了,我们也已经行动。"张居士说,"只是需要时间,因为必须先把启动资金弄到位,才能开展工作。"

"是啊。"我回应,望着张居士说,"盖厂房,聘请雕刻师、工人,买机器等,怕是没有一百万无法启动。"

张居士点头道:"是需要这么多!现在我也弄得焦头烂额。黄居士在筹备资金方面比我有经验,她已经行动了。"

"行。那就一步一步来吧,我们要利用手里现有的资金,先做起来。"

"我们现在手里没有资金呢。"张居士为难地说,解释,"是有不少居士承诺捐钱,但没有到手的,都不能算是钱。"

"啊？那要多久才能筹备到手呢？"

"这个不知道，快的话几个月，慢吧，就不好说。"

"天！"我暗在心里叫了一声，心往下一沉。向巴喇嘛当时说让我回内地主管办厂事宜，我还以为资金已经筹备好，我来就是投入工作的。现在需要几个月，甚至更长时间，我要到哪里去寻找工作呢？

我困在那里。

张居士说走吧，别担心，你既然已经下来，那就等待吧。喇嘛说你要来时，我已经为你安排了住处，就住在我家。

我只得跟随张居士走。那个身子，已不像是自己的，像是有人在推着走。

张居士不再是我第一次见到一身青衣飘飘的模样，此时的她穿的一身帆布面料的劳动服，是真正劳动妇女的样子。她一边走一边很实在地跟我说："小居士，我们都来为喇嘛的善业努力吧。我现在每天会做十个小时家政工作。你有文化有知识，就可以到城市的人才市场去找个赚钱的事暂且做着。我们一边做一边等待筹备资金。"

我没有回应张居士，心想：那要是资金一年也筹备不齐呢？怎么办？我回内地，时间是很紧迫的。

就只能去找湛清和蒋央了。是的，我这么长久的叙述，正是对于他们的倾诉。虽然我们已经三年未见，但是现在我需要他们！这就像漂泊多年的游子，突然在那么一刻，非常触动地想念故乡一样。

我辗转来到湛清的城市。

是湛清接的车。我在车站门口看到湛清，他还是三年前的样子，没有变。面色依然那么沉静,目光清冷。这是我曾经熟悉的面容。我抬头,却再也看不到更为熟悉的场景——亲切的夏季,色彩斑斓的草场,天空中巨大连片的云朵,白色发亮的佛塔,翻腾着乳白色浪花的河流,望不到尽头的青稞田野,多农家的碉房——我的学校,月光家的碉房——孩子们未来的家……只是半个月时间,这一切就浓缩成了脑海中的画面!

现在,身旁的人流像秋天里最壮烈的一场落叶,朝着我扑面而来。我的脚步晃荡起来,每一步都迈得心惊肉跳——这个城市会接纳一个别有用心的人吗?这个人对它充满希望,但并不热爱它。

湛清凝神地望着我。他的清秀的脸,闪着微微蓝光的眼镜,温和的鼻梁,有点苍白的嘴唇,都陷入了一场由衷的笑意里。

"蒋央在上班,她请不了假。"湛清同我解释。

"哦。"

"走吧。"湛清接过我身上还能散发浅淡酥油气息的背包,没有在意其间酥油的味道,也没有太多刻意的问候。我跟在他身后。他带我坐地铁,换公交,走来走去还在城市里。这个城市太大了。湛清走得沉默、匆促,几次,我差点被他弄丢了。

在一个车流如潮的街口旁,湛清停下来。"我安排你做展会工作。"他说,开门见山,"这工作周期性短,做得快。只要你努力,一个月也能做出很多单子,符合你急迫的需要。我们的公司就在前方,你看,那栋白色大楼就是,办公室处在大楼的第十五层。"

他见我一脸惊讶,便解释:"我们一起来做吧。在确定你要来之时,我就租下了它。公司的前期工作基本准备就绪。我知道你回来,时间很紧迫,一分钟是要当作一小时使用,所以大家一起努力!"他在笑,继续说,"只是做展会工作对于你有些陌生。不过没关系,你可以学习。你的住处也已经安排好,就在公司大楼的对面,那栋灰色住宅楼。十一楼,一室一厅,你一个人住。我给你安装了一部电话,一台电脑。电脑你可能已经陌生,但你一定要习惯用它,因为我们的工作都是在电脑上进行。"

湛清说完,手伸进公文包里,抽出一沓白色的纸片子:"这是你的名片,锐达展览展示有限公司市场部经理。我是你的专职设计师,负责展台设计和家装设计。还有,蒋央原本也会过来帮忙,但她在做自己喜爱的工作,我想算了。"

"湛清!你辞职了吗?"

"不是辞职,是换了办公室。"湛清不动声色地说。

"湛清……"我怔在路口的尘埃里,干燥叫人发慌的尘埃。一辆汽车突然擦着我的身子开过去,惊得我一身热汗,我在一面躲闪一面结结巴巴:"湛……湛清……谢谢你……"

却听湛清安静地说:"当年我们家贫困,获得老师的帮助时,我虽没有说过谢谢,但是心里永远不会忘记。"

我才想起,湛清和蒋央,都是我父亲的学生呢。湛清自小没有家,所以我的父母、蒋央的父母,都是他的父母。我和蒋央的家,也都是他的家。这叫我前行的脚步踏实了不少。

湛清则在说:"好了,走吧,我们先去出租屋,把行李放下,然后我带你到蒋央那里认个路。"

"认个路?蒋央不在原来的单位工作吗?"我有些意外。

"是,她也换了地方。"湛清淡淡地说。

我们到出租屋,搁下行李,湛清像个房东似的,领着我在屋里照应这照应那,生活的事大致交待完毕后,我们再出门。他带我又一路转来转去,就到郊外了。在大片香樟树的林子旁,我们停下来,这里是蒋央现在的新单位。

香樟的落叶充满丰富的色彩,黄色、红色、褐色、深紫、暗灰,风吹一地。蒋央踩着满地的色彩走近我,揽过我疲惫的身子。这女孩,不仅是我父亲的学生,也是我童年时期的伙伴。但到今天我们姐妹一场,却又像是一对宿命冤家——她的优柔的情绪,是相信我,也拒绝我;我的无拘无束,是不能深入,也不能逃避。我俩的情感,就像这满地的香樟落叶,多彩且也复杂。

是的,香樟总是另类的,叫人混乱。它冬季常青,却在春天里落叶。叶片大半是在料峭的春寒里被大风一阵一阵地刮下,而在没风的日子里,它们静悄地飘落,温柔似水。

它们温柔似水,飘落在我和蒋央的头发上。湛清越来越紧的双手,左边揽住我,右边是蒋央。蒋央的泪跟我一样,不像是流下来,像是坠落下来。湛清的声音充满力度,他在安慰我和蒋央:"好啦,都不要哭,事情太多,我们没有时间伤怀。"

68. 平原反应

我在进入湛清的城市一周后,就匆忙中投入工作了。

这个城市有些大,大得可以顷刻间把一个人淹没,像细微介质的泡沫星子掉进波浪汹涌的大河。

第一天上班,我发现,从我的住处到办公室,需要经过一道十字路口。那繁华的十字路,它竟有六条岔道!岔道纵横交错,花花乱乱,车流、人流、紧绷的间距、晃闪的视线,叫我不知所措。

红灯亮起来,没有人前行,我却直接朝着红灯踏步前进。听到身旁人担心地惊呼:"姑娘,红灯!红灯!"我却已经陷入车河。一辆小车擦着我的皮肤呼啸而过,惊得我一身热汗。思维因此紊乱,揣摩那迎面而上的车会左行,它却偏偏右行。等我朝左边闪身,它又因为让我而改道左行。我站在车河中左右打晃,一身汗。意识里是准备再往前走,脚步却在畏缩。

不知怎么的,我又返身跑回出租屋了。

一头倒在床上。床是湛清新买的。被子也是新的,纯棉,有着棉花在烈日下开放的暖融融的气息。这是我曾经喜爱的气息。

但现在我的视线有些混乱。衣柜、书桌、书架、电脑、电话,湛清花去了多少钱!可是我还能不能顺利地到那个大楼里上班?还能不能把那份陌生的工作做好?现在,连过个十字路也把我弄成这样!

我趴在床上心生闷气。这样突发性的智障行为,也不能说与旁人。旁人怎么能够体会如今这个人,这番魂不守舍的处境——她的心并不在这里,她到这里来,只是把身体带来,魂魄已丢在异地。

一直在床上挨到八点半,精神越发不好。睁着眼,却是满目晕眩。看东西像放映片子一样,流闪、虚化、不真切。望窗户外,被窗框切断的那些高楼大厦,像巨大立体的石雕悬浮在半空中。视线被它的强硬气势逼得退缩,不敢再望,只好把目光收回屋里来。

厨房的柜子上,有湛清买来的新茶。细细的雀舌一样的绿叶子,比起巴桑家帐篷里那整盘粗糙的茶饼,还是可以让人些许感受到平原的温暖与柔情。

我爬起身,找出茶杯,一把茶叶入杯,抬起手,伸进自来水龙头。清水哗哗作响,漫过水杯。才发现,我竟然接下一杯生水在泡茶!

桌子上一片湿漉。双手握着茶杯,我垂下头。不知所措的手指困顿在水渍里,找不到一处可以安放的地方。自从回平原,到城市里来,我感觉我的整个精神都陷入了奔腾不安的河流,在追逐的渴望中汹涌撞击,似要溃决。

我坐在沙发里发呆,闭上眼,脑海中显现的画面便是另外一个天地——那些有着模糊亮光、像是梦境一样的东西,它牵引着我穿过模糊的视觉,带我到遥远的地方去。遥远的地方,我看到了雪山、草地、湖泊、牛群、孩子、碉房、学校,还有……唉,我已经泪流满面。

许久后,抹一把泪,我起身站到窗台前,望窗外那些林立的大楼,它们依然威武地耸立在我面前。眼神打晃,我看那大楼一会近,一会远,一会两边晃闪。我开始狠狠地盯住它,紧紧盯住不放——你为什么要这样怯畏它呢?是这身旁的陌生叫你慌张吗?那不是还有湛清,还有蒋央吗?那不是还有远方的信念和梦想吗?我在这么问自己。质问,反问。问着,想着。闭眼,睁开,再睁开。然后我深深吸一口气,吐出来,转身走出屋子。

我开始像个白领模样在城市的商务大厦里工作,做展会和家装。六个人的小公司——我,湛清,四个业务员。

"会计是包月的,月底过来做一次账,平时账目你自己管好。四个业务员都是业务精英。不是他们,是你,需要好好跟随他们学习经验。你虽然身为经理,却只是挂名,主要用于应付客户。和其他业务员一样,你也得做业务。不同的是,业务员只做业务,你还需要负责办理所有合作工厂事务。就是说,业务部、工程部,你要一手来做。我负责设计部、项目部。这是我们的合作工厂资料,这是业务资料,这是员工资料,你要认真研究,不懂的地方,就要问我。"我像听天书一样在听湛清介绍这些,望着他把资料一档一档放在我面前,就像我平时把课本那么一本一本放在孩子们的课桌上一样。

之后我听他又在招呼:"今天你就开始实习工作吧,尝试到一家工厂去谈业务。我们将与他们合作一个项目,这个单位的具体情况在工厂资料里。我们要谈的项目是两百平米婚纱展台的搭建成本,资料都在业务资料里。至于怎样进行这项工作的谈判,我资料里写得清清楚楚,你要认真仔细地研究一下,才能去谈。"

湛清例行公事地说完这些后,回到他自己的办公室。他从原来的单位拉过来一批客户,正在忙着为他们设计图稿。他变得更为冷静、干练。

我的办公室在湛清隔壁。有一张宽大的办公桌,桌面光滑而简洁,足够的空荡。等我坐到它面前,它立马就变得充实起来:一块刻着"扎西德勒"的玛尼石摆在上面。一只描着彩绘的法轮依靠在玛尼石的旁边。一顶小小的转经筒端正地插在玛尼石和法轮的中间位置。傻瓜机子拍的月光和孩子们的相片,用木框镶起来,放在最醒目的地方。然后我瞧着月光的双眼。左边望望,他在看我。右边望望,他仍在看我。上面下面调换视线,他一直就在追逐我的目光。

我笑起来。"瞧吧,我开始工作了。"我对他说,翻开资料。

繁杂的婚纱展程序,对于我太陌生了,用了一整上午时间研究,我也没能完全明白。到下午去找合作工厂,坐上公交时脑海中还在思索。一路煞费心思地揣摩,不想却坐过了车站。反身下车往回赶,又坐错了班车。只好再次下车,回返,胡乱地转过大半天。最终到达那家工厂时,人家已经下班了!

垂头丧气地返回公司,湛清没有责怪我。他在夜幕的灯光下做图,等待我。

"还有事要做。"他说,"你把明天我们要买的工程材料大致拟个账目,我们好取钱办事。那些材料的市场价格都在这张表上。每个质量不同,价格也会不同。有高中低三个档次,我们选中档的。你来预算一下价格,列表统计一下。"

我便一头趴在桌子上,列表啊,统计啊,预算啊,一直弄到晚上。最终交给湛清时,他只拿我做的表格看一眼就丢在一边。

"错了!"湛清脸色严肃,"我不是说按照中档价格预算吗?你这表格一会高档价,一会中档价,都乱了!"

我低头走出办公室。别的公司都关灯走人了,过道里变得空荡。因为走得轻,感应灯也不亮。过道那么暗,那么长,没有人的时候又那么冷寂。我想起父亲生前住过的医院,那里的过道在深夜的时候就是这个样子。但是有一天深夜,过道里突然响起凄凉的哭声……

我蜷缩着身子蹲在过道里流泪,有些空茫不知所措地流泪。

再次返回办公室时,见湛清站在我的桌子前,望我。

"好了,流泪有什么用。"他的手停顿在空气里,欲上前抹去我脸上的泪,我却越发淌得凶了。

"湛清,我还能不能做这份工作?两天来,我做错这么多事。过不了街,泡错了茶,走错了路,算错了账。你说,我的智力是不是退化了?"

"不是!"湛清非常肯定地说,"我想你得慢慢来。"他拉我到座位上,"坐下来。"他说,望着我的办公桌上面那些玛尼石、法轮和转经筒。眉头皱得很深,"这些都是非常神圣的,对吧。神圣的供物能轻易地这么摆放吗?"

我朝他愣神。

"把它们收起来,好好放在一个地方,但别放在工作的地方。"湛清语气轻捷,言外之意却无比凝重。

"湛清,你的意思我明白。可并不是你想象的那样,不是它们带走了我的精力,而是我真的感觉自己有些吃力,我怎么就变得这样笨呢!"

湛清朝我凑近来,两眼专注地盯着我:"别怀疑自己的能力,别这么急躁梅朵。长久生活在平原的人,上高原,会缺氧,有高原反应。同样,在高原上生活时间长久,下平原来,会醉氧,有平原反应。你,这是醉氧,是平原反应了。等适应一段时间,一切都会恢复!"

69. 一个人的病房

一周后,我病了。原本回来就是需要先进医院看病的。但眼瞧着公司已经开业,心想就等一切安稳之后再去医院。可人忽视病,病却从来不会忘记人。早晨刚刚上班,身体突然不行,浑身虚脱、出汗、时冷时热且头昏脑晕。

湛清很慌张,匆忙问我:"这肯定是高原病,你到医院检查过没有?"

"我一回来就工作了……"我解释。

湛清才恍悟:"是啊,是我比你更急躁了,是我的错!"

他立即带我去医院,同时也喊来蒋央。

一进医院,果然就查出问题。确切说,是我的子宫里长出了东西,它在一天一天壮大,是吸着我的血液在壮大。妇科医生把 B 超插入灯箱,看了又看,想了又想,最终抽出片子,说:"这个病需要做手术。"

"可以。"我想也没想,点头同意。只要病能好,做手术也就是承受肉体上的一些疼痛而已。

医生若有所思,问:"你以后还会要孩子吗?"

"要。"我老实地回答。

医生皱起了眉头:"那将会有些麻烦,因为手术是需要切除子宫!"

我抬头仰望诊室上方的天花板。那是白色的,叫人绝望的苍白,至少对于现在的我。我的双目只能处于被脸面抬起,平面朝天地仰视,不能回落,因为那样眼泪就会滚下来。

蒋央在我身后,她的胸口紧贴在我的后背上,身子抖得厉害:"医生,还有没有别的办法,让她保住不做手术?或者不做那样大的手术?"

医生迟疑一阵,把 B 超又插进灯箱,再仔细地看一遍,思考良久,说:"如果不做大手术,只做个保守治疗,那肯定是治标不治本。时间拖不过多久,最终还是需要做手术!"

"拖不过多久,是多少?"我连忙问,克制住情绪,"医生,能拖过三年吗?"

医生目光生生地盯着我,不可理解:"你为什么非得要把病拖到最后,拖出大问题才治呢!"

"可是我不想做手术……"

"那能由得你想不想吗?"医生有些不客气地道,"怎么,是没钱做手术吗?还是没人陪护?听口音你是外地人,家人不在这里吗?"

"我……"我答不出话来,不是因为对于病魔的害怕,是因为这场手术,它如果真要做得彻底,那也把我和月光一家人的希望几乎断绝了。

僵持在那里。许久后,医生说:"要不你先考虑一下?"

我想我只有一个目标,很清晰的目标,我不需要考虑。所以我说:"医生,我非常渴望,未来有个孩子!"

这个原因和理由伟大而充满悲壮,对于我。医生惊在那里。她的手抓着我的病历,像是不管放下还是举起,都坠着一个生命的重量在里面,这迫得她不得不陷入沉思。

后来即选择保守治疗。为人之母的善良女医生,她决定在保留子宫的情况下,努力为我做一次宫腔手术。不过她同时也在强调,保守治疗虽然不会切除子宫,但对于身体的伤害非常大。这个手术做过之后,她希望我能尽快考虑生育的事,不能拖延太久。

我想这是生活对我最有意义的一次回报。是的,任何艰难困苦,只要有头有绪,都会暗藏希望的。

就开始住院。蒋央准备请假来照顾我,但请假条递上去,公司却迟迟不给批,她就一时来不了。而医生那边手术时间已经约定,不能更改。所以暂且就由我自己为自己办理一切住院事务。在门诊窗口排队,楼上楼下开单、划价、缴费、拍片、抽血、化验、取单。

一切手术之前的常规检查做完之后,按照病房牌号我来到自己的病床,疲惫地站在床头旁,等待护士小姐过来。她们干脆利落地为我换上新洗的床上用品。被单、被套、床单铺上去,一张空荡的病床马上变得一片白,白得叫人呼吸虚弱。

静悄悄地躺到病床上,人已是筋疲力尽。大脑像被飓风洗劫过一场,空荡得如同一间没有家具的房子。只想好好睡一觉。我很快合上眼去。

但是隔壁病床的家属在一旁敲击我的床位。一位慈眉善目的老人,好心地招呼我:"姑娘,不能这么早睡在病床上。我们家属只能陪在病床旁,医院是不许陪护的人占用病床睡觉的。对,你这么楼上楼下跑过大半天,手续都办齐了吧,你的病人呢?"

老人竟然当我是陪护病人的家属了!她所服侍的隔壁病床的那位妇女,也是一位妇科手术的病人。不知做的什么手术,看起来非常严重。听说手术已经做过一周,还是没能从病床上爬起来。她的众多家属日夜守护在她病床前,小心翼翼地侍候,生怕会有什么闪失。

情绪因为触景生情而变得脆弱,我扭头不敢望隔壁病床。只能望身旁,手术后需要的用品——纸巾、杯子、勺子、毛巾、牛奶、水果,我已经提前置备,摆在柜子上。恐怕休养时寂寞,书也准备好了,可以随手翻来看一看。

夜晚不紧不慢,拖着病人在痛苦中煎熬。隔壁的病人肚皮上爬着一道蜈蚣一样的伤口。她的一个家属轻声对我说,是很严重的感染,恐怕要在这里住半个月也不能出院。我们这么精心侍候,为什么她还感染了呢?

我没回应,把目光投放到病房的顶端去,那里到处都是输液的槽子、挂钩和液管。满病房的药液气味,叫人心慌气短。我想在那些高山缺氧的日子里,我的呼吸也没有这样紧张过。

半夜的时候,走道对面的一个病房里突然传来撕心裂肺的哭声,凄惨而绝望。每个病人的心都跟着紧绷起来。我隔壁的病人在轻轻呻吟。她的家属为分散她紧张的情绪,给她的孩子打电话。她听到自己孩子的声音,才缓和了一些气色。

70.酥油病

我的手术在住院后的第三天进行,由湛清作为亲人在手术协议上签的字。蒋央在我躺进手术车的那一刻赶过来了。她的手放在我手腕上,一把抓紧我。我看到自己的手在蒋央的安抚中微微颤抖,可是它却不受我意识的控制,那种颤抖让我的身体毫无感觉。那一刻,我认为我的肉体和我的意识是分开的,它们像两个完全独立的个体,完全分裂。这让我害怕。而蒋央传递过来的力量深刻又紧迫,像做手术的不是我,而是她。

沉厚的电梯门在我们面前缓缓张开。狭小逼仄的空间,滚轮与地面摩擦发出的震动,叫我的心也在相应震动。推手术车的护士脸上蒙着蓝色口罩,眼睛雪亮,表情严肃,步步紧守,像是我会逃跑。

怕手术后行动不便,清早我替自己换了一套干净的睡衣。但上手术床时却被护士脱掉了,又换回她们医院里的。她们的病服肥大松弛,穿在身上空荡不踏实,浑身感觉无依无靠。

不知道为什么有湛清和蒋央在身旁,我还会感觉那么不踏实。他俩被拒绝在电梯之外,我一人进手术室。人在躺倒的时候,将会失去很多自信,心也会变得倍加敏感和细腻。躺上手术台,看到身旁架子上那支麦芒一样锋利的麻醉针,心下就在思量:它将要注入多少叫人麻木的药水?要把我的身体拖进怎样可怕的无知中?全身麻醉,只以分秒为计量,迅速而短暂。当身体在麻痹中变成木头,生命显得极其脆弱和轻易。而那些锃亮的手术刀,长的短的尖的细的,有多少把?它们会怎样深入我的身体?趁着我毫无知觉时,在我身体的暖房里又会切出怎样的伤口?我情愿被生生地切割,让我疼痛、清醒,也别让我总怀疑自己会在一不留神间,没了。身旁主医的助手贴近我来,瞧我面色紧张,招呼说:"别紧张,没事,很小的手术。"说完就用一块白布蒙住我的双眼。

确实,我的手术并不大。只是很痛。流过很多血,也在手术室内,蒋央看不到。没有伤口,伤口只是被肚皮覆盖在子宫里,蒋央也看不到。她只看到我脸上伪装着笑。我突然感觉自己需要在蒋央面前伪装。因为我知道我的健康和富裕才是她的幸福。所有的病痛和贫穷都将预示:我需要她,需要打搅她和她的湛清。

唉,我的子宫在经过锋利的刀具切割和麻醉消失过后,痛得有些抓心。但我紧紧咬住牙关,不想呻吟。蒋央勾着腰身在我的病床边,日日夜夜,一点一滴,细致入微地侍候。灯光下,玉兰白脸色的她,因为熬夜而神色憔悴。安慰声却时时刻刻,轻微低吟。一个字,一句话,带着小心和焦虑。那种易于叫人情感坠毁的叮咛,易于叫人意念粉碎的温存,我恨不得自己立马好起来,反过来,让我来服侍她。

她的单位也来了一些同事。

蒋央说,你在高原上三年,你所经历的苦难,我都告诉了同事们。他们来,一是为你感动,过来看望你;二也想献个爱心,给你和你的孩子们。你困难,你回来,也是需要这样的帮助。我还说,你现在得的是有关酥油的毛病——酥油病!他们就想来看看,到底酥油具有怎样的力量,能够把我们的城市白领变成牧羊女的模样!

酥油病,蒋央的这个说法既特别也准确。

是的,酥油给了我纠结和复杂的情感。叫我依恋,充满希望;也让我担忧,处处因它困扰。现在我这样生病,月光却远在千里之外,孩子们也不在身边。如果病倒在自己亲密的人身旁,痛也会变得安心。可是现在,非但我不能拥有这样的待遇,还在无时无刻地担心着月光和孩子们。我离开他们的时候,满田野都是绿油油的青稞。天地尽头,一边是阿嘎的学校,一边是苏拉的学校。

阿嘎的学校有青砖砌成的围墙,一排排平顶校舍,一面五星红旗插在操场中间。红旗周边又围拢起大片彩色的经幡。它们相互辉映,在大风中呼啦啦地翻滚。那凛冽的声响,比孩子们的读书声更为响亮。所以阿嘎,他究竟能不能坚持把书读完呢?

苏拉的学校被山体遮住了大半,一天当中只有中午可以晒到太阳,余下时间都是视觉感受阳光,身体仍然需要厚实的衣物包裹,才可以保持温暖。而孩子们的越冬衣物一直都很稀缺。所以,下一个冬天里,苏拉在新校舍里将会怎样度过呢?

而那些依山而建的校舍,背靠着光秃秃的山体。山体在低处的地方有稀疏的草地,延伸到大半山腰间时,常常会被花花的白雪斩断。青稞成长的季节,海拔五千米以下的雪山总是变化无常。有时一夜之间白了头冠,但是被强烈的日光一晒,一天当中又会恢复钢盔一样的山岩。站在那样的山岩上,或者更高一些的冰川上,视线可以横跨千百里地——远到月光家的山寨里去。月光家的碉房,像一块单薄的积木趴在麦麦草原的拉日山上。地基陡峭,周围都是荒蛮山体,没有森林带缓冲,又与白玛雪山共着一条脉络,看起来紧绷,暗藏忧虑……

71. 信　物

康复出院后,我继续投入工作。跟随湛清学习,我也尝试着独自找到一些业务,做下了几笔小订单。湛清很为我高兴,说不错嘛,就你这性格,先前我还替你担心,怕你不适应做生意。现在看来,我是低估你了,终于可以对你松口气。好吧,我来喊上蒋央,大家好好庆祝一下。

电话便打到蒋央那边。蒋央高兴得竟像个孩子。

"哦,哦,你们终于舍得给自己放假了!我可以带上我的同事们吗?"

湛清捂住话筒问我:"你觉得呢?"

"当然欢迎!"我说。

湛清就问电话那头,同时也在问我:"那我们到哪里聚会?"

蒋央那边说,让梅朵安排吧。

"要是让我安排,我可不喜欢进酒吧呢。已经在大楼间折腾了几个月,我想到有草坪的地方去呼吸一下。"我说。虽是隔着话筒,但蒋央听得非常分明,她说好,我知道你想念草原了,我们就到有草坪的地方聚会吧。

电话放下来,湛清瞧着我脖子间戴有两条项链,便觉好笑。他建议我取下一条,或是换上更适合女性佩戴的项链,因为蒋央的同事们都是时尚白领。我这样的佩饰,是不是会让他们看不习惯呢。

"什么都可以取下,这个护身符的念珠不可以。"我说。

湛清又笑了:"你真不愿取下我也能理解。但是脖子上同时戴有两条项链,这在内地,会叫人感觉很奇怪的。"

晚上回来,照镜子,手摸着月光的念珠发呆。细细看来,它由九颗玛瑙珠子组成。色泽并不明亮,但每颗珠子都圆润饱满。内敛的深灰色调,有着半透明的弹性。潜藏一些水波图纹,更显得内部有着一种深刻的隐含。时刻被皮肤热焐着的这些珠子,混合着月光和我的体温在里面,这个怎么可以取下来!

又摸摸阿嘎的。是一条紫红色的丝线带子。其间一段一段地打结,中央坠着一块莲花形的小小藏银佩子。从成色上看,像是祖辈传下来的。这是多么沉甸甸的礼物!

想想,望望,自然湛清的建议是要丢在一边了。

聚会如期而至。在这座庞大城市的中央公园里,有一块非常精致的草坪。草是外国进口的,细密得像毯子。我们有十个人。我、湛清、蒋央、蒋央的七个同事,就坐在草地上聚餐。买来很多食物。易拉罐的啤酒,玻璃瓶的红酒,锡箔纸包着的外卖烧烤,各种果脯点心。从那些洋文的牌子和精致的包装上判断,应该价格不菲。蒋央的同事都是白领,年轻、热情。他们在不住地敬我酒,先是红酒,后是啤酒,喝得我有些支撑不住。蒋央望着我笑。

"梅朵,你猜我为什么带来这么多人?"

"大家工作都有些累,出来放松一下心情。"我说。

蒋央点头也摇头:"除了放松心情,大家也想趁此机会,商量怎么来帮你呢。"

这时,就听她的一位男同事,神情认真地问我:"梅朵老师,我想问,目前摆在你面前最大的困难是什么?"

一口红酒正好穿过我的喉咙,但突然被这位同事的话给兜住了,呛在气管里,叫我的回应非常地不自然,我吐出一个字:"钱……"

男同事微笑了,说了句非常著名的话:"只要是钱能解决的问题,就不是问题!"

这话,却是重重地抽了我一鞭。我低头,在沉默。蒋央的同事们已经针对"钱"这个字眼,展开了热烈讨论,有很多证明"钱不是问题"的理由被说出来。

但我一个也没听进去,我心中唯有一句发自肺腑的话,所以我说:"需要钱来解决的问题,对于我,就是大问题!"

同事们怔在那里。

我打开一只易拉罐,一听果汁咕噜咕噜灌进胃里,甜性的液体稍微地稀释着胃里的酒精。我镇定了下情绪,盯住湛清,问他:"那个机械展是下个月开展吗?"

湛清提醒道:"今天不谈工作。"

我坚持说:"那今天只谈一个。"

湛清朝我点头:"是的,不过机械展不好做,因为他们展示的都是大型机器,占地面积大,所以一般不会特别花钱来做展台。"

这时,有位漂亮的女同事插进话来:"你们是说机械展览会吧?我倒有个朋友,听说他们的工厂要参加那个展会呢。"

我的眼睛立马亮起来:"哦!那他们不是需要设计展台吗!"

"是,朋友跟我聊起过,是要做一个展台。的确,我记起来了,听说他们工厂这次投资在展台设计上的资金有十几万呢。对!我一定帮你去联系这个事!"

湛清有些感动地望那女同事,说:"你这才是帮了我们一个比较现实的忙!"

72. 深暗的误会

后来经过蒋央同事的竭力推荐,我果然得到了机械展的约单。

但是我所面对的机械厂客户,却是有些磨人。无论我有空没空,只要双双在线,他随时都会点击我的。他一点击,我就得回应,就得陪着他,聊天,打网络游戏。那些海阔天空的话题,我是懂也得聊,不懂装懂也得聊。拖着时间,耗着精力,却没有多少机会谈及展会的事。

很多时候,我感觉自己并不是在工作,而是在陪人闲聊。

湛清对此却持有不同观点,说:"不错,你是在陪客户闲聊。但客户那是闲聊,你却是工作。有时候陪人闲聊也是工作,这叫联络情感。只是需要把握好尺度。聊,要套住他的思路,时刻稳定主题,一切围绕主题说话。闲聊当中,机会一成熟,话题一拉近,立马就要转入正题。聊,要让他有自知之明,这是功夫!"

湛清这话说得,绕得,我听得有些乱。我的手指在键盘上噼噼啪啪地敲击:"要让他有自知之明,这是功夫",我这么写,然后习惯性地一按键,就发送出去。

直至对方的信息栏里跳出惊讶的文字,我才大吃一惊。

"湛清!湛清!"我瞧着对方的信息栏慌张。

湛清很干练地给我支着儿:"你快快回他信,告诉他你发错了!"

我的手有些不自然,跟不上我的思维,湛清一把推开我,他手指伶俐地摸上我的键盘,打出一排字:

"对不起张先生,刚才我把发给别人的信,错发给您了!"

"哦,没事。不过我不喜欢你这样客气,你还是叫我名字吧。"

我赶忙推开湛清,打出回应:"好!"

对方回道:"这样才好。美女还在上班吗?天快黑了,你是加班吗?"

"我本来已经下班,但这不是为了陪你聊天嘛!"我这么想,可字打过去还是需要委婉,我回他:"是,我在加班。"

"天气不太好,你应该早点下班。"对方招呼我,"最近也是,阴雨天太长了。"

"是,有些长。"

"没办法,谁叫进入梅雨季节呢。现在是四月,过两天就清明了。"

"哦。"我的手困顿在键盘上,不知再敲些什么。

那边却突然发来几个叫人灼伤的大字:"清明是鬼的节日!"

"你才是鬼!你父母是鬼!你们全家都是鬼!"我突然手指颤抖地打出这些字,那么陡然和无端。

差一点,这些话就发送出去了。

湛清连忙按键盘删掉。他的手轻轻安抚到我肩上来。

"别这样,他不是故意的。"

"但我这么不乐意陪聊,为什么偏还要陪聊!"

"别这样不安神。"湛清的手又滑到鼠标上,移动光标,关闭了信息栏。然后声音很低,这么说,"抽空,我也要去看望父母和恩师了……"

他的手无力地垂落,置于桌面。好像我再这么伤心下去,他也坚持不住。清明这样的日子,也是他的疼痛——对于他的父母和他的老师。

我们的疼痛是一样的。是的,我突然想起这个来,心顿时又分裂了。

"别管我,我一会就好了……一会就好。"我又像是笑了,反过来又在竭力安慰湛清。

湛清把身子朝我这边移过来,轻轻揽过我:"我们是一家人。"

是湛清这样的话,还是这样特殊的月份;是清明叫我们迷失,还是我真的疲惫了——总之,我再也支撑不起伪装起来的坚强了,突然哽咽起来,我就这么任着湛清抱紧。

但是为什么蒋央会在这样的时刻出现呢!她站在办公室外的玻璃窗下,愣神地望着我们,然后转身就走。

"蒋央!蒋央!"我推开湛清,边喊边追出去。

夜有些迷乱,办公大楼周边纷至沓来的雨雾有些迷乱。这个城市什么时间起又开始不明不白地下雨呢?却不是满地的湿,街面像是患上一场湿疹,被大树遮掩的地方都是干的,没有遮掩的地方花花一片湿疹。蒋央手里的紫色小洋伞坠落在这样湿疹里。落下去,晃了下,即被风拖走。她已经一身透湿,站在雨中恨恨地望着我,不说话,然后迅速钻进雨雾里。

我往前追过几步,想想,又停下来,反身回公司。湛清垂头坐在灯光的阴影下抽烟。我上前去,站在他的烟雾里。

"湛清,你看,蒋央跑掉了。"

"她需要冷静。"

"你去把她找回来。"

湛清深深地吸烟,沉默,不动身。

"湛清!"我朝湛清喊叫。

湛清缓了会神,用冷静的声音对我说:"知道吗,能产生误会的情感都不是踏实的,不会发自心灵。就像我知道你,你即使是和别人睡在一张床上,你的心中除了月光,也不会有别人,明白吗?所以,如果哪天我看到你和月光之外的人结婚了,那如果不是幻觉,就是你们的情意已经超越了爱情。我对蒋央,也是这样。"

湛清说完,起身去找蒋央。

但是湛清找不到蒋央。他不知道平日里安安静静的蒋央,性格里却隐埋着瓷性——抚摸时那番温润,但易于碎裂。我记得第一次她的失恋,我陪她一夜行走。后来下半夜,我们迷失在郊外一处荒凉的麦田里。踩着满地的麦茬行走,惊得麦茬下麻雀纷纷飞起来。深暗的夜,她不害怕,我却害怕。我害怕她那种不要命的自虐。

我在公园的一片香樟树下找到蒋央。跟在她身后陪她走很长的路,不断地向她解释。她不理会。她在黑夜里行走,手抱着双肩,垂头,身子单薄,像一只走投无路的小鸟。

我从来没想过要伤害一只跟我一样无辜的小鸟。可是我为什么就伤害了她呢!我的眼泪有些冰凉和无奈。我上前拦住她。

"蒋央,停下来,那是个误会,你要听我解释⋯⋯"

蒋央推开我扭头就走。

"我不相信解释,我只相信自己的眼睛!"她说得有些决意。

"好吧蒋央,你可以不听,但是我走累了,你能停下来吗?我不想再这么走下去。求你蒋央,别再这么折腾。你并不是一个绝情的人,这样地折腾,不单是我,你自己也很难过。如果不是这样,你为什么还能让我找到你呢?"

夜风吹过我们的脸面,微微冰凉。夜深人静,蒋央的泪在我的声音里掉落下来。

不知道是灯光,还是月光,还是风弄动了树影,那么扑朔迷离地飘晃,只逼得我低下眉目。

蒋央开始抽泣。

"今天,我并不是有意在窥视你们,你可知道?"蒋央说。

"是,我知道。"

"我是为你的孩子们,为孩子们的事来找你,你可知道?"

"是,我知道。"

"我也和湛清一样,在为你,和你的孩子们努力,你可知道?"

"是,我都知道!"

"可是为什么……我一直担心的事,除非我不想,一想……"

"别!蒋央,你千万不能乱想。"

"可是我一点也看不透湛清,我感觉他并不爱我。"

"唉蒋央,要我怎么说才好!你能说出这样的话,证明你爱湛清还不够深刻。不是只有女人,不是只有你这样多愁善感的女人,才需要男人坚实的爱和关心。湛清,他也需要人来爱护。你要知道,男人再坚强,他的心和女人也是一样的,都是肉做的。蒋央,你要给湛清时间,让他慢慢来爱你。我想他也在这么想,不是吗?他如果不想爱你,他不能离开你吗?他不能一个人吗?"

蒋央怔在我的话语里。

73. 我的草原

我与湛清在无辜中给蒋央制造的误会,叫我们从此都变得小心翼翼。

和机械展的订单一直在坚持着谈稿,合同却迟迟定不下来。后来经过蒋央同事的间接打听,才知道,平日与我闲聊的那位客户只是负责图稿的海选工作,最终负责定图的是他们公司科长。

湛清便给我出起主意,让我去说服客户,请他在海选中把别家公司优秀的图稿全部回绝掉,只留几家相对较差的图稿,之后再交出我们公司的设计图,叫他们科长在看图时没有选择余地,只能选我们。

这不是欺骗吗!

我朝湛清投去怀疑的目光,感觉他为了弄钱,人性开始扭曲了。湛清很无奈,说生意场就是这个样子。人家都在运作各种手段想办法成单。我们呢,如果不跟随潮流走,那肯定就被会潮流淹了。

我下不了手。湛清就提出把订单转移到他的名下,但还是以我的身份和客户谈稿,原因是我已经跟客户网聊过一些时日,有一定的"感情基础"。

他的想法叫我非常难过,不能接受。

我们第一次发生争执。双方各执一词,都难以说服对方。我觉得湛清这是在利用我的名义伤害我的朋友。湛清一脸冷静,说:"我没有伤害你的朋友,这只是客户,我们只是针对客户。对工作,我们只能这样。要不,你怎么能够在最短的时间内赚到足够的钱——我们什么人也靠不上,我们只能靠自己!"

"可是我情愿做民工、做苦力,情愿到工地上去搬砖、去扫地,那样的工作我充实、真实!"

"做苦工你能赚到多少?你还不如不下高原,自己去挖那个山路!"

湛清的话就那么尖锐!他不理会我的情绪,一意孤行。

下午,我靠在办公室的大门边,穿过巨大通透的落地玻璃窗,望我的办公室。湛清正一头埋在我的电脑前,手指伶俐地敲击键盘。这是一种难言的出卖。我出卖了自己心灵上的名声,当它在湛清的十指间一点一滴敲击、破碎之后,我感觉灵魂在虚脱,视觉在虚脱。办公室之外的这个城市,它像一座劫后丛林,遍地都是突兀的大树,一些壮烈地插入天空;一些却灰蒙蒙相互纠葛一处,相互抵触、挣扎。

这种意念中的视线有些可怕。那些无形庞大、不由我意识控制和捕捉的观想意识,像奔腾的浪潮,在我的面前翻腾、变幻,越来越磅礴地组织、扩张,叫人神志恍惚。

不知不觉间,我钻进电梯,下到办公大楼的底层,走出来。爬上一辆空荡的班车,一头扎进椅子里,垂下头,摇摇晃晃中,睡着了。

醒来我已经处在班车的终点站了。周围的楼房已经变得低矮,道路也变得宽阔清亮。眼睛四下里寻索,就看到站牌上标着:郊外林场。视线顿时跳跃起来,我脚步轻盈地走出车站。

顺着林场招牌往前走,拐个弯就发现,不远处竟然有一片葱绿的树林!天色有些暗,想必到了傍晚时分。我信步往树林走。穿过一段弯曲的林间小道,翻过一道坡地,果然,就走出树林了。眼前出现一片草坪,不,是一处草原一样宽阔的草场!夜幕已经降临,我仍然可以看到我面前的草场,它厚实而平整,如同一张人工编织的巨大绿毯,从我的脚下铺展开去,沿着山坡、水池、葱郁的小树林,似乎绵延不尽。

我闭上眼,镇定好大一阵才敢睁开。把视线凝聚在一个点上,蹲下身,用手触摸,竟然是一棵草。拔出来,用手捻,竟是一手的草汁。送上鼻尖,立马嗅到淡淡的青草味道。这叫我兴奋不已,连忙用脚尖子尝试着点击地面——它是那么松软可靠!我感觉身子开始在慢慢收缩、变小,变成了苏拉——当年苏拉第一次住宾馆,她踏上门口地毯那个时候的样子,就是我现在的模样:激动,小心翼翼,却是爱惜更多一些。

深深地面朝草地呼吸,感觉总也吮吸不够。唉,可惜列玛不在身边,要不,我又可以打马奔驰了!

想起列玛,我的脚底像是生起了一阵风,浑身被一股玄妙外力撑托着,跟着高升,要飘起来。鼓足劲儿朝着前方叫喊一声:"啊呵呵……"学那草原汉子的吆喝声,却也没有他们的响亮,禁不住自嘲地一声大笑。趴下身去,脸面贴于草尖,才又嗅到更为浓烈的草汁气息。

它们袭击了我的呼吸,叫我哽咽了。

我趴在草丛间抽泣。一双运动鞋压住我脸面前方的草地,一个声音从上面坠落下来:"小姐,你怎么了?"

我抬起头,看见一位身穿制服的保安站在我面前。

"请问这是什么地方?"我问。

"高尔夫球场!"保安对我的进入很惊讶,"你是怎样进来的?这个地方还在建设中,还未对外开放,你从哪里进来?"

"呃……"我说不出话。抬头望望眼前已经沉默在夜气当中的草场,我闷闷地从草地上爬起来。

回来已是深夜。湛清等在我的住处门外,很恼火。

"你去了哪里!突然从办公室离开,手机也不带,招呼也没有。"他见我洞张着眼没有反应,突然上前来,摸起我的额头,问,"你怎么了?"他的手从我的额头滑落下来,在我的脸上,抹我的泪。一把搂过我,轻轻拍起我的后背。

过道里很安静,灯光浑浊。门就在我们身后,没有人提出开门,我们都像是无家可归的人。

第二天早晨上班,还没走进公司大楼,我却在楼下碰到蒋央。肯定是湛清叫她来劝我了。

唉,我可以对湛清大喊大叫,可以批评他、拒绝他,对他要点任性小脾气,但我却不能拒绝蒋央。还没等她开口,我就在想,那个订单,是不是就由着湛清算了。

蒋央却望着我在笑。"梅朵,我来,是有一个好消息要告诉你呢。那天我们聚会后,我们同事都觉得,应该为你的孩子们做些事情。希望你能安排时间和他们再见个面,大家好好酝酿这个事。"

"哦蒋央……谢谢你。"

蒋央朝我意味深长地笑,拉住我的手。

"那你,是不是应该积极一些……配合湛清?其实他不是那么阴暗的人,你知道他的目的……"

"我知道。"

"那就坚持吧,不会很长时间的是不是!你下来一趟也不容易……"蒋央说,声音卡在喉咙里。

"好,让我想想。"

蒋央的眼角有些潮湿,一把抓紧我:"这样才好,梅朵,谢谢你!"

我不知道她为什么要这样说话。好像不是来劝慰我,而是央求我。望着她俏小的身子那么匆忙地挤进班车里,我上楼的脚步有些混乱。

进办公室来,湛清却站在我的桌子前。

我发现我的办公桌突然发生了变化,被我收进抽屉里的法轮和玛尼石,全部整齐地又回到了桌子上。

我吃惊地望着湛清。

他却在朝我微笑:"不介意我私自打开你的抽屉吧。我才发现,这些供物放在办公桌上,看起来也挺有意思!"

"湛清……"

"看在它们的分上,怎么样?"

"唉湛清,我不是不想做单,我做梦也想多做一些订单。只是我觉得我们这样为人处事,有悖我们的心灵……知道吗,现在,我感觉自己一边像是菩萨,一边像是妖魔。并且,我是在这样地拖着你和蒋央……"

"别说了,我答应你,这种违背常规的事不会做得长久。等你回草原后,我从此再不做这样的工作,我改行,改行!但是现在你要明白你的处境:一回草原你就失去赚钱机会,而你的工作,那是个无底洞。所以现在能有机会多赚一些,就要好好利用,好好争取!"

"好吧湛清,帮我订火车票,明天我要去客户的城市。"

74.一张卧铺票

火车在呜呜地叫着。弥漫着各种人体气味的车厢里,有座位的乘客都倒在位子里昏昏入睡。夜已深。我没有座位,垫一张报纸坐在车厢的连接处。抽烟的人在我头顶上方,烟雾团团。一位上车前从我手里买走卧铺票的乘客刚好经过我的车厢。他站在我面前,很是吃惊。

"小姐,我还以为你今天不走,才把卧铺票卖给我,你怎么了?"

问这个话,我不知他具体想要表达什么。我太困了,特别想倒地睡觉。

他却朝我蹲下身来:"你为什么买了卧铺又要卖掉,还坐在这里?"

"是公司给我买的,我不知道是卧铺。"我说。

那人站起来走了。不久,又回来,很唐突地问:"小姐,你是不是遇到了困难?"

我没回应。因为太疲惫,我没法搭理他。

恍恍惚惚,不知过了多久,我睁开眼。那人却还在面前。他也加入抽烟的人群中去,一支接一支地抽。我的心跟着他的抽吸也在一抽一抽地颤抖。

他又朝我蹲下身来,幽幽地说:"你知道吗,青年时期,我考上大学,第一次到南方读书,坐火车时,就是你现在的位置,也是你现在这样的坐姿,坐在这里,坐在地上,坐了两天才到学校。可和你不同,那时没有人给我买一张卧铺票。我连无座的票也是借钱买来的……所以,我想知道你……"

"那你可以把烟先灭了吗?"我说,熏人的烟雾和冰凉的地板,叫我咳嗽不止。

不知是不是天意,为省钱,我把湛清买的卧铺票卖了,买个无座的票上车,却在硬座车厢的连接处碰上买卧铺票的人。我已忘记,这一夜我是用怎样的心情同这位乘客聊天的。总之,我说了很多,倾吐了很多。

是的,自从回到城市,有很多苦恼,我不能说给蒋央和湛清听,因为害怕他俩担心。我总是一个劲地憋着,憋着,快要憋坏了!现在,既然有人愿意听我诉说,好吧,我要说出来!反正都是陌生人,说完他会离开,而我却放松了。所以我告诉他,现在,我是多么想面朝天空大声吼叫,不,大声歌唱,就像在草原上那样。可是有一天,我刚在出租房的窗口前唱过几句,邻居就来敲门了。有段日子,我跟朋友们描述在草原上骑马的情景。朋友知道我想念草原,带我到郊外风景区,找到一匹瘦弱小马。我骑上去,总感觉它的蹄子也在打晃,只能下马。下来后我就哭了,感觉这人这马都是那么弱势。是啊,因为身体有些问题,我已经做过了手术,但怎么还会贫血呢?经常咳嗽,每天都会定时地头晕,胸口发闷。身上的肌肉不能碰,一碰就发酸、发痛。这些,都是花了很多钱,看了很多医生,但却找不出原因。最终医生总结说,是高原病。我问能不能彻底治好?医生说,除非不回草原。你说,我能不回草原吗?我是有办法的!是,我有办法——只要有钱,我就能在雪山下的峡谷里盖碉房、盖学校,永久地生活下去……

我说着说着,不知说过多少,总之,最后一激动,我竟连这次去找什么公司,见什么客户,设想要怎么去说服客户的事,也给抖搂了出来。

这个乘客听到我的出行计划后,他认为不妥,直言对我说:"为什么你要以弱势群体的身份去恳求你的客户,让他怜悯你呢!商家自有商业规则。我建议你还是先回去,努力把设计图做得更好一些,从而获得订单,这样才会硬朗、响当当。你要明白一个事理:即使这件事并不大,但你的一个小小不妥的决定,当时是没感觉什么,多年后你再来回想,也许就会变成阴影,跟着你一生。"

本以为萍水相逢的一位乘客,他的话却把我拖入了深暗的泥潭。这一晚我坐在火车上一夜未眠。

第二天早晨,在还未到达客户城市的那一站,我下了火车。

回公司后我灰头灰面。湛清望着我笑,说:"我就掂算你没有什么好办法。你这样心软的人,怎么能与人家大客户较量呢!"

我没有跟他说出我在火车上遇到的事。

但是就在返回后的一周,我却突然接到那边客户的电话,说是签单了!

原来,那天在火车上相遇的乘客,他就是对方公司的那位科长。

75. 铃声响起的时候

通过蒋央同事的努力,不久,在上班之余,我又找了一份兼职的家教工作。因我之前学的是英语专业,便去给三个家庭的孩子教英语,课程安排在双休日进行。

蒋央的同事个个都是好样的。我去兼职,他们也没闲着。七八个人居然也在趁着双休时间,到外面揽活计。他们准备把赚到的钱全部存起来,让我带回草原去,给我的孩子们,给月光家。

我念起月光来了。但我们的联系一直有些困难。我们唯一的联络方式是打长途电话。而麦麦地区没有通讯,所以每次只能等待月光赶到县城,找公用电话打过来。

这也叫我从来不敢随便关掉手机。黑色的进口手机,有点单薄,但是很贵,我是下了很大决心才买下它的。小小的手机,放在空荡的背包里,手要随时地触及,才会感觉踏实。机子里的振动和响铃是同时开启的。它振动起来的时候,比心脏的跳动还要急切。铃声也像融化的甜糖,糖浆粘着两地人期盼的神经。而只要它能响起来,所有来电,第一个想到的便是月光。心会跟着咚咚乱撞,抓起来看,若是如愿,浑身即会充溢着暖暖暗潮,声音也会从任何一种琐碎的工作中分化出来,变得如水如烟。若是不如愿,又是一落千丈的失望。那个心,早早晚晚都在问,月光会在什么时间打电话过来?是节日,还是平常日?是高兴的时候,还是想我的时候?如果长久听不到铃声响起,心就会不安、生疑。要对上固定电话拨打一回,听到手机真切地响起,才会安心。很多时候,别人手机在响,也会下意识地摸索一下自己的口袋。

这种对于手机铃声热切期盼和焦灼等待的生活,就这样熬过了两年。

是的,至此,我在湛清的城市已经生活两年。这期间,回过一次草原,见过一次月光,也打过无数次张居士的手机,问过办厂之事。得到的答复都说快了,快了,却又没有具体日期。

现在,掰着指头计算,还有三个月,高原上又一季的青稞就会成熟。我和月光约定的回程期限也将会到来。

在距离回程越来越近的日子里,我的心也像要飞了,比以往更加急切地想念月光和孩子们。

可越是心切,时间越是漫长。并且,在整个六月里,月光没有一个电话过来。先前我与他是有约定的:不能超过半个月,他要打一次电话给我,汇报孩子们的生活情况。

两年以来,他一直在遵循这个约定。但是现在我却得不到他的任何信息!

到底孩子们都生活得怎样呢?阿嘎学习如何?苏拉学习如何?小尺呷和米拉叫人没底,他们会不会在这一期的草虫假中流失掉?

漫长的等待叫人心浮气躁。回想麦麦草原,我的视线时常会跌落一种惆怅。想那白玛雪山,它虽然远在天边,但对我来说也只是一种地理位置的相隔。每一天,它东边的日出,西边的日落,都会在我的意念中做着常规的显像,像心脏的跳动,从来不会停息。是的,麦麦草原上的牛群和帐篷,那通天明亮的天光,那雨后由雪山跨入草原的彩虹,那云影浮晃的草地,阳光刺透的草尖,此刻的月光是不是也正在感触？而我的眷恋,我的一世,月光的一世,我们共同的理想和生活,却都揣在我的心头,充溢而稳定。

76. 远方的情话

一面在坚持中等待,一面在坚持中工作,直至七月初,我才接到一次高原电话。

那边声音呲咔呲咔一直听不清。信号差,噪音大,我朝那边大声叫喊:"喂！喂！是谁？是阿嘎吗？阿嘎！阿嘎！"我故意这么喊。

那边发出一串笑声——果然是月光。

"笑什么,正要找你！这么长久不打电话,娃娃们呢？小尺呷和米拉现在哪里？他们好不好？"

"你就不问我好不好！"

"哦呀,你好吗？"

"我要是不好还能给你打电话啊,我好好的,就是小尺呷……"

"小尺呷怎么了？！"我一阵性急。

月光却又笑了:"别急嘛,事都过去了。"

"什么事嘛,你要急死我吗？"

月光那头顿了一顿,解释:"本来我是不想说,但不说嘛,你也不知道我为什么这么长久不给你电话。"

原来,一个月之前,小尺呷趁着放虫草假,带上米拉一起跑了！他们私自跑到县城里卖自己挖得的虫草,结识了一个收虫草的人。虫草没给钱,因为那人说可以领他们去大城市。月光得知消息后,立马追到县城寻人。却没寻到！因为收虫草的人把孩子带走了。月光当时很想打我电话,又怕我听到着急,就不敢打。他心下发愿,一定要找到孩子。后来就一路辗转、打听、寻找,最终在邻近内地的一个边陲小镇找到孩子。把孩子带回县城,安顿好后,这才有心思给我电话。

月光的这段惊险陈述,叫我既有些后怕,心中也有一股暖流淌过。

"哦呀月光,谢谢你!"

"谢什么,这是我们共同的娃娃。"月光说。

"那你好吗?"

月光又笑起来:"瞧嘛,刚刚问过好的,这下又给忘了。"

"呃……"

"你身体好些了吗?"

"好了一些。"

"哦呀……"

"哦呀……"

顿时,我们又不知怎样来利用这么昂贵的通话空间了——话题一回落到彼此身上,就变得那么局促和不顺畅。两个人都不敢大意,只在急切中等候对方回应,都生怕自己的声音会影响对方的表达,所以要长久地谦让。满腹的心思,随着心脏跳起的动力要往外倾泻,却又说不出来。

我在轻声喘气,朝着话筒那边,我想回应月光一个动静:我是在等待聆听呢。

他那边才又问话:"……你要多久才能回来?你说青稞成熟季节,那就快要到啦——我们的青稞已经长成小娃娃一个模样高了!"

"我知道呢,早就算好了,青稞成熟还要一个多月。我每天都在掐着手指数日子,你就等着吧,我肯定要回去帮你割青稞!"

"哦呀!"

"哦呀——现在什么都好,就是想和你说话时,不能及时听到你的声音。月光,你要记住,我的这个手机是整日整夜都在身上,你有机会时,就要打一个过来。"

"哦呀好。不过你也知道,我们到县城这么远嘛,如果有哪次上来,打不通你的手机怎么办?"

"没有打不通的时候,月光,三宝和人品作证,除非人死了,手机才会打不通!"

"唵嘛呢叭咪吽,你又拿三宝和人品来发誓,我难过你这样的话了!"

"好嘛月光,我是说,这个手机永远都是开通的,永远不会关机!"

"哦呀,这样我就放心了!"

手机放下来,心情少有的轻松,我站在办公室的过道里情不自禁地笑。

晚上回来,我开始撸起衣袖洗衣衫,一屋子的旧衣。听说我快要回草原去,这些衣服都是蒋央的同事捐过来的。有大人的,也有孩子们的。一地的衣物,一些还是半成新的,但因为搁置过久,衣上长出了白霜一样的斑点,有着一些陈腐气味。所以我要清洗一遍,再带回草原去。

放一池子温水,衣服一件一件泡进去,便动手洗衣。

这时,蒋央一个电话打过来,问:"梅朵,你在做什么?"

"在洗衣呢。"我说。

"那我过来帮你?"

"好啊。"

当真答应蒋央时,倒又把她惹得笑了:"瞧你这人,多实在,就不认为我只是一句关心的问候哇。"

一小时过后,蒋央果真来了,一进门就被满屋子的湿衣给拦住,她惊呼起来:

"哦梅朵,怎么会有这么多衣物!你是把捐来的都给洗了?"

"已经洗了一半。"我回应她。

蒋央望着我说不出话。

"孩子们接到一件干净的衣裳,心情会更开朗一些。"我解释。

蒋央愣在那里。

"还愣着干吗,过来帮忙。"我边洗边说。

蒋央才有反应,笑起来。一会后,又似是自言自语,说:"你太累,我真不想说了⋯⋯"

"什么蒋央,别这么含蓄好吗。"

蒋央朝我晃了下眼神:"都怪我没你这个本事,不然我就替你去做了。"

"什么好事?"我在催她。

蒋央只好说:"最近我们公司接到一笔国外的大订单,需要翻译。主要是文字翻译,跟你曾经学过的专业相吻合。专业技术的翻译,钱会给得非常高⋯⋯"

"那还犹豫什么,我做嘛!"我兴奋得把手里的衣物揉得像在跳舞。

蒋央吞吞吐吐着:"就是⋯⋯我很担心你的身体,做得下去吗?"

"怎么不行,拼死也就一个多月,一回草原,想挣也挣不到了!"

蒋央想了下,建议:"这个翻译大约需要半个月,你现在带了三份家教,回掉一份吧,这样会轻松一些。"

"那可不行。突然回掉,人家哪里再去找家教?"

"家教公司呀,他们可以进那里找。"

"那也不行,情感上过不去。"

蒋央低下头,不说话了。

77. 目光闪亮,好比启明星一样

正如蒋央担心的,翻译专业技术的稿子,很费神。因为很多专业术语是我们生活英语中不常用的。一些单词又是特定组合,错用一个字母意思就会不同。这个事,比辅导那些小孩要叫人头痛。我的家教时间每周都是固定的,到晚上九点就会结束,回家就可以睡觉,以备迎接第二天的日常工作。但翻译专业的资料并没有固定时间。经常是,人家一篇中文稿刚一交出,过一两天就会催要翻译稿。一催,就得连夜赶稿。

最后的日子,展会、家教、翻译,种种事忙得人疲惫不堪。贫血、头晕和咳嗽也因此越发严重。

有天,我在办公室里剧烈咳嗽。湛清再也忍不住,强行拖我进了医院。经过一般常规体检过后,又是妇科先出了毛病!医生说,上次虽然做过保守手术,但病根并未彻底剔除。饮食不稳,过度劳累,这是造成病灶复发的主要原因。已经做了一次保守治疗,如果是第二次,就得动刀切除了。

回来的路上,湛清目光纠结地望我,问:"现在,距离你和月光约定的时间还有多久?"

"快了,还有三周。我翻译完蒋央公司的稿子,做完我们公司的一笔订单后,就走。三份家教都提前招呼过了,半个月后结束。对,再过十天,我要去订火车票了。也已经跟月光说过了,二十天后回草原。"我说,语气流畅。

湛清愣在那里:"医生的话,你听到没有?"

夜幕已经降临,空气什么时候开始变得湿润起来。不,是下雨了。小雨,细细蒙蒙,像冰凉的雾露。我停在路上,望湛清。

"你先回去吧,我要一个人待一会。"我说。

雨雾里湛清朝我怔了下,默默地转身走,走走又回来:"这两年你太拼命了!细细想吧,不好好休息,不好好调养,就这么回草原,即使有了钱,你的身体到底还能支撑多久?"

不知走过了多久,我才到达以前和蒋央同事们聚会的那个公园。坐在草坪上,伏下身,脑海里像是塞满整个草坪的草,堵得慌。是的,医生和湛清的话,都那么现实。每次我也在想,要好好歇下来,把身体调养一下。但经常是想一下,病一下,忍一下,缓一下,又拖过去。

现在,我怎么就感觉这个身体,比起下草原之前更差了一些呢!

夜雨越来越浓密,打得人透湿,才又回头。刚刚上得公交车,手机尖厉地响起来。一接,却是张居士打来。那边张居士语气兴奋:"小居士,告诉你好消息!有能耐的黄居士,已经把我们办工厂的钱筹备齐啦。你过来吧,协助我们先把厂子办起来!"

"哦!!"我万分感慨。张居士送来的消息,像天上的启明星闪烁在我眼前,但是现在,启明星那么遥远,对于我——我最终的目标并不是留在内地,配合张居士长久地办厂呢。

张居士见我反应迟钝,直言道:"小居士,我们就是开始创办的时候特别需要人。我知道,这两年你一直在城里做生意,所以肯定积累了不少市场经验,这个是我们需要的!你就来帮我们做几个月吧。三五个月也好!等厂子成形了,你再回草原去。你来做这个事,钱的话,向巴喇嘛已经交待过我们,你需要多少,我们一分不少地给你。我知道,你是需要钱的——而你也不是为自己,你的心灵和菩萨是一样的,来吧小居士,我们就是相互帮忙!"

我又拨通了湛清的手机。站在雨里,我一身透湿。已经晚上十一点,我站在街头等湛清。

湛清慌慌地赶过来。

"你怎么了?刚刚离开,怎么又突然电话?"他上前,摸起我的头,"你发烧了!"

他又要拖我上医院。

我突然朝他叫起来:"湛清!我讨厌你再说医院!我永远都不想再进那个地方!"我感觉自己此时,几乎要发狂了,"湛清,我接到张居士的电话了!"

湛清在雨雾里听完我的复述,他不像我六神无主,他的目光真的像启明星那样闪亮了:"这是好事啊梅朵!你需要钱,不是吗!开发那个雪山峡谷,以我们现在所赚的钱肯定不够。你多待几个月,就可以努力多赚一些。而你们的喇嘛和那个张居士也已交待,你需要多少钱,他们会给你,这其实就是在间接帮你,你明白吧!再说,去张居士那里做管理工作,比起你在这里,从体力上要轻松很多——管理方面我以前做过,你相信我吧,只是费点脑子而已,不会像你现在这样东奔西走了。这样的话,你也可以好好休养几个月。这是一举两得!"

我不回应。

湛清就在苦口婆心了:"你看看,你现在这个样子,还能上去吗?好吧,就算可以,你再想想,如果有一天钱用完了,你还是需要下来赚取。但是现在机不可失!另外不管怎么坚持,也就是几个月而已。你就跟你的月光解释一下,他先前不是也同你说过,这是在为菩萨做事吗。而这又是大家的理想,所以他会理解你的,他最终会理解!"

"别说了湛清。"

"我要说,为什么不说,糊涂的人,你到底是应该选择草原,还是应该选择你的命呢?"

"湛清……我头痛,求你了……"

湛清还想说,但望到我的脸色越发不好,停了话。

我们相视无语。很久很久,然后我说:"湛清,你说的我都明白。可是我和月光的约定……两年以来,我哪天不是在数着时间过日子……你能明白我的心情吗?还有我的誓言……是的,我必须回草原去。"

78. 幸　福

我来到这个城市最大的火车站,站在售票大厅里。

往日我去哪里出差都是湛清给我买票,但这次要买回草原的票,他不来,他在与我赌气呢。

我只有自己排队。

人那么多,大厅里闹哄哄一片嘈杂。我站在长龙一样的队伍中间,脑海里想起那次,也是在这里,我悄悄地贴近一位乘客,心情无比惊慌,低声问他:"先生,你去哪里?需要卧铺票吗?"

后来我顺利地卖掉卧铺票。

今天,我又在这里。心情不仅是惊慌,还有更多矛盾的情绪,死死地揪着心房。脑海中全是月光和孩子们的身影。是的,青稞正在成熟,我也正要回去……可是我的头为什么会这样晕眩呢?随着向前蠕动的队伍,我感觉我不是在往前走,是在往前飘。

昏一下,晕一下,脑子里想的又不是月光了,荡起了多种声音。

"你的心灵和菩萨是一样的,来吧小居士,我们就是相互帮忙!"是张居士的声音。

"已经做了一次保守治疗,如果是第二次,就得动刀切除了。"是医生的声音。

"就这么上去,即使有了钱,你的身体到底还能支撑多久呢?"是湛清的声音。

这些让人大脑炸裂的声音,一遍一遍,混着身旁人流的嘈杂声,叫我垂下头去。目光坠落在脖子间的念珠上,月光的玛瑙珠子的念珠,它在我的胸口发出揪心的亮光。

月光!月光!我心里在这呼唤,人有些站不稳。晃了下,身子向前倾斜,一点一点地……我看到前面排队的妇女转过身来,她一把扶住我,抱过我,有更多人朝我围拢过来,抬起我……而我的手机,它逃逸般地滑到一个我看不见的地方去了……

我想我肯定已经回到了父亲身边。虽然不见他的音容笑貌,但是我面前的空间是漂移的,像神仙一样,人可以飞起来。我看到我的身体在灰色的楼宇间,如水一般地往前流淌。有几双颤抖的手,它们在支撑着,托起了我。他们面目陌生,气喘吁吁。看来他们身心疲惫。可是我不知道他们为什么要这样奋力地拖着我走路。我的双目开始变得模糊,混沌的视线里,我看到我的全身正在沉入深暗的水底……

不知多久,我听到父亲在说,孩子,抬头看吧,昏暗的上方就是阳光,只要你奋力坚持……我便奋力地爬起身,穿过昏暗的水流,竭力纵身,跃出水面。

果然,眼前就闪亮了。我看到大片金色的青稞地,它们一浪一浪地拂动在我面前。月光站在青稞旁。他的脸明亮得像他身后的雪山。我的列玛,从雪山朝我奔来。我和月光,我们共同跨上马背。列玛奔驰如风,它领着我们跨越条条沟壑,来到雪山峡谷。

我们的孩子,正在峡谷的教室里读书呢。我们的教室,那么宽敞、明亮。

月光家,他的邻居登巴家、卓玛家,不,月光寨子里的所有人家,他们的新碉房都建在峡谷里呢!

月光阿妈站在碉房前,手托一件金丝缎的衣袍,那是我的嫁衣。整个寨子里的姑娘已经朝我走来。她们给我梳妆,用酥油为我编织满头的细辫子,戴上红亮的珊瑚头饰。

我的列玛也被打扮起来,一身披红挂彩。马背上是崭新的马鞍和绣花的彩毯。

月光满脸红光,他站在列玛身旁,温情脉脉地注视我,一双深情的手,朝着我伸过来。

我的身子,正要倾向他的怀抱……

突然间,我的耳旁响起一阵尖锐的声音。

是什么声音？它让我的幸福顷刻间烟消云散！

是手机的铃声！它像一只锋利的锥子，凿通我的耳膜。我的大脑中，所有神经正处在巨大的幸福中。但是禁不住那个扎进来的声源，它长久地穿刺——是的，那个手机铃声持续地尖叫，长久、连贯，终是挑动我脑海中最纤细、最敏感的那根经脉，它震荡一样地打破了我的幸福知觉，叫我艰难地翻开眼皮。从眼睑的一丝缝隙间，我疲惫地看到我面前的世界：它一片雪白，亮得可怕。

79. 失落的信念

我的这一场幸福之梦，到被手机铃声惊醒，我不知道它前后经历了多长时间。

似乎过去一辈子，似乎我又重生了。

当视线在接触病房里那些雪亮的灯光也会因此发出疼痛的时候，我已经模糊了梦境中的那些幸福时光。现在，铺展在我眼前的满目真实的白让我恐慌。对于我，白色是一种叫我绝望的色彩。我感觉每次遭遇挫折的时候，都会有铺天盖地的白色包围着我。像几年前的那场大雪，它压垮我的学校，满世界的白，戴孝一样。像曾经披麻戴孝的我，掀开阴白的床单，抓住父亲冰冷的手骨。像现在的我，沉入病床深处，身体上方覆盖的这苍白的被面……

蒋央从病房外走进来。她的目光不在我脸上，只在病床的四周穿梭、寻找，一边自言自语："我的手机呢？我的手机丢哪里了？"

"蒋……"我感觉我的声带已经尘封很久，声音从那个狭长的喉咙里经过，陌生，带着挣扎。

"蒋……"我在竭力提气，想让语调提得更高一些。

蒋央小小的肩膀抽动了一下,她抬起头,朝我洞张着双眼。

我干涩的声带在缓慢张开,我说:"蒋……央。"

蒋央突然反应过来,她疲惫的脸色,在我的声音里刹那间竟像是绽开的花儿。

"哦梅朵!!"女孩强烈地笑,带着奋勇的泪,潮湿指尖迅速抚摸过我的脸,紧切地搂抱。"哦梅朵!你醒过来了!你终于醒过来了!!"蒋央喜极而泣,一边流泪,一边才想起要给湛清打电话。她又在慌慌自语,"我的手机呢,我的手机?"

"看,我的耳边……"我的目光在提醒蒋央。

蒋央面色惊异,她从我的床头一把抓过手机:"哦,原来丢在这里!哦,是湛清打来电话!梅朵,你是听到这个铃声,醒过来的?!"

"它响得太久了……"我的目光在向蒋央这么解释。

"哦!哦!"蒋央惊叹着,手指颤抖地回拨手机,她在朝那边哽咽,"湛……湛清,你快过来!她醒来了!她醒来了!"

蒋央勾着腰身,发抖的手,小心细微地整理起我的被子。

我的被子像一张平铺着的白纸覆盖在我身上,那么静悄、安稳。

"蒋央,我怎么了?"我问,不,是我的目光在这么问。

蒋央慌乱地望我,泪水扑满她苍白的脸。

见蒋央手里抓着手机,我在想:我自己的呢?

蒋央满眼是泪,她肯定是看出了我的意思,跟着解释:"你的手机,在你昏迷的那天丢了。我们后来一直打,但一直关机,打不通。肯定是被贪心的人拾去,不想还了。……后来,梅朵,我没法再给你配一只新的,因为你在这样病着……"

蒋央越说声音越小,然后湛清慌慌赶进病房里来,满脸是汗,气喘吁吁。

"湛……清……"我喊他,喉咙刺得发痛,叫我再无法继续。

人的情感里有很多种花样的欲望。有些人会叫你日夜思念,幻想,贪婪不尽。有些人带给你永生的痛,不能轻易撕开的伤,需要刻意把它掩藏。有些人见到只会想哭,却没有太多倾诉的话语。就像湛清,看到他时,我什么话也说不出,只想好好来哭一场。

可我也不明白此时,我为什么会有哭的欲望。

湛清目光沉重,看着我。那个沉,沉得我心中无底。我尝试着要爬起身,可我也爬不起来。

"蒋央,我在这里多久了?"我的目光在这么问,想翻身。

蒋央双手朝我按过来。

"我怎么了?"我的目光在继续问,想挣脱蒋央,但是挣脱不开。女孩小小的身子,却蓄积着很大的力量,竟然可以把我控制在病床上——还是我的身体已经不再具备往日那样的精力?

"我到底怎么了?"我的目光在向蒋央强烈地表达这样的意思。

蒋央低头不语。

"那湛清,还是你告诉我吧。"我的目光又转向湛清。

湛清却在躲避着我。他从衣兜里掏出香烟,佯装抽烟,望望病房,病房里禁止吸烟,他想借机出去。

蒋央眼睛紧巴巴地盯住湛清,他在哪里,她在哪里。他们两个的目光在病房里晃荡,做过一些视线上的交流,最终湛清没有说话,只咔的一声打亮火机,点烟,走出病房。

蒋央说要去医师办公室,也丢下我了。我发现走道里有很多异样的目光,透过病房门上的玻璃,充满惊奇地窥望我。湛清和蒋央已在隔壁办公室和医生们谈论我的事,有很多激动的笑声抑制不住地从里面传开。我看到有人推开病房的门,朝我探个头面,笑一下,又缩回去。一个声音在感叹:"真想不到,之前他们做过那么多努力,她醒不来,现在就那么一个小小的手机铃声,却把她唤醒了!"

我想他们肯定是在说我,而他们为何如此感慨?

湛清与医生谈过一阵后又进来了。蒋央跟在他身后。他俩在我的病床前,极度兴奋的神情里又隐含着些许紧张。

我已经可以预感事情的微妙,所以我的目光再一次游向湛清的脸面,在示意他:"你说吧,我到底怎么了?"

湛清便回答:"只是生了个病。"

"你们不说实话,比说出来还要叫我难受!"我很想发出这样的声音,但我已经消耗了太多气力,双目非常疲乏,有些睁不开了。

蒋央连忙扑上前,一把抓紧我:"梅朵,你可不能再睡过去!"

我才又努力着睁开眼,拖着一线希望。我看着他们,但如果再得不到答复,我就要真的睡下去了。

湛清和蒋央沉默良久。然后蒋央终是说出来,声音像碎瓷坠落一样。

"是,梅朵,那次你在车站买票时,突然晕倒……已经昏睡快两个月了。幸亏你身上有名片,不然别人还通知不到我们……"

"昏睡,是什么病,为什么会这么久?"我的目光在不理解地询问。

蒋央自然是明白的,她在摇头:"你的病,医生查不出具体原因,综合分析,是高原病。"

我的目光,终是在这样的声音里退缩了。只看到面前的蒋央,她的脸越发模糊。模糊中在不断组织、壮大,小小的人影,无限地集结着,不断地复制着,最终变成人山人海,迅速地向我围拢过来。属于我的空间在急剧地收缩,越收越小——昏睡近两个月,就是说,这一年的青稞早已经成熟,收割季节早已经过去——我和月光约定的回程期限,也早已经过去!我和他,已经像失踪一样地断信了!

我的心,在我自己的灾难面前,碎了,碎得有些纷乱、恍惚。

蒋央的手紧紧按住我手腕,生怕我会乱动。湛清的手接着覆盖过我们,力量渗透在我的指骨间。

我像一根枯萎的蒿草静卧在病床上。蒋央的手抹过我的眼角,可是我没有感觉自己在流泪。很多时候,我流泪自己都不会觉察,心裂自己都不会疗伤。

眼睛苦涩,睁不开,我也不想睁开。我想让视线保持纯洁,让思维进入属于我一个人的领地——青稞已经收割,这个季节我没有按时赴约,月光会怎么想?我那么吐血地离开,又拿三宝和人品作证发誓,月光会不会认为我真的遭遇了死难,才会这样失约?

80. 高原反应

我在立冬时刻离开湛清的城市,匆忙赶往草原。坐两天火车,到达草原下方的小镇后,正准备换乘汽车,一位高原汉子挨近我,问是不是去麦麦草场。如果是,可以顺道坐他的货车,只要给个油钱就可以,因为回程没有货可带,亏得大了。

听他说"麦麦草场",我毫不犹豫地把行李塞进他车里。

高原与平原有着一段漫长磨人的分界线。大货车在深谷间像虫子一样爬行,长久地跌落深渊,摇摇晃晃,总也找不到尽头。这个地域,从山脉的起点、最低海拔的平原地区,道路像藤条爬上山腰,一路坚韧地穿越千山万水,到达最高海拔的大山垭口时,却又迂回曲折,停滞不前了。消耗着车的气力、人的气力,都像是难以闯过天关。

我坐的这辆货车是一个破旧大物,像一位风烛残年的老人,一路颠簸得厉害。减震器的老化和路面的坑坑洼洼,叫车厢变成一只跳舞的匣子。人在匣子的空间里上下跌撞,忽地头被哐的一声弹上车顶,忽地急剧一回落,腰骨震得似是断裂,还没等缓过神,浑身又猛烈地撞在车板上。

如此境地,大约坚持到海拔四千米的高度时,人终是感觉不行了。心慌气短,呕吐晕眩,体力明显透支,浑身像是散掉骨架。司机有些担心了,不时地扭头望我。我自己也感觉奇怪:这样的穿越其实早有经历,之前一直平安无事。不知现在怎么就变成这样。

司机说,肯定是因为气候不好,产生高原反应。

怎么可能呢!我已经在草原上生活过很长时间,除了身体本身的毛病,很少因为气候而高原反应。

司机说,之前没有不代表现在也没有。高原是个奇怪的地方,今天预算不到明天。有些人通身是病也可以上高原,有些人全身健康也过不了高原反应的鬼门关。

车在进入海拔五千米的高度时,气候变得阴晴不定,时风时雨。刚才还是艳阳高照,不久雪花就会裹挟冰雹,砸得车窗嘣嘣作响。空气急剧降冷,车窗外结出一层白花花的冰霜。人已经折腾到极致。在海拔四千米的地方,我还只是呕吐晕眩,但随着海拔不断增高,我的后脑勺开始剧烈疼痛,像是有把锋利的钢锯,在有节奏地锯着脑壳里的骨头。两手拼命敲打后脑,我恨不得撕开头皮,把那根作痛的骨头敲下来。司机担心地一边开车一边按喇叭。尖厉的声响像榔头砸在脑袋上,里应外合,我感觉头颅就要炸裂,人已经随着剧烈的疼痛恍恍惚惚。司机却在这时一脚踩住刹车,急速跳下车去,两边车门被完全打开,司机一把抱起我,只把我往车下拖。

"师……傅?"我的手揪住司机衣物不放,也是无能为力。

我被大货车司机匆促地塞进另一辆车,一辆下山去的越野车。刚刚塞进去,里面就已经有人把氧气管插进我的鼻孔。这才感觉呼吸顺畅了一些。头还在裂痛,但比起先前的大货车,现在的越野车则显得很温和,似是顺应着我的身体姿势,在高低起伏中缓慢前行,叫人有一种奇怪的感觉:仿佛漂游在水面上,水波不兴,身体如同一片轻飘的落叶,在波涛间悠悠晃荡……

醒来我已经躺在高原上的一个乡镇医院里。输氧的钢瓶比床位还要高,挡住我的视线。阴暗的病房没有任何声响,空间安静得仿佛冻结着。我爬起身,才发觉是耳朵暂时失聪了。因为病房外的院子里有很多人,他们在围着一个躺倒的人议论纷纷。

发生了可怕的事:一位牧民下山卖酥油时,在距离医院不远的峡谷里遭遇山体塌方,被石头砸死了!他的家属刚刚从遥远的草原赶过来,要把亡人运回草原。

那个遭遇塌方的牧民横躺在地上,头颅碎裂,满身是紫黑色凝固的血液,情景触目惊心。

我的双目像被两根尖细的丝线拉动着,在不断地抽动。这时,一位支边的内地医生走进病房里,瞧着我一脸庆幸:"你终于醒来了!"他说,"看你这行头,是上来旅游的吧。"

"旅游?"我心里苦笑了下,答非所问,"请问,您能帮我联系一辆安全的车吗?我想早点出发。"

支边医生朝我摇晃着脑袋:"我见到旅游的人多了,但像你这样生猛的并不多见。算你赶得巧,那院外有辆运送亡人的中巴车,要是不介意,你可以坐那个车。"

81. 远去的青稞地

我终是坐上那辆中巴车,顺利到达麦麦地区的鬼门关——海拔五千三百米的大山垭口。当听到身旁亡人的家属语气响亮地喊着"拉索——拉索——哦拉索!"时,我的心才得以安定。

中午,阳光撒泼地照在每个人的脸上。我的已经被平原娇惯了两年多的脸面,隐约中发出皮肤干裂的疼痛。我连忙用围巾裹起头脸,像个阿拉伯女子的模样,只露出一双眼睛在外面。

我的邻座里,亡人的家属一路均在默默念经,不望旁人。但现在他见我裹成这个模样,不免看了几眼。

"阿哥请别见笑,"我跟他解释,"我只是暂时不适应,但是到明天、后天、大后天,再有几天的样子,我就适应了,也会和你一个模样,不怕太阳。"

"哦呀。"汉子低声回道。

我想我有多久没听到这么熟悉的答应声了!

"哦呀!"我随口回应他。

对方有点惊讶,他大概也是第一次听到一位汉地女子,也能如此娴熟地说"哦呀"吧,好奇叫他终是和我攀谈起来。

"哦呀姑娘,你这是去哪里旅行?"

"旅行?不,我回家。"我说。

汉子愣头愣脑地望我,一脸迷糊。

"哦呀阿哥,前方有个麦麦草场,我回那里,我有一年多没有回来!"

汉子一阵惊讶:"麦麦草场,一年多没有回来,啊咔咔!"他的声音里陡然充实着叫人心慌的感叹。随后,他扭头看一眼车厢后面的亡人,嘴唇嚅动着,是想说点什么,但瞬间又紧紧地收住口了。

"阿哥,我确实是要回麦麦草场呢,我的孩子们都在那里。"我解释。

汉子再不回应,嗡嗡地念经。许久过后,才又问:"神灵保佑,你的娃儿们肯定不在拉日山寨吧?"

"正是拉日山寨,阿哥。"

"啊咔咔!!"汉子震惊不已。

"怎么嘛,阿哥?"我问,心却猛然间裂过一下——长久埋伏在心底的那个担忧,突发撕裂开来。

"阿哥!阿哥!你知道拉日山寨吗?你是那边人吗?不,我从来没有见过你,你当然不是拉日山寨人!可是,你为什么一提拉日山寨,就会这么震惊?"

天!这到底是为什么!

汉子已在嗡嗡念经,不再回应。

中巴车翻过一道垭口后,行使偏离了方向。我从座位上爬起身来,失声叫喊:"师傅!你们不经过拉日山寨的公路吗?"

司机一味地开车,沉默,半晌过后,他的声音像榔头朝我砸过来:"你是不知道吧,那边山体循环性大塌方,已经断路一个多月了!"

就着座位,我瘫坐下来,头缓缓垂在椅背上。浑身抽冷,视线渐次昏暗。耳边则响起身旁汉子的呼喊声,他在经过又一道垭口时,大声呼喊:"拉索——拉索——拉索——切拉索——"一叠五彩隆达被他抛向车窗外。那些纸符子,像断翅的蝴蝶,一边飞舞一边坠落。

唉!我认为还能叫人惊慌失措,还能叫人痛苦挣扎的,都是希望。可是现在我并不会感觉疼痛,除了失神,现在我不知道自己应该做些什么。中巴车把我送到可以遥望拉日山寨的地方,丢下我了。站在巨大沉寂的空间里,望前方草场,它荒凉通透,直接把我的视线拉到远方去。远方,那座凸显的雪山,它竟然被无法抗拒的天力生生地剜下了半边山体!魔兽舌头一样的伤口,从山腰一路撕裂下去。现在,我所能看到的,只是一片巨大沉默的山体塌方。泥沙混沌的沉寂世界里,不见半点生机。枯草黄的塌方体把一切埋葬得干净。想当初,那是怎样冷酷又迅速的埋葬,才会这样决绝。自然对于人,就像人轻易从笔记本里撕下一张纸去,尽管这张纸里记载着人的生死符咒。

我要怎样来消受这样的过程!

背包从肩头滑落到地上。没有太多思想,脚步混乱、空茫,我朝前方奔去。

迈进青稞地里,深一脚、浅一脚、浅一脚、深一脚。身体叫麦茬绊倒,一身泥。爬起来,走一段,歇一段,喘口气,再往前方奔走。这样时刻,不会有太深刻的痛苦,除尽快打听到月光,除希望和侥幸,我不能去想别的。青稞地遭到特大侵蚀,邻近雪山下的田地完全被泥石流冲毁,沦为乱石滩。距离山体稍远的地方则变成沙土和石头混杂的荒戈,不能再种麦子、青稞、豌豆。

那些埋葬在黑暗深处的田地,是月光家的吗?不,也许是他隔壁卓玛家的、登巴家的。但是周边没有半点山寨的迹象,没有方向、地标,什么也不能辨认。

天地阴淡。没有云,没有风,世界是寂寞的。我看到前方的荒戈中,有二人正打马绕过灾难地段,往麦麦草场的方向走去。我抓步朝他们追赶。

追上去才看到,竟是巴桑之前的小男人尼玛!

尼玛乌头乌面,身后跟着他的女人,那个曾与他私奔的洛布。这姑娘,依然一身的茄紫衣袍,却是旧了。颓败的色调,一身泥灰,很混乱。男人,我还来不及打量,他的声音却朝我扑过来。

"啊,是你……梅都!"相隔太久,这个男人竟然把"梅朵"喊成"梅都",他是把我淡忘了!

我的声音已被灾难拖走了灵魂,惶惶不知去处:"尼玛!尼玛!"我在呼喊。

尼玛目光惊讶。

"尼玛!大家是不是都很安全?"

尼玛沉默。

"尼玛!"

"有十三户人家在灾难中被埋……卓玛家、登巴家,还有……"尼玛正在叙述,被我打断了,

"月光家好不好?"

"他们家阿爸阿妈被……"

"月光呢?"这样问时,我的双脚再也站不稳。

尼玛和他的女人一把抱住我,推上他的马背去。

82.此生的缘分,是酥油做成的花

后来我睡在了巴桑的帐篷里。没想到巴桑又从农区回到草原上来了。三年前的一场大雪灾叫她失去所有牛群,但是再过三年,她的小牛又兴旺地成长起来。

我第一次上草原时,住在巴桑家的帐篷。这次上来,又投住在她们家。

帐篷里烟气很大。连日的雨水叫牛粪饼回潮,烧得不兴,只冒白烟。巴桑伸头在锅庄里吹火,眼睛呛得掉泪。

"神灵保佑,你的孩子们幸亏被分流走。阿嘎初中毕业了。苏拉和米拉还在学校里。小尺呷每年的虫草假都会逃学,月光一次又一次把他找回。有一次,他还把米拉也带走……梅朵姑娘,你不在,娃娃们的心就散了。"巴桑女人一边说,一边一碗滚热的酥油茶递上来。

"不,阿嫂,月光呢?"

"他阿爸阿妈在塌方中走了,阿哥因为在玛尼神墙转经,才躲了过去。"

"他本人呢?"

"当时他正在草原上寻找小尺呷,所以幸好……"

才能喝进一口茶水。心,这个时候才知道痛,知道裂,泪也才会淌下来。我放下碗,一把抱住巴桑,大声号啕。巴桑像怀抱一个孩子,轻轻拍起我的肩,说:"别哭,我们都是好好的。苏拉娃子学习很不错。我们的积积不久也会送去上学。只是要等你回来,交给你我才放心。他们都说你……但我想,也许你还能回来。"

"阿嫂,说这话是什么意思?是大家都以为我不回来了吗——阿嫂,不是我逾期不回啊,是我也像这个天灾一样,我们都遭遇突发的祸事了!"

"哦呀,我就知道你会回来!"

"是的阿嫂。你的孩子们都很好吧?翁姆阿姐呢?她生活得好不好?"

"她嘛,别的都还行,就是那个小娃娃出世后有点……"

"我知道了阿嫂,知道今后我应该做些什么。哦呀,娃娃的工作,我和月光是要重新再做起来——他在哪里?"

巴桑朝我碗里添进一瓢酥油茶。"喝,趁热喝!"她招呼。

我只好一口灌下去:"阿嫂,告诉我,他在哪里?"

巴桑再一瓢茶倒进我碗里:"你多久也没喝上我做的酥油茶,今天好好喝啊!"

女人望我,像一位年长的阿姐望自己幼小的阿妹,怜惜不尽。我就又喝下阿嫂的茶,感觉要是再喝,所有茶水都会从喉咙里淌出来。

但是巴桑还在一味地给我添茶。

"阿嫂,我喝多了,喝不下了。"我的眼泪已经在眼眶里打转,"为什么阿嫂……"

巴桑却自己大口大口喝起来,茶碗遮住脸面,她在躲着我的目光。

"为什么阿嫂,为什么你要回避我的话!月光呢,他究竟在哪里?"

一头小牦牛摇晃着冲进帐篷里来。巴桑爬起身赶牛。尼玛却站在帐篷口招呼,说牛是他赶进来的,因为小牛的大腿被野狼咬伤了。巴桑非常心痛地一把抱住小牛,像抱一个孩子。扒开它的腿,果然看到里面的绒毛是湿漉的,紫红色的血液在黑色当中失去自己的颜色,也变成黑的。小牛因为那个湿漉的伤口,腿在暗暗颤抖。

我想它一定很痛。

我卧在毛毡里。湿的牛粪饼完全熄灭了。满帐篷的烟,熏得我咳嗽不止。巴桑往小牛的伤口上抹自己的口水,说那个消毒。尼玛走近我来,轻声问:"梅都,你一定要见月光吗?"

"是!尼玛,你为什么会问这样叫人不能理解的问题?"

"没……是……嗯……"面前的男人吞吞吐吐着,"行,你到玛尼神墙去吧,他阿哥在那里转经,你找到他阿哥,就找到他了。"

"什么,尼玛,为什么要这么复杂?我不能直接去找月光吗?"

"你去吧,去就知道了。我的马给你骑。你要是还可以留在草原上,马就送给你了!"

"那我的列玛在哪里?"

"它在塌方中走了。"

"尼玛!"巴桑女人啪啪地往小牛伤口上吐口水,一边问尼玛,"可以给它再抹点酥油吗?这个伤口有些不好!"女人显得一脸着急。

尼玛便借此丢下我了,朝小牛走去。

夜晚不知不觉袭击草原。我又睡进巴桑家的地铺。想起第一次这么睡觉,那已是多年以前。那一夜下雨,我撑着雨伞睡觉。在高原清暗的天光下,我看那雨伞,它止在不断地变换颜色。我记得,天光亮些的时候,它是湛蓝色的;天光深暗时,它又变成黛黑色。人生也一样,诸事无常,不断变化。巴桑家也在改变。先前她身处一个和睦的大家庭。后来泽仁去世,尼玛离开,她的大家就变成了小家,有点势单力薄。我呢,还不知未来的生活会发生怎样的变更,但只要有月光在,怎么变我也不会孤单。

夜有些冰凉。怕我冷,凌晨的时候,巴桑往我的地铺上加盖了一件厚实的藏袍。那么沉重、发出浓郁酥油气息的衣袍,就像是一个人扑在我的身体上,压得我喘不过气来。我想用手推开,但伸手触及的却是成片的空气!我没想到,高原上的空气是可以捕捉的。它会凝固在空间里,有些连片,有些细碎,会贴着人的皮肤飞行。呼吸一下,鼻孔里也有扎人的空气。这让我莫大惊异。爬起身,我走到帐篷外面,看到满天也在游荡着锋利的气体。而草原上的所有物件都变得棱角锋利:牛群和草地,森林和雪山,都长出分明的棱角。寺庙尤为突出。那些高堂大殿,肃穆高深,威武庄严。我来到它们跟前,蜷缩在它的墙角下方,望那大殿前方的广场,那里有一片赤潮正在涌动。是喇嘛。那么多红衣喇嘛,他们在广场上走来走去。我的双目在执意寻索,像魂魄附身一样,神情尖锐,我在执意寻找一个人。之后我就看到一位喇嘛的背影。那是所画。他穿的一身绛红衣袍。我朝他走过去。我说所画、所画,你回头看看,是谁看你来了。那位喇嘛回头,他回头时,却把我惊得一身冷汗!

我的手在空气里胡撕乱掐。巴桑一把摁住我,慌慌问:"梅朵,你做梦了?"

我已是满身大汗,坐起身无语。

巴桑担心地摇晃起我:"梅朵!梅朵!"

"天亮了吗?"我问,望巴桑身旁的奶桶。

"哦呀天早亮了,看你睡得熟,我没敢叫你。"

"尼玛呢,他的马在哪里?"

"就拴在帐篷外,尼玛说那马送给你了。"

"好,我要骑马到玛尼神墙去!"

83. 是我的身体,背离了我的誓言

我果然在玛尼神墙旁找到月光的阿哥。看见我,这位瘸腿的汉子惊讶得嘴也合不拢。

"阿妹!你……你还是好好的嘛!"

"哦呀阿哥,我一直都是好好的,难道你认为我死了?"

"你的病,是什么时候治好的?就是那个……吐血的毛病。"

"我只有在草原上才会那样,到平原就好些了。"

"那你为什么不回来找我们阿弟?"

"我出事了阿哥,就像我们的寨子突发灾难一样,我们都遭遇突发祸事了!"

"啊咔咔,原来是这样!"月光阿哥惊愣半天,"那就是天注定的……我们阿弟,都替你念过超度的经语三万八千遍了!"

"为我念超度经?他也认为我死了?"

"你那么吐血地走掉,又这么久久不见回来。阿妹,不光是他,谁都以为……我们的阿爸阿妈走了你知道吗?"

"是,阿哥,我已经听说……"疼痛的泪水挂在我脸上,却不是潮湿着皮肤,而是淹了我的心。

"哦呀,我们阿弟在青稞麦地旁,也是等你多多的时间了!"

"我知道阿哥,我知道他在等我——他现在人在哪里?"

"他天天望着太阳发呆,快要望得傻了。"

"那他在哪里,现在?"

"后来就是雨季,天天看不见太阳。"

"阿哥,求你,告诉我,你的阿弟在哪里!"

"阿弟说,你一定是被黑云卷走了。"

"我没有被黑云卷走!"

"可是你说,你的手机一直会开通,但他打不通。你是拿三宝和人品发过誓的,如果手机打不通,除非人死了。"

"那个手机,它在我生病的时候,丢了!后来我一直在病中……好了阿哥,是我的错,是灾难让我们误会了!"

"那次,我们阿弟打不通你手机,还去找过向巴喇嘛。喇嘛请求你们城市的张居士寻找你。但是她也找不到你。我们阿弟不死心,在县城等待好多天。一直打电话,一直打不通。后来阿弟又去寺庙,请喇嘛为你卜卦。喇嘛问你的生辰八字,问你的身高长相,我们阿弟怕有误失,说得也是细致,连你临走时的脸色、吐血,都说得清清楚楚。喇嘛为你卜卦,显示的却是:你已经走了……你的灵魂迷失在青稞地里……哦呀,我们阿弟从寺庙出来就回家了,整天守在青稞地旁……后来他收割了青稞,放一把火把麦秸烧了。想想你迷失的灵魂需要升天,升天就需要喇嘛念经超度。我们阿弟就这样进了寺庙,现在正是闭关中嘛。他闭关,也是想修成一位喇嘛,一生一世,为你和我们阿爸阿妈,念经祈祷……"

抬起头,我不知道要把目光往哪里放。望天,天巨大空洞,没有尽头。人在它面前,蝼蚁不如。风很大,也很疾,抓住人的头发乱扯,像一群发狂的蝙蝠,要抓破人的皮肉,叫身体流血。我一头瘫坐在地,动不得身,也想不起什么。没有那种浪漫或者悲伤的回忆,人,只是呆呆地坐在草地上。

而月光阿哥那马蜂一样嗡嗡作响的声音,还在我的耳膜旁敲击。

"阿妹,你能这样活下来,也是菩萨开恩了。"

"哦呀,也是我们阿弟修行的福报——我们家嘛,早就应该有一位喇嘛了!"

"哦呀,我们阿爸阿妈在天上,他们也是看到了。"

这些话,在这样的时刻并不能给我带来丝毫安慰。因为我的执念已经变成心魔,它使我抓狂,突然地一把拉住月光阿哥:"东嘎!"——我从来没有这样,这么无礼、生硬地喊过月光阿哥的名字,"请你告诉我,他在哪里闭关,我需要见到他!"

月光阿哥先是一怔,像是听错了话,缓了下神绪后,就坚定地拒绝:"他已经皈依佛祖,已经闭关,不能见你了!"

"不是这样!阿哥,你让我见他,见到会是另外样子!我的生与死,对他肯定是不一样的!"

"为什么不一样?"

"肯定不一样。我如果真的死掉,就让他为我念经好了。但是现在我还活着,他要为一个活人念超度经吗?那样的经声是不是在诅咒我?可是他不知道,他不知道我还活着!所以请你告诉我,他在哪里闭关,我要让他知道,我还活着!"

我的这番话叫月光阿哥脸色大变。男人惊慌失措,低头紧促念经:"唵嘛呢叭咪吽!唵嘛呢叭咪吽!请神灵宽恕她吧,迷乱的人,经声是保佑人平安的,怎么会是诅咒!唵嘛呢叭咪吽!唵嘛呢叭咪吽!唵嘛呢叭咪吽!"

男人生气了,惶惑、连贯的经声,由不得我插进一个字去。

我只好把焦灼的心思强行安置在胸口里。

转眼,望前方那清寒的白玛雪山。我记得,第一次看到它时,多农喇嘛说,你来我们草原,穿越再深的丛林也不会迷路,因为雪山在那里,它会启示你,护佑你……

雪山!你真的会护佑我吗?那你告诉我,月光在哪里?你真的会给我启示吗?那你给我一个方向,让我找到月光……在城市的那么多日子,我没日没夜,那么辛苦地工作。我一个人做几个人的工作,恨不得把一天当成十天来用。我生病总也好不了。医生忠告,朋友劝阻,我还是来了……你告诉我,这些我都做错了吗?多农喇嘛说,你是草原的保护神,我也天天将你仰望。我像生命一样信赖你……所以,求求你,给我一点启示吧,让我找到月光。我不愿他为我念经祈祷,只愿他能站在我面前,听我告诉他——不是我故意背离我们的约定,是我的眼睛被我的执念遮挡,是我的身体违背了我的誓言……

84. 消失的月光,它带走了我的明亮

我想我穿得太单薄了。冬天,这样的草原,风越来越紧,扑打着身上的衣物。紧紧地用手护住,仍然感觉它们就要被撕破,飘走。月光阿哥躲开我,一个人贴着玛尼神墙慌慌往前走。

我跟在他身后,开始陪着这个男人在神墙旁转经。

我从来没有这样虔诚地、充满希望地围绕一堵墙转动。因为月光阿哥在这里。我陪他转,他不语,我也不语。但我的脚步不会离开他。我会陪着他一路转下去,除非他最终告诉我月光在哪里。

玛尼神墙是一处叫人莫大无言的地方。我无法贴切地用一个、两个、三个,甚至整本词典里所有表达情感的词汇,来形容对于它的

感受。那些转经的人,大半都是我熟悉的面孔。五年前,我第一次来,他们在。三年前,我第二次来,他们还在。现在我随在月光阿哥身后,他们仍然在。裹着一身因五体投地而被磨损的宽大氆氇,目光专注,不望旁人,脚步擦着草地,执着有力。一茬一茬的人,从少年变成青年,从青年滑入中年,从中年慢慢变老。

那个曾经要带领苏拉转经的年轻姑娘,她已经由姑娘变成女人,头发用酥油编成一排细辫子,怀抱幼子。脸色看似余留着姑娘时期的轻盈和自信,却是认命的神色更多一些。

有一刻,她朝我走过来。

"你是麦麦草场上的老师。"她说,"我记得你。"

"扎西德勒阿姐,我也记得你,你的名字叫卓玛。你还好吗?"

"哦呀,我很好。你们的娃娃来过这里转经了。"

"哦,就是那位和你说过,她的阿姐在拉萨朝圣的小姑娘吗?"

"哦呀,就是她!不过她的阿姐哪里是在拉萨朝圣嘛!"

"怎么?你见过她?"

"哦呀见过。多么可怜的人!怪不得那次我一看小姑娘,就感觉她像一个人,果然是嘛,她长得很像她的阿姐——我们碰面的那一天,她的阿姐其实就在神墙旁转经嘛!"

"什么!卓玛!这怎么可能!"

"是真的。那天她就在我们背面的神墙下。不过那个时候她转经有些累了,身体也有些不好,所以坐在神墙下休息。你们那天要是和我一起去转经,肯定就碰上了。谁知道嘛,那天我说你们的娃娃像一个人,那娃却说她阿姐在拉萨转经。我心里想,陌生人也有长得像的嘛。谁知道那其实就是娃儿的阿姐!"

"天!卓玛阿姐,这是真的?!"

"哦呀!"

"那她现在哪里?"

转经女人一声叹息,神色像是坠进草地里,半晌才说,"……唉,她的灵魂肯定没有升天,就在这个草地的下面。"

"阿姐?!"

"哎呀,你肯定是不会知道,那一年的冬天她就死了!"

"啊?为什么会是这样!"

"就是,走得确实有些可怜!不过我们后来都得知了她的情况,从另外一个意思上想一想,她也只能这样了。那一年她从县城下来后,我们这边的活佛是给她指引过一条解脱的路了:只要围绕玛尼神墙转经三年,她就可以摆脱过去的一些事情。可是她为什么一年都不能转完呢?冬天转经人少少的,她找不到粮食,只能空着肚皮转经。喝一点雪化水,一天两天,后来就坐在神墙下走了。"

我站在大风里,望月光阿哥一点一点离我远去。刚才我停下来听卓玛叙述阿芷时,这个男人丢下了我,一个人往前方转经,已经走得很远。一瘸一跛的身影,在大风里,像水浮子一样左摇右晃。

我不想再追赶他了。我的脚步钉子一样地定在草地上——阿芷那么空着肚皮转经,知道天冷,转经人少,她为什么不下草原寻找食物呢?她肯定是执意的!通过这样自虐的方式结束自己……

愁肠百结地站在草地上,玛尼神墙在我面前飞舞着,扭曲着,而月光阿哥飘忽不见了……

85.那些花儿,像是开在天堂

我只能一个人返身,到多农喇嘛的寺庙里去。我要从寺庙开始,一个地方一个地方寻找月光。

喇嘛的寺庙处在白玛雪山下的一处高岗上。从我们昔日的碉房学校出发,穿过一望无际的青稞地,越过田地下方蜿蜒的河流,走过茂密的丛林,到达丛林上方广阔的高山草场,在第一眼看到白玛雪山的地方,也就到了喇嘛的寺庙。这是一片围拢着大千气象的宝地。在它的远方、天边,白玛雪山以它轻世脱俗的气势,越走越高,越走越远。在它的前方、近处,一望无际的冬季草原,虽然呈现暂时的荒疏与清冷,但底蕴深厚,万般生机指日可待。在它的北边,茂盛的森林以入侵之势扑上草原,蓬勃、生猛,仿佛迟早是要越过草原,扑上雪山去。而它的东边和南边,则是深不见底的高山峡谷。峡谷里,行蛇一般地蜿蜒着一条条奔腾的溪涧。

寺庙就处在这样的被吉祥瑞丽之气环绕的西方。

它的整体分布纷繁复杂,呈现曼扎式的台地地貌,一路铺展。最顶层是神圣的坛城。坛城下方有两座高大佛殿。围绕佛殿的四周是肃穆的经堂。经堂下方有成排的僧舍。再下方,便是深不见底的峡谷,其间遍布着条条错综复杂的溪流。一些溪流分裂在陡峭的山岩间,水流落差很大,奔腾中发出巨大声响。一只只水转经筒架于水面之上,呜呜地转动,日夜不停。转经的人会绕着水流转经。转完后会沿着蜿蜒的山路爬上寺庙,再围绕寺庙上方的坛城转经。

在这条转经路上,有一栋石木混建的碉房。碉房四周被高高的实心墙围拢,只能看到层层叠叠的石片子房顶露在外面。其间杂木遍布，大门紧锁，蒿草与荆棘已经封住了通往它的泥沙小路。

它是一处废弃已久的僧房，位置十分开阔。人坐在僧房的外墙下，可以看到上方寺庙的全景、前方雪山的全景、东南两边的峡谷全景。是的，除非你的视觉里没有光，只要有一点光，你完全可以静静地坐在僧房前，默默地转经，或者凝望。凝望中，你可以顺着你的视线去观想上方的寺庙——你去朝拜它。是的，不论你是带着朝拜的心理，还是参观的心理，只要你进入寺庙，殿堂里那特有的酥油混合檀香的气息，都会让你神情肃穆——那些厚重、威严的佛像，会让你的心莫名敬畏。那些华丽、精美的壁画，会让你情不自禁地折服。那些辉煌、巨大的宝幢，会叫你感觉自身渺小，一如尘埃。那精雕细琢的彩绘神龛上，千百盏酥油灯正在齐放光芒。光芒下，五彩的酥油花供品如同鲜花盛放。冉冉桑烟萦绕大殿，叫那些供物、那些花儿，像是开在天堂。那缥缈、华丽，又肃穆的境界，你的心灵即使不被折服，身体也会在敬畏中有着轻微收缩的意向。

正因此，我也不敢轻易走近寺庙，只能坐在它的下方，那座废弃的僧房前，尝试着寻找一些熟识的人，打听月光。当然，我的每一次询问，得到的回应都是嗡嗡的经声。是啊，我在月光亲人那里都无法打听的消息，在外人那里又怎么能够得到呢！我疲惫地靠在僧房的墙角下，不死心，凝望，等待。脑海中时不时地回荡着一些细密且微妙的气息，像地气，散发无声，又与我若即若离。这种感应叫我充满侥幸，迷离在一座荒疏的废址上，不肯离开。

天色在慢慢阴暗，夜幕即将来临。转经的人越来越少。我看到一位转经人，在僧房下的山道上吃力爬行。到我跟前不远的地方时，人还未见，先见一卷灰白色的毛毡铺盖，一点一点地从山道里冒出来。是一位背着铺盖长久转经的女人。怀抱孩子,毛毡在她的背上像一捆结实的柴火,盖过头去。灰暗的女人,低着头,脸面贴在怀里的孩子身上。她走得那么吃力,几乎走不动了。

我爬起身朝她走去。

"阿嫂,哦呀阿嫂,需要我帮忙吗?"我说,微弱的气力,挨上她,我想替她背一会儿铺盖,或者抱一会儿孩子。

女人抬起头。这一抬头,她竟像是撞上鬼了,吓得孩子差点掉地上。女人惊恐地瞧着我,一闪而过的雪亮目光,紧紧搂住孩子,朝着我哆嗦。

"翁姆!"我也惊叫起来,一把抓过她,"阿姐,是你啊!"

翁姆勾缩一团,紧紧搂住孩子不敢望我,浑身打抖。

"阿姐,你怎么了?为什么这样害怕?你也认为我死了?"

翁姆把脸紧贴在孩子头顶上,好像自己受点惊吓没什么,孩子要保护好。

"阿姐,我没有死!你看,你看,那是巴桑家的白马,我到过巴桑家了,我骑来了她家的白马!我还看到了尼玛,看到他的老婆洛布,她已经怀上娃娃了,我说的对不对?你还要怀疑我吗!"

翁姆迅速望一眼不远处的白马。她害怕的神情才稍微得以缓和。没有点头,没有摇头,方才的陡然惊骇叫她反应迟钝。

"阿姐,这是小五吗?多大呢?是不是快三岁了?"

提及孩子,女人脸色慢慢放松下来。

"阿姐,娃娃好吗?让我看看。"

翁姆连忙捂住孩子,拼命地摇头。

"阿姐……对不起,阿姐……"

"都是我的错,是我没有经验,阿姐,你原谅我吧!"

"哦呀,这个娃娃,将来如果有难处,阿姐,你要跟我说……"

"哦呀,阿姐,我……还有件事要请求你呢。你告诉我,月光在哪里?"

"你也不知道吗?不,你是他表姐,你肯定知道是不是?告诉我好吗?"

"阿姐,求你了,告诉我!"

"阿姐!阿姐!"

我在一味地这么恳求翁姆,但翁姆把头垂在自己怀里,和孩子贴在一起。

我颤抖的双手已经抓住翁姆,生怕她走掉,我在继续请求她,向她解释。

"阿姐,我没有别的想法,只是想见他一面,让我看看他。"

"……真不行,让我偷看一眼也好……"

"阿姐……求你了"

"求你了阿姐!"

"阿姐……你真的不想说吗,你真的要这么眼睁睁地看着我难过吗?"

"阿姐……"

"阿姐……"

我在声声呼唤,但翁姆并不回应。她再没有抬头,任凭我怎样说,怎样难过,怎样忏悔,怎样问话,她像一根木头,沉默在我面前。

最终我只好放开翁姆。

"算了,阿姐,我不为难你了,你走吧。"

翁姆身子晃了一下,搂着孩子低头匆匆走掉,前后没说一句话。她背上高高翘起的毛毡和她裹着氆氇的灰暗身子,像灵物一样在渐渐暗起来的天光里晃动。

我回到僧房前,依靠墙脚坐下来。一闭上眼,就感觉它再也睁不开。

夜的暮霭不久即扑向大地。我坐在僧房下,思维和视觉均陷入一片阴茫茫的天地。人像是昏睡过去。身体下方是冰凉的石块,像一只只古怪的吸热器,在不知不觉中抽吸人体的温度,叫我的身体冷得瑟瑟发抖。被这种冰凉反复地折磨,我只得努力着睁开眼睛。一看,星星已经挂在天空里了。峡谷间巨大轰隆的流水声扎着耳膜,脑海里更像是奔腾着一条河流。

从墙下爬起身,我思索着应该到哪里去投宿。望望翁姆离去的方向,心想,如果能追上她,不问月光了,帮她抱会孩子吧。便离开僧房,朝着翁姆离开的方向走去。没走出几步,就看到转经路的前方搁着一捆东西,抵在路中央。

细细看来,竟是一卷灰白色的毛毡铺盖!

赶忙蹲下身打开。里面放有一把铜壶,一只铜瓢,一个牛皮袋子。袋子里有酥油、糌粑、几根血肠!

放下铺盖我抓步往前追赶,却不见翁姆。只得疲惫地反身。抱起毛毡,也像翁姆抱着孩子那样,回到僧房前,在僧房的墙脚下搭一个地铺,抓一点酥油搅拌糌粑,捏个糌粑团,只往嘴里塞进几小口,人就一头倒进地铺里,睡过去。

86. 昔日的学校

早晨,天空突然下起雨来,闷头闷脑的一场大雨。

我看到一个熟人朝我倒下的墙头走来,把雨中昏迷的我抱回多农喇嘛的碉房,给我喝滚热的酥油茶,烧暖和的炉火,让我睡在柔软的羊毛铺盖里。他说,你为什么要这样执意呢?没有月光,我们的工作也要继续,我和阿嘎都在你身边。

我说班哲!班哲!

我的手在大雨滂沱中拼命挥舞。雨的声音,来自天空之上冷漠而愤怒的声音,把班哲的虚影完全扑灭了。——唉,原来只是幻觉!

我在大雨中艰难地爬起身,卷起翁姆的铺盖,背起来,朝山下走去。

我来到多农喇嘛的碉房——我们昔日的学校。

青稞成熟的第一季,我在湛清的城市打拼,赚钱。第二季,我陷入自身的困厄天地,不知岁月流走。现在终于可以上来,却已找不到月光了。而我的碉房学校,被我这么长久地离弃,它真正地衰落了。虽然之前的那场山体塌方不曾影响到它,但是人去楼空的时候,画眉、藤蔓、蒿草、灌木,又都回来,喇嘛的碉房又变成了荒草的乐园。所有门窗均有损坏。主体碉房的西北面,两年前在雪灾中裂开的墙体,大半已经坍塌。一半空洞,一半岌岌可危地耸立,风雨飘摇。冬日的冰霜把碉房四围的蒿草冻得一败涂地。倒塌和断节的,挺拔着也干枯生硬的,乱蓬蓬满目萧条。

我把身子裹进厚重的风衣里,站在土豆地中。闭上眼睛,面前的空间有些冗杂。似水流年。我看到粼粼波光中,一只画眉机警地朝我滴溜着眼神,踮起尖尖细细的小趾丫,歪着脑袋叽叽点点。然后是两只、三只、四只。它们的窝先是安在碉房的窗沿下,后来搬到苏拉的柴垛里。苏拉和阿嘎小小的身子,怎么就垒得起那么大的柴垛!

月光把碉房的门窗都修葺好,但手艺并不精,孩子们的课桌均被钉得歪歪扭扭。只有耿秋画师的手艺才那么精湛。他在门窗上画出的那些莲花,像是开放的模样。

但是它们开放了几年?现在,蒿草荒凉了我的希望,藤蔓覆盖了我眼前的莲花世界。

多农喇嘛的碉房,院门是虚掩的。风攒动那浅显着莲花彩绘的木门,里一下,外一下,像是有个顽皮的孩子在不停地推动着它。我走过去,轻轻推开。进去了,人也定在那里,我望到院子里竟然站着一个人!

荒疏的院落,空望发呆的人,他以为是风吧,或是陷入回忆当中,沉迷深了,他没有发现我的到来。

"班哲……"我有些失声,这时候的泪混沌而温暖,伴着惊动的声音一起出来,"班哲!你也回来了!"

我真切的声音在空气里盘旋,如果得不到班哲的回应,我会一直这么招呼下去。

"班哲……班哲……我也回来了……"

班哲的目光已经在空气里打着滚儿地兴奋,他的脸明亮得像午时的太阳,声音断继续续:

"啊梅朵,真的是你!你真的回来了!他们说你……真没想到,我还能见到你!"

"嗯,是的……我还没有死掉……可是他们都认为我死了!"

班哲脸上充溢着突袭的惊喜情绪,迎上前一把抱住我——或是说,我恍惚的身子再也站不稳,依靠上他了。我真想抱住这个孩子好好来哭一场。可是班哲不是孩子,他比我大。在我的意识里,所有的孩子都是比我小的,或者都是需要我来关心爱护的。我怎么会想到,现在竟然是我,才这么需要人来关爱!

"我回来的时候,就看到孩子们都分散了,你也走了……"班哲说,语气湿黏黏的。

"唉,我昨天还在想,要是班哲回来,他再看到这一切……是我没用,班哲!"

挫伤的泪水不像是我的,像是谁泼进我的眼里,才不能控制它。班哲从氆氇里掏出一块小方巾,抓在手里,似是掂量,揣摩稍许,缓缓朝我递过来。

我的小方巾!是的,两年前我被河水冲走的小方巾!那时班哲脸红红的,他说:没有了。那时我胸腔里生出一条鞭子,但是出口却说:没事。

"班哲!"

"对不起……我看它掉进水里……湿了,所以想把它焐干了再还给你……"

"班哲!"

"我一直不知道你身体是这样的,你好些了吗?"

"好?我不知道。"

"为什么!我总是想,再小的毛病都不会发生在你身上。你应该多多地健康和快乐。"

"唉班哲,其实我的忧伤就像一部经书,只是没有打开而已。"

班哲神色茫然。

"虔诚的神鹰从天空中飞过,我在地上追逐它的影子,你说我会快乐吗?"

"……哦呀,我明白了!"

"是!班哲,没有人愿意告诉我他在哪里,草原人都不愿告诉我,连巴桑、连翁姆也……我其实只是想让他知道,我还活着。不管是槛内槛外,他都要有一句话给我。班哲,我不是积嬷(当地指勾引喇嘛的女妖)!"

"我不认为你是积嬷。"

"那你认为我是什么?还是你们的梅朵吗?"

班哲停顿稍许,眼神迷离,声音似是自言自语:"即使被看成积嬷,那也是菩萨的化身!"

"那你会带我去见他吗?"

班哲怔在那里。

"要是你也有难处,我不会抱怨。"

"不,我想可以……"班哲吞吞吐吐,面色略显几分担忧,"不过他才闭关不久,我怕你会强求……"

"不会的,班哲,我只想见他一面,最终的决定,我会随缘……"

"可是……"

"班哲?"

"如果他最终……但是草原上还有很多孩子,有很多工作需要做下去,你还会留下来吗?"

"是,我会在这里。"

班哲脸上立马放射出明亮的光了。

"梅朵!只要你能留下来,我也不会去拉萨唱戏了。现在有这么多人,你不会孤单的!"

87. 咫尺天涯

就去见月光。

班哲领着我那么走路,在陡峭的山崖小路上爬行。

班哲说:"我来扶你。"

"不,你看我的手,像藤条它有藤条一样细密的根须,会植入山岩,紧固在这里。"

班哲在后面轻声说:"哦呀,我相信。"

"我想这世上没有一种植物,会有藤条那么刻苦。"

"哦呀,我也这么认为。"班哲回答,顿一下,又转过话锋,"不过,如果真的遇上石头,你要绕开它来走。梅朵,你一定要绕开它,然后更高地生长下去,你是这样一根藤条。"

峡谷那么深。我们坠落一样地到达谷底。我的身子在穿过一条溪涧时完全被流水打湿,衣服和头发乱作一团。班哲问:"要不要休息一下?"

"不,班哲,不用休息。这样的路我早已习惯,五年前就已经习惯。那时,和月光在雪山下的丛林间穿越……那天月光故意躲着我,跟在我身后,听我骂他——我说什么……我说他连一根马鬃都不是,他就说我是自作聪明的小鸟。"

"那天上午,我们在丛林间差点遭遇野猪。他拉我逃离,不想后来还是遇到雪崩。那一夜奔走,多么辛苦!后来,那个夜晚,我看到丛林间有异物晃动,他却说看不到。到底是真的看不到,还是担心会惊吓到我,佯装看不到?"

"那时,他从脖子间抽下一条念珠,给我戴上,说它可以避邪……你看,就是这一条,上面有九颗玛瑙珠子……"

"后来,第二天,我们险些迷路。那个原始森林的路,到处都是讹人的出口。树木那么高大,那么密集。阴森的林子,那个阴森的林子……地面上到处都是暗藏的地泉,走一步,是一脚泥,走一步,是一脚泥。比起现在的路,那要艰险多少!可是我们仍然可以走出来——我一定还能见到他是吧,班哲?"

班哲在身后不应声,坐下来,好久,从皮囊里摸出一块生牛排递给我。"我们吃点东西吧。"他说。

"牛排!哦呀,好东西!可是班哲,我们可以烧一堆火烤了它吃吗?"

班哲局促在那里,解释:"我没有带火具。"

"是,没有火就不行。不过生牛排丢进火里烤,会冒出很香的油汁,那感觉会比吃起来更好——那时他在雪山下的溪涧旁挖坑生火,像这样的生牛排,在野外也是烤得香喷喷才会进口。"

班哲便不吃,扭头望别处。

"班哲,你除了唱戏,还会唱歌吗?随口都可以编个小调——那时我过个吊桥,他也会编出调子。高兴时也是小调,生气时也是小调。好多时候,说话也会变成小调。班哲,唱个歌吧。"

班哲说:"我唱不出。"

地势就到了爬坡的阶段。有些心力不足。海拔高出一米,脚步便像是多坠上一块石头,一步比一步沉重。我说址哲,我们走这样条路,这个路,我熟悉啊,它是通往多农喇嘛的寺庙,难道月光在寺庙里?可是我在寺庙周边守候那么久,没有他的消息。

353

班哲不应声,默默地爬行。他的身子被陡峭的山道拉得像一张绷弓,已经把我丢下一些距离。我想他肯定是不想再听我无休无止地叨唠了。

我们就这么一前一后,慢慢地,把沿路溪涧上那些水转经筒都抛在了身体下方。

上午,路上的转经人越来越多,都是朝着一个方向——多农喇嘛的寺庙——走。有一位尼泊尔的高僧不久前刚刚来到寺庙,他们这是赶去朝拜那位高僧。

那是多农喇嘛的上师——晋美活佛。

我朝班哲赶上去。

"听说晋美活佛这次过来,要收弟子,带去尼泊尔?"我问班哲。

班哲停下来,盯着我看了很久,然后说:"是,晋美活佛的弟子中就有月光!本来你很久也不会有机会再见到他的。他闭关,不会见你。但是今天上午他会从闭关的地方出来,要到寺庙去,要和晋美活佛商量去尼泊尔的事。"

我晃荡在路上,满脸汗水。眼望上方那个废弃的僧房,我在问:"班哲,他究竟在哪里闭关?你看前方那个僧房,我就在那里露宿,醒来就在寺庙周边寻找,却一直得不到他的消息。"

班哲诧异在我的声音里,惊讶地问:"昨夜你就是在那里露宿?"

"是。"

"啊嘘……"班哲一阵叹息。他的声音,让我想起中巴车上那个抛撒隆达的汉子,他那坠着灾难的声音。

88. 月光下的梅朵

那座看似废弃的荒疏僧房,月光原来就在那里闭关!

我就不能想到:闭关之人从来不出院门,不见外人。所以门内是由月光拴起来的,门外则是由送粮的人锁起来。送粮人半个月才有一次进入,因此墙内墙外,在闭关时期就是两个世界。

我竟忽视了这些!我的脚步,英灵一样空飘的脚步,在朝那个僧房缓步移动。废弃的院落,一堵残墙,一间不高的碉房,他原来就在那里闭关!而我游魂一样地围着这堵墙转来转去。坐在僧房的墙角守候,凝望僧房下方那深暗的河谷,听溪涧夜以继日地轰鸣,吸着经廊里转经时扬起的尘埃,闻着酥油味道的女人,她们从我身旁默默走过,脚步那么匆忙,像去奔赴一场轮回的约定。喇嘛卜卦说,我的魂魄迷失在青稞地里,我想如果真的迷失,它就迷失在这堵不起眼的残墙跟头!

一尺厚的土墙,却隔出一世远的距离,叫我欲哭无泪。

身子倚靠在僧房的大门上,脸面贴于门板间,也不敢相信这里会有人迹。因为这扇木门,上面这把铁锁对我撒下了谎言。总以为它落寞、孤寂、风雨飘摇,哪里会想它寂寞中也有生活!

泪水扑打在门板上,几近腐朽的木门会把它吸收进去。你流淌多少,它吸收多少,根本不在意你的体内,卧着一口深暗的泪泉。

班哲轻轻挨近我,这么说:"早晨,也许就在你卷铺离开之后,月光出了僧房,他现在肯定是在寺庙里。"

我转身,抓步往寺庙赶。

班哲紧跟身后,担忧的声音点击在耳边:"梅朵,见到他,不管发生什么你都必须冷静。你要记住:那是寺庙,他已经出家!"

"可是班哲,你说我们还会有希望吗?"

班哲止步,他恍惚的眼神似是在问:我们——槛内和槛外,还算是一家人吗?

多农喇嘛的寺庙,从来也没有这样高大,这样高不可攀。是的,我站在它的广场下方,就像依附在它的某个台阶缝隙间的一介尘粒,那么微小。

正是一场念经结束,喇嘛们从寺庙大殿走出来,广场上到处是流动的绛红,与我在巴桑家帐篷里做过的那场夜梦,情景一个模样。

紧迫的视觉,执意虚化的空间,我想我脚步走得有些飘忽。已经快两年,唉,再见那个人,他会是什么样子?依然一身藏青色的氆氇?依然暗藏着莫名忧郁的眼神?依然不断地打着响亮口哨?依然可以随口编个小曲?……

"喇嘛拿加素切,桑结拿加素切,曲拿加素切,根堆拿加素切,喇嘛意当根秋曲拿加素切……"我开始念经,断断续续、混乱的经声,一遍又一遍。

"班哲,你告诉我,是不是这样念下去……一切就会如愿?"

班哲没有直接回答我要不要继续念经,只听他的声音有些紧迫,在招呼:"梅朵,这是寺庙!是寺庙!"

寺庙?嗯,是的,那雄浑佛殿,博大广场;那厚重经塔,猎猎经幡;

那藏红袈裟和庄严佛像,如此肃穆高深、神圣威严、不可侵犯。

我看到广场上涌动着赤潮一般的人流,看到一位青年,他的长发已经剃度,手执经书,稳步,沉着,口念经语。高大的外身,裹着宽厚重叠的绛红僧袍。

那是月光吗?

我想不是。因为他的身上没有月光的神采,眼神里也没有月光的深刻隐含。他那目光里只有一种纯粹——唉,你不能对一个出家人的眼神进行窥探,那肯定会叫你蒙受挫伤,假如你对此抱有俗世的希望。

我站在寺庙下方的场子上,月光站在寺庙门口高高的台阶上。台阶太陡,几乎陡到八十度。我的身体不行了,心撞击得厉害,气喘吁吁。

我只能站在低处,月光的脚下。

"月……光……"

我在台阶下唤他,却不能上前去。那么多的绛红在台阶上方,像一场浴血浪潮,把我的眼生生刺痛了。

"月光!我来看你……"我说。

月光怔在那里。他一脚搭在台阶上,一脚像是要坠落下来,却又停顿在半截台阶中,脚底悬空。阳光那么强烈,映照他一身绛红,像血浆灌进我的心,覆盖开来。

"月光……"

"啊!"月光失声,惊异,继而隐声叹息。神情像是薄瓷顷刻间坠落地面,四分五裂。

班哲非常恭敬地上前去,朝月光双手合十:"东月师父,这个姑娘还活着!"

月光身子摇晃了下,脸色如同突发地震,迅速地裂开伤口,砸起一团烟雾。我就被这样的烟雾迷蒙着。看不清烟雾里的场景,它在怎样沉浮。意象里他恍惚不定的身影有点失真,像是一道虚像,在我的头顶上方飘晃。

或者我上去,让我不再这么仰视。好累,这样的视觉。

或者你下来,抓紧我冰凉的手,给我一点温度也好。

我在祈祷,这么企盼。

可是广场上铺天盖地的藏红和经声淹没我们。晋美活佛站在了我的面前。我从未见过他。除多农喇嘛生前只言片语的介绍,我对他一无所知。我只知道,每一位能够成为活佛的人,他的气魄中总有着一些不同寻常的高深分量。他的绛红色袈裟,赤潮一般地掩埋了我的视线,叫我看不见他的面相……他肯定是高不可攀的,俗人不能拥有直接抵达他的视觉。我听到他的声音,也肃穆得要抓走人的灵魂。

"是汉地来的梅朵姑娘吗?"

"哦呀,是,活佛……"

"常听多农喇嘛提起嘛。你是一位好心的姑娘,有度量的姑娘!神灵会一直护佑在你身旁,来,孩子。"他的手朝我伸过来,给我一个庄重的摸顶。所有身旁的喇嘛、信徒都羡慕不已的庄重摸顶和神圣祝福,在我的泪水中完成。

然后那抹绛红离我而去。

我听到月光的声音,嗡嗡经语,先是低低地,断断续续,不久即连贯成篇,响亮在活佛一晃而过的身影里。却不再是我曾经听到的熟悉的经语,而是我一句也不能理解的深奥的梵语。我第一次听他的声音变得如此高深、陌生。

他急速而响亮的一段经语念完之后,才把眼角间的余光投注到我这边,却也不敢过久地停留,恍惚中,躲闪在别处……

躲闪的视线,藏不住他突然变得恍惚的心思。

但是修行之心太精深,叫他慢慢地、慢慢地,所有视线在新的一轮念经声中,缓缓收缩、回拢,最终,它直接地落在我的脸上,不再回避。

……是的,他就那么端正地站在那高高的、我再也无力跨越的台阶上。他就那么望我,我就这么望他。身旁的喇嘛们都散去了。晋美活佛站在更高的寺庙大殿门口凝视我们,一动不动,像一尊菩萨。

台阶,那么陡,那么空。几只鸽子在寺庙大殿的屋檐上飞动。一只乳鸽还不会走路,它的妈妈在给它喂捕来的虫子或是麦子。它们那么突兀地在我眼前晃动,像拉焦距一样,一会儿近,一会儿远,一会儿清晰,一会儿模糊。

恍惚间,我感觉自己被人扶持着坐在了台阶上。

"你好些了吗?"

当我睁开眼时,我听到月光在这么问。他用双手扶持着我,我能清晰地感受从他体内传递过来的力量和温度。这是我们最后的亲密接触,它在我的晕眩中一闪而过。

我听到月光声音沙哑地在重复:"你好些了吗?"

他的嗓门长久地念经,念得有些失声。为我念经的是不?三万八千遍经语为我超度,我为什么不能随愿地升天呢?

"月光,我为什么还要回来?"我问他。不,是我的目光在这么问他,满目碎裂的光芒,全部散落在他脸上。

他那微微颤动的脚步,在我的身体前方既像要远离,又似是靠近。我俩的目光紧迫地交织在一起,它们还能相互交流,纵然这是最后一次。

我的目光生生作痛,一点也不甘心:"月光……不,月光,就这么轻易,你就这么轻易放弃吗?"

他的目光有无奈,还有更多决意:"但是我为你超度的经语念过一天又一天……前话无须再叙,现在我已经遁入空门!"

"可是月光……你带我去那样的天堂,你让我如此拼搏,你却丢下我一个人……"

"你不是一个人。抬头望天,你看神灵就在你的头顶上方,你看到了吗?"

"是,只要你能看到,我也会看到。"

"这就对了,你应该还能看到,在我们的视线前方,还有天,还有地,还有雪山,还有……"

"还有你的信念吗?"

天!我是多么敬畏你的信念,就像我怯畏自己现在病着的身体。我感觉心口突发不行了,满口腔的腥臊,要吐血。

只好把目光从他的脸膛上移开。垂下头,我用手紧紧地按住胸口——我们俩的目光就这样在病痛中,中断交流,再也不能彼此说话。

是因为他的放弃?还是我的失意?我不知道。

我再没哭,或说哭也淌不出泪。

把背包缓缓递向已经跨上台阶高处的青年,我说:"月光,来,你来看我带回的钱……我们可以修通雪山下那条路了,我们可以在那个峡谷里盖一栋大大的木屋……"

"那还不如盖一座寺庙。"月光打断我,声音轻捷,落地干脆。

"……也可以,是的,也可以,只要你愿意……唉,多农喇嘛说,世间一切都是虚浮的,只有信念伴着人生老病死。但是除了信念,月光,我还有你吗?"

没有泪水的干涩眼睛,目光从高高的仰视跌落下来,坠入到前方的深暗峡谷。峡谷里,五色经幡在北风中猛烈翻滚,呼啦啦直指天空,把我的目光也带到更远的地方去——如果你得到的回答会把你拖进更深更远的路途,让你回不来,你还需要听到吗?

是的,无限巨大的草原,我热爱、迷恋,却也带着莫大无言的盲目。要了解这片土地,用身体一生也不够;用心灵,也许只需要一次皈依,一切都会得到诠释……

尾 声

这年冬天,我的身体终是没能扛住高原上那种严寒,只能回平原过冬。临行前我把两年攒下的积蓄全部交给月光。月光又把它转交给了阿嘎和班哲。

这期间阿嘎已经初中毕业,班哲也不再去拉萨唱戏。他俩组织一些大的孩子像苏拉、米拉、小尺岬,开始在风雪中筹划来年春天要做的事:先把通往雪山下的那条峡谷道路修通,然后在峡谷里盖一所国家批准的公办福利学校。政府的正式批文会在来年春天下发到班哲手里。

为帮他们,等春天,等高原上冰雪融化时,我会再回麦麦草原。

而月光循着多农喇嘛朝佛之路去尼泊尔修行,一年还是一世,不得而知。